btb

Buch

Ein psychopathischer Serienmörder versetzt Helsingborg in Angst und Schrecken. Er belästigt attraktive Frauen, die abends allein zu Hause sind, mit Telefonanrufen. Er überrascht sie in ihren Wohnungen und schneidet ihnen die Kehle durch. Sein Vorgehen ist äußerst professionell, niemals hinterlässt er Spuren. Kommissar Joakim Hill und sein Team ermitteln fieberhaft. Die unerschrockene Truckerfahrerin Nenne Samuelsson, die ebenfalls mit Anrufen belästigt wird, stellt sich schließlich als Lockvogel zur Verfügung …

Autorin

Bodil Mårtensson, geboren 1952, wuchs in Karlskrona auf und lebt seit einigen Jahren in Helsingborg. Dort spielt auch ihre Krimiserie um Kommissar Joakim Hill, die in Schweden sofort begeistert aufgenommen wurde und auch hierzulande eine große Fangemeinde besitzt.

Bodil Mårtensson bei btb

Die Tote im Sund. Roman (72895)
Die zärtliche Zeugin. Roman (72894)
Die Frau im Schatten. Roman (73174)
Die Kunst des Sterbens. Roman (73344)

Bodil Mårtensson

Die Drohung

Roman

Aus dem Schwedischen
von Nike Karen Müller

btb

Die schwedische Originalausgabe erschien 2004 unter dem Titel
»Jag vet att du är ensam…« bei Tre Böcker Förlag, Göteborg.

Verlagsgruppe Random House FSC-DEU-0100
Das FSC-zertifizierte Papier *Munken Print* für Taschenbücher aus
dem btb Verlag liefert Arctic Paper Munkedals AB, Schweden.

1. Auflage
Deutsche Erstveröffentlichung April 2006

Umschlagfoto und -gestaltung: Design Team München
Satz: Uhl + Massopust, Aalen
Druck und Einband: Clausen & Bosse, Leck
EM · Herstellung: AW
Made in Germany
ISBN-10: 3-442-73381-2
ISBN-13: 978-3-442-73381-1

www.btb-verlag.de

1

Die Luft in dem überfüllten Linienbus war unangenehm stickig und feucht. Draußen wehte ein kalter Wind aus Nordwest, und es nieselte beharrlich auf Helsingborgs Straßen und Plätze. Gelbes und braunoranges Herbstlaub tanzte auf und ab, ballte sich böig und taumelte benommen und lautlos gegen die großen, getönten Scheiben des Busses.

Doch in dem städtischen Verkehrsmittel mit aktueller Reklame außen an den Seiten waren Kühle und Sauerstoff gegenwärtig akute Mangelware.

Joann Ek Sörensen war – wie unzählige andere Helsingborger auch – nach ihrem Arbeitstag auf dem Heimweg. Es war kurz nach fünf am frühen Abend. Heute war es später als sonst geworden, und Joann stellte fest, dass es draußen fast schon dunkel war.

Während der Fahrer den Bus geschickt zwischen Lastern, Radfahrern und gestressten Autofahrern hindurchschleuste, dachte sie teilnahmslos, dass man von den faulen Strandtagen und herrlichen Auslandsreisen des Sommerurlaubs kaum weiter entfernt sein konnte als hier.

Joann war vor bald zwei Monaten wieder an ihren Arbeitsplatz als Assistentin in der Finanzabteilung im Hotel Marina Plaza zurückgekehrt. Und trotzdem schien es, als hätten sie und ihr Mann Kent erst vor wenigen kurzen Wochen auf den Malediven dem Luxusleben gefrönt.

Sie wusste, dass ihre Freunde sie um ihre extravaganten Urlaubsreisen beneideten. Und sogar gelegentlich etwas davon murmelten, wie sie und Kent sich das überhaupt leisten konnten.

Aber das war nicht besonders abwegig. Nicht in Anbetracht der Tatsache, dass Kent Pilot mit gutem Ruf und ebensolchen Kontakten im internationalen Flugverkehr war. Infolgedessen war Joann natürlich oft allein, wenn er unterwegs auf Langstreckenflügen war. Aber dieser winzige Störfaktor beinhaltete schließlich all die exklusiven Vorzüge, die Piloten stets genossen. Kostenlos in alle Winkel der Welt reisen zu können, war einer der Vorteile.

Da Joann in einem Hotel arbeitete, verfügte sie über ausgezeichnete Kontakte in der Tourismusbranche. Sie und Kent waren immer schon anspruchsvoll gewesen und darum bemüht, sich im Voraus über die attraktivsten Urlaubsziele und die wirklichen Geheimtipps zu informieren. Mit diesem Wissen kamen sie besser und billiger als andere Touristen weg.

Aus diesem Grund gönnten sie sich natürlich häufiger ein paar Wochen in dem einen oder anderen Paradies. Dann stand die Zeit still, und es gab unendlich viele Möglichkeiten, sich der Romantik hinzugeben. Vielleicht war deshalb die Liebe noch immer groß und die Ehe nach beinahe zwanzig Jahren besser denn je.

Eigentlich ist es schier unglaublich, wie schnell die Zeit davonrast, dachte Joann, presste ihre Handtasche fest an die Brust und hielt eine Plastiktüte sorgsam zwischen den Knien.

Bald war das neue Jahrtausend schon zwei ganze Jahre alt, und sie wusste kaum, wo die Zeit geblieben war.

Das Leben raste mit Hochgeschwindigkeit vorbei – wie die lilafarbenen Regionalzüge auf ihren neuen Streckenabschnitten unter besonderer Berücksichtigung der Öresundstadt durch die Westküstenbahn. Nun konnte man an so gut wie jedem Bahnhof zusteigen, seine Fahrkarte entwerten und binnen kurzer Zeit am Rathausplatz in Kopenhagen aussteigen. Diese lila Wagen mit dem Nils-Holgersson-Emblem an den Seiten flitzten jetzt ununterbrochen durch die Landschaft in Schonen. Sie rauschten genauso hektisch vorbei wie in diesem Moment die Alltagsszenerie vor dem Busfenster in der zunehmenden Herbstdämmerung.

Joann sah hinter dem Park den erleuchteten Eingang der Stadtbibliothek durch die Bäume mit ihren herbstgelben Blättern. Die Besucher eilten durch die Glastüren. Die nach draußen kamen, hatten Stapel mit geliehener Wirklichkeitsflucht unter dem Arm. Und diejenigen, die in dem Nieselregen hineingingen, waren eifrig auf der Jagd nach genau demselben Gut – sie suchten nach dem Trost des geschriebenen Wortes für den bevorstehenden kargen Winter, der bald vor der Tür stand.

Wenn Joann nicht so extrem unter dem akuten Sauerstoffmangel gelitten hätte, wäre wohl ein mitfühlendes Lächeln über ihr Gesicht gehuscht.

Sie war nämlich selbst eine richtige Leseratte. Verschlang alles und musste ständig ein Buch zur Hand haben. Auch jetzt hatte sie eines dabei. In der Plastiktüte, die zwischen ihren Beinen klemmte, lag unter anderem ein Taschenbuch, das sie in der Mittagspause gekauft hatte. Es war Bodil Mårtenssons Krimi *Die zärtliche Zeugin* aus der Serie um Kriminalkommissar Joakim Hill. Die Handlung spielte hier in Helsingborg.

Das hat wirklich was – die Spannung eines Krimis in das normale Alltagsmilieu aufzunehmen. Die realen Orte der Stadt mit den spannenden Szenen im Buch zu verbinden. Ystad hat seinen Wallander, in Göteborg ermitteln Huss und Winter. Lars Tylle Hedin hat hier vor gut zehn Jahren Krimis geschrieben, und es ist mehr als recht, dass Helsingborgs interessanten Umgebungen wieder neuer Raum in der Kriminalliteratur zuteil wird, dachte Joann.

Aber Mårtenssons Buch würde noch eine Weile warten müssen, denn sie las noch ein anderes: *Fahrstuhl zur Hölle* von Michael Pike, einem amerikanischen Autor. Die nervenaufreibende Story eines Liftmörders in Manhattan. Ein Geistesgestörter, der mit grausamer Absicht spätabends auf einsame Frauen wartet. Um ihnen dann mit einem Fleischermesser durch die öden Bürolandschaften bis in hallende Parkgaragen zu folgen.

Ihr gefiel diese Art von unheimlichen Geschichten.

Ihre Freundin und Kollegin Laura hatte sie oft gefragt, wie sie das nur fertig brachte: solche Schauergeschichten zu lesen, wenn Kent so selten nachts zu Hause war.

»Ach«, hatte Joann verharmlost, »das passiert ja nicht wirklich. Das ist so unrealistisch, denn nachts gibt es überall Sicherheitsdienste und Alarmanlagen, aber aus irgendeinem merkwürdigen Grund funktioniert nichts, wenn man es tatsächlich braucht. So wird die Spannung aufgebaut. Und als Leser weiß man ja, dass alles unrealistisch und unlogisch ist, aber trotzdem ist es so unglaublich spannend!«

»Aber trotz alledem…«, hatte Laura gemeint. »Ich würde mich niemals trauen, solche Bücher spätabends zu lesen. Und das, obwohl Hasse jede Nacht bei mir zu Hause ist!«

Joann hatte nur abwehrend gelacht.

Sie ließ sich davon nicht im Geringsten abschrecken. Denn sie war definitiv nicht der ängstliche Typ.

Doch jetzt war sie richtig genervt.

Die Luft war nun so schlecht im Bus, dass hämmernde Kopfschmerzen sie quälten. Dass es in der dicken Luft zudem modrig nach regennassen Mänteln roch, machte die Situation auch nicht besser.

Der Bus blieb an einer Haltestelle stehen, und die Türen wurden sperrangelweit geöffnet. Der kühle Nordwestwind schlug befreiend ins Innere, während viele Fahrgäste ausstiegen. Entweder wohnten sie in der Nähe, oder sie wollten in einem der zahlreichen umliegenden Geschäfte etwas einkaufen.

Im Dunkeln leuchteten grell die Schilder von AG Favör, des staatlichen Spirituosengeschäftes, der Post und aller kleinen Läden, die ausländische Lebensmittel verkauften. Obst und Gemüse wurden seltsamerweise inzwischen fast schon dazugerechnet.

Jedenfalls wurde die Situation im Bus für jene, die weiterfahren mussten, deutlich angenehmer, und Joann dachte erleichtert, dass sie nach nur vier weiteren Haltestellen ebenfalls aussteigen würde.

Ein zugestiegener Mann stiefelte mit großen, festen Schritten den Mittelgang entlang. Sein Mantel roch nach feuchter Wolle, und er schüttelte die Regentropfen aus dem Stoff auf die Gummimatte am Boden. Dann blieb er fröhlich lächelnd vor Joann stehen und fragte mit starkem Akzent: »Ist das hier frei?«

»Selbstverständlich«, antwortete sie und rückte etwas näher ans Fenster, »der Platz ist frei, bitte sehr.«

Er setzte sich und sortierte seine langen Beine, damit niemand im Gang darüber fiel. Vollkommen ungeniert musterte er Joann mit einem interessierten Lächeln.

»Hej«, sagte er völlig unschwedisch und streckte die Hand aus, »ich heiße Jorge. Und wie heißt du?«

»Eh… hej«, gab Joann leicht überrumpelt zurück und überlegte, wie sie am besten die Antwort auf diese Frage umgehen konnte.

Hauptsächlich sicherheitshalber.

Aber dann fand sie die ganze Situation derart absurd – so schwedisch trist und praktisch, dass sie fast über ihre eigene übertriebene Reaktion lachen musste.

»Joann«, sagte sie plötzlich ganz offen und nahm seine Hand.

Er war groß und etwas untersetzt, aber trotzdem recht sportlich. Möglicherweise Fußballspieler, überlegte sie. Er sah nett aus mit seinem breiten Lächeln und seinen weißen, gesunden Zähnen. Das Haar war richtig dunkel, beinahe schwarz. Und die trendigen, dunklen Bartstoppeln schienen genau wie gemacht für eine Talkshow im Fernsehen, dachte sie weiter. Heutzutage hatte jeder Kerl einen gepflegten Dreitagebart. Daran hatte wohl der Sänger George Michael Schuld. Aber irgendwie glaubte sie, dass dieser Mann sich seines modisch korrekten Äußeren kaum bewusst war. Er hatte bloß starken Bartwuchs, und da er ein dunkler Typ war, konnte man die Stoppeln schon sehen, sobald er das Frühstück beendet hatte.

Sie spürte Jorges muskulösen Oberschenkel an ihrem in dem schmalen Zweiersitz, aber ihr blieb nichts anderes übrig, als damit so natürlich wie möglich umzugehen.

»Ich bin nicht von hier«, erklärte er vollkommen überflüssig. »Ich komme aus Bosnien, du weißt. Da unten ist ein Riesenchaos, du weißt doch, oder?«

»Mmmm.«

Joann musste schmunzeln, denn seine völlige Missachtung der Normen – der steifen, unausgesprochenen Richtlinien, die in allgemeinen Zusammenhängen den Schweden das Recht darauf garantieren, Körperkontakt zu vermeiden – hatte etwas Herrliches. Es war erfrischend, wenn jemand einfach darüber hinwegsah und – wie Jorge jetzt – eine Reaktion provozierte.

»Ich war Flugzeugtechniker dort«, fuhr er fort, während der Bus durch die regennassen Straßen schlich. »Du kannst es dir nicht vorstellen, aber hier kriege ich keinen Job. Keiner braucht das, was ich kann, ich bin arbeitslos. Echt komisch, verstehst du das? Ja… Joann – was machst du denn so?«

»Ich arbeite in einem Hotel«, gab sie zurück und konnte sich nicht bremsen, sondern ergänzte: »Im Marina Plaza.«

»Putzt du?«

Sie fand seine Frage merkwürdig. Nicht weil er annahm, dass sie als Putzkraft arbeitete, sondern weil er aufrichtig interessiert schien. Wenn doch jeder so ernsthaft um seine Mitmenschen und deren Situation bemüht sein könnte, dachte sie, bevor sie antwortete.

»Nein, ich arbeite in der Finanzabteilung – Rechnungen, Gehälter und so was.«

»Aber das ist doch super, Joann!«, rief er so begeistert, als wären sie seit fünfzig Jahren die besten Freunde. »Das ist wirklich gut, behalt diese Arbeit!«

Sie nickte schmunzelnd. Genau das hatte sie auch vor.

»Ich muss hier raus«, erklärte er genauso abrupt, wie er

das Gespräch begonnen hatte, und drückte den Halteknopf. »Wohnst du auch hier?«

»Nein... nein, ich steige erst ein paar Haltestellen weiter aus.«

»Okay«, sagte er und schlug ihr freundschaftlich auf die Schulter, ehe er wieder in den Mittelgang trat, »dann mach's mal gut, Joann – tschüss!«

Sie winkte freundlich lächelnd zum Abschied. Aber plötzlich bemerkte sie, dass die anderen Fahrgäste sie skeptisch musterten. Also begann sie rasch, in ihrer Plastiktüte herumzusuchen.

Diese enthielt nicht nur das Buch, sondern auch eine Strumpfhose mit verstärkter Ferse und ein neues Deo, für das viel Fernsehwerbung gemacht wurde. All das war nun eine höchst willkommene Ablenkung von den neugierigen Blicken der Fahrgäste.

Plötzlich verspürte sie ein intensives Hungergefühl. Aber sie würde heute Abend nur ein Brot vor dem Fernseher essen.

Joann hatte sich nämlich entschieden: Sie wollte nicht fett werden. Die Welt der Werbung war also ihre Wirklichkeit. Bei ihr kam nichts Fetthaltigeres als »Lätt & Lagom«-Margarine auf das Brot. Und alles, was es sonst noch an kalorienreduzierten Produkten gab. Zwischendurch etwas Sport, nicht zu viel, aber die eine oder andere Aerobicstunde durchaus. Außerdem etwas Selbstbräunungscreme und eine Lotion gegen Zellulitis, damit man sich im Bikini sehen lassen konnte, selbst wenn der Sommer überraschend früh anfing.

Schließlich hatte sie heute zusammen mit ihren Kolleginnen ausgiebig zu Mittag gegessen. Siv, die im Restaurant des Marina Plaza arbeitete, hatte Geburtstag, und der war mit einem Besuch im Schiffsrestaurant Swea genau gegenüber dem Hotel im inneren Hafenbecken gefeiert worden.

So früh am Tag war draußen wunderbar strahlendes Herbstwetter gewesen. Sie und ihre Freundinnen waren an Bokmans in der Järnvägsgatan vorbeigeschlendert, hatten die laue Herbstluft genossen und die Schaufensterauslagen betrachtet, in denen aufwändige Geschenkbücher lagen. Buchtitel, die bald auf Leben und Tod um die Ehre wetteifern würden, Weihnachten auf dem Gabentisch zu liegen. Da war Joanns Blick an Mårtenssons kleinem, handlichem Taschenbuch hängen geblieben. Sie war in den Laden geeilt und hatte es dem Buchhändler Olle Flodin abgekauft. Olle und Joann kannten sich seit langem. Er hatte ihr über seine Lesebrille hinweg zugeblinzelt, mit einem bedeutsamen Lächeln zehn Prozent abgezogen und gefragt, ob sie nicht die Gelegenheit nutzen und ein paar weitere Bücher kaufen wollte, da sie ohnehin gerade hier war.

Sie hatte lachend erwidert, dass sie noch vor Weihnachten von diesem Angebot Gebrauch machen würde. Wenn sie mehr Zeit hätte, denn gerade jetzt musste sie ihre Freundinnen einholen, um in der Mittagspause zusammen mit ihnen zu essen.

Wie die anderen hatte Joann sich für Scholle mit Salat und Kartoffelgratin entschieden und war den restlichen Tag komplett satt gewesen. Aber der armen Siv, die ja ihren großen Tag hatte, war unglücklicherweise eine Fischgräte im Hals stecken geblieben. Nichts Schlimmes, aber das hatte sie den ganzen Nachmittag lang gestört. Sie hatte gehustet und sich geräuspert und schließlich trockenes Knäckebrot gegessen, damit sich die hartnäckige Gräte lösen konnte.

Das Leben war wirklich unvorhersehbar, dachte Joann. Man konnte sich ewig wünschen, dass etwas passierte, aber wenn tatsächlich etwas geschah, dann selten so, wie man es sich vorstellte.

Endlich bekam sie das Buch in der Plastiktüte zu fassen. Sie kramte es hervor, hielt es aber nur passiv in der Hand, während sie weiter philosophierte. Nach der überraschenden Unterhaltung mit dem Fremden schwebte sie in einem sonderbaren Trancezustand – ein Zustand, der einem morgens oder abends oft bei erschöpften Fahrgästen auffiel, die sich mit der mentalen Schutzwand umgaben, die Jorge so einfach mit Missachtung gestraft hatte. Ein Sichabschirmen von allem und jedem, ein Trick, der es ermöglichte, das Niesen und Husten, das laute Fluchen der anderen über den Fahrer, der die Türen zu früh geschlossen hatte, und sogar schrilles Kindergeschrei zu ertragen.

Gerade noch rechtzeitig bemerkte sie, während sie ihren Gedanken nachhing, dass sie den Halteknopf drücken musste.

Die östlich vom Stadtkern gelegenen Straßen mit Einfamilienhäusern glichen einer Oase mitten in der Stadt. Hier hatten sie fast ihre gesamte Ehe über gewohnt, Joann und Kent. Seine Eltern hatten anfangs mit dem Finanziellen geholfen, denn sie hatten es sowohl als eine nette Geste als auch eine gute Investition erachtet, das junge Paar zu unterstützen. Man konnte problemlos die Zinsen für das Haus mit einem großzügigen Chefgehalt verrechnen. Außerdem nahm man auf diese Weise automatisch und garantiert am Leben des jungen Paares teil. Man riskierte nie, sie zu verlieren, sondern besaß das Beste von beiden Welten.

Am Anfang – ja. Es schien auch erst gestern gewesen zu sein, dass Joann und Kent in der Schwedischen Kirche in London geheiratet hatten. Keine weiße Spitze, kein Diadem oder Schleier. Und keine festliche Pinguingarderobe für Kent. Lediglich elegante Abendgarderobe in der damaligen Mode. Alles war sehr schlicht gehalten worden, auch die Zeremonie, die einer bürgerlichen Trauung so nahe gekommen war wie irgend möglich. Jetzt ging der Trend in die entgegengesetzte Richtung, und es kam vor, dass sie traumhafte Hochzeitsmode in den Schaufenstern der entsprechenden Geschäfte bestaunte und sehnsüchtig seufzte. Sie hätte natürlich ebenso gut eine bezaubernde romantische Braut sein können. Eine, die sich durchaus mit einer Prachthochzeit bei Hofe oder einer extravaganten Hochzeit in der Filmwelt messen konnte.

Joann musste sich nämlich für nichts schämen. Sie war immer schon auffallend hübsch gewesen und selbst mit sechsundvierzig Jahren noch attraktiv. Vielleicht war sie jetzt sogar noch sinnlicher als früher. Kent hatte das schon oft gesagt. Und nicht nur er. Mehr als ein Mann aus ihrem Bekanntenkreis hatte ihr glühende Komplimente gemacht. Aber es war nichts als eitle Hoffnung, dass sie sich auf einen billigen Flirt mit ihnen einlassen würde. Trotzdem hatte der eine oder andere tatsächlich versucht, sie auf ihren beliebten Cocktailpartys nach ein paar Drinks in der Waschküche zu verführen.

Aber es hatte sich nie gelohnt. Sie hatte stets entschuldigend das Interesse abgewehrt und leckere Kanapees herumgereicht, von denen sie selbst nicht gern viele aß.

Sie dachte nämlich immer sehr genau darüber nach, wie viele Kalorien sie zu sich nahm. Ausgenommen bei solchen besonderen Anlässen wie heute, als sie Siv gefeiert hatten. Da hatte sie sich sogar einen Schokoladenkuchen zum Kaffee gegönnt. Deshalb würde es heute Abend vor dem Fernseher nur etwas Hüttenkäse und Kresse auf Schwarzbrot geben, das hauchdünn mit fettarmer Margarine bestrichen war.

Aß man besonders langsam und ließ sich Zeit, den Geschmack in nachdenklichen Bissen aufzunehmen, reichte eine kleine Scheibe Brot recht lange. Dem Magen kam es so vor, als hätte er eine richtige Mahlzeit bekommen.

Benommen stand Joann auf, als der Bus in die Haltestelle bog und mit einem leisen, zischenden Geräusch zum Stehen kam. Der Luftdruck der sich öffnenden Türen ähnelte eher einem tiefen, trostlosen Seufzer.

Joann hatte Spaß daran, in Gedanken den mechanischen, leblosen Konstruktionen, die unseren modernen Alltag lenken, Leben einzuhauchen. Ein schwaches Lächeln umspielte kurz ihren Mund. Sie stellte sich die Zeremonie des Türöffnens als Gähnen eines vollkommen müden Trolls vor. Einer, der durch diesen unkontrollierten Reflex seine Gefangenen in die stürmische, herbstkalte Nacht entkommen ließ.

Joann war die Erste, der die Flucht gelang.

Mit einem Blick über ihre Schulter sah sie, dass Göte Mendelsson aus dem Eckhaus in der Querstraße ebenfalls zu den Glücklichen zählte. Er schlug den Mantelkragen bis über die Ohren hoch, drückte seine Aktentasche an sich und marschierte los.

Herr Mendelsson war der verschlossenste Genosse des Viertels. Er wagte kaum zu grüßen oder den Leuten in die Augen zu sehen.

Aber er gehörte auch zu jenen Herren, die einmal nach einigen Drinks versucht hatten, Joann zwischen Wäschetrockner und Bügelbrett in der Waschküche an sich zu drücken.

Sie und Kent hatten vor ein paar Jahren abends ihr Haus für die Nachbarschaft offen gehalten, um gemeinsam ihren Geburtstag zu feiern. Als plötzlich Göte Mendelsson mit einem Blumenstrauß in der Tür gestanden und gratuliert hatte, war die Verwunderung groß gewesen.

Er war weitaus älter als sie. Und normalerweise wortkarg und langweilig. Aber mit einem dreifachen Martini hinter der Binde hatte er sich an dem Abend wie ein heißer Antonio Banderas benommen.

In einem unbeobachteten Moment hatte er Joann nachgestellt, als sie Schweppes für die Drinks holen wollte. In der Ecke zwischen Wäschetrockner und Bügelbrett hatte er versucht, ihr einen Kuss zu stehlen. Und da war es nicht um einen kleinen, nachbarschaftlichen Kuss auf die Wange gegangen.

Der Duft von Martini und süßlich schwerem Rasierwasser war beinahe quälend gewesen.

Sie hatte sich seinen Annäherungsversuchen mit verlegenem Gelächter entziehen können und war in die Küche zurückgeflüchtet. Herr Mendelsson war etwa eine halbe Stunde später nach Hause gewankt, ohne sich von den Gastgebern zu verabschieden.

Auch später hatte er den Vorfall mit keinem Wort erwähnt. Und er war auch nicht wieder von Kent und Joann eingeladen worden.

Sie fragte sich bisweilen, ob er sich überhaupt an sein unschickliches Benehmen an jenem Abend erinnerte. Er hatte vielleicht von den vielen Martinis ein Black-out.

Wie dem auch sei, sie beschleunigte nun ihren Schritt, als sie merkte, dass er sie sonst bald einholen würde. Hauptsächlich sicherheitshalber. Sie hatte nicht die geringste Lust, von ihm begleitet zu werden. Schon gar nicht an einem so unwirtlichen Abend wie diesem.

Aber sie hatte nichts zu befürchten.

Blitzschnell lenkte er seine Schritte in eine andere Richtung, hastete nach rechts auf sein kleines graues Haus mit dem Eckgrundstück zu. Joann unterdessen setzte ihren Weg auf Absätzen fort, die flink wie Trommelwirbel auf den glitzernden Asphalt schlugen.

Puh! Sie merkte, dass sie vor lauter Unruhe in dem kalten, böigen Wind fast zu schwitzen begann. Erleichtert knöpfte sie den obersten Knopf ihres Mantels auf.

Göte Mendelsson hatte sogar eine Frau. Man bekam sie nie zu Gesicht, denn sie litt wahrscheinlich an irgendwelchen nervlichen Beschwerden oder war invalide. Jedenfalls verließ sie nie das Haus. Vielleicht war ihm der Ausrutscher auch nur aus Verzweiflung über seine Einsamkeit unterlaufen. Gut möglich. Aber Joann war keine Psychotherapeutin, und die Methode, sein Problem zu lösen, fand sie auch nicht gerade angemessen. Nach dem Vorfall versuchte sie, Göte möglichst aus dem Weg zu gehen.

Als sie vor ihrem Briefkasten stand, hörte sie seine Haustür ins Schloss fallen.

Joann seufzte und kramte nach ihrem Hausschlüssel, bevor sie die Reklame aus dem Metallkasten holte. Es war ein ganzer Arm voll. Wie immer musste sie den gesamten Schwung Gratiszeitungen und Werbeflyer durchsehen, schließlich konnte etwas Wichtiges dazwischengerutscht sein. Auch wenn die Post mittlerweile Pappmanschetten um ihre Sendungen band, konnte man nie ganz sicher sein. Ein Brief oder eine Geldsendung konnte leicht herausfallen. Einmal hatte sie beinahe die Rückzahlung einer Versicherungsprämie über achthundertfünfzig Kronen weggeworfen – und so etwas durfte einfach nicht vorkommen.

Andererseits war vielleicht gerade das die berechnende Taktik. Dass man nie sicher war, bevor man den ganzen Reklamestapel durchgeblättert hatte.

Die Werbemenschen waren wirklich verdammt schlau. Es würde Joann kein bisschen wundern, wenn sie sich tatsächlich das Ganze so ausgedacht hatten.

Die Außenbeleuchtung reagierte auf einen Bewegungsmelder, sobald man einen Meter weit auf das Grundstück trat. Kent hatte auf dieser Annehmlichkeit bestanden, und sie hatte sich rasch daran gewöhnt, sich nicht mehr im Dunkeln bis zur Treppe vortasten zu müssen. An pechschwarzen Abenden wie diesem war das natürlich besonders bequem.

Sie steckte den Schlüssel ins Schloss.

Die Türangeln waren frisch geölt, und die Tür glitt geräuschlos auf. Ah – endlich zu Hause! Sie schloss sofort hinter sich ab. Sonst würde sie später darauf vergessen. Sie war zwar kein ängstlicher Typ, das würden weder sie noch Kent aushalten. Ihre Furchtlosigkeit hatte allein schon damit zu tun, dass Kent Pilot war. Er brauchte eine selbstbewusste, mutige Frau an seiner Seite oder, besser gesagt, zu Hause. Aber die Haustür hinter sich abzuschließen war heutzutage nichts weiter als reine Vernunft.

Auch wenn es draußen nur genieselt hatte, war der Mantel richtig durchnässt. Sie schüttelte die Tropfen über dem Fußabtreter ab und hängte den Mantel ordentlich auf einen Bügel über der Heizung im Flur.

Das war definitiv die beste Zeit des Tages. Jetzt konnte sie in Ruhe abschalten und entspannen. Auch wenn sie ihren Job mochte, spürte sie die Anspannung in Rücken und Nacken. Aber nach einer erholsamen Pause in dem dunkelgrünen Antistresssessel, den sie von Kent zu Weihnachten bekommen hatte, ging es ihr stets wieder gut. Sie hatten zwar auch einen Jacuzzi, aber jetzt ein Bad zu nehmen war viel zu umständlich.

In Strümpfen ging sie stattdessen in die Küche, um sich das bescheidene Brot zu machen.

Die Küche war perfekt. Letzten Frühling hatten sie erst umgebaut und eine komplett neue Härjedalen-Küche mit glänzend sauberen Arbeitsflächen, Schranktüren mit sherryfarbener Lasur und funktioneller Herdzeile im gleichen Farbton eingerichtet. Alles war wie immer aufgeräumt und perfekt geputzt. So war das eben, wenn man ganz allein war.

Die Küche war genauso lupenrein, als sie einige Minuten später einen Teller mit Hüttenkäsebrot und ein Glas Ramlösa zum Fernseher balancierte.

Der Luxussessel war sogar mit einem Klapptisch in der Armlehne ausgerüstet. Klein, aber ausreichend für einen Teller und ein Glas. Sie setzte sich in den Schneidersitz und griff nach der Fernbedienung.

Südnachrichten.

In Malmö war wieder ein Polizist ermordet worden.

Es war seltsam, wie schnell man sich daran gewöhnen konnte, Bilder von derartig grausamen Gewaltverbrechen anzusehen. Zweifellos war es nicht von der Hand zu weisen, dass durch Gewalt das Bewusstsein abstumpfte. Man gewöhnte sich daran, und Joann biss sogar von ihrem Brot ab, während die Kamera langsam das Mordopfer näher heranzoomte.

Der Journalist konnte ein paar richtig furchtbare Bilder von einem leblosen Arm machen, der aus einer halb offenen Autotür hing. Am Handgelenk war Blut heruntergetropft. Dunkelrot getrocknet, fast bräunliches Blut, das mit dem Leben des Polizisten davongelaufen war, bevor überhaupt jemand entdeckt hatte, was passiert war.

Der Pressesprecher der Polizei blinzelte in die Blitzlichter der Fotografen. Er erklärte formell und kühl, dass es gegenwärtig noch keine Verdächtigen gab. Und dass es bisher zu früh war, um etwas Genaues über den Tathergang zu sagen. Den Ermittlungen sollte nicht vorgegriffen werden, aber man hoffte auf definitivere Ergebnisse in Kürze.

Definitivere?

War das nicht ein Widerspruch?, dachte Joann, während der Nachrichtensprecher zur nächsten Meldung überging. Wie konnte es etwas geben, das mehr oder weniger definitiv war? Entweder war es definitiv oder eben nicht.

In der folgenden Meldung ging es um eine Gans.

Eine Ausreißerin, die vor den Grausamkeiten des Martinstags geflüchtet, auf eine Autobahn geraten und überfahren worden war. Aber ein Tierarzt hatte die Gans gerettet und einem Tierschützer übergeben.

Das Leben ist wirklich unvorhersehbar, dachte Joann wieder und nahm den nächsten winzigen Bissen von ihrem Brot.

Das Telefon klingelte mit einem schrillen Signal.

Joann saß so entspannt in dem bequemen Stuhl, dass sie vor Schreck zusammenzuckte.

Das ist bestimmt Kent, dachte sie und streckte sich nach dem schnurlosen Telefon auf dem Sofatisch. Ja, er müsste jetzt in München zwischengelandet sein, wenn sie seinen Zeitplan richtig im Kopf hatte.

Die Südnachrichten brachten gerade mit unangemessener Fröhlichkeit die Wettervorhersage. Unberechtigt munter, denn sie hörte, wie der Nieselregen draußen zunahm und in richtigen Regen überging, der an das Küchenfenster prasselte.

»Ja, hej«, sagte sie und hörte mit halbem Ohr dem Meteorologen zu, der über ein Tief aus dem Süden orakelte, das von einem Tief aus östlicher Richtung…

»Ich weiß, dass du allein bist…«

Die Stimme am anderen Ende der Leitung kam ihr unbekannt vor.

Sie war tief, nasal, ohne Zweifel männlich und unheimlich bestimmend.

Da musste sich jemand verwählt haben.

»Entschuldigung, aber Sie haben sicher…«

»Joann«, hauchte die Stimme am anderen Ende, »…ich weiß, dass du auf mich wartest.«

Er kannte ihren Namen.

Ein Unbehagen, viel größer als das durch den an Fenster und Fensterblech peitschenden Regen verursachte, breitete sich in ihrem gesamten sportlichen Körper aus.

Was sollte das eigentlich – war das ein schlechter Scherz?

Mit einer unbewusst schützenden Bewegung zog sie ihre Bluse höher an ihren Hals.

»Hallo? Wer ist denn da?«, fragte sie bestimmt.

Plötzlich war es vollkommen still in der Leitung.

Jedoch nicht ganz.

Sie konnte sein Atmen hören.

Nicht aufgeregt, nicht unnatürlich oder auf andere Art bedrohlich.

Ganz ruhig, als stünde er neben ihr im Zimmer und musterte sie.

Das war genau das Erschreckende.

Ein leises Klicken unterbrach das unheimliche Erlebnis.

Er hatte aufgelegt.

Aber das Gefühl, dass jemand in ihre Privatsphäre eingedrungen war, blieb.

Joann zog in sämtlichen Zimmern rasch die Gardinen zu und ließ die Jalousien herunter – auch in der Küche.

Dann ignorierte sie einfach die Kalorienmenge, schenkte sich einen großzügigen Whisky zur Beruhigung ein und erklomm wieder ihren Sessel.

Aber nun schien der hartnäckige Regen von draußen plötzlich direkt auf ihre Schultern zu fallen. Sie fror und bibberte. Obwohl sie sich einen Wollschal mit Schottenkaro umlegte, um die Angst zu vertreiben, konnte sie sich kaum noch auf den Fernseher konzentrieren.

Und in Pikes *Fahrstuhl zur Hölle* weiterzulesen war vollkommen unmöglich.

2

In einer nicht allzu weit zurückliegenden Zeit hatte Kriminalkommissar Joakim Hill von der Polizei in Helsingborg noch spannende Bücher lesen können. Er hatte außerdem viel Musik gehört, Jazz mochte er besonders – Buddy Rich, Bud Powell oder Charlie Parker. Auch einen guten Maltwhisky vor dem Fernseher hatte er sich gegönnt – im besten Fall zu einem seiner geliebten *Dirty-Harry*-Filme mit Clint Eastwood, deren Dialoge er zum Teil sogar auswendig konnte.

Go ahead, make my day.

Was für eine wunderbare Replik! Sie enthielt fünf einfache Vokabeln, aber ihre Bedeutung war viel weitreichender. Die fünf gewöhnlichen Wörter beinhalteten eine komplexe Mitteilung. Nicht nur eine Mahnung, sondern auch eine Herausforderung. Sowie eine unwiderlegbare Garantie einer totalen Niederlage für jeden, der die Gültigkeit dieser Aussage infrage stellte.

Joakim Hill hatte bei der einen oder anderen Gelegenheit mit höchster Zufriedenheit selbst diesen Ausspruch bei Konfrontationen am Arbeitsplatz angewandt – und er schien tatsächlich pure Magie zu enthalten.

Er entwaffnete fast ebenso effektiv wie eine geladene, schussbereite Polizeiwaffe, eine SIG Sauer P 225, die direkt auf die Brust zielte.

In den entsprechenden Situationen hatte er zum Glück nie die Drohung wahr machen und tatsächlich feuern müssen. Denn diese halbe Sekunde hätte eine ganze Ewigkeit verschwendet. Die eine Partei des Dramas wäre bestenfalls leicht verletzt worden, und die andere hätte in vielen langen, schlaflosen Nächten das Trauma bewältigen müssen, das stets mit einem abgefeuerten Schuss im Dienst einherging. Und dafür hatte Joakim Hill nie genügend Zeit.

Aber es hatte einen weiteren Abschnitt in seinem Leben gegeben – vor noch längerer Zeit, irgendwann zu Beginn des Jurazeitalters, schien es ihm –, als er sich sogar noch um sein Äußeres kümmern konnte.

Nicht dass er sich übertrieben herausgeputzt hatte, aber auch er wollte manchmal gern die Frauen beeindrucken. Auch wenn es, um ehrlich zu sein, nie zu größeren Offensiven auf diesem Gebiet gekommen war.

Mit Anfang dreißig hatte er sogar eine feste und relativ ernsthafte Beziehung gehabt. Er und Kristina waren ein schönes Paar gewesen. Sie hatten ein paar Jahre in ihrer kleinen Wohnung auf Söder gewohnt – mitten in dem damals so dramatisch genannten »Messerstecherviertel«, fast neben der Feuerwehrstation.

Diese Bezeichnung aus der Theaterwelt stammte aus den Fünfzigern, als noch verfallene, alte Häuser das Straßenbild bestimmt hatten. Bruchbuden, die nur auf die Erschließungswelle der Sechziger gewartet hatten. Schlecht gepflegte Häuser, die perfekte und günstige Wohnmöglichkeiten für die schlechter Gestellten geboten hatten. Hier wurden die Probleme oft untereinander gelöst, ohne dass sich die Hüter des Gesetzes einmischten. Ein Streit wurde mit schwieligen Fäusten und gezückten Messern ausgefochten – daher stammte auch die viel sagende Bezeichnung des Viertels. Für solche Aktivitäten war es gerade dunkel genug zwischen den Hauswänden. Und die Kinder begüterter Eltern taten besser daran, sich nicht nachts allein hier herumzutreiben, denn dabei konnten leicht ihre feinen Kleider und sauberen Nasen in der Dunkelheit zu Schaden kommen.

Aber Joakim und Kristina hatten sich dort sehr wohl gefühlt.

Vielleicht weil die verfallenen Häuser zu jener Zeit seit langem abgerissen und durch moderne Strukturen ersetzt worden waren. Und weil die Straßen inzwischen von hellen, starken Halogenlaternen erleuchtet wurden.

Überraschend ruhig und angenehm war es dort gewesen, zumindest in ihrem Treppenaufgang. Und das Leben hatte für den jungen Polizeibeamten und seine Freundin, die Supermarktkassiererin Kristina, seinen gemächlichen, aber dennoch vorgezeichneten Lauf genommen.

Doch eines Sonntagmorgens hatte sie ihm am Frühstückstisch aus heiterem Himmel ihre ehrliche Meinung über ihr gemeinsames Leben verkündet.

»Natürlich bist du lieb und alles, Joakim«, hatte sie über ihrem lauwarmen Café au Lait geseufzt, »aber du bist einfach so... fantasielos.«

Fantasielos? Was meinte sie eigentlich damit – wie konnte man das von einem Mann behaupten, der Clint Eastwood und Jazz mochte und außerdem eine großkalibrige Dienstwaffe besaß?

Er begriff überhaupt nichts.

War es, weil er gestern Abend so müde gewesen war? Weil er schon um halb elf eingeschlafen war, bevor sie ihre romantische Liebeskomödie im vierten Programm zu Ende gesehen hatte? Wenn das der Fall war, tat es ihm Leid. Aufrichtig Leid, aber er war nach einer anstrengenden Woche völlig erledigt gewesen. Es hatte alle möglichen Diskussionen zu führen und zahllose Berichte zu schreiben gegeben. Alles von Trunkenheit und Streit über Raub bis zu Misshandlungen und Totschlag. Er hätte nicht mehr gekonnt, selbst wenn er noch wach gewesen wäre.

Aber Kristina erwähnte davon nichts, sondern nahm kein Blatt mehr vor den Mund und fuhr mit ihrer Erläuterung ungehemmt fort.

»Du bist zwar ganz süß und so – aber, um ehrlich zu sein, dir fehlt vollkommen dieses gewisse Etwas.«

»Wie... welches gewisse Etwas?«

»Du weißt schon.«

»Nein.«

»Das, was irgendwie… besonders ist. Weshalb man auf jemanden fliegt, dieses Besondere, was Spannung schafft.«

»Aber… wir haben es doch so gut zusammen.«

»Ja, natürlich haben wir es gut«, hatte sie geantwortet und Kaffee aus der Riesentasse mit zartem Vergissmeinnichtmuster geschlürft – dem kraftlosen Symbol der Treue – und unbeteiligt aus dem Fenster geblickt. Als ob die Bedeutung ihrer Worte sie gar nicht berührte.

»Tja, dann«, meinte Hill unbeholfen.

All das war so unerwartet zur Sprache gekommen. Oder war er im letzten Jahr bewusst mit Scheuklappen durchs Leben gegangen?

»Was ist es denn dann, was nicht stimmt?«, wollte er wissen.

Die Hausschuhe waren unter dem Küchentisch von seinen Füßen geglitten, und er merkte plötzlich, dass seine Zehen eiskalt waren. Aber das hatte vermutlich nicht so viel mit dem kalten Fußboden zu tun. Sein Herz war auf einmal genauso verfroren und konnte aus Angst vor ihrem nächsten Vorwurf kaum noch schlagen.

»Natürlich haben wir es gut«, hatte sie geseufzt und die Tasse mit einem Scheppern auf die Untertasse gestellt. »Gut… aber todlangweilig.«

Der rasch entstandene Fall »Wohnungsbesitzerin gegen den Polizeibeamten Joakim Hill« hatte äußerst übel für den Beschuldigten begonnen. Er konnte zu seiner Verteidigung nicht sonderlich viel vorbringen, sodass die Klägerin mit ihrem immer finstereren und gehässigeren Plädoyer fortfuhr.

»Wenn ich wirklich sagen soll, was ich denke, dann siehst du dem Schauspieler Thommy Berggren tatsächlich ein bisschen ähnlich. Als er noch jünger war, jedenfalls. Aber du hast nicht dieselbe – wie soll ich sagen? – Glut in dir.«

Er war sprachlos und spürte, wie die Eiseskälte ihrer Worte von seinen pyjamabekleideten Schultern bis zum Nacken hinaufkroch. Das Nackenhaar sträubte sich, wie wenn etwas Unheilvolles auf einen zukommt.

»Ja, deine Augen sehen fast genauso aus, aber dein Blick ist längst nicht so romantisch. Und dein Körper ist auch nicht so sexy wie seiner, wenn er sich vor der Kamera bewegt«, stellte sie gefühllos fest.

Was um Himmels willen sollte der Beschuldigte darauf antworten?

Er schwieg.

»Wenn wir jetzt ohnehin gerade darüber reden, finde ich, dass eine kleine Pause in unserer Beziehung angebracht wäre«, fuhr die Klägerin gleichgültig fort. »Ja, damit wir zu uns zurückfinden.«

»W… wann soll diese so genannte Pause sein?«, brachte er schließlich heraus.

»Also… eigentlich jetzt.«

Jetzt.

Weil seine Augen nicht genauso pechschwarz schimmerten und mit sentimentalen Tränen gefüllt waren wie die von Berggren und weil seine Gestik nicht so dramatisch geschraubt war, hatte sie ihn hiermit völlig rücksichtslos verurteilt.

Wenn auch nicht zum Tode, so doch zu ewiger Einsamkeit.

Denn genau so hatte er sich gefühlt, als er später am selben Tag mit drei voll gepackten Reisetaschen an der Straße gestanden und auf das Taxi gewartet hatte.

Wie wenig sie sich doch gekannt hatten, obwohl sie sich so nah gewesen waren wie nur möglich – offenbar jedoch nur körperlich.

Ein Freund hatte ihm erlaubt, in seinem alten, heruntergekommenen Gästehäuschen auf seinem Grundstück in Billesholm zu wohnen. Bis auf weiteres zumindest. Bis er sich eine eigene Wohnung besorgt hatte oder wieder zu Kristina zurückgekehrt war.

Er war zurückgekehrt.

Noch am gleichen Abend hatte sich Joakim den alten Käfer seines Freundes geliehen und war wieder nach Söder reingefahren. Das war einfach Wahnsinn, es musste doch möglich sein, sie zur Vernunft zu bringen, dachte er und steuerte zielsicher die scheppernde Rostlaube Richtung Stadtzentrum, während der Handschweiß sich auf das Bakelitlenkrad legte.

Es handelte sich sicher nur um einen ungewöhnlich schweren Fall von PMS, glaubte er. Alles, was sie gesagt hatte, war auf das prämenstruelle Syndrom zurückzuführen und nicht so gemeint. Bestimmt lief sie gerade in der einsamen Zweizimmerwohnung hin und her und wünschte alles ungeschehen und ungesagt. Hoffte, dass er bald vor der Tür stehen und sie wie immer in seine Arme nehmen würde und dass sie nie wieder über diesen Blödsinn, der heute passiert war, reden bräuchten.

Doch auch wenn dem nicht so war, auch wenn sie gegenüber seiner Gutmütigkeit immer noch auf stur schaltete, würde er sie sicher dazu bringen können umzudenken, überlegte er verbissen.

Es war tatsächlich möglich, mit den Mädels zu reden. Sogar wenn sie an PMS litten. Dann musste man sich nur anstrengen, damit man sozusagen den richtigen Zugang fand. Der direkt in die kleine Herzkammer führte, so kalt und verschlossen sie auch gegenwärtig sein mochte.

Er würde sie an die »Kreuzfahrt« erinnern, hatte er beschlossen.

Damals, als er sich richtig ins Zeug gelegt und eine Luxuskabine auf der DFDS-Fähre von Helsingborg nach Oslo gebucht hatte. Fünftausend Kronen hatten an jenem Wochenende Flügel bekommen und waren durch die Panoramafenster der protzigen Kabine auf dem VIP-Deck über das Meer davongeschwebt; dass er sie direkt in die rot glühenden Strahlen der untergehenden Sonne hatte fliegen sehen, konnte auch an dem Champagner gelegen haben. Selbstverständlich waren Champagner und ein Obstkorb auf dem Zimmer bei diesem unvernünftigen Preis für eine lächerliche Fahrt von zwei Nächten inklusive gewesen.

Aber es hatte sich ausgezahlt, denn diese beiden Nächte

waren kaum zu beschreiben. Darüber konnte er beinahe vergessen, dass jene fünftausend Kronen ihn ärmer gemacht hatten.

Nach dieser Fahrt hatte er sowohl eine Freundin als auch eine Wohnung gehabt.

Jetzt wollte er Kristina – ebenso schonungslos, wie sie sich zuvor verhalten hatte – an eben jene beiden speziellen Nächte erinnern.

Ja, verdammt! Und wenn es sein musste, war er auch bereit, sie auf Knien anzubetteln und anzuflehen!

Er hatte den Käfer auf der anderen Straßenseite gemäß der städtischen Parkerlaubnis abgestellt. In der Wohnung brannte Licht. Das sah er, sowie er in die Straße einbog. Etwas tief in seinem Inneren sagte ihm, dass er Recht hatte. Sie wartete bestimmt ungeduldig darauf, dass er wiederkam. Wartete und sehnte sich mindestens genauso sehr wie er selbst.

Er legte den ersten Gang ein, zog die Handbremse an und nahm den Schlüssel aus der Zündung.

Hier kommt die Kavallerie, meine Dame, dachte er und stieg umständlich aus. Papa ist wieder da!

Er schloss mühevoll ab, obwohl er wusste, dass der Markt für halb verrostete VWs, Modell »Anno dazumal«, verschwindend gering war. Ehrlich gesagt, den Wagen konnte man vergessen.

Und ihn selbst auch.

Denn in diesem Augenblick warf er einen Blick Richtung Schlafzimmerfenster.

Und sah ein, dass er eine unwiderrufliche, definitive Null war.

Ein riesengroßes Nichts.

Ein Loser.

Denn hinter dem dünnen, goldbeigen Rouleau – das sie so oft schon hatten gegen ein neueres, bunteres und dichteres austauschen wollen, weil es nicht viel dicker als normaler Stoff war – sah er nun, wie sich deutliche Konturen abzeichneten.

Sie hielt die Arme hoch über den Kopf.

Ihr langes blondes Haar fiel frei über den Rücken.

Es hob und senkte sich in wogenden Kaskaden, als er ihr den Pullover über den Kopf zog und ihn mit einer nonchalanten Geste fallen ließ.

Er.

Wer auch immer das sein mochte, er schien sich bereits entkleidet zu haben.

Joakim starrte auf die abscheulich breite Schulterpartie, die sich schonungslos gegen den verschlissenen Sichtschutz abzeichnete, den sie seit langem durch etwas Besseres hatten ersetzen wollen. Breite Schultern und ein Paar kräftige Arme, die ihren Körper umfassten, als sie sich küssten. Dann gierig suchende Hände am BH-Verschluss, und Joakim sah, wie die beiden C-Körbchen – von denen er ebenso gut wusste, wie man sie löste – einen Moment triumphierend im Griff dieses Kerls baumelten. Dann ließ er sie leichtsinnig zu Boden segeln.

Sie wandte seinem geschmeidigen Körper rasch den Rücken.

Er umschloss von hinten ihre wogenden Brüste.

Und Joakim wandte beiden den Rücken zu.

Ohne das, was bis vor wenigen Stunden noch ihr gemeinsames Schlafzimmer gewesen war, eines weiteren Blickes zu würdigen, öffnete er die Autotür. Er schlüpfte hinter das Lenkrad, startete und fuhr leise tuckernd die stille Straße entlang.

Ohne besonders viel darüber nachzudenken, wusste er dennoch: Es war sicher nicht das erste Mal, dass sie sich in diesem Schlafzimmer liebten.

Sie musste über seine armselige Gutgläubigkeit höhnisch gelacht haben.

Und die Tirade am Frühstückstisch war nichts als eine genau getimte Berechnung gewesen. Sein Schicksal war vermutlich schon seit langem besiegelt. Seit sie diesen Typen getroffen hatte, wann immer das passiert war. Er hatte wahrscheinlich einen glänzenden romantischen Blick und eine offensichtlich beispiellose sexuelle Konstitution. Wohl genau das, was sie mit diesem gewissen Etwas meinte.

Joakim wusste außerdem ohne Zweifel, dass sein Blick so weit von ihrem Ideal entfernt war wie nur möglich. Er fühlte sich vollkommen grau, leblos und in sich zusammengefallen. Aber mit letzter Willenskraft war es ihm auf wundersame Weise dennoch gelungen, den rostigen alten VW zurück nach Billesholm zu steuern.

Und während dieser Höllenfahrt hatte er beschlossen, für immer Junggeselle zu bleiben.

Dieses Versprechen hatte er auch gehalten – beinahe acht Jahre lang.

So lange war es ihm gelungen, die Scheuklappen aufzubehalten. Er hatte problemlos alle vorsichtigen Kontaktversuche umgangen, denen er bisweilen ausgesetzt gewesen war. Stets höflich, stets nett, aber völlig ignorant den meist sehr eindeutigen Annäherungsversuchen gegenüber.

Einige seiner Kollegen hatten sogar begonnen, über Joakim Hills Vorlieben zu spekulieren.

Spielte er für das eine oder für das andere Team?

Aber sie hatten sich schließlich für das gesunde Prinzip »lieber frei als gefangen« entschieden. Deshalb waren sie sich einig, dass sein seltsames Verhalten darauf beruhte, dass er vollkommen in seiner Weiterbildung aufging. Obwohl – Arbeitseifer war oft auch ein Anzeichen für ein frustriertes und unterfordertes Sexleben. Oder …?

Ahnungslos füllte Joakim sein Leben mit Zusatzkursen, interessierte sich für Beschattungs- und Ermittlungsmethodik, und ehe er sichs versah, zählte er zu den jüngsten Kriminalkommissaren des Landes.

Aber – hatte er sich damit auch ein anderes Bild von sich selbst zugelegt?

Nein. Er entsprach noch immer dem schiefen Selbstbild, das Kristina ihm an jenem Morgen vor langer Zeit schonungslos in die Stirn gemeißelt hatte.

Sterbenslangweilig, keine Glut – eine Pappfigur, der alles fehlte, was man als sensuelle Leidenschaft bezeichnen konnte.

Er hatte felsenfest an das Konzept geglaubt, und sich in dieser falschen Vorstellung zu ergehen war wie auf einem alten, abgewetzten Ledersofa zu liegen: vielleicht schmuddelig, aber unglaublich bequem und sicher.

Und weil er fest davon überzeugt war, dass er nicht das geringste Talent besaß, um ein romantisches Potenzial zu entfalten, schob er eine ruhige Kugel. Er hatte vollkommen unberührt seine gewohnte Beziehungslethargie beibehalten und die Zeit in einem stillen, blauschwarzen Fluss davonrinnen lassen.

Bis die Ärztin Catharina Elgh aus Lund sich trotzig weigerte, Kristinas hartes Urteil zu akzeptieren.

Zum Glück war sie keinen Augenblick lang mit seinem verfälschten Selbstbild einverstanden gewesen. Obwohl er sich anfangs bedenklich schwer getan hatte, hatte sie rasch eingesehen, was Joakim Hill wirklich zu bieten hatte. Das hatte sie bereits an jenem Spätfrühlingsabend begriffen, als sie sich vor einer Tankstelle an einem Betonblumenkübel begegnet waren. Vor einer Tankstelle, deren Pächter tot vor der Kühltruhe mit Bier gelegen hatte.

Und auch wenn sie die eine oder andere Woche gebraucht hatte, um klar zu sehen, hatte sie zweifellos verstanden, dass das, was der Kommissar zu bieten hatte, von bester Qualität war.

Catharina Elgh war nämlich auch die Ähnlichkeit aufgefallen. Zwischen ihm und dem mittlerweile leicht ergrauten Schauspieler, bei dessen Anblick die meisten Frauen weiche Knie bekamen. Aber sie hatte den Vergleich ganz anders ausgelegt als Kristina.

Wo Thommy Berggren charismatisch ausdrucksstark war, war der Kommissar zurückhaltend gemütlich. Schlicht herrlich bescheiden, wie ein zwar sowohl erdiger und ungeschliffener, aber echter Diamant. Sie hatte nicht lange gebraucht, um sicher zu sein, dass er genau derjenige war, den sie haben wollte.

Sie hatte nämlich nicht gesehen, was in dieser Spiegelung eines ganz anderen und völlig Unnahbaren fehlte.

Stattdessen waren ihr Joakim Hills eigene unstreitbare Verdienste aufgefallen. Und sie hatte ihn so genommen, wie er war.

Sie hatten im Januar des folgenden Jahres geheiratet, und Tochter Sara Bianca war fünf Monate später geboren worden.

Deshalb hatte Kriminalkommissar Hill keine Zeit mehr.

Weder für Clint, Jazz oder Maltwhisky noch für sein Aussehen oder andere Frauen.

Das Einzige, was er seit kurzem von seinem alten, verbrauchten Fernsehsofaleben wieder aufgenommen hatte, waren erneute Studien. Joakim hatte beschlossen, sich weiterzubilden. Die Kriminalität veränderte ja permanent ihr furchtbares Gummigesicht. Und um damit Schritt halten zu können, musste man dieses Phänomen unter die Lupe nehmen und die neuen Modi Operandi studieren, die Merkmale der Verbrechen. Erfahrungen sowohl in den eigenen Reihen als auch mit anderen Behörden auszutauschen war eine Notwendigkeit. Man war gezwungen, über Grenzen hinweg zusammenzuarbeiten, wollte man sich nicht hilflos besiegt sehen.

Das Neueste war nämlich Computerkriminalität. Das klang bestechend gut. Betätigten sich die Verbrecher im Netz, konnten sie zumindest auf der Straße niemanden zusammenschlagen. Vielleicht würde die Gewalt in den Straßen abnehmen und durch digital generierte Feindbilder ersetzt werden…

Wohl kaum.

Die Gewalt auf der Straße existierte und nahm parallel mit der Kriminalität im Netz an Aggressivität zu.

Vor knapp zwei Monaten war das World Trade Center eingestürzt. Der Alltag schien sich nicht allzu sehr verändert zu haben, und dennoch war alles anders seit Dienstag, dem 11. September 2001. Niemandem war das naive Weltbild geblieben, weder im Guten noch im Schlechten. Und die Kriminalität hatte eine neue, einmalig hässliche Grimasse geschnitten, die besagte, dass sogar ihre Grenzen erschüttert worden waren. Die Modi Operandi veränderten sich und wurden in neue, freche Camouflage gehüllt.

Der Versuch, sich selbst oder der Öffentlichkeit etwas vorzumachen, lohnte kaum. Solange die Anzahl der gut ausgebildeten und äußerst motivierten Polizeibeamten rückläufig war, würde der glänzende Börsengang der Kriminalität in einer steil ansteigenden Glückskurve fortlaufen.

Aber Joakim Hill hatte einen selten hartnäckigen Charakter und weigerte sich, Gewalt als etwas Natürliches hinzunehmen, etwas, bei dem man nicht einmal mehr reagierte.

Deshalb hatte er nun seine gesamte Sekundärliteratur mitten auf dem Couchtisch gestapelt. *Methods of Internet Deception* des Harvardprofessors Lee Townsend. *On-line Crime* von der britischen Kriminaljournalistin Janet Bellis. Beachtliche Wälzer, die Joakim Hill nun durchzuackern und von vorn bis hinten zu analysieren gedachte.

Für Bia.

Klein Bianca, zweieinhalb Jahre alt, zahnte und war nach lästigen Schmerzen endlich eingeschlafen. Ein paar der hinteren Milchzähne machten ihr das Leben schwer.

»Man weiß nichts über den eigentlichen Sinn des Lebens, bevor man Kinder bekommen hat«, flüsterte er nun Catharina zu und schlug Townsends Wälzer auf Seite zweihundertachtunddreißig auf.

So viel hatte er schon geschafft. Er war richtig stolz auf seine Leistung. Gelang es ihm, seine Zusatzkurse mit Bravour zu bestehen, konnte er vielleicht sogar mit einer Beförderung und Gehaltserhöhung rechnen. Und vielleicht würde dann der seit langem aufgeschobene Hauskauf Wirklichkeit werden. Schon vor einem guten Jahr hatten sie aus der zwar wunderschönen, aber inzwischen viel zu kleinen Wohnung in der Hebsackersgatan ausziehen wollen. Doch es war nie etwas daraus geworden, wie das manchmal eben so war.

»Mmmm«, stimmte Catharina ihm zu und setzte sich in der Sofaecke in den Schneidersitz.

Sie verfolgte müde eine Talkshow über Kinderbetreuung,

aber erholte sich eigentlich von einem hektischen Tag in der Ambulanz. Vor drei Wochen erst hatte sie an ihrem neuen Arbeitsplatz, der Helsingborger Klinik, begonnen. Diese Stelle ersparte Catharina jeden Werktag den langen Weg nach Lund, doch sie hatte auch ihre Bedenken gehabt.

Denn sie war richtig »lundisiert« worden in ihren Jahren in der brodelnden Universitätsstadt. Wie sollte sie da plötzlich andere Arbeitskollegen, andere Routinen und eine andere unbekannte Umgebung verkraften?

Aber sie hätte sich die ganze Angst sparen können. Schon am ersten Tag hatte sie so viel in der Notaufnahme zu tun, dass sie gar nicht zum Nachdenken kam. Und als ihre Schicht zu Ende war, stellte sie fest, dass alles nach ungefähr den gleichen Schemata ablief, die sie von Lund her kannte. Und ihre neuen Kollegen hatten sie mit offenen Armen und einer wunderbar positiven Neugier empfangen.

Nach der ersten Woche konnte sie sich nicht mal mehr daran erinnern, weshalb sie sich vor dem Paradigmenwechsel Lund/Helsingborg so geängstigt hatte.

In dieser Stadt war es genauso hektisch, und am Abend war es genauso schön, vor dem Fernseher bei einer belanglosen Talkrunde zu entspannen.

»Vorher irrt man nur wie eine schusselige Henne umher, ohne ein vernünftiges Ziel vor Augen zu haben«, setzte Joakim seine Erläuterung über den Segen der Elternschaft fort.

»Ha! Genau das hast du nämlich getan, als ich ein Auge auf dich geworfen hatte, Schatz!«, kicherte Catharina amüsiert.

Er lächelte bei dem Gedanken, aber wollte nicht recht zugeben, dass er sich exakt wie ein hysterisches Huhn verhalten hatte.

»Und diejenigen, die keine Kinder bekommen?«, fragte sie.

»Ja, sicher«, gab er deutlich ernster zurück, »kinderlos zu sein ist ein unglaublich großes Problem. Und ich meine das nicht bezogen auf die Lebenserfahrung ganz allgemein, sondern eher in ganz privater Hinsicht.«

»Okay«, antwortete Catharina und verlor plötzlich das Interesse an der seichten Debatte, die über den Fernsehschirm flimmerte.

»Also in rein privater Hinsicht würden dir mehr Kinder ein noch vernünftigeres Ziel vor Augen führen, meinst du?«

Er starrte einen Moment blind auf die pechschwarzen Buchstaben des Textes vor sich und bemerkte, dass jeder Anflug von Leselust komplett verschwunden war.

Stattdessen wandte er den Kopf und blickte in Catharinas Augen.

Bia schlief.

Er und Catharina.

Ganz allein.

Wer brauchte da Bücher?

Er lehnte sich genüsslich im Ledersofa zurück, seufzte tief und erleichtert, rutschte nach vorn und zog sie zu sich herüber. Catharina ließ es geschehen, wandte ihm ihr Gesicht zu und bot ihre Lippen dar.

Der Kuss war so weich, dass er beinahe keusch schien.

Aber das war vollkommen irreführend.

Das war lediglich die kribbelnde Einleitung. Eine wortlose Frage, der eine spannende Antwort folgte. Eine Antwort, die weit von den Texten, die er zu lesen sich vorgenommen hatte, und von dem Lerneifer, den er gerade eben noch zu spüren meinte, entfernt war. Nun meldete sich ein ganz anderes Begehren.

Das Begehren, der zu sein, der eindeutig das gewisse Etwas hatte.

Sie war so schlank und leicht. Beide sportlich und von durchschnittlichem Körperbau. Und er konnte sie problemlos hochheben und ins Schlafzimmer tragen.

Der Regen prasselte nun hartnäckig an die Südfenster. Draußen brauste ein Herbstschauer, aber in der Wohnung war es wohlig warm.

»Wie gut das ist, heute Abend nicht allein zu sein«, raunte sie in sein Ohr.

Joakim Hill konnte ihr nur aus ganzem Herzen beipflichten.

Doch gleichzeitig – irgendwo tief im Innern, ohne dass es in sein erregtes Bewusstsein drang – fragte er sich, wie das werden würde.

Wenn sie in ihr eigenes Haus gezogen sein würden, welches auch immer das sein sollte. Vielleicht ein Bungalow, der nicht die gleiche Ungestörtheit wie diese Wohnung im dritten Stock bot.

Aber wie gesagt, all das spielte sich in den Tiefen des Unterbewusstseins ab. Möglicherweise war es eine spontane Angst vor den unvermeidlichen Veränderungen, die bald in ihrem Leben passieren würden.

Doch nun hatte Kriminalkommissar Joakim Hill keine Zeit, sich darüber den Kopf zu zerbrechen. Heute Abend hatte er nur Zeit für seine Frau und die herrlichen Gefühle, die diese intime Stunde beherrschten.

»Mmm«, murmelte er, bohrte seine Nase in ihr flauschiges Nackenhaar und spürte ihren schweren Leib an seinem Hals, »es wäre überhaupt nicht lustig, allein zu sein – gerade jetzt!«

3

Jane Hopegood war an jenem Abend ganz allein. Allein mit all ihrer Fachliteratur und zahllosen Schreibblöcken, mit mehr oder weniger verständlichen Notizen gefüllt. Mit allem, was sie zum Arbeiten brauchte, denn sie studierte Betriebswirtschaft. Sie besuchte das zweite Semester des neu eröffneten Hochschulzweigs Campus Helsingborg in der ehemaligen Gummifabrik Kadorran unten am Fährterminal.

Ihr Freund Dan arbeitete Nachtschicht als Betriebstechniker bei einem Stromkraftwerk. Das hatte weder ihm noch ihr irgendwelche Probleme bereitet – bis vor ein paar Wochen.

Da hatte das mit den Anrufen begonnen.

Jane hatte sich von Anfang an extrem darüber aufgeregt.

Anfänglich hatte sie geglaubt, dass ihre Herkunft damit zu tun hatte. Jane war nämlich Mestizin, also Halbindianerin. Ihre Mutter war Schwedin und sogar eine echte Blondine. Aber ihr Vater stammte aus Liberal in Kansas. Er war Vollblutindianer eines Cherokee-Stammes, dem es allem Übel zum Trotz gelungen war, in Liberal auszuharren und zu überleben.

John Hopegood war ein beeindruckender Mann gewesen. Eigentlich war es nicht weiter verwunderlich, dass das schwedische Flower-Power-Mädel von ihm begeistert war. Ende der Siebziger hatten sie sich bei einem Konzert getroffen. John hatte für eine Hardrockband, an die sich niemand mehr erinnerte, als Techniker gearbeitet. Außerdem war er ein ausdauernder Groupiejäger gewesen, der seine glücklich seufzende

Beute in raschem Takt erlegte. Ohne jemals etwas von seiner stolzen Selbstständigkeit eingebüßt zu haben.

Doch eines warmen Spätsommertages hatte er im Gedränge zwischen den Fans plötzlich Auge in Auge seinem Schicksal gegenübergestanden. Die kupfern schimmernde Inga Jansson aus Traryd. Und die unglaubliche Liebesgeschichte zwischen dem Cherokee-Techniker und der Smålandsmaid hatte sowohl in einer Heirat als auch in einer kleinen Tochter rund neun Monate später resultiert.

Und John Hopegood hatte entgegen allen Erwartungen nicht aufgehört, sowohl Inga als auch die Frucht ihrer Liebe, Jane, zu vergöttern. Sogar so sehr, dass er seiner schwedischen Frau in ihre karge nordische Heimat gefolgt war, sich mit seiner Familie im schonischen Hittarp niedergelassen und den Rest seines Lebens dort verbracht hatte.

Es war sehr merkwürdig für Jane gewesen, einen Vater zu haben, der Indianer war. Vollkommen einzigartig. Aber verwunderlicherweise war sie deswegen nie in der Schule das Ziel von Spott und Häme geworden.

Vielleicht weil die anderen ebenso verunsichert wie überrascht über den hoch gewachsenen, krummnasigen Indianer waren, der jeden Morgen seine Tochter in die kleine Dorfschule begleitete. Und sie genauso pflichtbewusst jeden Nachmittag wieder abholte.

Leider war John Hopegood vor einem halben Jahr an Lungenkrebs verstorben, gerade einmal dreiundfünfzig Jahre alt. Aber Jane konnte ihn noch genau vor sich sehen, als wäre es erst gestern gewesen. Nicht so, wie er die letzten Wochen in diesem seltsam fremden schwedischen Krankenhaus ausgesehen hatte, sondern wie in seinen besten Zeiten. Als er ein muskulöser, charismatischer Indianerheld gewesen war.

Jane hatte sein fantastisches exotisches Aussehen geerbt. Sie hatte seine bronzefarbene Haut, sein dunkles Haar und seinen schlanken Körperbau. Von Mama Inga stammten die graublauen Augen und die europäischen Gesichtszüge. Eine Kombination, die sie sowohl fremdartig als auch unglaublich verlockend erscheinen ließ.

Als die verdächtigen Telefonanrufe angefangen hatten, nahm sie natürlich an, dass irgendein Spinner dachte, sie sei ein willkommenes Opfer, weil sie anders aussah.

»Hallo, ja?«, hatte sie sich beim ersten Mal leicht gehetzt gemeldet, weil sie gerade aus der Dusche gekommen war und das Gespräch nach dem achten Klingeln angenommen hatte.

»Jane?«

»Ja… wer ist denn da?«

»Ich weiß, dass du allein bist.«

Sie hatte sicher tief und erschrocken Luft geholt, aber später wusste sie das nicht mehr so genau. Sie erinnerte sich nur noch daran, dass sie den Hörer in ihrer Hand angestarrt hatte, als hätte er sich plötzlich in eine lebensgefährliche Kobra verwandelt. Dann hatte sie ihn so schwungvoll auf die Gabel geworfen, dass er abgeprallt und zu Boden gefallen war.

Dan war nicht gerade begeistert gewesen, als sie angerufen und ihn beim Arbeiten gestört hatte. Er arbeitete bei den Anlagen von Västerholm für Helsingborgs Energi, ein Unternehmen, das sich durch die Privatisierung des Strommarktes in einer umfassenden Neustrukturierung befand und seinen Namen in Öresundskraft geändert hatte. Ein Vorgang, der selbst die Angestellten im Außendienst nicht verschonte, denn das Unsicherheitsgefühl verbreitete sich so schnell wie ansteckendes Misstrauen.

Wird es auch in dieser Abteilung Kürzungen geben? Würden die Ressourcen umverteilt werden, und wo würde man sich selbst bei einer solchen Umverteilung wiederfinden – beim Arbeitsamt?

Demnach war die Situation für Privatgespräche am Arbeitsplatz nicht die allerbeste. Besonders deshalb nicht, weil Ingenieur Pettersson ein Stück weiter weg stand und ein fehlerhaftes Relais begutachtete.

Aber darauf hatte Jane komplett gepfiffen. Obwohl sie gerade richtig heiß geduscht hatte, war ihr eiskalt, und sie fühlte sich nicht wohl in ihrer Haut. Sie war sich wieder bewusst geworden, dass ihr großer, starker Papa nicht mehr da war, um sie zu beschützen.

»Ja, dann schließ ordentlich ab und leg die Sicherheitskette vor«, versuchte Dan sie mit gedämpfter Stimme zu beruhigen, während er Ingenieur Pettersson ängstlich musterte. »Ich rufe dich von meinem Handy aus an, wenn ich nach Hause komme, dann kannst du aufstehen und die Kette wieder lösen.«

Auf diese Weise waren seit dem unheimlichen Anruf Wochen verstrichen.

Dan hatte Jane erklärt, warum er gerade jetzt gezwungen war, mit den Nachtschichten weiterzumachen. Wie wichtig es war, bei dieser kritischen Lage sich wirklich ins Zeug zu legen und keine Umstände zu machen.

Okay, Jane verstand. Das hatte sie jedenfalls behauptet, aber nicht wirklich gemeint. Sie befand sich auch in einer kritischen Lage und war nicht seiner Meinung, dass sein Job vorging.

So schlugen sie sich durch die folgenden Wochen, mithilfe des Sicherheitssystems, das das Mobiltelefon bot, und Jane fühlte sich recht sicher, dass sich Dan – und nur Dan – Zutritt zu ihrer Wohnung verschaffen konnte, weil sie ein zuverlässiges Schnappschloss hatten.

Aber die unheimlichen Anrufe hatten nicht aufgehört. Und zwar auf eine Weise, die ihr den beängstigenden Eindruck vermittelte, dass der Anrufer irgendwie Bescheid wusste. Genau sehen konnte, was sie gerade tat. Als würde der Unbekannte sie durch den Briefkastenschlitz beobachten oder etwas ähnlich Gestörtes.

Sie hatte sogar Dan dazu gebracht, einen dicken, schwarzen Gummiriemen vor dem Briefschlitz anzubringen – wenn das überhaupt etwas nützte…

Aber irgendwie war alles so verdammt verkorkst. Denn dieser Anrufer machte nie irgendetwas. Niemand konnte beweisen, dass er sich überhaupt in der Nähe aufhielt.

Dan hatte sofort mit der Polizei und mit Telia gesprochen.

Die Reaktion war von beiden Seiten ebenso ehrlich wie bedauernd ausgefallen. Leider konnte man gegenwärtig nicht besonders viel tun. Anonyme Anrufe galten lediglich als Belästigung. Die Polizei hatte keine ausreichende Handhabe, um Ermittlungen einzuleiten, und Telia hatte gesetzlich kein Recht, den Telefonanschluss zu überwachen.

Nicht in diesem Stadium zumindest.

In welchem Stadium denn dann – wenn ich tot bin?, dachte Jane manchmal bitter.

Aber das war wohl doch etwas übertrieben. Sie war schlichtem Telefonterror ausgesetzt. Keine direkt ausgesprochene Todesdrohung oder Ähnliches. Keine deutlichen Anzeichen für eine sexuelle Bedrohung. Er hatte keinerlei Andeutungen in diese Richtung gemacht. Es war nur so ein Gefühl, um ehrlich zu sein. Die Verletzung ihrer Privatsphäre wurde nicht angenehmer dadurch, dass die bedrohlichen Unterstellungen nicht offen ausgesprochen wurden.

»Komm zu mir… oder willst du lieber, dass ich zu dir komme?«

So hatte sich das angehört, wenn sie den Hörer abgenommen und sich gemeldet hatte.

»Lass mich in Ruhe, du verfluchter Idiot!«, hatte sie in den Hörer geschrien. »Hör auf, verdammt!«

Eine äußerst verständliche, aber denkbar unkluge Reaktion. Das war ein schwerer Fehler gewesen. Sie hatte ihm dadurch nur den eindeutigen Beweis geliefert, den er haben wollte. Die endgültige Bestätigung, dass er genau dahin gekommen war, wo er hinwollte. Dass er sie derart irritieren konnte, dass sie ihre Reaktionen nicht länger unter Kontrolle hatte. Er hatte ihr Angst und Schrecken eingejagt.

Die Anrufe hatten sich wiederholt, waren vielleicht sogar zahlreicher geworden. Aber sie nahm nicht mehr ab. Sie konnte auf dem Display erkennen, wenn die geschützte Nummer anrief, und hielt sich einfach mit einem Kissen die Ohren zu, bis das Telefon nicht mehr klingelte.

Aber durch diesen Terror versank Jane immer tiefer in einen

depressionsartigen Zustand, der sie furchtbar nervös und ängstlich machte. Sie schreckte bei jedem kleinen Geräusch auf. Wenn jemand unten an der Kreuzung unvermittelt hupte, zuckte sie zusammen. Aber wie sehr Dan sie auch zu überreden versuchte, sie wollte keinen Arzt konsultieren.

»Die sagen nur, dass ich Zwangsgedanken habe, und geben mir Tranquilizer – nein, das will ich nicht!«, beharrte sie.

Doch zugleich fiel es ihr immer schwerer, ihr Studium zu verfolgen. Die erste nicht bestandene Teilprüfung schmeckte unangenehm bitter, besonders da sie stets als Einserstudentin gegolten hatte. Sowohl in der Schule als auch in den philosophischen und wissenschaftstheoretischen Seminaren, die sie früher in Lund besucht hatte.

Dan hatte befunden, dass sie sich in jedem Fall für eine Woche krankschreiben lassen sollte.

»Man schreibt sich nicht vom Studium krank, Dummkopf«, hatte sie matt geantwortet, »aber es wäre vielleicht nicht schlecht, wenn ich mich ein paar Tage ausruhe, um auf andere Gedanken zu kommen.«

Sie hatte in den letzten Tagen viele Romane gelesen. Die sie sich aufgehoben hatte, wenn sie mehr Zeit dafür haben würde. Sie hatte Memoiren gelesen. *Nichts ist lange her* von dem Schauspieler Fredrik Ohlsson. Und *Wer spielt in der Nacht?* von Bengt Lagerkvist. Darin ging es um die Jugendjahre seines Vaters Pär.

Es war ihr nie in den Sinn gekommen, Kriminalromane zur Hand zu nehmen. Sie brauchte etwas Handfestes, Konkretes und Authentisches, um ihrer albtraumartigen Situation etwas entgegenhalten zu können. Doch diese Memoiren waren spannend genug und hatten sie in die Wirklichkeitsflucht getrieben.

Sie hatte in den vergangenen Nächten tatsächlich so gut geschlafen wie lange nicht mehr. Richtig tief und fest, als befände man sich meilenweit von seinem Bewusstsein entfernt. Sie träumte dabei wie eine Verrückte. Von ihrer Kindheit, Mutter und Vater im Haus bei Hittarp. Von ihrem geliebten

Hund Tickan, einem gutmütigen, treuen Labrador, der nur sieben Jahre alt geworden war, ihr jedoch ein Leben lang in guter Erinnerung bleiben würde.

Jane war nach dem Aufwachen richtig groggy, blieb gleichsam in ihrer intensiven Traumwelt haften, wo Fantasieereignisse ihre Sinne in einem seltsam halbwirklichen Nebel gefangen hielten.

Als das Telefon an jenem Tag frühmorgens klingelte, setzte Jane sich leicht schwindelig auf die Bettkante und versuchte, sich in der Wirklichkeit zurechtzufinden.

Die Leuchtziffern des Radioweckers zeigten 05:48 in grellem Grün.

Die Füße suchten automatisch nach den Pantoffeln unter dem Bett, und Jane schlurfte in den Flur, um die Tür zu öffnen.

Dan rief immer von seinem Handy aus an, wenn er im Treppenhaus war. Dann stand sie wie verabredet auf und öffnete. Das war inzwischen eine derart eingespielte Routine geworden, dass sie nicht mal mehr Dans Anruf entgegennahm. Sie wusste ja, was er wollte. Warum sollte sie also das Gesprächsguthaben auf seiner Karte vergeuden?

Schlaftrunken nahm sie die Kette ab und entriegelte das Schloss.

Sie war jedes Mal froh, wenn er nach Hause kam.

Es gab so viel Sicherheit und Geborgenheit, und sie war nicht im Mindesten unglücklich, dass er heute früher Schluss gemacht hatte.

Jetzt konnten sie sich in aller Ruhe wieder hinlegen und schlafen – oder…

Es zog kalt vom Treppenhaus, aber sie lächelte wie immer herzlich, als sie die Tür öffnete.

Ein Lächeln, das sofort von einem überraschten Gesichtsausdruck abgelöst wurde, als ein Fremder vor ihr stand und ihr mit hinterhältig selbstsicherer Miene die Morgenzeitung reichte.

Sie blinzelte schläfrig, während sie ihre druckfrische Ausgabe des *Helsingborgs Dagblad* entgegennahm. Auf wundersame Weise konnte sie ihr müdes Hirn dazu bringen, die Traumdecke ein wenig zu lüften.

Seit wann brachte der Zeitungsbote die Zeitung persönlich an die Tür?

»Danke, aber was…?«

»Ich hab's doch gesagt, Jane… ich wusste, dass du allein bist.«

Nein, Dan hatte keineswegs früher Schluss gemacht, eher umgekehrt. Es hatte akute Probleme oben bei Glumslöv gegeben, weil eine Stromleitung im Zusammenhang mit der Renovierung einer Schule gekappt worden war.

Die Techniker hatten gestern Abend die Leitungen schnell mit einer Maschine entfernt, doch das machte es um so kniffliger für die Strommänner, alles wieder zum Laufen zu bringen. Sicher war nur ein provisorischer Bypass in die Stromzentrale gelegt worden, bis die nötigen Ersatzteile eintreffen würden.

Das war keine Maßnahme, die lange halten oder große Kälte oder andere Extremsituationen überdauern sollte. Aber die Kinder hatten es zumindest rechtzeitig warm, bevor die Schule wieder anfing. Niemand müsste aufgrund eines Stromausfalls nach Hause geschickt werden.

Wie dankbar sie auch immer dafür sein würden.

Aber das ganze Unterfangen forderte einige Überstunden ein. Es war zwanzig nach sieben, als Dan endlich vor der Haustür stand und bis zur Nummer des Festanschlusses in seinem Handy blätterte.

Hier! 04220503.

Er drückte mit dem Daumen auf die Taste mit dem grünen Hörer, schob die Haustür auf und glitt mit einem Seufzer der Erleichterung in die Wärme.

Er hörte das Telefon gerade die Verbindung herstellen, aber es genügte, wenn es zweimal klingelte. Denn das war das Signal. Dann beendete er die Verbindung einfach wieder. Sie musste nicht antworten, sondern öffnete sofort.

Der Lift funktionierte nicht.

Verdammt… war das nicht typisch?

Aber Dan war ja, was man als jung und sportlich zu bezeichnen pflegt. Er warf seine Tasche über die Schulter und setzte resolut den Fuß auf die erste Treppenstufe.

Er musste bis in den dritten Stock.

Es roch frisch gewischt im Treppenhaus. Die Putzfrau musste heute hier gewesen sein. Er war froh, dass sie eine Putzkraft für das Gemeinschaftseigentum hatten. In anderen Häusern war das nicht mehr üblich, was beim Eintreten sofort auffiel. In den Ecken konnten so viele Wollmäuse und so viel Dreck wie möglich liegen. Und es roch irgendwie modrig. Aber das brauchte man hier nicht zu befürchten. Sie hatten eine feste Putzfrau, die einmal pro Woche kam und sich darum kümmerte. Aina hieß sie, und er vermutete, dass sie im Treppenaufgang neben ihrem wohnte. Aina konnte ihre Arbeit flexibel einteilen, aber sie kam stets einmal in der Woche. Und heute war sie offenbar besonders zeitig unterwegs gewesen.

Das war gar nicht schlecht, dachte Dan, denn dann würde das Geklapper von Eimer und Wischmopp, die gegen die Wände und Treppenstufen schlugen, den Schlaf nicht stören.

Das war das Lästigste mit der Nachtschicht, dachte er und nahm den Absatz zwischen zweitem und drittem Stock mit unverminderter Geschwindigkeit. Dass man schlafen musste, wenn der Rest der Welt aufwachte. Wenn die Busse starteten, die Lkw-Lieferungen für die Geschäfte losdröhnten und die privaten Pkws wütend hupten. Wenn sich die Freunde im Café trafen oder irgendwo anders, wo man sich nett unterhalten konnte. Es war, als verpasste man etwas Spannendes, nur weil man gezwungen war, nach einer harten Nacht zu pennen.

Endlich stand er vor der Wohnungstür.

»Hopegood J.« stand in ordentlich in den geriffelten Samt gedrückten, altmodischen Plastikbuchstaben über dem Briefkastenschlitz. Außen auf dem Glasfenster war nach dem »J.«

ein Stück Klebeband befestigt worden, auf dem mit schwarzem Filzstift »D. Hansson« geschrieben stand.

D wie in Dan – das war er.

Er, dem es geglückt war, diese göttliche Halbindianerin so souverän zu umgarnen, dass seine Freunde nur dagestanden und kein Wort herausgebracht hatten. Aber es war ihm auch ernst. Vom ersten Augenblick an war alles von gewöhnlichem Flirten weit entfernt. Sie hatten schon darüber gesprochen, richtig zusammen zu sein. Kinder zu bekommen und so was … vielleicht sogar in ein Haus ziehen, wer weiß? Aber erst nächstes Frühjahr, wenn es wieder etwas wärmer und schöner draußen war, hatten sie beschlossen. An Christi Himmelfahrt, mit blauem Himmel und Kirschblüten vielleicht?

Sei's drum, eine richtige Halbcherokee zu kennen war echt die große Ausnahme. Geschweige denn mit einer ins Bett zu gehen – jetzt und für immer.

Und alles fühlte sich so verdammt richtig an! Am Anfang war es auch darum gegangen, dass es einfach cool war, wenn er wirklich ehrlich sein sollte. Aber jetzt wusste er, wie gesagt, ganz sicher, wo das Ganze hinführte. Er liebte sie zweifellos so sehr wie sonst niemanden, den er kannte. Mehr, als er jemals für möglich gehalten hätte. Deshalb stand nun sein Name auf einem handgeschriebenen kleinen Stück Klebeband hinter ihrem an ihrer Wohnungstür. Die Frage war nur, was später dort stehen würde – wenn sie geheiratet hatten.

Hansson-Hopegood?

Oder einfach nur … Hopegood?

Ja, verflucht – heutzutage konnte man gut und gerne den Namen seiner Frau annehmen. Das war nicht im Geringsten verwerflich. Besonders wenn der Name so speziell war wie der ihre. Wie viele Hanssons mochte es in diesem Land geben? Hunderttausende vielleicht. Aber den Namen Hopegood gab es mit Sicherheit nicht oft. Jane und Dan Hopegood? Ja, das klang wirklich nicht übel!

Er drückte schwungvoll die Klinke hinunter.

So heftig, dass er sich fast das Handgelenk stauchte.

Der Schwung der Bewegung hatte den zu erwartenden Umstand einkalkuliert, dass die Tür nicht abgeschlossen sein würde.

Doch das war sie.

Sie hatte seinem Druck keinen halben Millimeter nachgegeben, sondern die Kraft völlig überraschend in die Hand zurückgeschickt, sodass der Handknochen gründlich gestaucht wurde.

Was zum Teufel jetzt?

War sie noch nicht aufgestanden, um zu öffnen?

Sie war von seinen zwei Klingelsignalen vielleicht gar nicht wach geworden.

Das tat sie zwar sonst, aber man konnte schließlich nicht sicher sein. Er wusste, dass sie die letzten Nächte bedeutend tiefer geschlafen und dass ihr das wirklich gut getan hatte. Dan wünschte, dass er mehr unternehmen konnte, was den verfluchten Spinner betraf, der sich darauf eingeschossen hatte, Jane anzurufen. Doch leider konnte er nicht viel dagegen machen. Jedenfalls nicht, solange er sich auf Anrufe beschränkte.

Die Polizei hatte behauptet, dass solche Typen in den meisten Fällen völlig harmlos waren. Oft waren ihre krankhaften Bedürfnisse schon zufrieden gestellt, wenn sie merkten, dass sie durch ihre fiesen Anrufe Aufregung und im besten Fall leichte Angst verursacht hatten. Jane war leider bei weitem nicht die Einzige, die dem ausgesetzt war, war ihnen versichert worden.

Doch das war ein wirklich schwacher Trost.

Er war erleichtert, dass sie wenigstens endlich etwas besser schlafen konnte. Auch wenn das für ihn die Sache bedeutend erschwerte.

Er musste in seiner Tasche wühlen, in die er schmutzige Klamotten, Socken, Duschzeug und Spezialwerkzeuge gestopft hatte – sowie Stromkabel, die man ja immer brauchen konnte. Und ganz unten in diesem Durcheinander lag sein Schlüsselbund.

Typisch!

Jetzt bekam Dan endlich die Schlüssel zu fassen. Sie hatten sich in einer extra gebogenen Kneifzange verfangen, die Dan von seinem Vater bekommen hatte. Ein fantastisches Werkzeug, mit dem man so gut wie alles machen konnte. Besonders Dinge, für die es überhaupt nicht vorgesehen war. Wie etwa Kabel in Steckdosen befestigen und Sicherheitsketten lösen und so weiter und so fort...

Die Schlüssel rasselten schrecklich laut, als würden sie protestieren, weil er sie mit Gewalt von der wunderbaren Kneifzange trennte und die fantastische Beziehung beendete, die sie dort unten in der Tasche hatten.

Aber das interessierte Dan nicht im Geringsten. Stattdessen steckte er nun den glänzenden ASSA-Schlüssel in das Türschloss und drehte.

Als er die Tür aufschob, wurde ihm plötzlich eiskalt.

Die Tür hätte nämlich stoppen müssen. Da Jane offensichtlich noch nicht auf war, hätte die Wohnungstür von innen durch die Sicherheitskette aufgehalten werden müssen – die er mithilfe der Kneifzange hatte aushängen wollen.

Doch stattdessen glitt die Tür ungehindert auf.

Hatte sie tatsächlich vergessen, die Kette gestern Abend vorzulegen?

Das überprüfte sie doch jede Viertelstunde, sogar wenn er zu Hause war.

»Hallo... Jane?!«, rief er und warf seine Tasche neben das Schuhregal im Flur. »Bist du da? Jane?«

Lächerlich zu fragen, ob sie so früh am Morgen da war. Wo sollte sie sonst um sieben Uhr dreiundzwanzig sein?

Dan horchte hoffnungsvoll – vielleicht war sie ja in der Dusche. Aber von dort klang kein Wasserrauschen an sein Ohr. Die Leitungen im Haus waren alt. Normalerweise jammerten, kreischten und krächzten sie ganz furchtbar, wenn sie ihre Dienste tun mussten. Aber jetzt war alles still. Bis auf einen Nachbarn, der die Toilettenspülung betätigte. Ein bekanntes, schwach rauschendes Geräusch, das man sonst nie bewusst zur Kenntnis nahm. Aber jetzt war das ein unheimlicher, ohrenbetäubender Kontrast zu der merkwürdigen Stille in seiner eigenen Wohnung.

»Jane?«

Hastig warf er einen Blick in die Küche, doch dort war alles in Ordnung. Jane war nicht spätnachts noch auf gewesen und hatte sich ein Brot gemacht und dann das Buttermesser und den Käsehobel wie so oft auf der Anrichte liegen lassen. Alles war blitzblank sauber, nichts lag herum.

Die Schlafzimmertür war angelehnt. Das war ebenfalls ungewöhnlich. Sie wollte immer, dass sie zu war, weil sie das Licht störte, das durch die großen Wohnzimmerfenster fiel.

Dan hatte keine logische Erklärung dafür, aber er spürte kalten Schweiß auf der Stirn, und seine Nackenhaare standen waagerecht wie Stacheln ab.

Vorsichtig kam er näher. Berührte die Tür mit dem Fuß und stieß sie so übervorsichtig wie in Fernsehserien auf. Nur die beängstigende, nervenzerrüttende Musik im Hintergrund fehlte.

Es war noch immer still.

Totenstill.

Die Tür ging auf, und er sah das Bett – ihr stabiles Doppelbett, Standardgröße, aus gewöhnlichem, warm geformtem Buchenholz.

Es war leer.

Janes Daunendecke lag zerwühlt am Fußende, während seine ordentlich und einladend auf ihn wartete. Wie immer.

Wo um Himmels willen konnte sie sein?

»Jane… hör jetzt auf damit!«, rief er. »Wo bist du?«

Dan fand das wirklich nicht mehr witzig. Gelegentlich konnten sie zwar ihre Späße miteinander treiben, aber das hier war einfach nicht mehr lustig.

Der Morgen war noch nicht richtig angebrochen. Aber im Wohnzimmer war es dennoch hell genug, dass man, ohne Licht zu machen, gut sehen konnte. Er seufzte erleichtert. Da war sie ja – sie saß auf dem Sofa vor dem Fernseher und schlief!

Aber weshalb war dann der Fernseher nicht an?

»Hallo, Schatz – wach auf!«, sagte er in weicherem Ton. »Ich bin jetzt zu Hause. Ist alles in Ordnung?«

Er legte seine Hand auf ihre Schulter, liebkoste ihre sinnliche Nackenlinie… und zog mit plötzlichem Schaudern die Hand zurück.

»Oh, mein Gott!«, platzte er beinahe vorwurfsvoll heraus. »Du bist ja eiska…«

Im Morgengrauen starrte er verständnislos auf seine Finger, die ihren Hals berührt hatten.

Sie waren klebrig feucht und vollkommen rot.

Blutrot.

4

Joakim Hill war noch nicht einmal im Präsidium in der Carl Krooksgatan eingetroffen, als er um sieben Uhr achtundvierzig über sein Mobiltelefon alarmiert wurde.

Er notierte rasch die Adresse sowie die bereits bekannten Fakten und wechselte hektisch die Spur in der morgendlichen Rushhour, sodass er auf dem kürzesten Weg das Haus erreichte, wo sich das Drama abgespielt hatte.

Ihm gefiel das drückende Gefühl in der Brust überhaupt nicht, das die Harmonie der gestrigen Liebesstunde abrupt überschattete. Sie war wie weggeblasen, als er nun bewusst sämtliche Geschwindigkeitsbeschränkungen ignorierte und die Södra Stenbocksgatan hinunterbrauste.

Eine ältere Dame an einem Zebrastreifen fluchte wütend über sein gewagtes Manöver mitten auf der Kreuzung der Malmögatan. Natürlich konnte sie nicht wissen, dass er Polizeibeamter im Einsatz war. Doch obwohl er ein reines Gewissen hatte, war ihm nicht wohl dabei, ihre erbost fuchtelnde Faust im Rückspiegel zu sehen. Aber vielleicht war es gar nicht schlecht, wenn er sich wappnete. Der heutige Tag würde keinesfalls einer der besseren in seinem Leben werden.

Denn Hill konnte sich nur schwer etwas Tragischeres, Belastenderes und gleichzeitig Skandalöseres vorstellen als junge Menschen, denen so übel mitgespielt wurde.

Selbstredend war es stets unglaublich erschütternd, mit Mord konfrontiert zu werden. Es war jedes Mal völlig verkehrt. Doch besonders fürchterlich war es, wenn Menschen betroffen waren, deren Leben gerade erst angefangen hatte. Und Jane Hopegood war zweifelsohne ein solcher Fall.

Sie hatte eben erst an der spannenden Herausforderung des Berufslebens, einer ernsthaften Beziehung und vielleicht der Familienplanung geschnuppert. Jedenfalls laut des knappen Berichts, den Mandén vom Bereitschaftsdienst am Handy gegeben hatte.

Diese Umstände machten das Ganze einfach bodenlos tragisch, dachte Hill und verlangsamte das Tempo vor der nächsten roten Ampel. Es war überflüssig, noch ein weiteres Leben zu riskieren.

War es denn so eine große Tragödie, wenn das in unserer geordneten, vorhersehbaren westeuropäischen Gesellschaft passierte?, dachte Hill und wartete ungeduldig auf Grün.

War es genauso wichtig, wenn es in den Slums von Mexiko-Stadt, in Indiens ausgetrockneten Dörfern in der Provinz oder in Kambodschas Dschungeln geschah?

Selbstverständlich.

Joakim Hill war angesichts solcher schicksalsschweren schlechten Nachrichten jedes Mal unwohl zumute, egal, wann und wie sie eintrafen. Er bildete sich ein, dass Catharina nichts davon merkte, wenn er meist dann in die Küche ging oder nach Bia sah, wenn in der Tagesschau Katastrophenmeldungen gesendet wurden. Aber sie hatte ihn längst durchschaut und war froh. Ein Polizist, der abgestumpft war, konnte unmöglich ein guter Polizist sein, fand sie.

Mit einigen Ärzten war es genau dasselbe. Sie konnten zu gefühllosen Menschenmechanikern mutieren, die nicht gerade mit Empathie um sich warfen. Andere entdeckten jede neue Halsentzündung, jeden verstauchten Daumen oder jede Fistel am Gesäß von dem jeweiligen Blickwinkel des Patienten aus.

Joakim Hill würde sich definitiv des Prinzips der Unbefangenheit bedienen – wie er es stets, ungeachtet des persönlichen Hintergrunds des Opfers, zu tun pflegte.

Dennoch kreisten seine Gedanken um die eben noch so glänzenden Aussichten für Jane Hopegood.

Und plötzlich – puff! – war alles weg.

Und warum?

Wenn man das wüsste, dachte Hill, während er dankbar registrierte, dass die Ampel endlich auf Grün sprang.

Während er die kurze verbleibende Strecke zurücklegte, hoffte er bei allen Göttern, dass sie den Fall blitzschnell würden lösen können. Doch das Gespräch mit Patrik Sandlund, einem der Beamten, die auf den Notruf reagiert hatten und als Erste am Tatort eingetroffen waren, machte seine Hoffnung zunichte.

»Als wir ankamen, stießen wir unten an der Haustür auf ihren Freund Dan«, erläuterte Patrik vor der Tür von Hopegoods und Hanssons Wohnung. »Der Fahrstuhl war außer Betrieb, also sind er, Malmkvist und ich die Treppe rauf. Die Wohnungstür stand sperrangelweit offen, und als wir die Wohnung betraten, führte er uns sofort ins Wohnzimmer. Das Mädchen, Jane, saß tot im Sofa vor dem Fernseher.«

»Lief die Kiste?«

Die Frage konnte seltsam erscheinen, sogar irritierend trivial, aber Sandlund wusste ebenso gut wie Hill, dass häufig die sonderbarsten Beobachtungen am Tatort zu den entscheidendsten Analysen führten.

»Nein«, antwortete er ohne Zögern, »der Fernseher war aus.«

»Gut, was habt ihr dann gemacht?«

»Uns war sofort klar, dass es sich um keinen natürlichen Tod handelte, und wir haben die Bereitschaft alarmiert.«

»Malmkvist – ist er noch da?«, fragte Hill.

»Nein, er wurde zu einem anderen Einsatz gerufen und ist gleich gefahren, nachdem die Spurensicherung eingetroffen war.«

Hill wusste, dass er der Form halber die Angaben mit Malmkvist abgleichen musste. Nicht weil er Sandlund misstraute, sondern nur um anschließend vor Gericht einen wasserdichten Fallbericht liefern zu können.

Patrik, der gerade etwas in seinen Notizblock schrieb, war

verhältnismäßig jung. Er selbst hielt sich für steinalt mit seinen achtundzwanzig Jahren, aber schließlich ist alles relativ. Und für den vierzigjährigen Hill war er noch ein Rekrut. Allerdings ein verdammt guter. Patrik hatte sich bereits bei mehreren Ermittlungen profiliert und außerdem sowohl die Stadt als auch das Polizeikorps bei verschiedenen Sportaktivitäten ausgezeichnet repräsentiert.

»Dieser Freund… Dan heißt er, oder?«, erkundigte Hill sich. »Was hat er gesagt?«

Patrik gab Dans Geschichte fast wörtlich wieder.

»War die Tür abgeschlossen, als er nach Hause kam?«, fragte Hill.

»Ja, seiner Aussage nach schon, aber die Sicherheitskette lag nicht vor. Das war sonst immer der Fall.«

»Gibt es noch andere Zeugen?«

»Nein, niemandem hier im Treppenhaus ist etwas aufgefallen.«

Joakim gefiel das gar nicht. Dem auf den Grund zu gehen, was hinter verschlossenen Türen geschehen war, war immer ein lästiges Problem.

Die Kriminaltechniker waren also schon dort, sodass er selbst sich noch kein Bild machen konnte. Er hätte zwar darauf drängen können, wartete aber geduldig auf grünes Licht. Jetzt gehörte die Bühne den Technikern. Die sichergestellten Indizien und Proben waren stets äußerst empfindlich. Und Joakim Hill war klug genug, um nicht mitten in potenzielles Beweismaterial hineinzutrampeln. Schließlich war er kein Meisterdetektiv à la Hercule Poirot. So benahmen sich nämlich diese alten, klassischen literarischen Detektivfüchse die ganze Zeit. Ohne einen einzigen Augenblick das moderne Faktum zu berücksichtigen, dass jedes Individuum ganz unvermeidbar und unbewusst Spuren in Form von DNA, Fasern, Pollen und anderen mikroskopischen Verbindungen hinterließ.

Hill wartete also geduldig.

Die Telefonanrufe ließen ihm keine Ruhe. Wieso hatte man um alles in der Welt die Anzeige nicht ernster genommen?

Aber es war immer ganz einfach, im Nachhinein zu wissen, was man hätte tun müssen. Tatsache war, dass man nicht einmal jetzt davon ausgehen konnte, dass die anonymen Anrufe irgendetwas mit dem Tod des Mädchens zu tun hatten.

Die Vorgehensweise diktierte komplette Neutralität. Aber Theorie und Praxis konnten sich manchmal nur schwer einigen. In irgendetwas musste man sich trotz allem verbeißen, entweder in eine Theorie oder eine konkrete Spur. Gegenwärtig war die Anzeige wegen anonymer Anrufe der Brennpunkt.

Doch leider war der Telefonanschluss nicht überwacht worden. Es war nur ein Vermerk im RAR-System für eingegangene Anzeigen gemacht worden. Es war noch immer nicht geklärt, ob eine Auflistung aller Gespräche bestellt worden war oder nicht. Das lag meist an der betroffenen Telefongesellschaft und daran, ob es sich um einen Festanschluss oder ein Mobiltelefon handelte. Viele Telefongesellschaften stellten für derartige Leistungen unerhört hohe Rechnungen. Verantwortung der Öffentlichkeit gegenüber war nämlich nicht en vogue, dafür aber Profitgier. Verlangte eine staatliche Behörde eine Leistung, galt es, die Gelegenheit zu nutzen und richtig Geld zu scheffeln. Auch wenn es darum ging, bei der Ermittlung in einem Mordfall behilflich zu sein. Außerdem war in den meisten Fällen das Ergebnis ohnehin wertlos.

Der Anrufer nutzte meist ein Handy mit Guthabenkarte und konnte deshalb nicht ausfindig gemacht werden. Besonders zu Beginn seiner Aktion war der Täter sehr sorgfältig darum bemüht, keine Spuren zu hinterlassen. Ergiebig war lediglich die Möglichkeit, wenn er oder sie sich sicher zu fühlen begann. Und fand, dass alles wie am Schnürchen lief, sich unverwundbar zu fühlen begann und sich ganz einfach nicht mehr um die Sicherheitsdetails scherte.

Es gab Fälle, in denen der Täter schließlich mehrere Anrufe von seinem Festanschluss zu Hause getätigt hatte. Außerdem mit einer Regelmäßigkeit, dass man den folgenden Anruf bereits vorhersagen konnte. Und damit hatte man rechtzeitig eingreifen können, bevor etwas Ernstes hatte passieren können.

Doch das war heute nicht der Fall.

Hier war unglücklicherweise beschlossen worden, den Ball flach zu halten. Nicht unnötig mit den Ressourcen zu aasen, solange keine konkrete Drohung ausgesprochen worden war.

Joakim Hill verdammte diesen dummen Entschluss, während er brav vor der Wohnungstür wartete.

»Kannst du dafür sorgen... bei welcher Telefongesellschaft sind die eigentlich?«, fragte er plötzlich Patrik.

»Keine Ahnung«, gab er zurück, rückte seine Polizeimütze zurecht und steckte den Notizblock in die Hemdtasche. »Ich kann in der Anzeige nachsehen, aber es geht viel schneller, wenn wir einfach den Burschen da drinnen fragen.«

Patrik wandte seinen Kopf Richtung Tür auf der anderen Seite des Treppenaufgangs. Hill begriff und nickte.

Dan Hansson saß völlig apathisch auf einem Sprossenstuhl in der Nachbarsküche. Er starrte ins Leere, ohne zu weinen oder irgendeine andere Gefühlsregung. Er verharrte nun seit fast einer Stunde so. Patrik überlegte, ob sie ihn ins Krankenhaus bringen sollten. Vielleicht stand er unter Schock, und in dem Fall musste er unter ärztliche Beobachtung gestellt werden.

»Entschuldigung«, begann Patrik vorsichtig und legte eine Hand auf Dans Schulter, »aber bei welcher Telefongesellschaft seid ihr... eh... bist du?«

Er glaubte, keine Antwort zu erhalten, aber der Knabe antwortete so ruhig, als wenn gar nichts passiert wäre.

»Bei Tele2«, entgegnete er tonlos. »Vergünstigter Tarif bei Tele2.«

»Okay, danke.«

Patrik griff wieder nach seinem Notizblock, um die Angabe festzuhalten, und kehrte ins Treppenhaus zurück. Der Bursche stand mit Sicherheit unter Schock, dachte er. Denn die zweite mögliche Interpretation von Dans beinahe unnatürlicher Ruhe war kein besonders schöner Gedanke.

Es konnte doch nicht Dan sein, der...?

Nein, Patrik konnte das einfach nicht glauben. Also verschwieg er seine spontane Vermutung, als er Hill Tele2 nannte. Das Beste, was er für den Kommissar tun konnte, war, ihn nicht mit vagen Vermutungen zu behelligen, sondern ihn stattdessen mit Informationen über den bereits bekannten Hergang zu versorgen. Patrik schlug seinen Block wieder auf, um alles Wichtige sorgfältig zu notieren. Es passierte leichter, als man dachte, dass ein Detail vergessen wurde, nur weil nichts dazu aufgeschrieben wurde.

Er zeigte Hill sogar eine Skizze vom Tatort. Bevor er und seine Kollegen vorsichtig die Wohnung verlassen hatten, hatte Patrik rasch das Wohnzimmer skizziert. Genau den Regeln der geometrischen Abmessungen und Größenverhältnisse zwischen den Möbeln gemäß. Außerdem hatte er Janes weiche, runde Formen in die Zeichnung eingefügt.

So sah Joakim Hill Jane Hopegood zum ersten Mal.

Jane, in halb liegender Stellung auf dem Sofa. Als würde sie schlafen. Das tat sie auch. Aber erst, wenn man sie von vorne betrachtete, erkannte man, dass es für die Ewigkeit war, dachte Patrik.

Ein tiefer, kräftiger Schnitt hatte nämlich die Halsschlagader direkt unterhalb des Kiefers durchtrennt. Vermutlich von hinten und vermutlich mit nahezu unmittelbarer Todesfolge. Das hoffte Patrik zumindest. Die junge Frau war höchstens so alt wie seine Freundin Maria.

Jane Hopegood war zweifelsohne viel attraktiver. Nicht dass Maria nicht hübsch genug war, denn für Patrik war sie einfach die Beste. Aber dieses Mädel war offensichtlich eine richtige exotische Schönheit gewesen. Und nun lag es an den Kriminaltechnikern und Pathologen, die genaue Ursache festzustellen, weshalb sie nicht mehr lebte.

Die Techniker waren schon zur Stelle, ehe Patrik seine Skizze hatte richtig fertig zeichnen können.

Aber der Kriminaltechniker Johan Anderberg – der Fels im Präsidium und der Erfahrenste unter ihnen – war nicht dabei. Er hielt ein Seminar. Er war verpflichtet worden, den Anwärtern der Polizeischule Sörentorp die Wirklichkeit näher zu bringen. Die, auf die sie treffen würden, wenn sie als beschlagene Polizeibeamte ihre sichere Welt auf Probe in der begrünten Schulanlage verlassen und der Wahrheit unverstellt ins Gesicht sehen würden.

Stattdessen leiteten die Kriminaltechniker Larsson und Robert »Robban« Bellman die erste Untersuchung des Tatorts. Sie hatten sich sofort ans Werk gemacht.

Pflichtbewusst hatten sie Einwegoveralls des Herstellers Mölnlycke aus ihrem Technikerbus mitgenommen. Sie hatten verschiedene Modelle probiert, aber dieses schien am besten geeignet, denn es hatte eine dicht schließende Kapuze. Früher war das nicht das wichtigste Kriterium gewesen, aber inzwischen, da die DNA- und LCN-Techniken, die mit Low Copy Numbers arbeiteten, in Windeseile voranschritten, war das im Hinblick darauf, die Spuren zu schützen, äußerst wichtig. Ein einziges loses Haar eines Technikers konnte die gesamte Analyse zerstören.

Sie hatten sich rasch ihre Schutzkleidung übergezogen, nachdem sie das Haus betreten und die Tür hinter Presse und Paparazzi geschlossen hatten.

»Hast du an die Schuhschützer gedacht?«, fragte Larsson.

Zurückzugehen, um vergessene Sachen zu holen, war kein amüsanter Gedanke.

»Sí, claro«, gab Robert zurück und knöpfte seinen Overall zu. »Hier habe ich auch die Handschuhe!«

Er reichte Larsson ein Paar, das dieser nahm, sobald er seine Haartolle unter der Kapuze verborgen hatte.

Manchmal war die Schutzkleidung blau, aber heute war sie weiß. Stilvolles Weiß, das perfekt zu der jugendlichen Farbskala in der Wohnung passte. Und natürlich zu dem hellroten Blut, das über Janes Brust und über das Sofa bis auf den Boden gelaufen war. Es gab auch Blutspritzer am Boden, obwohl das Sofa so viel Blut wie möglich gierig aufgesogen hatte, Spritzer, die gemessen, fotografiert und analysiert werden würden. Und bestenfalls etwas über die unklaren Umstände verrieten, die nur Jane und ihr Mörder en détail kannten.

Zu der schicken Kreation in Weiß trugen Larsson und Bellman dünne blaue Latexhandschuhe – um zu verhindern, dass neue, unbefugte Fingerabdrücke am Tatort auftraten. Dennoch war es vorgekommen, dass Fingerabdrücke sogar durch die blaue Gummischicht durchgedrungen waren und die Ermittlungen erschwert hatten.

Die Schuhschützer waren dann das Tüpfelchen auf dem i. Die Männer sahen wie Wesen von einem anderen Stern aus, als sie über die Schwelle in Hopegoods und Hanssons Wohnung traten. Es fehlten nur noch diese Filmgeheimagenten mit Knopf im Ohr und Direktverbindung zur außerirdischen Einheit der CIA. Kerle, die mit nervös flackerndem Blick alles unter Kontrolle hatten, damit unter keinen Umständen ein Unbefugter Kontakt mit den Wesen aus dem Weltraum aufnehmen konnte.

Doch keines dieser hohen Tiere hatte sich angemeldet, hier managten Bellman und Larsson alles.

Zunächst hatten sie die schmale begehbare Garderobe neben der Gästetoilette als ihr Lager ausgewählt – ein Raum, der ihnen als Operationsbasis dienen konnte, ohne etwas in der Wohnung in Mitleidenschaft zu ziehen. Sie benötigten stets einen Platz, an dem sie ihre Ausrüstung deponieren konnten und der gleichzeitig als allgemeine Anlaufstelle diente. Natürlich gab es keine Garantie dafür, dass es nicht auch in der Garderobe eine interessante Spur gab, doch das war eher unwahrscheinlich. Sie war so weit vom Tatortbereich entfernt, dass der Bewegungsradius des Täters nicht berührt wurde.

Unbefugten war der Zutritt noch untersagt, und der Kriminalkommissar sowie der Assistent fügten sich gehorsam in die Rolle der Persona non grata am Tatort.

Der Fall war noch so frisch, dass Hill sich gar nicht dort drinnen umsehen wollte. Denn selbst der erfahrenste Beamte konnte, wie gesagt, ebenso gut wichtiges Beweismaterial zerstören wie entdecken.

Patrik Sandlund war der einzige Assistent hier oben im dritten Stock, aber vor dem Haus sowie in der Haustür standen

Kollegen Wache. Den Schaulustigen und den Medien musste der Eintritt verwehrt werden. Sie würden so bald wie möglich mit Informationen über den Fall versorgt werden.

Die einzige Maßnahme, die im Haus getroffen wurde, war, einen Techniker für den Lift kommen zu lassen, der ihn reparierte. Der wurde nämlich bald gebraucht, denn die Leiche blieb nur so lange in der Wohnung, wie die Techniker sie für die letzte Untersuchung brauchten.

Hill hörte, wie der Auslöser der Fotokamera unermüdlich betätigt wurde, um rechtzeitig fertig zu werden, bevor der Pathologe eintraf.

Patriks Mobiltelefon klingelte schüchtern. Er nahm das Gespräch an, bestätigte etwas und beendete rasch die Verbindung.

»Das war das Präsidium«, teilte er Hill mit. »Der Pathologe ist unterwegs. Einer, der Johannesson heißt.«

»Okay«, erwiderte Hill, nickte und sah reflexartig auf die Uhr. Der Tag war noch jung und hatte schon so ungut begonnen, dachte er.

Nicht weil er meinte, dass es ungut war, dass Doktor Johannesson kam. Er hatte früher schon mit ihm zusammengearbeitet. Obwohl Johannesson ein Mann in den mittleren Jahren war, machte er einen unerhört jungen Eindruck. Vielleicht lag das am überholten Hippiestil, dem er sich verschrieben hatte. Jeans, T-Shirt oder Tennispullover. Oder es lag nur an dem Vergleich, den Hill jedes Mal unbewusst mit dem inzwischen pensionierten Doktor Olin anstellte.

Er hatte Olins verstaubte Methoden sehr zu schätzen gewusst. Seine Genauigkeit, die dem Kleinstadtgeist der frühen Sechziger entstammte. Der sagte, dass Mord etwas Unsägliches war – eine Anomalie. Etwas, das nach äußerstem Einsatz verlangte, um aufgedeckt zu werden, damit sich die Gesellschaft schnellstmöglich wieder ihrer gewöhnlichen unschuldigen Ruhe zuwenden konnte.

Doch mittlerweile war Mord eine verbreitete Erscheinung.

Es war nicht so, dass Johannesson deswegen im Geringsten

ungenau oder schluderig in seiner Analyse war – keineswegs. Aber er hatte definitiv eine rationellere Sicht, was seinen Beruf anbetraf. Er würde seinen Teil des Jobs erledigen. Dann würde der Gerichtsmediziner in Lund weitermachen. Ebenso wie die Techniker nach ihren eigenen Gesichtspunkten verfuhren, arbeitete Johannesson nach seinen. Und in einer Zeit, in der jeder ermittelnden Instanz immer mehr Aufgaben aufgebürdet wurden, war diese Denkweise nur logisch und rationell.

Aber Olin hatte diese herrlich holistische Sichtweise vertreten. Die auch beinhaltete, dass er sich gern über die Grenzen seines Fachbereichs hinweg persönlich engagiert und vermittelt hatte. Und deshalb den Ermittlern oft äußerst wichtige Details hatte präsentieren können. Er war permanent auf der Jagd nach Anomalien gewesen – diesen entlarvenden Abweichungen von den regelmäßigen Verhaltensmustern, die in den meisten Fällen völlig belanglos und unbedeutend waren. Doch in Einzelfällen konnte gerade das die gesuchte Bestätigung liefern.

So stieß er einmal auf den entscheidenden Beweis unter dem Nagellack des Opfers. Und zwar nur deswegen, weil er den Eindruck gehabt hatte, der Farbton passe nicht zu der Persönlichkeit der Toten.

Er hatte zu bedenken gegeben, dass der Mörder vermutlich die Nägel des Opfers nach Eintreten des Todes lackiert hatte. Weshalb? Kein einziger gesunder Mensch konnte diese Frage beantworten – und auch der Mörder nicht, wie sich herausstellte. Er hatte einfach Lust dazu gehabt. So wie er Lust gehabt hatte zu morden.

Aber Olin hatte die Anomalie dingfest gemacht und es den Technikern ermöglicht, Beweise sicherzustellen. Was sie auch taten, nämlich in Form eines winzigen Hautpartikels unter dem kleinen Fingernagel des Opfers. Das Partikel hatte den glasklaren genetischen Code mit dem Namen und der Adresse des Mörders geliefert.

Hill vermisste Olins unerbittliche Suche nach diesen Abweichungen. Und er vermisste ihn sehr als Freund und Kollegen.

»Hallo!«, sagte eine Stimme hinter ihm.

Es war Johannesson – Morgan Johannesson. Er trug die gleichen alten, ausgefransten Jeans wie immer, fand Hill. Dazu ein groß kariertes Holzfällerhemd mit einem verschlissenen T-Shirt darunter. Hill nahm an, dass er wie gewohnt seinen Van in Graumetallic vor dem Haus auf dem Gehsteig geparkt und vermutlich nicht einmal abgeschlossen hatte.

In der linken Hand trug Johannesson den Arztkoffer, in der rechten ein Baguette. Mit Füllung. Nach Joakims Dafürhalten handelte es sich um Curryhuhn.

»Hej«, erwiderte er, ohne die Hand auszustrecken.

Wie sollte Johannesson sie auch ergreifen?

»Und was haben wir hier?«, erkundigte sich der Arzt, während er von dem köstlichen Baguette abbiss und die Brotkante ableckte, damit keine Currysauce auf den Boden tropfte.

Huhn mit Curry, vermute ich, hätte Hill gern geantwortet, beherrschte sich jedoch.

Die Situation verlangte nach Dekor. Hill wusste nur zu gut, dass es solche gab, die ihre Angst – oder wie man das sonst nennen sollte – im Zaum hielten, indem sie die Regeln ignorierten. Andere konnten sogar über die besonderen Umstände der Übeltat scherzen, bevor die Leiche fortgeschafft worden war.

Hill allerdings nicht – er hielt eisern daran fest, dass Abweichungen von den Regeln des angemessenen Benehmens in solchen Zusammenhängen eine lebensgefährliche Angelegenheit waren und die strenge Disziplin zu gefährden drohten, die ein Muss war, wollte man in einem Mordfall ermitteln.

»Ein junges Mädchen, dem den Angaben zufolge die Kehle durchtrennt worden ist«, antwortete er deshalb ganz sachlich.

»Bedauerlich«, entgegnete Johannesson überraschend gedämpft. »Jedes Mal gleich tragisch.«

Hill musterte ihn und schämte sich sogar ein wenig für sein vorschnelles Urteil. Man hatte nicht automatisch größeren Respekt vor gewissen Dingen, nur weil man einen dunklen Anzug trug. Johannessons schriller Hippiestil bedeutete nicht zwangsläufig, dass er nicht auch die gleiche Anteilnahme wie Olin zeigte.

»Absolut«, antwortete er und konnte nicht anders, als zu glotzen, als Johannesson erneut von seinem Baguette abbiss.

Wie konnte dieser Mensch zum Frühstück ein Brot mit dieser mächtigen Füllung verputzen? Noch dazu vor einer Wohnung, in der ein Mord passiert war!

Johannesson bemerkte den stechenden Blick, grinste ertappt und erklärte: »Hatte eine stressige Nacht, weißt du. Zwei Todesfälle – beide wahrscheinlich natürlicher Art – und eine Sache, wo ich einer Frau geholfen habe, die übel misshandelt worden war. Von ihrem eigenen Sohn! Habe seit gestern Abend um zehn nichts mehr gegessen.«

Hill nickte. Die Currysauce, die unglücklicherweise an der Wange des Doktors klebte, war trotz allem verständlich. Alles war vergessen, gestrichen und entschuldigt.

»Okay«, teilte Larsson aus dem Innern der Wohnung mit, »wir sind hier jetzt wohl fertig.«

Er packte eine weitere Ladung Proben in den Technikerkoffer in der Garderobe.

»Gegenwärtig können wir nicht viel mehr tun«, stellte er fest. »Das Gelände gehört jetzt dir, Johannesson.«

»Danke dir«, erwiderte der Arzt so würdevoll, als wäre er gerade mit der Verwaltung des wertvollsten aller Relikte betraut worden.

Der Tatort öffnete sich nun ganz neuen Dimensionen. Anderen Blickwinkeln als den in erster Linie kriminaltechnischen. Viele Dinge, die ihrer Abteilung angehörten, mussten selbstverständlich noch erledigt werden, aber der Großteil der Arbeit, die Mikrospuren in der unmittelbaren Umgebung des Opfers zu sichern, die gesichert werden konnten, war abgeschlossen.

Joakim Hill würde es endlich erlaubt sein, Jane Hopegood zu sehen.

Und sein Äußerstes zu tun, um zu begreifen, wie um Himmels willen das alles dermaßen gründlich hatte schief gehen können.

Hill machte eine ritterliche Geste in Johannessons Richtung. Der Mediziner leckte sich schnell den letzten Rest der Sauce von den Lippen. Er hatte eine lange Zunge und erwischte sogar den Klecks auf der Wange.

»Okay«, sagte er und betrat vor Joakim die Wohnung.

Unabhängig voneinander dachten beide das Gleiche, als sie sich äußerst behutsam Richtung Wohnzimmer vorarbeiteten.

Dass es eine sehr helle, schöne Wohnung war. Und dass sie wünschten, sie wären aus einem vollkommen anderen Grund hier. Zum Beispiel, dass das junge Paar sie zu Pizza und Bier eingeladen hatte, um ein richtig spannendes Eishockeymatch im Fernsehen zu sehen.

Aber das war bedauerlicherweise nicht der Fall.

5

Joann Ek Sörensen hörte in den Radionachrichten davon. Sie saß im Büro und stellte die letzten Zahlen für die Budgetbilanz zusammen. Das musste bis zur Sitzung der Hotelleitung kommende Woche fertig werden. Der Sender »Vinyl« schickte währenddessen langsame, fetzige und nostalgische Songs aus den wilden Sechzigern durch den Äther direkt in ihr Ohr.

Und sie genoss diesen Seelenbalsam nur zu gern.

Seit dem letzten Anruf waren mehrere Tage verstrichen.

Fast eine halbe Woche.

Und ihre blank liegenden Nerven hatten neue Lebenslust getankt. Vielleicht hatte er keine Lust mehr? Das war nicht nur eine Hoffnung, sondern auch eine stummes Stoßgebet an die höhere Gewalt.

Sie hatte gehört, dass solche Pappnasen es am Anfang unglaublich spannend fanden, äußerst spaßig und möglicherweise auch befriedigend. Aber dann wurde auch das zur Gewohnheit. Das Opfer gewöhnte sich daran. War vielleicht nicht mehr ganz so von Sinnen wie die ersten bedrohlichen Male. Nach einer Weile verlor der Terror seinen Kick und war nicht mehr so interessant.

Deshalb hörte sie so gut gelaunt wie lange nicht mehr die Beach Boys, die Beatles, Elvis und unzählige andere herrliche Musiklegenden. Songs aus der Zeit, als der Himmel immer hellblau gewesen war und Nervenstimuli in allen Formen die Lösung sämtlicher Probleme der Zukunft dargestellt hatten.

Natürlich wusste jeder, dass das nicht stimmte. Weder damals noch heute. Der Vietnamkrieg hatte die Welt gespalten, Napalm kleine Kinder entstellt und LSD naive Teenager dazu verleitet, sich von Hochhausdächern zu stürzen in dem Glauben, sie könnten tatsächlich fliegen.

Aber die angenehme Stimme des Radiomoderators Tomas Dreilick schilderte stattdessen die Sonnenseite dieser goldenen Jahre – die unbestrittene Kulturexplosion der modernen Populärmusik.

Und es war nicht nur die große Zeit der Jugendlichen gewesen.

Auch Louis Armstrong hatte mit seinem weichen Jazz ausgezeichnet zu all den Langhaarigen gepasst. Jetzt krächzte er mit seiner unnachahmlichen und erstaunlich musikalischen Stimme: *And I think to myself… what a wonderful world…*

Das Lied verklang und wurde vom Studiosprecher abgelöst.

»Und, wie alle gehört haben, war das der fantastische Mister Louis Armstrong!«, erklärte Doktor Dreilick, wie Tomas sich im Äther gern nannte. »Und… was hat Anna Nicole Smith eigentlich gegen gelbe Paprika? Das hören Sie gleich hier auf ›Vinyl‹ nach den Nachrichten – also bleiben Sie dran!«

Joann schnitt unfreiwillig eine Grimasse.

Nicht weil sie die Nachrichten verabscheute. Oder weil sie gerne sofort gewusst hätte, warum Anna Nicole dieses Gemüse nicht mochte. Das konnte man sich an fünf Fingern abzählen – es hatte einfach nicht die richtige Form.

Joann wäre viel lieber unter dieser wunderbaren Musikdecke geblieben, in die sie so geborgen gehüllt war.

Eigentlich wollte sie nicht zugeben, dass sie in Wahrheit an ihre eigene herrliche Zeit als Zwölfjährige erinnert wurde. Als die soeben erwachten Mädchenhormone äußerst feurig auf jedes dauergewellte, schulterlange Männerhaar reagiert hatten.

Es war damals wie heute vollkommen unverständlich, weshalb aus diesen jungen Mädels willenlose Pollen im Wind wurden. Weshalb sie sich unter aus den schmachtenden Augen laufenden Tränen heiser geschrien, gekreischt und im Gesicht gekratzt hatten. Hätten Paul, Brian oder Jim – oder wie sie alle hießen – sie gebeten, von einer Klippe zu springen, weiß der Himmel, ob sie das nicht wirklich getan hätten. So groß war die Macht der Idole gewesen, obwohl eigentlich niemand genau erklären konnte, warum. Und ehrlicherweise saß dieses Gefühl immer noch tief in ihr.

Deshalb war Joann nun richtig verärgert darüber, dass Stockholm ausgerechnet jetzt die Stimmung mit Meldungen über das alltägliche Elend der Gegenwart kaputtmachen musste.

»Finanzminister Ringholm hat heute…«

Sie konnte sich das einfach nicht anhören und streckte sich nach den Unterlagen einer äußerst schwierigen Rechnung. Eine Konferenz für über achtzig Personen – inklusive Übernachtungen, Abendessen mit allem Drum und Dran und was die betreffenden Firmenangestellten tagsüber gebraucht hatten. Die Endsumme belief sich auf rund hundertfünfzigtausend Kronen – ein Betrag, den der Gast nun zu bezahlen verweigerte. Es war viel zu schlechtes Wetter gewesen, behauptete man. Wenn man an die Perle des Sundes reiste, wollte man sich schließlich auch den einen oder anderen Ausflug auf sonnig glitzerndem Wasser gönnen, oder nicht? Aber leider hatten die Wettergötter sowohl Gewitter als auch Sprühregen geschickt. Das hielt der säumige Kunde für ein Versäumnis vonseiten des Hotels.

Am Ende würde das Hotel natürlich sein Geld bekommen, glaubte Joann. Aber so etwas warf Probleme auf und störte den gewohnten Cashflow des Konzerns. Was folglich die Bilanz durcheinander brachte, die in ihrer besonderen Verantwortung lag.

»In Helsingborg hat die Polizei heute…«

Joann hörte nicht alles von Anfang an, aber horchte instinktiv auf. Wie immer, wenn es in den Nachrichten um die heimische Umgebung ging.

»…die vierundzwanzigjährige Frau wurde ermordet, als sie

sich allein in der Wohnung des Paares befand. Die Polizei hat gegenwärtig noch keine eindeutigen Spuren, und das Motiv ist unklar. Die Tote war der Polizei bislang nicht bekannt, hatte aber in letzter Zeit anonyme Drohanrufe erhalten.«

Joann erstarrte. Kalter Schweiß trat ihr auf die Stirn, und sie starrte blind auf den Korridor und den Rezeptionstresen. Laura und Jörgen kümmerten sich um einen Mann, den Joann als einen ihrer Stammgäste wiedererkannte. Aber jetzt blickte sie an ihm vorbei ins leere Nichts.

Drohanrufe – welche Art von Drohanrufen?

Sie griff nach dem Telefonbuch. So wie man den PIN-Code seiner EC-Karte, seine Personennummer oder Autonummer auswendig wusste, sollte man eigentlich auch die Telefonnummer der Polizei wissen – aber nein! Sie musste in den Gelben Seiten danach suchen. Sowie sie das Gesuchte gefunden hatte, nahm sie den Hörer von der Gabel und tippte die Nummer ein.

»Siebzehn... vierzig... null... null«, murmelte sie vor sich hin und sah, wie ihre Finger über den Tasten zitterten, »eins... sieben... vier...«

Plötzlich hielt sie inne.

Was sollte sie um alles in der Welt überhaupt sagen?

Sollte sie den Leiter der Ermittlungen verlangen, um interne Ermittlungsdetails über den Mord an einem ihr völlig unbekannten Menschen zu erfragen? Was sollte sie in diesem Fall für einen plausiblen Grund angeben – ich will das einfach wissen?

Das war komplett lächerlich.

In der Meldung wurde auch nicht erwähnt, welcher Art von Belästigung die Frau ausgesetzt gewesen war. Mit ihrem eigenen pathetischen kleinen Telefonterror anzukommen würde bestimmt nur paranoid wirken.

Vielleicht hatte sie einfach überreagiert. Vollkommen haltlose Parallelen aufgrund dieses winzigen Wortes »allein« gezogen.

Denn genau so fühlte sie sich gerade – allein, verzweifelt und einsam.

Sie hatte Kent nicht viel davon erzählt. Hatte das Ganze sogar stark verharmlost. Er war zwar einige Male zu Hause gewesen, seit die Anrufe angefangen hatten, aber sie hatte gefunden, dass es unnötig war, wenn er sich auch damit noch belastete. Er hatte genug mit seiner Verantwortung für hunderte von Menschenleben bei jedem Start und jeder Landung zu tun.

Sie hatte lediglich erwähnt, dass sich irgendein Blödmann öfter verwählte.

Aber das hier war gewiss kein unschuldiges Versehen mehr. Das war ihr vollkommen klar.

»Du schaust dir doch die Serie über Großkatzen in der Serengeti an, nicht wahr, Joann?«, hatte er bei seinem letzten Anruf glucksend festgestellt.

»Spionierst du mir nach, du verfluchter…«

»Schau dir das Leopardenweibchen an! Wie sie sich lustvoll vor dem Männchen räkelt. Ich wette, du siehst genauso aus, Joann. Wenn du dich auf den Laken ausstreckst. Ohne ein Fädchen am Leib, wie du das immer machst.«

Sie schauderte bei dem Gedanken.

Er wusste offenbar exakt, was sie tat, obwohl sie darauf achtete, stets den Vorhang zuzuziehen.

Die Vorstellung, dass er sich in der Nähe befand, war beinahe erdrückend.

Unsichtbar für sie, beobachtete er sie scheinbar völlig ungehemmt. Es war wie das grausame Spiel der Katze mit einer Maus.

Nein, hier ging es nicht um jemanden, der sich verwählte. Dieser Kerl wusste genau, wen er anrief.

Die Frage war nur, wieso.

Aber vor einer knappen Woche hatten die Anrufe plötzlich aufgehört.

Und so verrückt das auch für alle anderen klingen mochte, Joann konnte nicht aufhören, an ihn zu denken. Wenn er nun seine krankhaften Neigungen in eine andere Richtung lenkte? Und wenn eine andere einsame Frau vielleicht genauso unter seinen beängstigenden Belästigungen litt wie sie selbst?

Die Frau, die heute umgebracht worden war, war noch sehr jung – um die zwanzig. Sie selbst war ja schon etwas in die Jahre gekommen mit ihren sechsundvierzig. Sie hatte sich gut gehalten – aber dennoch. Vielleicht hatte er plötzlich Lust auf etwas Lammfleisch bekommen – und das Verlangen war plötzlich mit ihm durchgegangen?

Aber was wusste sie schon?

Gar nichts. Und jemandem von ihren Erlebnissen zu erzählen würde vielleicht alles nur noch schlimmer machen. Sie würde sich blamieren – und das war das Letzte, was sie wollte.

Also legte sie sachte den Hörer wieder auf.

Laura kam mit der Post herein. Rechnungen, Bestellungen, Angebote. Gott sei Dank – Joann würde nun keine Gelegenheit mehr zum Grübeln haben.

»Was ist denn los, Joann?«, fragte Laura besorgt, als sie das blasse Gesicht ihrer Kollegin bemerkte. »Geht es dir nicht gut?«

»Ist schon gut«, wehrte Joann ab. »Ich bin nur ein bisschen müde, das ist alles. Ich habe letzte Nacht schlecht geschlafen.«

»Du fühlst dich einsam, oder?«

Laura legte rücksichtslos den Finger genau in die Wunde. Joann hatte sich nie zuvor in ihrem Leben einsam gefühlt. Sie war immer das starke, selbstständige und hartgesottene Mädel gewesen, das sich nicht unterkriegen ließ. Aber jetzt war es unbestritten, dass sie sich völlig verlassen fühlte – und unglaubliche Angst hatte.

Sie nickte niedergeschlagen.

»Komm heute Abend doch mit ins Theater«, schlug Laura vor. »Hasse und ich sehen uns die Inszenierung von Elisa Martinez' *Gorillaspiel* an. Alle reden davon, wie lustig das sein soll. Komm einfach mit! Wir können vorher kurz noch etwas im Teaterkatten essen.«

Das klang sehr verlockend.

»Gut!«, nickte Joann mit einem schwachen Lächeln und schluckte die Tränen hinunter, die sich ihren Weg zu bahnen drohten. »Das ist wirklich sehr nett!«

Doktor Johannesson war zum Aufbruch bereit. Er konnte am Tatort nicht allzu viel ausrichten. Nicht viel mehr, als den Tod feststellen und die allgemeinen Umstände aufnehmen.

Hills Angaben stimmten genau. Dem Mädchen war der Hals oder – richtiger gesagt – waren die Arteria carotis und die Vena jugularis durchtrennt worden.

Die Totenstarre hatte bereits eingesetzt, als er vorsichtig die Routineuntersuchung an Jane Hopegoods Leiche vornahm. Rigor mortis hatte sich rasch in der Kieferpartie und der Unterarmmuskulatur ausgebreitet, denn in der Wohnung war es ungewöhnlich warm. Diese Umstände beschleunigten den Verlauf zusätzlich.

»Warum ist es hier drinnen so warm?«, erkundigte er sich unvermittelt.

Seine Methoden begannen sich offensichtlich der gleichen Weitwinkelperspektive zu nähern, der Doktor Olin sich so erfolgreich verschrieben hatte, dachte Hill zufrieden.

Denn die Frage war äußerst berechtigt. Hill selbst hatte sich sofort nach Betreten der Wohnung über die Temperatur gewundert.

»Weißt du, warum es so warm ist?«, fragte er Larsson, der die letzten Proben in der Garderobe sortierte.

»Keine Ahnung, wieso«, gab Larsson zurück, während er die letzte Kennnummer auf eine Probe klebte.

Es war ein Etikett mit der Aufschrift »PONV: 0001–10, 18«. Er befestigte es sorgfältig auf einem Plastikbeutel, dessen Inhalt nur er und das Elektronenmikroskop allmählich würden identifizieren können.

Der Code gehörte zu einem am Tatort fotografierten Indiz. Und zwar einem winzig kleinen Stück Textilfaser, das nicht von dem Teppich zu stammen schien, auf dem es gelegen hatte. Es könnte sich um den Fussel von einem Socken der beiden handeln, die sich die Wohnung teilten. Aber es war ebenso denkbar, dass der Mörder unfreiwillig eine Spur hinterlassen hatte.

Also hatte Larsson vor Ort sofort die Probe mit der dafür

vorgesehenen Kennnummer markiert, fotografiert und in den entsprechenden Plastikbeutel gesteckt.

Nichts durfte ungeprüft bleiben. Nicht wenn man wollte, dass irgendwann Klarheit darüber herrschte, weshalb Jane Hopegood nicht mehr am Leben war.

»Ist das die ganze Zeit so gewesen?«, hakte Hill nach.

»Ja, es war schon so warm, als wir reingekommen sind.«

»Sandlund!«, rief Hill Patrik zu, der noch immer vor der Tür Wache schob. »Frag mal… Dan heißt er, oder? …wieso es hier drinnen so heiß ist.«

»Okay.«

Hill hatte sich nicht vom Fleck gerührt. Er stand unbeweglich an einer bestimmten Stelle. Von dort hatte er den besten Überblick über den Tatort, ohne unnötig herumzustiefeln.

Dass es sich um ein Verbrechen handelte, stand außer Zweifel. Janes Freund hatte zwar erzählt, dass sie auf die Anrufe verstört und geknickt reagiert hatte. Allerdings nicht auf ausgesprochen suizidale Art, sondern eher mutlos und unkonzentriert.

Es kam zwar vor, dass gewisse Selbstmorde auf den ersten Blick so aussahen, als könnte es sich um Mord handeln. Aber meistens waren dann zahlreiche »Versuchsschnitte« im Bereich der tödlichen Wunde sichtbar. Schnitte, die misslungen waren aufgrund der Unwissenheit des Selbstmörders, welche Kraft man tatsächlich aufwenden musste, um die Tat auszuführen.

An Janes sonst gleichmäßig bronzefarbenem Hals waren solche Einschnitte jedoch nicht zu erkennen. Nur dieser eine kraftvolle, saubere, entscheidende Schnitt.

Zudem war diese Methode bei Frauen, die sich das Leben nahmen, höchst selten. Tabletten, Gift oder Gas waren die gebräuchlichsten Arten. Aufgeschnittene Pulsadern kamen zwar auch vor, aber der Hals war ein absoluter Ausnahmefall.

Also lautete der Verdacht eindeutig Mord.

Ebenso wenig schien dem Ganzen irgendein Streit vorangegangen zu sein, was auf zwei Dinge hindeuten konnte. Entweder hatte Jane ihren Mörder gut gekannt und keinen Verdacht geschöpft. Oder er beziehungsweise sie hatte das Opfer zum Gehorsam gezwungen. Vielleicht unter dem Versprechen, dass ihr nichts passieren würde, wenn sie sich nur völlig ruhig verhielt.

Dan glaubte nach einer flüchtigen Bestandsaufnahme nicht, dass in der Wohnung etwas fehlte, wie er Patrik berichtet hatte. Also konnte man das Raubmordmotiv vernachlässigen. Janes Handtasche hatte nämlich an ihrem angestammten Platz in einer Ecke im Flur gestanden. Gut sichtbar, aber vollkommen unberührt. Im Schlafzimmer lag der Schmuck ebenso unberührt auf dem Nachttisch, darunter ein offenbar wertvoller Ring, den Jane von ihrem Vater bekommen hatte. Eine Schlange aus breitem Weißgold, die sich um eine zweite aus Rotgold wand. Eine Erinnerung an ihre indianische Herkunft.

Doch die recht wertvollen Halsketten und Ohrringe waren, wie gesagt, noch dort, wo sie sie am Vorabend hingelegt hatte.

Er oder sie hatte es also nicht auf Wertsachen abgesehen – sofern es überhaupt etwas gab, das wertvoller als das Leben selbst war.

Sie – machte es überhaupt Sinn anzunehmen, dass eine Frau über die Muskelkraft verfügte, die für einen solchen Schnitt nötig war?

Doktor Olin hätte das sofort gewusst.

Hill entschied sich, Johannesson zu testen, und stellte die Frage.

»Tja, wenn du mich so fragst, muss ich sagen, dass es nicht völlig ausgeschlossen ist, dass der Mörder eine Frau ist«, entgegnete Johannesson. »Mädels trainieren ihre Muskeln ja heutzutage viel stärker, als das früher der Fall war. Viele haben solche Muskeln, dass sie der Bundesliga der Ringer die Schamesröte ins Gesicht treiben.«

Jetzt klang er wirklich genauso analytisch wie Olin, dachte Hill leicht verwundert.

»Aber«, fuhr der Mediziner nachdenklich fort, »ich halte das nicht für sehr wahrscheinlich. Die Schnittrichtung deutet nämlich darauf hin, dass der Schnitt vermutlich von einer eher großen Person ausgeführt worden ist. Eine, die die Durchschnittsgröße der Frauen deutlich überschreitet.«

Darin lag also der Unterschied – zwischen den betreffenden Ärzten.

Olin hätte nie von »Mädels« gesprochen. In seinem Vokabular waren es stets »Frauen«. Hill vermutete stark, dass es in Johannessons Welt um »Schnitten«, »Bräute«, »Mädels« und »Girls« ging. Aber das war völlig in Ordnung, schließlich ging es um denselben Typ Mensch – um weibliche Wesen.

»Wurde sie vergewaltigt?«, lautete die unvermeidbare Folgefrage.

»Es scheint nicht so«, gab Johannesson zurück, »aber das müssen wir in Lund noch gegenprüfen.«

»Sieben- bis achtundzwanzig«, rief Patrik aus dem Flur.

»Was?«, fragte Hill.

»Ja, Dan sagt, dass sie es immer so warm hatten. Sie gingen gern leicht bekleidet in der Wohnung herum. Manchmal hatten sie tagsüber nur T-Shirt und Unterhose an.«

Ja, das war relativ typisch. In dem Alter dachte man nicht ans Energiesparen. Man war noch immer das unbedarfte Kind, das die Heizung höher drehte, statt wärmere Kleider anzuziehen.

Hatte diese Unbedarftheit ihr Leben gekostet?

Eine Unbedarftheit, aus der heraus sie jemandem hatte helfen wollen? Jemandem, den sie nicht besonders gut gekannt hatte?

Joakim Hill befand sich anscheinend gerade in der chaotischen Phase des Zusammentragens aller denkbaren Theorien. In der es darum ging, jede mögliche Eventualität in Betracht zu ziehen, um anschließend festzustellen, welche Beweise am besten dazu passten und wie sich die Puzzleteile eventuell nach den ersten Laborergebnissen zusammenfügten.

Johannesson berührte mit den behandschuhten Fingern ein letztes Mal das Gesicht der Toten. Das Kinn war fast völlig steif. Es war unmöglich, die Kieferpartie zu bewegen. Er strich ihr sanft über die Wange, als wollte er sie trösten. Dann erhob er sich endlich und streifte seine latexfreien Untersuchungshandschuhe ab.

»Ich schreibe etwas Vorläufiges, das kann ich heute Nachmittag dann schon faxen«, erklärte er. »Aber eine einfache Feststellung der Todesursache reicht da nicht. Die gerichtsmedizinische Obduktion muss entscheiden.«

»Und was kannst du jetzt schon sagen?«

»Sie ist vermutlich an den Folgen des Blutverlusts gestorben, der dadurch verursacht wurde, dass die Arteria carotis an der Kehle mit einer scharfen, schweren Waffe mit langer Klinge durchtrennt worden ist. Vielleicht war es eine Art Jagdmesser.«

»Ist sie hier gestorben?«

Diese Frage schien überflüssig zu sein, denn das Sofa war komplett mit ihrem Blut durchtränkt. Doch wenn es darum ging, die Wahrheit an den Tag zu bringen, war das Risiko, lächerliche Fragen zu stellen, von geringer Bedeutung. Es war einzig und allein wichtig, formell haltbare Antworten zu bekommen, gleichgültig, wie trivial die Frage auch sein mochte.

»Anhand der Ausbreitung der Totenflecke«, antwortete Johannesson mit genau der formellen Korrektheit, die Hill erwartete, »ist das am wahrscheinlichsten.«

»Kannst du schon eine Uhrzeit für den Todeszeitpunkt festmachen?«

»Ausgehend von der Körpertemperatur und der Trübung der Augen, würde ich auf sechs Uhr oder kurz danach tippen. Das Stadium des Rigor mortis verunsichert mich hingegen etwas, aber, wie gesagt, es ist hier drinnen so warm, dass er schneller vorangeschritten ist.«

»Danke erst mal«, erwiderte Hill, »dann warte ich auf den vorläufigen Bericht per Fax, spätestens heute Nachmittag.«

»Gut«, sagte Johannesson und überging den gehetzten Unterton in Hills Stimme. »So schnell ich kann – bis später.«

Endlich waren Joakim Hill und Jane Hopegood allein.

Er betrachtete sie, als versuchte er, sie dazu zu bewegen, ihr eiskaltes Geheimnis preiszugeben. Jetzt, da der aufdringliche Gerichtsmediziner endlich weg war und bevor die Ambulanz sie in die ewige Stille brachte.

Für mich – nur zwischen uns zweien, versuchte er, sie in Gedanken zu überreden.

Ihr Mund war wie aus Protest leicht geöffnet. Als wollte er etwas Wichtiges, Entscheidendes sagen. Wenn Hill sie doch nur wieder ins Leben zurückholen und ihr die Stimme wiedergeben könnte, würde sie bestimmt reden.

Aber Jane ließ sich nicht so weit bringen.

Hill bekam keine Silbe aus ihr heraus.

Ihre matten, graublauen Indianeraugen starrten direkt in die ewigen Jagdgründe, von denen ihr Vater vermutlich viel berichtet hatte. Da waren sie nun beide zu Hause.

»Doktor Johannesson hat gemeint, es geht klar, wenn wir sie jetzt holen«, hörte Hill das Ambulanzpersonal im Treppenhaus an Patrik gewandt sagen.

Nein, dachte Hill aufgebracht. Es geht nicht klar, sie zu holen!

Das war nie der Fall gewesen, und trotzdem hatte irgendein Idiot genau das getan.

»Ja, in Ordnung«, rief er und verspürte plötzlich einen bohrenden Kopfschmerz.

6

Der Mann warf einen Blick auf das Haus, als er daran vorbeifuhr. Er war auf dem Weg zur Arbeit und musste an der roten Ampel oben in der Södra Stenbocksgatan anhalten.

Die Fassade war mit dunklem Backstein verklinkert, und er wusste genau, welche Fenster ihre waren. Er hatte die Wohnung so lange beobachtet, dass er sogar wusste, dass die Haken vom Schlafzimmerfenster schief waren und von dem grün gestrichenen Fensterblech abstanden.

Sonst war von außen nicht viel zu sehen.

Er schmunzelte bei dem Gedanken daran. Er war höchst vorsichtig gewesen – hatte sich sehr bemüht, weder gesehen noch gehört zu werden oder unnötige Spuren zu hinterlassen.

Und das Beste von allem war, dass er beim Verlassen der Wohnung die Putzfrau im Stockwerk drüber hatte rumoren hören. Sie hatte vor sich hingesummt, während sie den Wischmopp in den Eimer ausgewrungen hatte. Offensichtlich arbeitete sie sich von oben nach unten vor, denn im dritten Stock war noch nicht geputzt worden.

Und dieser Umstand war wie ein Geschenk des Himmels gewesen. Dass die Putzkraft völlig ahnungslos sämtliche eventuelle Spuren seiner Anwesenheit im Haus wegwischen würde. Als er das Gebäude verlassen hatte, war es so ruhig und still auf der Straße gewesen wie immer im Morgengrauen.

Jetzt stand ein dunkelblauer Kleinbus vor der Eingangstür. Von außen sah er wie jeder andere Transporter auch aus, wenn man davon absah, dass ein Firmenlogo fehlte. Aber im

Innern des Busses gab es alle vorstellbaren Ressourcen für Ermittlungen am Tatort in großem Rahmen.

Abgesehen von dem Material, das für die Spurensicherung benötigt wurde, gab es außerdem eine Fotoausrüstung. Sogar Computer und alle möglichen Abhörvorrichtungen, und alles hatte seinen speziell dafür vorgesehenen Platz. Die funktionsoptimierte Einrichtung nutzte den begrenzten Raum bestmöglich aus.

Es war natürlich unmöglich, das von außen zu sehen, aber das hier war der Mordbus der Kriminaltechniker. Er war stets rasch zur Stelle, wenn etwas passiert war.

Nur wenige außerhalb des Polizeikorps ahnten die wahre Funktion des Fahrzeugs. Auch der Mann, der von der Kreuzung aus genau verfolgte, was vor sich ging, wusste davon nichts.

Beinahe instinktiv nahm er an, dass der Bus etwas mit der Sache zu tun hatte. Dass er irgendwie mit den Geschehnissen, die dort oben im dritten Stock vor sich gegangen waren, in Verbindung stand.

Der Mann sah, dass ein Streifenwagen etwas weiter entfernt halb auf dem Gehsteig geparkt stand, und er erkannte schemenhaft einen uniformierten Beamten, der im Eingang stand. Man konnte die Hausbewohner schließlich nicht daran hindern, ihre Wohnungen zu verlassen beziehungsweise zu betreten. Aber vermutlich wurden alle ermahnt, sich so vorsichtig wie möglich zu bewegen.

Ein kleiner Van in Graumetallic parkte ebenfalls auf dem Fußweg, blinkte links und fädelte sich in den Vormittagsverkehr ein.

Er registrierte ihn, hielt aber nach einem ganz anderen Fahrzeug Ausschau.

Da!

Ein knallgelber Notarztwagen mit grellroter Aufschrift bog auf den Platz, den der unauffällige Pick-up gerade frei gemacht hatte.

Obwohl… in solchen Fällen kam normalerweise immer ein Leichenwagen.

Denn es hatte sich doch um eine »09«, wie die Polente zu sagen pflegte, gehandelt. Diesen Ausdruck hatte er über ihre Funkfrequenz gehört und wusste, dass damit Todesfälle gemeint waren. Und sie war doch wohl tot?

»Aber…«, dachte er zweifelnd und fuhr seltsam ruckartig an, als die Ampel plötzlich auf Grün sprang und er dem Verkehrsstrom Richtung Malmöleden folgen musste, »wieso zum Teufel ist das dann ein Notarztwagen?«

Der Hemdkragen drückte unangenehm auf den Adamsapfel, und der kalte Schweiß lief ihm über die Stirn.

»Reiß dich zusammen, verdammt noch mal!«, brüllte er sich selbst an.

Dann entschied er abrupt, auf einen breiten Bürgersteig neben der Straße zu fahren. Er hielt an, trocknete sich mit einer Papierserviette von McDonald's die Stirn und versuchte, sich zu beruhigen.

Sie musste einfach tot sein!

Sie würde nichts mehr bezeugen können – nicht nach dem effektiven Schnitt, den er vor nur wenigen Stunden ihrem Hals verpasst hatte.

Nein, das war völliger Quatsch – selbstverständlich hatte er sie für immer zum Schweigen gebracht. Er hatte absolut keinen Grund zur Beunruhigung.

Aber merkwürdigerweise verspürte er nicht den geringsten Anflug von Genugtuung darüber. Er war verständlicherweise einfach nur müde.

Der Verkehr brauste an ihm vorbei, als wäre nichts gewesen. Die Vögel ließen sich zusammen mit dem rotbraunen Herbstlaub in den Windböen treiben, und dicke, dunkelgraue Wolken türmten sich am Himmel auf. Genau wie immer – als wäre überhaupt nichts passiert.

Ihnen war ja auch nichts passiert, ihm allerdings schon.

Das, wovon er so lange geträumt hatte, war endlich erledigt. Das hatte er zwar nicht von Anfang an so geplant, wirklich den Weg bis zum Ende zu gehen. In erster Linie hatte er… äh, was eigentlich gewollt? Auch wenn er am Anfang nur darauf aus gewesen war, sich an ihrer Angst zu laben und diese totale Macht zu spüren, hatte das auf diese ungeplante Weise geendet. Aber was getan war, war getan, und er bereute rein gar nichts. Außerdem gab es keinen einzigen Zeugen und auch keine anderen Anknüpfungspunkte. Alles war, kurz gesagt, vollkommen unverdächtig, redete er sich ein.

Geschickt reihte er sich wieder in den Verkehr ein, fuhr in den Kreisel und auf der anderen Fahrbahn wieder zurück. Dann bog er vor dem Haus ab, machte eine Kehrtwende und hielt in einer Parkbucht. Er befand sich genau im richtigen Abstand vom Haus und kurbelte das Fenster auf der Fahrerseite herunter. Von hier konnte er alles sehen, was dort hinten ablief, ohne gesehen zu werden.

Der Mann blickte zum Schlafzimmerfenster im dritten Stock hinauf.

Und konnte sich nicht beherrschen, erneut zu überlegen, warum eigentlich der Notarzt und nicht der Leichenwagen gekommen war.

Joakim Hill stand zur gleichen Zeit an der Innenseite des Fensters und starrte blind auf den Haken, der tatsächlich schief war und vom Fensterblech abstand.

Er nahm ihn kaum wahr und schenkte auch dem Auto nicht die geringste Beachtung, das soeben weiter hinten geparkt hatte, sondern dachte an etwas völlig anderes.

Er fragte sich, ob nicht vielleicht Dan Jane ermordet haben könnte?

Man war zwar von Anfang an recht sicher gewesen, dass Jane umgebracht worden war, bevor Dan von der Arbeit nach Hause gekommen war. Aber vielleicht doch nicht sicher genug, um den Verdacht völlig auszuschließen.

Er hatte ja erzählt, dass es ihm zuerst so vorkam, als wäre ihr kühl geworden und als würde sie nur dasitzen. Doch als er sie berührte, war sie noch so warm, dass er dachte, sie schliefe. Erst als er das Blut an seinen Fingern gespürt hatte, hatte er reagiert.

So lautete jedenfalls seine eigene unbestätigte Version.

Was den Zeitpunkt anbetraf, stimmte er recht genau mit Johannessons vorläufiger Schätzung überein. Aber inwieweit Dan die Wahrheit sagte, in Teilen oder im Ganzen, war eine ganz andere Frage.

Hill verließ das Schlafzimmer und ging zur Garderobe zurück.

»Und was hältst du von dem Burschen?«, fragte er seinen Kollegen, Kriminalkommissar Knut Sahlman, der gerade zurückkam, nachdem er mit dem Verlobten in der Nachbarwohnung gesprochen hatte. »Ist er wirklich sauber?«

»Den Freund meinst du?«, fragte Sahlman und blätterte in seinen Notizen.

Obwohl Sahlman heute freihatte, war er gerne eingesprungen. Frei zu haben bedeutete für ihn als Junggesellen nichts anderes, als dass er diese Freizeit gern dagegen eintauschte, an erster Stelle zu sein, wenn etwas Besonderes passierte.

Er war unbestritten der größte Modesnob der Helsingborger Polizei. Aber unter der gockelhaften und halbstarken Schale lag ein ebenso großer Arbeitswille wie bei Hill.

Sahlman war auch derjenige im Korps, der die Gedanken, wenn nicht in Richtung CIA, so zumindest zum FBI lenkte. Er war ein sportlicher Mann in seinen besten Jahren – um die fünfzig. Hill war kaum größer als der Durchschnitt, Sahlman hingegen richtig groß – ungefähr einsfünfundneunzig schätzte Hill.

Und jetzt stand er in seiner ganzen Länge wie ein schonischer Kevin Costner da – in modischem Trenchcoat mit breitem Revers, den schicken Stetsonhut in den Nacken geschoben – und versuchte, seine Notizen zu entziffern.

»Ja«, gab Joakim geduldig zurück, »der Freund.«

»Ich kann mir kaum vorstellen, dass er nicht die Wahrheit sagt«, erklärte Knut. »Sie scheinen eine harmonische Beziehung gehabt zu haben, das haben die Nachbarn bestätigt. Das Erste, was Dan mir erzählt hat, war, dass sie bald heiraten wollten. Das klingt ja wohl kaum nach einem Aufhänger für Mord?«

»Es sind schon denkwürdigere Sachen passiert«, versicherte Joakim. »Kann ich deine Notizen durchsehen, bevor ich reingehe und mit ihm rede?«

»Be my guest«, erwiderte Knut, reichte dem Kollegen seinen Block und ging, um ein paar Worte mit Patrik Sandlund zu wechseln, der gerade irgendetwas im Schlafzimmer überprüfte.

Joakim Hill war eigentlich dankbar dafür, dass Sahlman sich entfernte. Somit brauchte er das schwach golden schimmernde Brillengestell mit Glasstärke +1 nicht zu zeigen, das er sich nun auf die Nase schob.

Vor vier Monaten hatte er einen leichten Kopfschmerz verspürt, wenn er abends lesen wollte. Catharina hatte natürlich sofort Salz in die offene Wunde gestreut.

»Du bist jetzt wohl auf eine Lesebrille angewiesen, Joakim«, hatte sie frech bemerkt. »Du kommst langsam in die Jahre.«

»Ach was!«, hatte er abgewehrt.

Aber insgeheim hatte ihn die Tatsache, dass sie Recht haben könnte, beunruhigt. Er war schließlich über vierzig. Der Gedanke war nicht abwegig und sollte sich bald als Faktum erweisen.

Er hatte einmal ein paar Brillen in der Tankstelle aufprobiert, als er ohnehin tanken musste. Nur so aus Spaß. Aber zu seiner Verblüffung hatte er festgestellt, dass er bisher verschwommene Buchstaben fast völlig scharf gesehen hatte. Das war eine schreckliche Gewissheit, aber nicht zu ändern.

In der folgenden Woche hatte er aufgegeben.

Er hatte sich eine Brille gekauft, sich gegen Catharinas Frotzeleien gewappnet und eingesehen, dass kein Weg an einer Brille vorbeiging.

Aber er mochte sich nicht gern öffentlich damit zeigen. Also wandte er seinen Kollegen resolut den Rücken und überflog rasch Sahlmans Notizen.

Gerade als er die Lesebrille wieder in seiner Jacketttasche verstaut hatte, hörte er den Lift kommen.

Es waren die Jungs von der Ambulanz mit der Trage. Obwohl sie sich bemühten, vorsichtig zu sein, stießen sie mit einem metallischen Scheppern an den Türrahmen. Das durchschnitt Hills Konzentration so effektiv wie das Messer – oder was es gewesen war – Janes bloßen Hals.

Er zuckte zusammen. Musterte die Sanitäter, die ertappt zu Boden sahen. Sie taten ihr Möglichstes, um zumindest beim zweiten Versuch die sperrige Trage heil durch die Tür zu bugsieren.

Er kannte sie flüchtig von den wenigen unschönen Begegnungen im Dienst. Der dunkle Mittelgroße hieß Lasse. Den anderen – einen hoch gewachsenen Burschen mit strohblonder Haartolle, süß wie aus einem Kalender – kannte er nur vom Sehen. Er nickte beiden zu, und sie grüßten zurück, ohne die Trage zu vernachlässigen.

Joakim Hill machte im Treppenhaus Platz, damit sie vorbeikamen.

Dann machte er einen Schritt vor die Tür und holte tief Luft. Draußen war es beinahe kalt – im Vergleich zu der Wärme in der Wohnung.

Patrik kam nach draußen und schrieb etwas in seinen Block. Sie würden ihre Eindrücke und Angaben später zusammenstellen, wenn hier alles abgeschlossen sein würde. Patrik war ein guter Polizist. Joakim Hill fühlte sich an seine eigene Energie und Motivation in dem Alter und dem Dienstgrad erinnert.

»Ich werde mich jetzt mal ein bisschen mit Dan unterhalten«, sagte er leise und nickte in Richtung Nachbarwohnung, die Dan als vorübergehende Freistätte diente. »Soll ich auf irgendetwas besonders achten?«

»Nein, nicht dass ich wüsste«, antwortete Patrik und warf sicherheitshalber einen Blick in seine Aufzeichnungen. »Er wirkt total verzweifelt. Man muss seine Aussagen zwar überprüfen, aber er scheint sehr verliebt in sie gewesen zu sein.«

Ja, dachte Joakim. Wer wäre das nicht gewesen?

Jane war auch im Tod noch eine wirkliche Schönheit. Der

dunkle Bronzeteint ihrer Haut muss beeindruckend gewesen sein. Außerdem war sie sowohl schlank als auch sportlich. Hatte sehr gut ausgesehen und sowohl Ehrgeiz als auch Charisma gehabt.

Doch nichts von alledem hatte den Gewaltverbrecher zurückgehalten.

Hill war neugierig, fast übereifrig, endlich ihrem Freund gegenüberzutreten. Selbst zu sehen, was für ein Bursche das war, der das Herz dieser Indianerprinzessin hatte gewinnen können.

Dan Hansson saß am Küchentisch, den Kopf in die Hände gestützt. Er hatte langes, aschblondes Haar, das ihm weich ins Gesicht fiel. Hill konnte nicht genau erkennen, wie er eigentlich unter der Haarmähne aussah.

»Dan?«, fragte er behutsam und merkte sofort, wie lächerlich seine Frage klang. Wer sollte es sonst sein – Henry Kissinger?

Aber so knüpfte man schließlich den Kontakt – vorsichtig und zurückhaltend, um zu zeigen, dass man es gut meinte. Also fuhr er auf dieselbe Art fort.

»Ich bin Kriminalkommissar Joakim Hill. Können wir uns unterhalten?«

Der junge Mann hob den Kopf. Er weinte vollkommen lautlos, sein Gesicht war tränennass, die Augen waren gerötet, die Nase lief. Aber er hatte nichts Pathetisches an sich. Joakim Hill musste Patrik absolut Recht geben – hier handelte es sich um echte, bodenlos verzweifelte Trauer.

»Dan«, fuhr Hill fort und setzte sich auf einen Stuhl neben ihn, »ist da irgendetwas, das dir im Nachhinein in der letzten Zeit komisch vorgekommen ist? Etwas, das mit den heutigen Geschehnissen in Verbindung steht?«

Er vermied sorgfältig die Formulierung »Mord an Jane«. Dem Burschen ging es ohnehin schon schlecht genug.

Dan blickte ihn unverwandt an, schüttelte jedoch mutlos den Kopf.

»Nein«, schluchzte er schließlich, »im Gegenteil.«

»Wie – im Gegenteil?«

»Seit einer Weile hat er sich kaum noch gemeldet. Jane schien es viel besser zu gehen, sie konnte wieder normal schlafen. Ich war so froh, denn sie hatte für die nächste Prüfung zu lernen begonnen und so…«

Seine Stimme erstarb ebenso hoffnungslos wie vor wenigen Stunden ihre gesamte Zukunft.

»Mit ihm – meinst du da den anonymen Anrufer?«, erkundigte Hill sich.

Dan nickte und tat sein Möglichstes, um sich wieder zu sammeln.

»Stimmt es, dass ihr bei Tele2 angemeldet seid?«

Der junge Mann nickte erneut.

»Wir überprüfen das«, erläuterte Hill und machte eine Notiz, obwohl er wusste, dass sowohl Sandlund als auch Sahlman die Angabe bereits aufgenommen hatten. »Es ist zwar nicht sicher, ob das weiterführt, aber wir bleiben an der Sache dran. Ich muss dennoch ein paar Fragen stellen – hatte Jane irgendwelche Feinde? Jemand, mit dem sie aus irgendeinem Grund Streit hatte?«

»Nein…«, entgegnete Dan nach kurzem Schweigen. »Nein, Jane hat sich mit den meisten gut verstanden. Sie ist… war einfach so. Es hat keine Rolle gespielt, ob das Jungen oder Mädels waren – alle mochten sie, und sie hatte haufenweise Freunde. Mehr als ich… und so.«

»Gut. Wie sieht das mit ihrer Mutter aus? Ist sie schon informiert worden?«

»Inga ist gerade in den USA. Sie besucht dort Verwandte von John, aber ich weiß nicht genau, wo sie ist. Darum hat sich… Jane immer gekümmert.«

Hill nickte – so war das meistens. Catharina war sein eigenes soziales Verbindungsglied. Sie kümmerte sich um alles Schöne, Umsichtige in ihrem gemeinsamen Leben. Auch wenn sie nicht viele Verwandte hatten, sondern fast ausschließlich Freunde und Bekannte, war es wichtig, den Kontakt zu pflegen.

Er wollte den Burschen nicht unnötig quälen, aber musste dennoch ein paar Fragen über die Entdeckung des Mordes stellen. Um die Antworten mit dem bisher Gesagten zu vergleichen. Hill hatte bereits jetzt allen Grund anzunehmen, dass die verschiedenen Zeugenaussagen einwandfrei übereinstimmen würden. Aber die formelle Befragung war dennoch wichtig, weil die Übereinstimmung dazu diente, die Glaubwürdigkeit des Zeugen zu untermauern.

»Okay, Dan«, sagte er, steckte den Notizblock in die Tasche und erhob sich langsam, um die Trauer nicht länger zu stören, »wir setzen die Befragung später fort. Vielleicht haben wir bis dahin neue Fakten, die wir klären müssen.«

Dan schniefte und nickte wieder.

Joakim Hill klopfte ihm tröstend auf die Schulter und wandte sich dem Treppenaufgang zu.

»Doch…«, begann Dan plötzlich hinter ihm, »es gibt da tatsächlich eine Sache, über die ich mich gewundert habe.«

Hill drehte sich interessiert um.

»Ja?«, sagte er.

»HD.«

»HD?«, wunderte Hill sich.

»Ja… das ist doch komisch, dass sie auf war und das *Helsingborgs Dagblad* reingeholt hat«, erklärte Dan. »Das machte sie sonst nie. Normalerweise liegt das HD am Boden im Flur, bis ich aufwache. Dann frühstücken wir und lesen zusammen die Zeitung. Jane wollte am liebsten gleich anfangen zu lernen, sobald sie um acht herum aufgestanden war. Sie sagte, es lenkt zu sehr ab, die Zeitung zu lesen, bevor man sein Tagewerk begonnen hat. Sie ließ sich leicht von Artikeln einnehmen und engagierte sich für alles und jeden.«

»Aber heute hatte sie die Zeitung also reingeholt?«

»Ja, sie lag auf dem Sofatisch.«

Er sagte das so ernst und tonlos, als hätte ausgerechnet das ihren Tod besiegelt – die Tatsache, dass das HD auf dem Tisch und nicht wie sonst im Flur gelegen hatte.

Hill griff nach seinem Block und notierte den Hinweis.

Weder er noch Dan konnten in diesem Stadium entscheiden, welche Beobachtungen wichtig waren. Nur dass es sich um eine deutliche Anomalie handelte. Eine Abweichung von den fast unbewussten, aber ach so strengen Routinen des Alltags, die wie ein feuerrotes Stoppschild im Unterbewussten aufleuchteten – die aufzudecken Doktor Olin ein großer Meister gewesen war.

So wie man jeden Morgen ein Ei zum Frühstück aß und es mit dem Messer köpfte. Wenn man eines Tages die Schale plötzlich an der Tischplatte aufklopfte und abpellte, konnte man davon ausgehen, dass etwas definitiv vollkommen anders war.

Aber es geschah Gott sei Dank selten, dass sich die Dinge so drastisch und unglaublich tragisch veränderten wie ausgerechnet für Jane und Dan.

Hill hielt fest, die Zeitungsausträger schnellstmöglich zu überprüfen. Wurde im Zusammenhang mit der Zeitungslieferung heute Morgen etwas Besonderes beobachtet? Oder deutete etwas darauf hin, dass der Bote just an diesem Morgen besonders lange gebraucht hatte?

Keine Frage war unwichtig – nicht wenn jemand gerade eines unerklärlich grausamen Todes gestorben war.

Unvermittelt schepperte es auf der anderen Seite des Treppenhauses.

Dan und Joakim zuckten zusammen, denn es war völlig klar, woher der Lärm kam. Die Sanitäter hatten die Trage auch auf dem Weg nach draußen gegen den Türrahmen gerammt.

Joakim bemerkte den Schmerz, der sich über das Gesicht des jungen Mannes legte, als er so abrupt aufstand, dass der Küchenstuhl umfiel. Joakim dachte, Dans Verzweiflung würde mit ihm durchgehen und er würde nach draußen laufen, um die Träger zu stoppen.

Doch er blieb wie angewurzelt stehen und starrte durch die Küchentür, durch den nachbarlichen Flur bis zu seiner eigenen Wohnungstür.

Die Burschen waren so vorsichtig wie möglich. Aber die

Trage war breit und die Tür eng, sodass sie sie schräg legen, kippen und wieder gerade halten mussten, um ins Treppenhaus zu kommen.

Unterdessen starrte Dan sie an, als würde sich ein Abgrund vor ihm auftun.

Das war das Endgültige.

Solange sie noch auf dem Sofa gesessen hatte und alle intensiv mit ihrem seltsamen Zustand beschäftigt gewesen waren, war sie jedenfalls noch da gewesen.

Aber jetzt wartete der Fahrstuhl, die Sanitäter schoben die Trage hinein und drückten den Knopf ins Erdgeschoss. Durch die Glasscheibe des Lifts sah Dan sie nach unten verschwinden, als würden sie zusammen mit Jane langsam, aber sicher aus seiner Wirklichkeit ausradiert.

Und das war das unumgängliche Ende.

Jetzt existierte sie nicht mehr in seiner Welt und würde nie wieder zurückkommen.

Verdammter, verfluchter Lift!, schrie es in seinem Innern, während erneut die Tränen seine Wangen hinabliefen.

Wieso funktionierte er gerade jetzt, da er ihn am allerwenigsten brauchte?

7

Calle Manngren, der Dienst habende Beamte im Eingang, versuchte den ganzen Vormittag über, so professionell wie möglich auszusehen. Doch um die Wahrheit beim Namen zu nennen, war das sterbenslangweilig, vor einem Tatort Wache zu schieben.

Bis zur Absperrung drangen nämlich nur in Ausnahmefällen Informationen über das Geschehen im eigentlichen Zentrum vor. Hier passierte nichts Spannendes, sondern es ging lediglich darum, die Neugierigen draußen zu halten und die Mitbewohner reinzulassen.

Es war also ziemlich öde, hier zu stehen und die Tür eines Mietshauses im Zentrum von Helsingborg zu bewachen. Aber irgendjemand musste das ja tun, und dieser Jemand war leider er.

Obwohl das keine besonders anspruchsvolle Aufgabe war. Natürlich wartete da draußen eine Menschentraube, die direkt ins Haus gestürmt wäre, wenn er nicht hier gestanden hätte. Es begann sich herumzusprechen, dass ein Mord geschehen war, und Schaulustige strömten herbei. Neugierige, beunruhigte Anwohner, die sich fragten, was da wohl passiert war. Und ob jemand betroffen war, den sie kannten.

Manngren sah, dass auch Leute von der Presse darunter waren. Aber Lotta Jönsson von der *Kvällsposten* war nicht unter ihnen. Er hatte gehört, dass sie nach Stockholm gezogen war oder so ähnlich. Bestimmt hatte sie dort eine Superjob und moderierte eine Fernsehshow, ehe man sich's versah.

Talkmasterin war nämlich die Lösung – heutzutage eine vollkommen natürliche Berufswahl für moderne, selbstbewusste junge Leute. Kein Wunder, dass der Polizei es schwer fiel, Nachwuchs zu rekrutieren. Wer würde nicht lieber in einem gemütlichen Fernsehsofa sitzen und mit den Promis plaudern, statt Kriminelle durch schweinekalte Gassen und über Plätze zu jagen?

Manngren kannte diese Lotta zwar nicht persönlich, aber sie war an genügend Tatorten aufgetaucht, dass er sehr wohl wusste, wer sie war. Wäre sie heute hier gewesen, hätten sie sich vermutlich grüßend zugenickt.

Doch das war sie nicht. Aber Birgitta Lööf vom HD war zur Stelle. Sie kannte er. Sie war auch so ein forsches Mädel, das vielleicht bald eine eigene Kolumne bekäme oder etwas in der Art. SVT Sydnytt war ebenfalls da und filmte ein paar Meter, das Haus samt Umgebung. Aber der Pressesprecher der Polizei konnte ihnen noch nichts Konkretes sagen. Also warteten sie geduldig auf Informationen – ebenso wie er selbst.

Bisher hatte er noch niemanden abweisen müssen. Er fühlte sich immer unwohl dabei, sich streng und autoritär aufzuspielen. Glücklicherweise blieben alle so zahm hinter der Absperrung, dass es fast lächerlich war.

Es zog durch die Eingangstür, und er wünschte, er hätte die dickere Uniformjacke angezogen. Aber er hoffte, dass es nicht mehr lange dauern würde.

Die Sanitäter hatte er durchgelassen, sobald er die Erlaubnis von der Einsatzleitung erhalten hatte. Sie waren jetzt schon eine ganze Weile da oben beschäftigt. Und wenn sie wieder zurückkamen, hatten sie vermutlich die Ursache für die ganze Aufregung bei sich – nämlich die Leiche.

Manngren hatte während seiner Tätigkeit als Polizist eine ganze Reihe von Leichen gesehen. Allerdings meist bereits verpackt und ans Leichenschauhaus oder die Gerichtsmedizin adressiert.

Er kannte alle Typen von Leichensäcken. Die normalen schwarzen und weißen Plastikhüllen mit den instabilen Reißverschlüssen, die so oft ausrissen. Aber es war ohnehin nie besonders viel zu sehen. Ein bleiches Stück Haut oder ein Teil von einem Arm oder etwas anderes, rot gefärbt, sonst nichts. Manngren hatte schnell bemerkt, dass er keine Angst hatte. Von Blut bekam er keine weichen Knie.

Nur bei Wasserleichen tat er sich schwer. Er hatte zwar noch keine aus der Nähe gesehen, aber genug von denjenigen gehört, die bei der Bergung dabei gewesen waren. Für solche Fälle gab es zum Glück einen so genannten »Heavy Duty Bag« aus weitaus robusterem Material. Der war allerdings auch viel teurer als die normalen.

Und mittlerweile war alles nur noch eine Frage des Geldes. Ob es um die Betreuung der noch Lebenden oder um die Verwahrung der Toten ging – ja, Himmel und Zwirn!

Aber Manngren hatte sich durch seine eher passiven Einsätze für die Arbeit der Ermittler und Techniker zu interessieren begonnen. Er war sogar noch weiter gegangen und hatte insgeheim weitergelernt, um zu sehen, ob er eine Fortbildung machen könnte. Für eine Spezialisierung, die ihm längerfristig befriedigendere Arbeitsaufgaben und dickere Gehaltsabrechnungen bescheren würde.

Bisher hatte er die Studien jedenfalls sehr anregend und seinen Interessen perfekt entsprechend empfunden. Er sah sich selbst nämlich als äußerst aufmerksame und scharfsinnige Person. Seinem Blick entging wahrlich nicht viel, behauptete er von sich.

Beim nächsten Bewerbungstermin würde er seine Unterlagen bei der Polizeihochschule einreichen und versuchen, sich weiterzubilden.

Denn das hier war, wie gesagt, sterbenslangweilig!

Nur herumzustehen und … Türsteher zu sein.

Ohne die geringste Ahnung, was oben in der »Zone« eigentlich passierte.

Aber jetzt …!

Er hörte, wie der Lift sich in Bewegung setzte.

Es rasselte, knirschte und quietschte im Getriebe, als der

Fahrstuhlkorb nach unten fuhr. Manche Fahrstühle lärmten immer so, ohne dass sie eine Reparatur gebraucht hätten, als seien sie extra so konstruiert. Beseitigte man das Rasseln, Knirschen und Quietschen, gab es sofort alle möglichen anderen Betriebsprobleme. Wenn man nicht im Haus wohnte, brauchte man sich nicht darum zu kümmern. Aber immer diesen Krach zu hören!

Doch den Mietern fiel das wohl gar nicht mehr auf. Als hätte man die Bushaltestelle direkt vor dem Schlafzimmerfenster. Die ersten zwei Wochen macht einen der Lärm völlig verrückt, aber danach nimmt man ihn gar nicht mehr wahr. Er verschmilzt einfach mit all den anderen Geräuschen, sodass man…

Manngren wurde aus seinen Gedanken gerissen, als der Lift mit einem leisen Seufzer das Erdgeschoss erreichte. Fast lächerlich sanft und angenehm nach dem ganzen Krach während der Fahrt.

Manngren löste seinen Blick von der Straße. Es war noch immer ruhig dort draußen, und die Reporter versuchten, mit ihren jeweiligen Zentralen die Vorgehensweise abzuklären. Wie sollte man sich jetzt verhalten? Noch etwas warten und hoffen, dass sich noch etwas Entscheidendes ereignete vor Redaktionsschluss – oder eine ganz andere Story bringen?

Die Fahrstuhltür wurde automatisch geöffnet.

Die Tür stand dank der fortschrittlichen Technik weit offen, und Manngren hörte, wie die Maschinerie arbeitete.

Die Jungs von der Ambulanz kamen wieder zurück.

Und sie waren nicht allein.

Sie schoben sich seitlich mit gekrümmten Rücken an der Wand entlang, um die Trage nach draußen zu schaffen. Nach Möglichkeit, bevor die automatische Türöffnung die Sekunden gezählt hatte und ihren festen Griff um die Tür wieder löste.

Wenn das passierte, würde sie mit Schwung zugehen und auf den Metallrahmen der Trage schlagen.

Es war vielleicht albern, so zu denken, aber das wäre einfach respektlos. Dessen waren sich sowohl die Sanitäter als auch Manngren äußerst bewusst.

Jedenfalls schafften sie es.

Kurz bevor sich die Tür mit tiefem Stöhnen schloss, kam die Trage plötzlich frei. Sie entkam um Haaresbreite der Kraft, die ein eingeklemmtes Handgelenk brechen könnte. Die Trage war sicher im Treppenhaus angelangt.

Nun blieb noch der kleine Treppenabsatz, dann waren sie mit ihrer Fracht im Freien. So musste man das wohl sehen.

War man tot, dann stand man auf derselben Ebene wie Frachtgut, fand Manngren, dachte jedoch nicht daran, ihnen zu helfen.

Die Sanitäter waren erfahren und würden leicht die Seiten der Trage heben und senken, sodass sie ungehindert die Straße erreichen würden.

Stattdessen machte er sich bereit, um ihnen die Tür aufzuhalten, damit sie direkt zum Ambulanzwagen rollen konnten.

Eine starke Windböe kam gerade auf, als Manngren die Tür öffnete.

Ein Sturm wirbelte eine ganze Ladung Grus, Staub und Kälte in die Luft.

Einer der Sanitäter schluckte eine Portion Staub und begann sofort, unkontrolliert zu husten.

Die Einzige, die davon nicht betroffen war, war Jane, denn bis in den verschlossenen Bodybag konnte nichts durchdringen.

Manngren flog ein biestiges Staubkorn direkt ins Auge. Das tat so weh, dass sein Auge tränte und er einen Moment lang nichts sah.

Aber sowie die Tränen das Partikel fortgespült hatten und er wieder richtig sehen konnte, machte ihn etwas Weißes am Rand seines des Gesichtsfeldes stutzig.

Es schien, als wäre es aus der Hosentasche des Sanitäters gerutscht.

»Hallo… wartet mal!«, rief er, während er sein schmerzendes Auge rieb.

Die Tür stand sperrangelweit offen, und die Trage war schon halb auf der Straße. Keine Position, in der die Burschen gerne innehielten.

»Was? Was ist denn?«, fragte Lasse, der das Fußende der Trage festhielt.

Manngren hatte sich schnell gebückt und den kleinen weißen Zettel aufgehoben. Bevor ihn der nächste Windstoß erfasste und Richtung Fahrstuhl wirbelte. Mit seinem gesunden Auge warf er einen raschen Blick darauf.

»Hier… jemand von euch hat diesen Zettel verloren. Sieht aus wie eine Quittung, schwer zu sagen, was für eine – vielleicht von einer Fahrt?«

»Shit!«, fluchte Lasse. Aber nicht an Manngren gewandt, sondern wegen der Schwierigkeit, gleichzeitig etwas entgegenzunehmen und die Trage zu balancieren.

»Äh, kannst du so nett sein und ihn hinten in meine Tasche stecken? Dann sehe ich ihn mir später an.«

»Klar«, antwortete Manngren und stopfte den Zettel in Lasses Gesäßtasche. »Bitte sehr.«

»Ja, danke.«

Manngren wusste nicht genau, wieso, aber er legte sogar die Hand an die Mütze. Eher um dem toten Menschen, der in dem Bodybag lag, Tribut zu zollen als den Sanitätern.

Die Tür schlug hinter ihnen zu.

Er sah sie die Hintertür des Notarztwagens öffnen und die Trage in die Schienen setzen. Dann verschwand sie in dem Wageninnern, die Türen schlossen sich, und die Sanitäter fuhren langsam davon. Ohne Blaulicht oder Martinshorn, ebenso still wie die Ewigkeit.

Der Mann in dem parkenden Auto wartete so lange, bis sie aus der Tür gekommen waren, sie eingeladen hatten und abgefahren waren. Er wusste nur allzu genau, wer in dem verdammten Leichensack lag.

Jetzt fühlte er sich sofort besser, da er wusste, dass sie tot war – welch unglaubliche Erleichterung!

Er setzte den Blinker und fädelte sich ebenso glatt wie die Ambulanz in den Verkehr ein. Er fuhr langsam geradeaus, schaltete und bog rechts von der Kreuzung zwischen Södra Stenbocksgatan und Fältarpsvägen, bevor die Ampel wieder auf Rot umsprang.

Erleichterung? Fühlte er das wirklich?

Nun würde er keinen Kontakt mehr mit ihr haben. Und sie war so unbeschreiblich attraktiv gewesen. Sowohl jung, selbstbewusst als auch schön. Eigentlich war es eine Schande, dass es so gekommen war. Er sah zwar ein, dass das eine unvermeidliche Konsequenz des Spiels gewesen war, das er getrieben hatte. Aber die Reaktion war unvorbereitet schnell passiert. Eigentlich hatte er nicht die mindeste Ahnung gehabt, was kommen würde. Eines war einfach zum anderen gekommen.

Er hatte gesehen, wie der Zeitungsträger ins Haus gegangen und die Tür nicht wieder ins Schloss gefallen war.

Der perfekt für die kleine Vertiefung zugeschnittene Gummifußabtreter, der Schmutz und anderen Dreck von den Schuhen aufnahm, war verrutscht. Eine kleine Ecke hatte sich über die Schwelle geschoben und hinderte die Tür daran zuzufallen.

Seiner Erinnerung nach hatte er überhaupt nicht nachgedacht. Der Instinkt hatte das Kommando übernommen, und schnell wie der Blitz hatte er die Gelegenheit am Schopf gepackt. Bevor der Bote im zweiten Stock war, war er selbst schon im Haus. Er hatte sich gewissenhaft hinter ein paar Kinderwagen in der kleinen Nische für Fahrräder und Kinderwagen versteckt.

Dann beschlich ihn schlagartig die Befürchtung, dass er etwas wegen der eingeklemmten Matte unternehmen musste. Hatte er genügend Zeit? Dem Geräusch nach zu urteilen, war der Zeitungsbote schon oben im Haus. Doch wie schnell kam er wieder herunter? Wenn er sah, dass die Fußmatte in der Tür klemmte, würde er sich das vielleicht merken und …

Er wusste hinterher nicht mehr genau, wie das alles vonstatten gegangen war. Aber er war irgendwie zu Boden gehechtet, hatte die Matte aus der Tür gezogen und wieder gerade in die Vertiefung zurückgedrückt.

Fast gerade zumindest. Dafür hatte sie dann am anderen Ende schief gelegen. Ein kleines Stück war über die Innenkante vorgestanden.

Aber zum Teufel – Hauptsache, es war nicht offensichtlich, dass sie in der Tür geklemmt hatte!

Der Bote hatte auf seinem Rückweg leise, aber fröhlich vor sich hin gepfiffen. Wahrscheinlich hatte er Walkman gehört, denn er hatte nicht mal reagiert, als einer der Kinderwagen schepperte, als er sich in letzter Sekunde in die Nische rettete.

An der Tür wäre der Zeitungsausträger beinahe gestolpert. Die hochstehende Kante des Fußabtreters hatte sich regelrecht an der Sohle seines Turnschuhs festgesaugt. Der Bursche hatte aber sofort die Balance wiedererlangt, war nicht stutzig geworden und hatte auf seiner gewohnten Morgenrunde den nächsten Hauseingang angesteuert.

Wer hätte gedacht, dass es jemals so weit kommen würde? Aber als das Schicksal ihn nun hierher geführt hatte, spürte er definitiv den anregenden Duft. Die Witterung von Beute.

Sollte er sich einen gönnen…?

Einen Anruf?

Er sehnte sich danach, sie anzurufen.

Ihr genau mitzuteilen, wo er sich gerade aufhielt.

Sie hatte schließlich in letzter Zeit wieder etwas Oberwasser gewonnen.

Es würde ihm gefallen, sie wieder etwas verrückt zu machen. Sodass sie erneut so verschreckt klang. Ja, er würde sie anrufen. Er würde ihr die erschreckende Tatsache mitteilen, dass er sich auf dem Weg zu ihrer Wohnung befand. Denn er wusste genau, dass ihr Freund nicht zu Hause war. Der Knabe hatte offensichtlich Schichtdienst und kam normalerweise erst gegen sieben nach Hause.

Also war sie garantiert allein.

Ihre Nummer hatte er natürlich in seinem Handy gespeichert. Er hatte schon so oft angerufen. Jetzt blätterte er rasch im Adressbuch bis »Jane«, bestätigte zweimal den Rufaufbau und hörte das Freizeichen.

Dann wurde er aus unerfindlichen Gründen plötzlich unsicher. Möglicherweise war es verkehrt, sie zu früh zu alarmieren. Die Wirkung wäre vielleicht größer, ihr etwas in den Briefkasten zu stecken, einen kleinen Zettel oder etwas Ähnliches, war ihm eingefallen, und er hatte die Verbindung unterbrochen.

Das war nicht unbedingt einer seiner überlegtesten Gedankengänge, aber so dachte er, als er die Treppe hinaufschlich.

Zuerst hatte er den Fahrstuhl probiert, aber das Ding war außer Funktion. Wie immer, wenn man die Technik brauchte, funktionierte sie nicht.

Dann stand er jedenfalls vor ihrer Tür.

Das war ein fast magisches Gefühl, all diesen Anrufen so nah zu sein und ihre Welt beinahe zu berühren. Ihre Tür – mit der Aufschrift »Hopegood J.«. Und dahinter »D. Hansson«. So hieß er also… Hansson. Was mochte das D bedeuten, David vielleicht?

Wie auch immer, die Zeitung lugte zu drei Vierteln aus dem Briefkastenschlitz – schlampig, schlampig! Der Zeitungsbote sollte sie zumindest ordentlich reinstecken. Aber die Jugend war heutzutage so verflucht nachlässig. Nicht mal die Zeitungen konnten sie zufrieden stellend austragen.

Aber andererseits… das gab ihm vielleicht die Möglichkeit, so nahe zu kommen, wie er tatsächlich wollte.

Er zog die Zeitung vorsichtig aus dem Schlitz, damit die Briefkastenklappe nicht zuschlug. Wenn er eine kleine Mitteilung auf die Zeitung schrieb, würde sie vermutlich vor Schreck wie gelähmt sein, wenn sie sie las! Und wenn er sich einfach wieder davonstahl, konnte er unten auf der Straße stehen und sehen, wie sie hin und her rannte und die Gardinen vorzog und die Jalousien herunterließ. Bestimmt würde sie jede Lampe anmachen und hysterisch werden, wenn sie begriff, dass er ihr da nahe kommen konnte, wo sie sich vollkommen sicher fühlte.

Ja, er sehnte sich danach, sich an ihrer Panik zu weiden!

Er suchte gerade in der Innentasche nach seinem Kugelschreiber, als er plötzlich innen an der Tür die Sicherheitskette rasseln hörte.

Was zum Henker…!

Was sollte er jetzt tun – blitzschnell abhauen?

Aber andererseits war er ihr nie richtig näher gekommen. Dass sie ihm gefallen hatte, lag schließlich daran, dass er sie von einem geschützten Platz aus der Entfernung gesehen hatte. Wie sie sich bewegt und verhalten hatte und so. Aber er hatte nie herausgefunden, wie sie von Nahem aussah.

Die Versuchung gewann die Oberhand. So persönlich nah würde er ihr vermutlich nie wieder kommen. Er konnte der Verlockung nicht widerstehen.

Die dunkelbraune Wohnungstür wurde gleich dem Himmelstor geöffnet – und Jane Hopegood offenbarte sich ihm.

Sie war viel hübscher, als er es sich in seinen wildesten Träumen hatte vorstellen können. Er hatte angenommen, dass sie wie irgendeine Latina aussah, aber sie war ja… verdammt noch mal… Indianerin!

Das war einfach unglaublich heiß gewesen!

Sie hatte dagestanden und ihn verständnislos angeblinzelt, wie er mit dem HD in der Hand vor ihr stand. Sie trug ein T-Shirt. Er begriff sofort, dass sie es als Pyjama trug. Er hatte die Bettwärme gespürt, die ihr herrlicher Körper ausströmte.

Der Entschluss war ebenso ungeplant wie schnell gefallen.

Er wusste auf einmal, dass er deutlich mehr wollte, als sie zu betrachten und dann wieder in die Dunkelheit zu verschwinden.

»Danke, aber was…?«, hatte sie gemurmelt, nachdem sie ungeschickt nach der Zeitung gegriffen hatte.

»Ich hab's doch gesagt, Jane…«, konnte er sich genau erinnern, lächelnd erwidert zu haben, »ich wusste, dass du allein bist.«

Was dann geschah, war unvermeidbar gewesen.

Eine anonyme Telefonstimme zu sein war eine Sache, eine ganz andere, durch eine Gegenüberstellung einwandfrei identifizierbar zu sein.

Auf dieselbe Art, wie ihm klar geworden war, dass er nicht einfach seines Weges gehen und sie zurücklassen konnte, fiel ihm siedend heiß auch ein ganz anderer Punkt ein. Nämlich dass sie niemals leben durfte, um ihn bei einer Gegenüberstellung zu identifizieren.

Obwohl er ihr eigentlich nichts Böses hatte tun wollen.

Er hatte sie nicht einmal vergewaltigen wollen. Nur ganz kurz bewundern. Und sie vielleicht angesichts der unbekannten Drohung, die er verkörperte, vor Angst zittern sehen.

Er war im Nachhinein doch sehr unsicher, was danach passiert war. Er wusste, dass er in der Wohnung zudringlich geworden war, aber dann…?

Zuerst war seine Erinnerung wie leer gefegt. Aber dann war ihm allmählich bewusst geworden, was er mit ihr getan haben musste.

Und irgendwo empfand er einen unbeschreiblichen Schmerz. Sie war doch etwas ganz Besonderes gewesen. Sonst hätte er sie sich niemals ausgesucht. Er würde die Gespräche wirklich… vermissen.

Nun bremste er und ließ dem Verkehr im Kreisel die Vorfahrt. Dann reihte er sich hinter einem Schlachtviehtransporter in den Verkehr ein. Er spürte nicht die mindeste Verbindung zu dem, was er vor wenigen Stunden ausgeführt hatte. Er wechselte in die innere Spur, glitt nach rechts hinüber, um die erste Abfahrt links nach Elineberg zu nehmen.

Ohne Jane würde es jetzt sehr leer sein.

Aber andererseits… es gab immer andere.

Diese Frau in dem Einfamilienhaus zum Beispiel.

Joann.

8

Joann war sehr froh, dass es an diesem Abend ausnahmsweise weder so penetrant nieselte noch windete. Sie hatte ehrlicherweise zunächst keine große Lust auf den Theaterbesuch gehabt. Das war eher ein notwendiges Übel, um aus dem schrecklichen Stimmungstief nach den Meldungen über den Mord herauszukommen.

Doch je näher der geplante Abend rückte, desto gespannter wurde sie. Sie war schon recht lange nicht mehr im Theater gewesen. Wenn Kent nach Hause kam, war er meist zu müde. Aber das war auch nicht weiter verwunderlich, wenn er mehrere anstrengende Tage lang um den Erdball gesaust war, Schlaf Mangelware und höchste Leistung eine Selbstverständlichkeit waren. Natürlich blieb er lieber zu Hause, anstatt sich in der Stadt zu verlustieren.

Aber dass Laura und Hasse sie dabeihaben wollten, machte es noch viel spannender. Sie würde nette Gesellschaft haben, und die Inszenierung hatte sie schon interessiert, als sie die ersten Rezensionen gelesen hatte. Sie war von Göran Stangertz! Er hatte auf einen bemerkenswerten Outsider gesetzt, der sich als durchschlagender Erfolg entpuppt hatte. Stangertz hatte die Uraufführung von München, wo das Stück mit Verlängerung lief und in den Medien umstritten war, nach Helsingborg geholt. Diese denkwürdige Treuefarce *Das Gorillaspiel* erhitzte offenbar überall die Gemüter.

Die Autorin Elisa Martinez hatte ein ganz heißes Eisen thematisiert.

Was ist eigentlich Treue, und wie steht sie zu den allgemeinen Regeln und Trieben? Und was macht sie mit uns als Menschen und komischen Figuren?

Joann konnte sich sehr gut vorstellen, dass das Stück amüsant und inspirierend war.

Sie hatte sogar beschlossen, ein paar ihrer Überstunden abzufeiern und früher nach Hause zu gehen, um sich in Ruhe zurechtzumachen. Eine entspannende Pause im Whirlpoolbad würde ihr sicher gut tun. Sie wollte sich die Haare mit dem neuen, teuren Shampoo waschen und Festiger in die Frisur föhnen. Außerdem könnte sie vielleicht noch das hübsche taubenblaue Kleid bügeln, das sie so selten trug.

Es war herrlich, nur so im Jacuzzi zu liegen und das warme Wasser zu genießen. Luft wurde aus den strategisch platzierten kleinen Düsen in die glänzende Gustavsberg-Emaille geblasen. Sie ließ sie verschwenderisch neue Energie in ihren angespannten Körper massieren.

Sie bemerkte, dass sie über die Speisekarte im Restaurant Teaterkatten nachdachte. Sie hoffte, dass es irgendein richtig leckeres Fischgericht geben würde. Vielleicht Flunder mit Trüffeln und Safransauce. Oder etwas anderes Köstliches in einer gehaltvoll-sahnigen Soße. Was machten schon die Kalorien aus! Heute Abend wollte sie so viel Spaß in Gesellschaft guter Freunde haben wie schon lange nicht mehr.

Sie massierte sich kräftig einen großzügigen Klecks des wunderbaren Shampoos ins Haar. Im Spiegel auf der anderen Seite der Badezimmerwand sah sie den Schaum oben auf ihrem Kopf zu einer pompösen Krone anwachsen. Sie grinste ihr eigenes Spiegelbild an.

Sie hatte sich immer mit viel Schaum auf dem Kopf lustig gefunden.

Da klingelte das Telefon.

Das tragbare Ericsson-Modell lag auf der verlängerten Marmorkonsole des Waschbeckens. Wenn sie sich vorn über die Badewanne reckte, könnte sie es zu fassen bekommen, ohne aussteigen zu müssen.

Aber sie gefror zu Eis mitten in dem temperierten Wasser und starrte das Telefon an.

Es hatte lange nicht mehr geklingelt.

Sie fühlte sich sofort ertappt.

Beobachtet, mit ihrem albernen kleinen Schaumberg auf den Haaren.

Nackt und verletzlich.

Gelähmt vor Schreck, unfähig, aus der schützenden Schale der Wanne zu steigen.

Doch plötzlich wurde ihr bewusst, dass sie sich im Badezimmer befand.

Hier gab es kein Fenster.

Sie hatten zwar überlegt, ein Loch in die Wand zu schlagen, um ein schönes buntes Bleiglasfenster einzusetzen. Aber sie waren noch nicht dazu gekommen. Also befand sie sich in einem vollkommen uneinsehbaren Schutzraum.

Das Telefon läutete wütend und beharrlich weiter.

Sie sammelte sich, nahm ihren Mut zusammen und glitt an die andere Seite der Jacuzzi-Wanne. Sie griff nach dem kleinen Gästehandtuch, trocknete sich die Finger ab und nahm das Gespräch mit barschem, aggressivem Ton entgegen.

»Ja!«

»Joann?«

Es war Kent.

Sie seufzte erleichtert und zog ungewollt die Nase hoch.

»Hallo, Joann – wie geht's?«, erkundigte er sich besorgt.

»Hallo… hej, Liebling!«, brach es erleichtert aus ihr heraus. »Wie schön, deine Stimme zu hören.«

»Ist alles in Ordnung?«

»Ja… natürlich«, versicherte sie beruhigend. »Ich liege nur gerade in der Badewanne.«

»So früh am Nachmittag? Hast du dich erkältet oder was?«

»Ach was, aber Laura und Hasse haben gefragt, ob ich mit ihnen ins Theater gehen will, also habe ich gedacht…«

»Gut«, entgegnete er, aber dann wurde seine Stimme durch ein lautes Geräusch übertönt.

Sie hörte plötzlich, dass er sich auf einem großen Flugplatz irgendwo in der weiten Welt befand. Der metallische Klang einer Lautsprecheransage, die Abflüge in verschiedenen Sprachen aufrief, drang an ihr Ohr.

»Du, hier hat es Schwierigkeiten mit dem Zeitplan gegeben«, fuhr Kent fort, sobald der Lärm verklungen war. »Ein Kollege ist krank, ein Flieger aus Lissabon hatte Triebwerkprobleme, und es gibt einige Änderungen im Plan. Ich muss leider einspringen und komme erst in ein paar Tagen zurück – vielleicht sogar erst Montag.«

Das war eine absolute Enttäuschung. Aber sie hatte sich an solche unerwarteten Mitteilungen schon gewöhnt. War man Pilotenehefrau, musste man sich mit ebenso vielen unvorhergesehenen Einsätzen abfinden wie eine Polizisten- oder Arztehefrau.

»Okay«, antwortete sie und konnte ihre Enttäuschung nur schwer verbergen, »das ist ja schade, aber dir geht es gut, oder?«

»Ja, kein Problem. Ich habe ein gutes Hotelzimmer, ich komme schon klar.«

»Wo bist du denn untergebracht?«

»Das kann ich noch nicht sagen, denn es ist noch nicht entschieden, welche Route ich übernehmen soll.«

»Dann mach es trotzdem gut«, sagte sie und beugte sich leicht über den Rand, damit der Hörer nicht ins Wasser fallen konnte. »Du kannst dich ja kurz melden, wenn du die Gelegenheit dazu hast.«

»Eh klar! Was schaust du denn im Theater an?«

»Eine Art dramatische Farce. *Das Gorillaspiel* heißt das Stück. Hast du davon gehört?«

»Nein, ich glaube nicht. Worum geht es da?«

»Um Treue und Untreue.«

Er schwieg, und sie hörte, wie eine Flugplanänderung ausgerufen wurde. Sie hatte nicht einmal gefragt, wo er eigentlich war. Ein Flughafen war ja doch wie der andere, also spielte es eigentlich keine Rolle.

»Treue…?«, fragte er, als er sich wieder auf das Gespräch konzentrierte.

»Ja, so steht es jedenfalls in der Ankündigung. Das Stück ist gut besprochen worden, und ich freue mich auf die Vorstellung.«

»Gut, hab einen schönen Abend, Schatz! Grüß Laura und Hasse. Du, ich muss jetzt Schluss machen – bis bald!«

»Ja, mach's gut!«

Hatte er das noch gehört?, fragte sie sich. Aber sie vermutete, dass er die Verbindung bereits unterbrochen hatte, denn es machte »klick«, bevor sie das gesagt hatte.

Aber – zum Teufel – manchmal war es eben so eilig. Das wusste sie. Hauptsache, er hatte angerufen! Und dass wirklich er es gewesen war und kein anderer!

Sie ließ die Whirlpoolfunktion noch eine Weile laufen, nachdem sie aus dem Bad gestiegen war. Das Fantastische daran war, dass die Wanne dadurch automatisch gesäubert wurde. Keine fettigen Schmutzränder und keine wundgescheuerten Knochen. Alles erledigte sich von selbst. Die Technik war wunderbar.

Joann wickelte sich in ein herrlich großes Badehandtuch aus dickem Frottee. Alles fühlte sich so gut an wie seit langem nicht mehr. Eine Tasse Espresso aus der neuen Maschine in der blank geputzten Küche war jetzt perfekt. Dann – Föhn und Bürste her, bevor sie in das hübsche Kleid schlüpfte. Das Make-up würde sie zuletzt sorgfältig auftragen.

Sie ging in die Küche und knipste das Licht an. Sie hatte vergessen, die Jalousie herunterzulassen – aber na und?!

Es war kühl in der Küche, verglichen mit dem dampfenden Badezimmer. Aber das war auch Teil des Erfrischungseffekts. So wie bei dem kalten Tauchbad nach der Sauna, vermutete sie. Man fühlte sich unmittelbar äußerst lebendig. Der Kontrast warm/kalt musste wohl die Synapsen irgendwie stimulieren.

Sie summte zufrieden vor sich hin, als sie Wasser für eine Tasse Espresso abmaß, der bald warm und anregend vor ihr stehen würde.

Draußen war es dunkel geworden. Noch nicht richtig finster, aber sie merkte, dass sie sich beeilen musste. Sie wollten schließlich auch noch etwas zusammen essen. Mit Laura hatte sie sechs Uhr vor dem Restaurant vereinbart.

Sie drückte den Knopf, und die Kaffeemaschine begann zu arbeiten.

Eine Vase, die sie am Vorabend abgespült hatte, stand noch in einer Ecke auf der Spüle. Jetzt störte sie das, und sie reckte sich, um die Vase in den Wandschrank zu stellen.

Plötzlich rutschte das Handtuch mitten in der Bewegung etwas nach unten. Der Knoten löste sich leicht, als sie die Arme hob, um das oberste Fach zu erreichen, ohne einen Schemel oder eine Leiter zu holen.

Der Frottee glitt ein Stück über die Brust. Und entblößte eine kurze Sekunde lang ihre weiche Rundung.

Dann stand die Vase endlich im Schrank, Joann schob sie nach hinten und griff nach dem Handtuchsaum, bevor alle Hüllen zu fallen drohten.

»Ups!«, kicherte sie ertappt und knotete den Stoff rasch wieder über ihrer Brust zusammen. »Das war knapp!«

Die Kaffeemaschine lief, und sie konnte in Ruhe ins Badezimmer zurückkehren, um ihre Verwandlung in eine tadellose Theaterbesucherin zu vervollkommnen. Eine, die nicht nur etwas sehen wollte, sondern sich auch sehen lassen konnte.

Welche Schuhe sollte sie eigentlich anziehen?

Die grauen aus Wildleder mit dem hohen Absatz, die sie im Frühjahrsschlussverkauf gekauft hatte vielleicht.

Sie trat vor ihren Kleiderschrank, als die Espressomaschine zu dampfen begann und herrlichen Kaffeeduft im Haus verströmte.

Der Mann im Auto draußen auf der Straße wunderte sich, wo sie wohl abgeblieben war.

Sie hatte ihn sicher nicht in der Dämmerung auf der anderen Straßenseite stehen sehen können – dafür konnte er sie ausgezeichnet beobachten.

Besonders in der hell erleuchteten Küche mit den gediegenen, sherryfarben lasierten Schranktüren und dem blank polierten rostfreien Stahl der Spüle.

Sie musste sich wieder sicherer fühlen, überlegte er.

Sonst hätte sie bestimmt die Jalousien heruntergelassen, wie sie es anfangs immer getan hatte.

Aber er war ihr für ihre Unachtsamkeit dankbar. Denn der Anblick ihrer herrlichen Brust, die sich beinahe vollständig entblößt hatte, ließ ihn da draußen in der einsamen Dunkelheit schmunzeln.

Das wäre einfach perfekt gewesen, wie eine gelungene Filmszene. Sie hatte in letzter Sekunde die Situation galant gerettet, und er hatte eigentlich gar nichts zu sehen gekriegt. Nur geahnt – und das war noch viel besser. Denn was er geahnt hatte, war eigentlich nicht so sehr die Brust, sondern das Ausgeliefertsein. Ihre weibliche Wehrlosigkeit, die sie zu einem willkommenen Opfer der Angst machte.

Diese Angst zu säen und sie anschließend zu verheerenden Dimensionen anwachsen zu sehen verschaffte ihm erst die richtige Befriedigung, dachte er.

Aber was machte sie so lange da drinnen?

Er wollte gern mehr sehen.

Leise öffnete er die Autotür, stieg aus und näherte sich vorsichtig dem Haus.

Joakim Hill wäre unerhört froh und dankbar gewesen, wenn er die Zeit oder Gelegenheit gehabt hätte, ins Theater zu gehen. Aber er würde heute nicht einmal zu Hause zu Abend essen können, stellte er fest.

Das Bild von Jane Hopegood auf dem blutigen Sofa ließ ihm keine Ruhe. Und das war natürlich richtig so. Bis jemand aufgrund drückender Beweise festgenommen worden war und oben im Präsidium hockte.

Die Jagd nach diesen Beweisen beschäftigte Hill und seine Kollegen den ganzen Nachmittag lang.

Die Techniker hatten sämtliches sichergestelltes Beweismaterial analysiert, während Hill Dan und einige seiner Nachbarn vernommen hatte. Und sich anschließend über die Telefongesellschaft heiser geärgert hatte wegen der Nachforschung der anonymen Anrufe. Diese waren nämlich wie befürchtet von einem Mobiltelefon mit Guthabenkarte aus getätigt worden. Von einem, das Nokia an einen der Europolitan-Läden in der Stadt geliefert hatte und das dort, ohne registriert zu werden, verkauft worden war.

Sahlman war unter anderem in der Gerichtsmedizin in Lund gewesen, hatte das Protokoll organisiert und einige Hintergrundinformationen eingeholt. Aber jetzt war der Nachmittag so weit vorangeschritten, dass die Wahrscheinlichkeit, etwas Neues zu erfahren, gleich null war. Es blieb nur noch, die Arbeit des Tages zu resümieren und das Vorgehen für den folgenden Tag zu planen.

»Ist aus Lund schon was reingekommen?«, fragte Hill die Einheit, die in der Teeküche versammelt war.

»Nein«, gab Sahlman zurück und blätterte in seinen Unterlagen, »die mussten erst noch zwei andere Obduktionen erledigen. Ein Verbrechen aus Malmö und eines aus Hörby. Wir werden also frühestens morgen Mittag benachrichtigt, haben die geschätzt.«

»Die – welche die?«

»Sie eben – Doktor Lagerkvist, du weißt schon, Anna-Lena Lagerkvist.«

»Aha, ach so, die«, antwortete Hill und war insgeheim ganz froh.

Dozent Bengt Månsson war also noch nicht wieder zurück, was Hill ganz recht war. Sehr recht, sogar. Er war jetzt schon so lange nicht mehr in der Gerichtsmedizin gewesen, dass Joakim sich demnächst erkundigen würde, wo er abgeblieben war. Bisher hatte er sich nicht getraut und befürchtet, die Antwort würde lauten, Månsson sei nur auf einer kurzen Reise. Aber jetzt war er sich weitaus sicherer, dass Månsson vielleicht gegangen war und nicht mehr wiederkam.

Das war unglaublich kindisch – dessen war Joakim sich bewusst. Aber selbst wenn der Mond vom Himmel fallen würde, könnte er nichts an seiner Eifersucht ändern, die er dem Dozenten Bengt Månsson gegenüber empfand.

Catharina hatte Månsson lange vor Joakim gekannt, und es hatte nicht den geringsten Anflug einer Romanze zwischen ihnen gegeben, wie Catharina felsenfest beteuert hatte.

Aber das half nichts... je weiter dieser Månsson weg war, desto unbeschwerter wurde Joakim. Außerdem hatte er viel lieber mit Anna-Lena Lagerkvist zu tun.

Sie hatte auch etwas von dieser Olin'schen Art an sich, fand er. Sie dachte und schlussfolgerte wie Olin oft auf mehreren Ebenen. Während Månsson lediglich ein technisch geschickter Angebertyp war – wenn Joakim so frei denken durfte, wie er wollte!

»Also gut«, fuhr er fort, ohne dass jemand seine abschweifenden Überlegungen bemerkt hatte. »Was wissen wir bisher eigentlich?«

Larsson gähnte ungeniert und strich seinen frisch gestutzten, rabenschwarzen Schnurrbart glatt. Bevor er sich ihn hatte wachsen lassen, hatte er nicht gedacht, dass er etwas benötigte, das seine Gesichtszüge irgendwie distinguierter machte. Und das er manchmal tröstend streicheln konnte. Aber heute hatte er einen langen, anstrengenden Tag gehabt, sodass er erschöpft an seinem eleganten Schnauzer zupfte und gar nicht mehr wusste, wie es ohne ihn gewesen war.

»Ja, wir haben uns um die Zeitung gekümmert«, erklärte er gelangweilt zwischen seinen Bartstrichen, »und es gibt da eventuell etwas, womit wir weitermachen können. Wir haben eine fast vollständige DNA isoliert. Es fehlen zwar einige Sequenzen, aber okay – stoßen wir auf etwas, das dazupasst, dann...«

»Und die stammt nicht von dem Zeitungsausträger?«

»Doch, seine Abdrücke sind auch drauf. Aber wir haben den Burschen aufgetan, der für den Distrikt zuständig ist. Er war zwar erschrocken, als wir aufgetaucht sind, aber sehr entgegenkommend. Er hat sich ohne Murren eine DNA-Probe abnehmen lassen und erzählt, dass alles wie immer gewesen ist, als er heute Morgen seine Runde gemacht hat.«

»Nichts war ungewohnt?«

»Nein – nur dass er beinahe über den Fußabtreter im Eingang gestolpert wäre. Er lag leicht schief, sodass eine Ecke vorgestanden ist. Aber mehr ist ihm nicht eingefallen.«

»Haben die Techniker sich die Matte angeschaut?«

»Das hat gar nichts ergeben. Aber das ist auch nicht verwunderlich, denn jeder, der diesen Treppenaufgang benutzt, geht über diesen Abtreter. Das war das reinste Durcheinander, was Spuren und falsche Fährten anbelangt. Leider konnten wir überhaupt nichts Interessantes herausfiltern.«

»Außerdem«, wandte Bellman ein, »hatte die Putzfrau schon geputzt, bevor Dan nach Hause gekommen war. Sie hatte den Mörder offensichtlich knapp verpasst und die Treppe schon fertig gewischt.«

»Herrgott noch mal!«, fluchte Hill enttäuscht. »Aber die DNA des Zeitungsboten plus einer unbekannten Person sind also auf der Zeitung?«

»Korrekt«, antwortete Larsson.

»Ist ihre auch dabei – Janes?«

»Nein.«

»Aber die DNA, die gefunden worden ist, ist über die gesamte Zeitung verteilt, oder?«

»Nein, nur auf der ersten Seite. Was natürlich heißt, dass niemand in der Zeitung geblättert hat – auch nicht die Person mit der unbekannten DNA.«

»Und die von Dan…?«

»Nein, keine Spur von ihm. Er hat lediglich Jane am Hals berührt. Er hat vorgemacht, wie…«, erklärte Larsson und zeigte an seinen Hals. »Und er hatte etwas Teer von der Arbeit an den Fingern, den haben wir auch auf der Haut gefunden. Aber auf der rechten Körperhälfte, am Kinn und auf den Wangen gibt es keine Spuren von ihm. Also in der Position, in der der Mörder sie gehalten haben muss, um den tödlichen Schnitt ausführen zu können.«

Hill kam das eigenartig vor.

Sie saßen hier und redeten über mordtechnische Vorgehensweisen wie andere Beamte vielleicht verschiedene Produktionsvolumen, Marketinganalysen oder kommunalpolitische Entscheidungen diskutierten. Es war völlig absurd, aber ebenso notwendig, dass jemand das tat.

»Gerade in diesem Bereich«, fuhr Larsson fort, »haben wir allerdings einen kleinen Blutfleck entdeckt, der sehr wohl von den Fingern des Mörders stammen könnte. Er ist zwar viel zu klein, um einen eindeutigen Abdruck zu ergeben, aber vielleicht könnte man die DNA herausfiltern, die bestenfalls der, die wir auf der Zeitung gefunden haben, entspricht. Und wer weiß, sogar ein segmentierter Abdruck könnte allmählich am Computer bis zur Vollständigkeit simuliert werden – auf diesem Gebiet wächst der Fortschritt ebenso lawinenartig schnell wie Raps im Frühling.«

Raps – oder wieso nicht Strohhalme?! Alles waren haltlose Strohhalme, nach denen man aufgrund des Mangels an Fakten griff. Hill wusste, dass es viel bessere Beweise brauchen würde, damit die Bilder von Jane auf dem blutroten Sofa nicht mehr in seinem Kopf herumspukten.

»Keine konkreten Fingerabdrücke?«, fragte er niedergeschlagen.

»Nein, leider nicht.«

»Seid ihr über den gesamten Tatort mit dem Pinsel drübergegangen?«

»Fenstersimse, Abstellflächen, Lampen – das ganze Zeug!«, bestätigte Larsson und zwirbelte müde seinen Schnurrbart. »Und wir haben massenweise Proben genommen, haben aber weder mehr DNA noch externe Abdrücke gefunden, nur Hopegoods und Hanssons. Jane war es so schlecht gegangen, dass sie schon lange keine Freunde mehr zu Besuch gehabt hatten. Und sie haben auch mehrmals die Wohnung durchgeputzt.«

»Und keine am Opfer selbst – außer denen von Dan?«

»Du weißt doch, wie das ist«, schaltete Bellman sich ein

und schnitt eine missgelaunte Grimasse, »es ist so gut wie unmöglich, direkt von der Haut Abdrücke sicherzustellen. Was man noch machen könnte, wäre, die Hals- und Wangenpartie mit der CNA-Methode zu untersuchen, also mit Gas und Klebstoff. Ich habe keine Ahnung, ob das funktioniert, aber was haben wir schon zu verlieren?«

»Tja, wir können immerhin Anna-Lena in Lund fragen«, schlug Hill vor. »Sie hat die Möglichkeit, und wir haben die Technik.«

»Hm, ja«, seufzte Larsson, ließ seinen Schnurrbart in Frieden und rieb sich stattdessen die Augen – der Tag war wirklich lang gewesen, »ob das wirklich in der Praxis geht, wissen wir nicht.«

Joakim Hill gefiel das gar nicht. Sie wussten viel zu wenig. Sie wussten nicht einmal, ob Jane dem Täter freiwillig die Tür aufgemacht hatte. Alles deutete zwar darauf hin, aber hatte es sich in dem Fall um jemanden gehandelt, den sie kannte? Jemand, der ihr gedroht hatte, wenn sie nicht öffnete? Jemand, der behauptet hatte, Hilfe zu benötigen? Viele ältere Menschen wurden viel zu häufig Opfer ihrer eigenen Hilfsbereitschaft. Klingelte jemand an der Tür und fragte um Hilfe oder wollte das Telefon benutzen, wurde meist die Sicherheitskette gelöst und dem Betreffenden Einlass gewährt.

Doch war Jane das Gleiche passiert? Sie zählte eindeutig nicht zu der Generation, die noch in den unschuldigen Zeiten geboren worden war. In den goldenen Jahren, als Sigge Fürst als gemütlicher Kleinstadtpolizist allein durch die imponierende Umsetzung seiner Rolle als absolut mächtiger, verlässlicher Schutz allen Sicherheit garantiert hatte…

Der Mann war wieder in sein Auto auf der anderen Straßenseite gestiegen. Er war, gelinde gesagt, frustriert. So sehr er es auch versucht hatte, er hatte keinen Blick von Joann erhascht.

Wo zum Teufel mochte sie stecken – im Bad?

Und wollte sie etwa den gesamten Abend dort verbringen?

Der Gedanke daran, was er womöglich verpasst hatte, machte ihn fast wahnsinnig. Aber dagegen konnte er nicht viel unternehmen. Hier war nichts unabgeschlossen, und nichts stand offen. Hier konnte er nicht einfach auf einer Bananenschale reinschlittern – oder Fußmatte, besser gesagt. Sie war dort drinnen genauso sicher eingesperrt wie in Alcatraz.

Aber, Augenblick mal… er konnte sie ja zumindest anrufen!

Gerade als das Display aufleuchtete, ging die Außenbeleuchtung vor Joanns Haustür an.

Was war denn jetzt los?

Die Tür ging auf.

Zunächst tat sich nichts, sie blieb angelehnt. Dann kam sie heraus, und er holte tief Luft!

Joann war endlich fertig für den Theaterabend und stand in ihrem frisch gebügelten taubenblauen Kleid, den grauen Wildlederschuhen mit den hohen Absätzen und einer kurzen schwarzen Felljacke auf der Treppe. Sie zog die Tür zu, wühlte in ihrer Tasche nach den Schlüsseln und schloss gewissenhaft ab.

Es ist unglaublich, wie hübsch sie sich gemacht hat!, dachte er und fühlte, wie ihm der kalte Schweiß ausbrach.

Sie ging also heute Abend aus. Wenn er sie dazu überreden würde… stattdessen zu Hause zu bleiben?

Aber gerade als er aus dem Auto stürzen wollte, um sie aufzuhalten, blendete ihn ein grelles Scheinwerferlicht oben aus der Kurve der großen Straße, und ein Taxi bog in die Straße ein.

Joann sah es sofort, lief darauf zu und stieg schnell in den Fond ein.

Er starrte auf die roten Rücklichter, als das Taxi wendete und wieder auf die Hauptstraße bog.

Verdammt, sie war entwischt!

Aber nur dieses Mal.

Denn diesen Leckerbissen wollte er so schnell nicht aufgeben!

Joakim Hill dachte auch nicht daran, so schnell aufzugeben. Es musste doch irgendetwas geben, dass sie als allgemeine Richtung festlegen konnten, bevor sie für heute Schluss machten. Ein Mensch war für immer fort, und irgendwie musste es doch möglich sein sicherzustellen, dass sein Leben nicht vergebens gewesen war.

»Und in der weiteren Umgebung?«, hakte er nach auf der Jagd nach einem letzten Rettungsanker. »Konnten dort irgendwelche Blutspuren festgestellt werden, oder können wir davon ausgehen, dass sich sämtliche Blutspuren um den Platz auf dem Sofa konzentrieren?«

»Wir haben versucht, bei schwacher Beleuchtung mit UV-Licht zu arbeiten, nachdem wir alles andere sichergestellt hatten. Dann haben wir natürlich auch unseren eigenen Luminoltest gemacht, aber ohne Erfolg. Es gab weder in der Küche noch im Bad oder im Schlafzimmer was zu holen – sorry.«

Die Stille senkte sich wie eine feuchte, erdrückende Decke herab.

Die Polizei hatte keine Spur.

Die Medien liebten das. Wenn der Ausdruck in diesem Zusammenhang verzeihlich ist, würden sie der Polizeibehörde sofort an die Kehle gehen. Die empfindlichste Stelle zu treffen, den Schwitzkasten anzuwenden und die Ermittlungsstrategie komplett zu torpedieren war inzwischen Usus. Das lieferte nämlich herrlich reißerische Schlagzeilen.

»Obwohl… man könnte noch etwas anderes ausprobieren«, warf Larsson ein, kramte in seinen Aufzeichnungen und weckte sofort eine willkommene Hoffnung bei Hill.

»Schieß los«, sagte er.

»Ja, ich habe einen Vertreter auf dem Technikermeeting in Nürnberg getroffen, der mir das Muster von einer ganz neuen Methode versprochen hat. Bluestar heißt die, und er wollte, dass ich sie für ihn teste. Aber er hat sie noch nicht geschickt.«

»Ruf ihn an und bitte ihn, sie per Kurier zu schicken«, entschied Hill ohne Zögern.

Das war ein weiterer Strohhalm, aber der war immerhin besser als nichts.

»Und sonst wurde nichts im Haus gefunden?«, fuhr er an die Techniker gewandt fort.

»Nein, Fehlanzeige. Das Treppenhaus war ja gerade frisch gewischt. Nur auf dem Fußabtreter gab es Spuren – aber das waren viel zu viele.«

»Wer hat Dan überprüft?«, wollte Joakim wissen. »Gibt es irgendetwas über ihn? Hat er aus seiner Sturm-und-Drang-Zeit noch etwas auf dem Kerbholz?«

»Gar nichts«, entgegnete Sahlman, der ihn genauestens gecheckt hatte. »Obwohl er viel unterwegs gewesen ist, ist er nie in Konflikt mit dem Gesetz geraten.«

Hill seufzte missgelaunt.

»Am Nachmittag habe ich mit seinen Eltern gesprochen«, fügte Sahlman hinzu. »Sie haben bestätigt, dass die Beziehung zwischen Dan und Jane sehr gut gewesen ist. Sie haben sie auch sehr gemocht und sich auf die Hochzeit gefreut. Dan hatte offenbar schon etwas darüber erzählt, wenn auch nichts Konkretes. Von Ostern oder Christi Himmelfahrt war die Rede gewesen.«

»Was sagt denn die Mutter von Jane?«

»Wir haben sie noch nicht ausfindig gemacht.«

»Wir müssen morgen an der Stelle weitermachen.«

»Sollen wir die Ermittlung fortsetzen, indem wir Dan von der Verdächtigenliste streichen?«, fragte Sahlman.

»Es kommt mir richtig vor, die Theorie zu verfolgen, dass der Täter ein Außenstehender gewesen ist«, sagte Hill und blätterte in seinen Unterlagen. »Aber wir können auch nicht ausschließen, dass sich jemand im Bekanntenkreis für Jane interessiert hat. Immerhin deutet alles darauf hin, dass sie freiwillig die Tür geöffnet und ihren Mörder eingelassen hat.«

»Es ist sicher angebracht, Dan auszuschließen«, bestätigte Larsson, »denn nichts von den technischen Funden, auch wenn sie zugegebenermaßen eher mager ausgefallen sind, deutet darauf hin, dass er darin verwickelt ist.«

Hill scheute sich vor einer formellen Entscheidung. Eine Ermittlungsrichtung zugunsten einer anderen zu vernachlässigen war immer schwer. Auch wenn die Optimierung der zur Verfügung stehenden Mittel das verlangte, war die Gefahr, das Kind mit dem Bade auszuschütten, sehr groß. Traf man die falsche Entscheidung, war das für den Mörder ein immenser Vorteil. Das Risiko, dass aktuelle Spuren verschütt gingen, sodass man sie in einem späteren Stadium der Ermittlungen nicht mehr verwenden konnte, gerade weil man in die falsche Richtung weiterarbeitete, war nicht von der Hand zu weisen.

Hill saß in dem schlimmsten Albtraum eines Einsatzleiters gefangen. Und trotzdem blieb ihm keine Wahl. Nichts deutete nämlich unter den gegebenen Umständen darauf hin, dass Dan Hansson etwas anderes als ein unschuldiges Opfer war – auf ungerechtfertigte Weise des Menschen beraubt, den er geliebt hatte.

»Dann machen wir das so«, entschied Hill unvermittelt.

In dem Moment klopfte es vorsichtig am Türrahmen. Susanna Avehed, Mutterfigur und Geborgenheitssymbol des Präsidiums, blinzelte über ihre elegante Lesebrille.

Susanna war eine fröhliche Blondine um die fünfzig. Mittlerweile arbeitete sie im Innendienst, war jedoch noch fest in dem wirklichen Leben draußen auf der Straße verankert. Sie konnte sich leicht unter die Leute mischen und war phänomenal in Undercovereinsätzen.

In der letzten Zeit war sie besonders geschickt geworden – seit sie von ihrem Mann zum Geburtstag den Gutschein bekommen hatte.

Göran Avehed war ebenfalls Polizist gewesen, hatte aber früh unter Rückenproblemen gelitten. Im Jiu-Jitsu-Klub Kaisho im Landskronavägen hatte er sich die Schmerzen wegtrainiert und war von der Trainingsmethode so fasziniert gewesen, dass er selbst einen Klub gegründet hatte und mit Kollegen trainierte.

Göran war in keinster Weise kritisch Susanna oder ihrer Figur gegenüber. Sie war zwar leicht übergewichtig, aber sie hatte selbst über Gelenkschmerzen, Stress und Knieprobleme geklagt. Deshalb hatte er ihr ein Luxuspaket zum Geburtstag geschenkt – eine Anwendung mit Kurbad und Ganzkörpermassage bei Aktiverum Spa. Er war überzeugt, dass sie das entspannen würde.

Aber damit hatte er vollkommen falsch gelegen.

Denn nach ihrem Besuch im Aktiverum hatte sie keineswegs ihre Aktivitäten zurückgeschraubt.

Entspannen und genießen – ja, aber deswegen nicht weniger aktiv. Im Gegenteil. Als sie für ihre Massage ins Aktiverum gekommen war, hatte sie entdeckt, dass dort viel mehr als behagliches Relaxen und bequemes Wohlbefinden geboten wurde.

Hier gab es jede denkbare Ausrüstung für Fitnesstraining: Aerobic, Krafttraining und allgemeinen Muskelaufbau. All das, was Susanna brauchte, in Angriff zu nehmen sich jedoch bisher gescheut hatte.

Also kehrte sie von dort mit einer Menge gelöster Verspannungen, einem beseitigten Stressgefühl und einer Jahreskarte für Konditions- und Stärketraining zurück.

Seit diesem Tag hatte sich ihr Leben komplett geändert. In Situationen, wo sie vorher altersbedingte Müdigkeit vorgeschoben hatte, verfügte sie jetzt über Unmengen von Energie. Über Kraft, die sie zu einer Stütze für die Arbeitskollegen angesichts des Elends auf den Straßen machte, und Energie, die ihr ansteckendes Lächeln erstrahlen ließ, und Geduld, mit der sie sich die Probleme der anderen anhörte.

Die gute, alte verlässliche Susanna war, kurz gesagt, wieder da.

Sie hatte sich sofort der Aufgabe gewidmet, die Mutter des ermordeten Mädchens ausfindig zu machen, obwohl sie sich bewusst war, dass sie das weit bis in den Abend hinein beschäftigen würde.

Dan hatte lediglich eine schwache Vermutung, wo in den westlichen USA seine vermeintliche Schwiegermutter in spe sich aufhielt. Die Zeitverschiebung in den weiter entfernten

Regionen lag zwischen sechs und neun Stunden, was die Nachforschungen nicht erleichterte.

In Florida, wo Ingas Schwägerin und Schwager wohnten, konnte Susanna erst am späten Nachmittag anrufen. Aber dabei kam auch nichts heraus. Inga war dort zwar vor einer knappen Woche zu Besuch gewesen, danach aber weitergereist, ohne eine neue Adresse zu hinterlassen.

Aber... wollte sie nicht auch einen von Johns alten Klassenkameraden besuchen?, hatte sich die Schwägerin plötzlich erinnert. Ein Mann, der ebenfalls ein Kriegsverweigerer gewesen war und die amerikanische Flagge aus Protest gegen die unmenschlichen Gräuel des Vietnamkriegs verbrannt hatte. Hieß er Nicholas? Oder Thomas... ja – Thommy Walters, oder war es Walston?

Das waren Susannas einzige Anhaltspunkte. Es gab zwar E-Mail, Fax und andere hochtechnologische Kommunikationsmittel, aber wenn es um schnelle Auskünfte ging, war immer noch das Telefon weit überlegen. Deshalb war ihr Ohr glühend rot von den Nachforschungen, aber sie hatte immerhin jemanden erreicht.

»Ich habe sie am Telefon«, teilte sie Hill mit, während sie ihr rotes Ohr rieb.

»Wen?«, fragte er verständnislos.

Catharina rief normalerweise nicht an, auch wenn es spät wurde. Sie wusste, was von einem Kriminalkommissar verlangt wurde. Obwohl eines außer Frage stand – würde Bia etwas passieren, war er sicher, dass sie ihn störte.

»Inga Hopegood«, erklärte Susanna matt, »die Mutter.«

»Ach ja, klar!«

»Ich habe sie in Montana aufgetrieben, in einer Stadt, die heißt... warte mal«, sie schaute in ihre Notizen, »Great Falls.«

»Und was hat sie gesagt, wie hat sie reagiert?«, erkundigte Hill sich. »Gibt es dort jemanden, der sich um sie kümmern kann?«

»Sie war natürlich völlig geschockt, die Arme. Aber sie ist

bei einem Freund von ihr und ihrem Mann John. Ich denke, sie ist dort gut aufgehoben.«

»In Ordnung, vielen Dank«, sagte Hill, der hoffte, einfach so davonzukommen.

»Aber am besten sprichst du selbst mit ihr«, beharrte Susanna. »Soll ich das Gespräch hierher durchstellen oder willst du es in dein Büro haben?«

»Muss das denn jetzt sein?«

»Ja – ich denke schon.«

»Wieso das denn?«

»Weil sie behauptet, dass Dan Hansson der Schuldige ist – er hätte Jane mehrmals bedroht, davon ist sie überzeugt!«

9

Joann hatte so sehr gelacht, dass ihr die Tränen gekommen waren. Aber sie war auch mehrmals dem Weinen nahe gewesen. Es war unglaublich, wie die Dramatikerin neben dem Humor so viele klar durchdachte Einsichten und psychologische Reflexionen in ihrem Stück unterbringen konnte.

Der erste Akt des *Gorillaspiels* war eine regelrechte Kaskade funkelnder Denkanstöße über das Verhalten des Menschen gewesen. Auf abwechselnd komische und tragische Weise waren die Verhaltensweisen von Personen in Situationen, die mit Treue zu tun hatten, beleuchtet worden.

Was hat es eigentlich mit dieser seltsamen Idee von Loyalität im Sexleben auf sich und wie verhält sie sich zu den allgemeinen Regeln und Trieben der Evolution? Welche existenziellen Konsequenzen ergeben sich aus der Zwiespältigkeit, die diese Loyalität hervorruft? Sind wir, evolutionär gesehen, schlicht promiske Gorillas oder treue Schwäne?

Das hörte sich vielleicht ernst und nach schwerer Kost an, war aber so konzipiert, dass die humoristischen Aspekte überwogen. Deshalb hatte Joann ohne Bedenken richtig losgelacht, dass ihr Zwerchfell auf und ab gehüpft war.

Zum Glück hatte sie im Teaterkatten das leichtere Lachsgericht gewählt – genau wie sie es sich vorgestellt hatte – und sich nicht für ein schweres Steak oder Ähnliches entschieden. So wie sie gelacht hatte, hätte sie davon bestimmt Bauchkneifen bekommen. Sie brauchte dringend die Pause zwischen den Akten, um sich etwas zu beruhigen.

Das große Foyer des Theaters war nicht gesteckt voll – es war schließlich ein gewöhnlicher Werktag –, aber es waren recht interessierte Besucher, die ihre Eindrücke über einem Drink oder einer Tasse Kaffee an der Bar austauschten. Oder… mit schnellen, angestrengten Schritten zur Toilette eilten.

Hasse holte je ein Glas Weißwein für die Damen und ein großes Starkbier für sich, das eigentlich ein mittelgroßes war, denn man musste schließlich bis zum Ende der Vorstellung aushalten. Auch wenn man ein bedeutend größeres Fassungsvermögen hatte als die Damen, stieß man auch da irgendwann an seine Grenzen.

Joann und Laura dachten, es sei das Beste, die Gelegenheit zu nutzen und dem Druck auf ihren Blasen Abhilfe zu schaffen. Und gönnten sich auf der Damentoilette einen Schwatz unter Frauen.

»Na«, fragte Laura, während sie vor dem Spiegel ihre gründlich abgeleckte Schicht Lipgloss mit großer Sorgfalt nachbesserte, »was meinst du, Joann – bist du eigentlich Schwan oder… Gorilla?«

Joann musste nach all dem Gekicher aufstoßen, riss sich jedoch zusammen und dachte ernsthaft nach.

»Schwan«, entschied sie. »Ich bin eindeutig Schwan – und du?«

Laura verstaute ihr Lipgloss wieder in ihrer Handtasche, drehte sich um und lehnte sich gegen das Waschbecken, während Joann ihre Hände unter den rauschenden Lufttrockner hielt.

»Tja«, sagte sie nach einer Weile, »das ist ja gerade der springende Punkt, nicht wahr? Vor sich selbst zuzugeben, was man wirklich ist.«

Joann nickte leicht verwundert.

Das Stück stellte eine ganze Reihe interessanter Gewissensfragen. Was sind wir eigentlich – loyale Schwäne oder zügellos liederliche Gorillas? Hängt das möglicherweise von den Umständen ab, in denen wir leben?

»Wenn ich wirklich ehrlich sein soll, weiß ich es nicht genau«, gab Laura plötzlich zu.

»Wie?«, fragte Joann überrascht. »Wie meinst du das denn?« Sie hatte stets angenommen, Laura und Hasse wären vollkommen mustergültige Schwäne. Schneeweiße, unbefleckte Schwäne, die hoch erhobenen Hauptes durch das Leben glitten – so wie Kent und sie selbst auch.

»Es gibt da schon Gelegenheiten«, erklärte Laura gedämpft, damit niemand anders von ihrem dunklen, liederlichen Geheimnis erfahren konnte, »manchmal meine ich, einen ansehnlichen Anteil Affenfell zwischen meinen schönen weißen Federn zu sehen.«

»Wie… wann denn?«

Joann war wirklich perplex. Das hatte sie nicht erwartet.

»Du weißt, dieser…«, begann Laura, verstummte aber abrupt, als eine schicke Dame um die sechzig die Toilette betrat. Sie nickte ihnen zu, aber sah sich sofort nach der erstbesten freien Kabine um. Es schien sich ebenfalls um einen akuten Fall zu handeln. Sie hörten den Deckel gegen den Wasserbehälter schlagen, sodass es dröhnte. Dann ertönte ein lautes Platschen, als das Hinterteil auf die Brille plumpste, und es begann sofort zu rauschen, als ob plötzlich ein Wasserwehr geöffnet worden wäre.

Laura war dankbar für die brausende Geräuschkulisse.

»Du weißt, dieser Fensterputzer«, fuhr sie flüsternd fort, »der einmal im Monat kommt und über die Fenster… drübergeht?«

Joann nickte. Sie verstand ohne nähere Erklärung. Aber Laura hatte offenbar das dringende Bedürfnis, ihr Bekenntnis zu vervollständigen.

»Er«, hauchte sie in Joanns Ohr, »er verwandelt mich jedenfalls in einen Gorilla, wenn er sich da draußen präsentiert und herumturnt. Die Muskeln spielen lässt, mit den Armen über die Scheibe wedelt und jeder Muskel seines Körpers sichtbar ist.«

Joann nickte wieder – sie wusste genau Bescheid.

»Ich schwöre«, fuhr Laura mit theatralischem Gesichtsausdruck fort, »dass dieser Kerl mir eine Gänsehaut über den ganzen Körper schickt und… sch, sch!«

Der Wasserfall stoppte unvermittelt, und stattdessen begann sich in der Kabine die Toilettenpapierrolle zu drehen. Es wurde großzügig Papier verbraucht. Dann betätigte die erleichterte Dame die Spülfunktion.

Laura drehte den Wasserhahn auf und wusch sich umständlich die Hände, als die Dame aus der Kabine kam.

Während Joann mit langen, kraftvollen Strichen ihre Haare bürstete, spülte die Dame sich die Hände ab. Sowie sie ihre Hände kurz unter den Lufttrockner gehalten hatte, nickte sie ihnen höflich zu und verschwand.

»Ich kann das nicht erklären«, erzählte Laura, sobald die Tür ins Schloss gefallen war. »Aber bevor er bei uns die Fenster geputzt hat, war ich auf jeden Fall Schwan. Jetzt weiß ich nicht mehr, was ich bin. Mir kommt es so vor, als wäre ich bis zur Hüfte Gorilla und von der Hüfte aufwärts Schwan. Klingt das… völlig blöd?«

Joann konnte sich Laura beim besten Willen nicht als halbes Federvieh und halbes Primatenweibchen vorstellen, aber sie wusste, was ihre Freundin meinte. Der Fensterputzer war wirklich recht hübsch. Sie hatte das auch schon festgestellt, auch wenn er kein Feuer in ihrem Schoß entfachte. Er war ein richtiger Leckerbissen, aber trotzdem nicht ihr Typ. Allerdings hatte er offensichtlich eine komplett umwerfende Wirkung auf Laura. Was war das nur, worauf Laura so abfuhr?

Vermutlich wusste das nur Gott, dachte Joann, und sie stellte fest, wie sehr der Schnack auf der Toilette einer Beichte glich. Sie musterte ihre Freundin und entdeckte sowohl Schalk als auch Verzweiflung in ihrem Blick.

Dann brach die Beichte in einem steten Strom aus erregten und beschämten Geständnissen aus ihr heraus. Sie hatte sich einfach nicht ihren erotischen Fantasien entziehen können – aber um nichts in der Welt riskieren wollen, ihren geliebten

Hasse zu verlieren. Hasse, mit dem sie seit über fünfzehn Jahren glücklich verheiratet war.

Und was wusste sie schon von diesem Tarzan an der Liane vor dem Fenster – genau genommen, keinen Deut!

Vielleicht war er verheiratet? Hatte er Frau und Kind, zu denen er sich nach Hause schwang, sobald er seinen Paarungstanz vor den Scheiben beendet hatte?

Und die heikelste Frage von allen: War sie sein Typ, wollte er die heiße, willige Laura überhaupt? Nahm er sie überhaupt wahr?

Das tat er wohl, sonst würde er ihr nicht durch die Fensterscheibe zuwinken. Einmal im Monat, zwölf Monate im Jahr. Aber hieß das, dass sie etwas Besonderes war, dass er gerade sie begehrte?

Laura wusste sich nicht zu helfen – und Joann noch viel weniger. Aber sie war, ehrlich gesagt, etwas verblüfft über das plötzliche Bekenntnis ihrer Freundin. Teils weil Laura und sie sich so gut wie keine Gedanken über so etwas Privates wie Sexualität und Lust anvertrauten. Und teils weil Laura kein leicht entflammbarer Typ zu sein schien. Sie kam Joann eher brav vor. Deshalb passte sie auch so gut an die Rezeption. Freundlich, aber kühl.

Sich Laura und den Fensterputzer in wilder Leidenschaft auf dem Schreibtisch vorzustellen … das war einfach unmöglich!

Es musste dieses Stück sein, dass ihre Gefühle so aufgewühlt hatte.

Joann tätschelte Laura tröstend die Schulter. Und fühlte sich plötzlich wie eine richtig altkluge große Schwester.

»Wenn er etwas für dich empfindet, dann wird er dir das auch zeigen«, versicherte sie. »Aber in dem Fall muss er den ersten Schritt machen und deutlicher werden. Dass er dir nur durchs Fenster zuwinkt, reicht nicht wirklich, Laura. Aber klettert er eines schönen Tages von seinem Gerüst herunter und steigt ins Zimmer – dann sieht die Sache schon ganz anders aus.«

Gott, wie trist sich das anhörte! Aber sie musste Laura irgendwie beruhigen, denn die Pause war bald zu Ende. Und Hasse wunderte sich bestimmt schon, wo sie abgeblieben waren. Waren sie vielleicht mit ihren weißen, unbefleckten Schwanenflügeln einfach davongeflogen?

»Also«, sagte sie entschieden und strich ihrer Freundin eine Haarsträhne aus dem Gesicht, »Hasse lassen wir nicht ahnen, dass zwischen den Federn ein bisschen Fell durchschimmert, stimmt's? Komm jetzt!«

Hasse stand mitten im Foyer und sah äußerst verloren aus. Er hielt krampfhaft zwei Gläser Wein und sein halb volles Bier umklammert. Hasse sah gar nicht übel aus und war außerdem lieb und fürsorglich, hatte Laura immer gesagt.

Joann taten die beiden plötzlich Leid, und sie hoffte inständig, dass Lauras Fell nicht zu stark wachsen würde. Das würde unweigerlich tragisch enden, dachte sie.

»Da seid ihr ja!«, rief er und reichte ihnen ihre Gläser. »Wo zum Teufel seid ihr gewesen? War die Schlange vor dem WC so lang?«

»Na ja, nein, aber wir haben über das Stück gesprochen«, wand Laura sich und warf Joann einen schnellen, flehenden Blick zu.

»Und das musstet ihr auf der Toilette tun?«, sagte Hasse vorwurfsvoll, war jedoch erleichtert, dass sie wieder aufgetaucht waren. »Ich habe hier wie ein Idiot herumgestanden und auf die Getränke aufgepasst. Ist das denn so geheim, was ihr über das Stück bereden musstet, dass ihr dafür aufs Klo gegangen seid?«

In diesem Moment ertönte der rettende Gong. Plötzlich gab es keine Gelegenheit für Erklärungen oder Ausflüchte mehr. Jetzt konnten sie nur noch ihren Wein hinunterstürzen und zum zweiten und letzten Akt zurückeilen.

Joann konnte sich nicht beherrschen und schmunzelte verstohlen.

Gut, dass sie selbst zumindest Schwan war, dachte sie und folgte den anderen ins Parkett.

Im Gedränge hatte sie zur Seite geblickt und ihn gesehen – Jorge.

Den Mann aus Bosnien, mit dem sie sich vor ein paar Wochen im Bus unterhalten hatte.

Aber jetzt trug er weder einen feuchten Wollmantel, noch waren seine Haare zerzaust. Er hatte einen eleganten dunklen Anzug an, ein helllila Button-down-Oberhemd und einen geschmackvollen Schlips. Sein dichtes, dunkles Haar war zu einer kleidsamen, maskulinen Frisur nach hinten gebürstet. Alles zusammen betonte eher seine Schlankheit – und nicht seinen Bauchansatz. Sie fand, dass er wirklich etwas hermachte.

Während sie das dachte, drehte er sich plötzlich um und sah sie. Ein völlig offenes Lächeln erstrahlte sofort auf seinem Gesicht.

»Hej… Joann!«, rief er über den Mittelgang, bevor er sich auf seinen Platz auf der anderen Seite setzte. »Schön, dich wiederzusehen!«

Sie lächelte zurück, winkte leicht unbeholfen und nickte höflich.

Dann sank sie verlegen auf ihren eigenen Platz neben Laura.

Laura hatte Jorge ebenfalls gesehen und gehört, aber sie sagte nichts.

Nichts, bis das Licht ausging und der Vorhang sich zum zweiten Akt des *Gorillaspiels* hob.

Dann wandte sie sich unauffällig an ihre Freundin. Verstohlen, aber dennoch triumphierend flüsterte sie ihr ins Ohr:

»Wie steht's denn mit dir, Joann… wächst dir auch schon das Fell?«

Inga Jansson-Hopegoods Überzeugung war eindeutig. Der ihr zugedachte Schwiegersohn war ein Wolf im Schafspelz, der lange Zeit das Leben ihrer Tochter ernsthaft gefährdet hatte.

»Ich habe John das von Anfang an gesagt, aber er wollte ja nicht hören.«

Joakim hatte das Telefongespräch in seinem Büro entgegengenommen, um nicht von den anderen eingehenden Anrufen gestört zu werden.

»Was meinen Sie damit, dass er nicht hören wollte?«, fragte Hill, während er verzweifelt versuchte, dieser völligen Kehrtwendung in der Beziehung von Dan und Jane zu folgen.

»Er hatte sich darauf versteift, dass der Kerl der einzig Richtige für seine Tochter war. Ich glaube, dass John bereits ahnte, dass ihm nicht mehr viel Zeit bleiben würde, und bevor er Abschied nehmen musste, wollte er sein kleines Mädchen in einem sicheren Hafen wissen. Er hat jeden negativen Einwand gegen ihren neuen Freund in den Wind geschlagen. Im Gegenteil, er hat ihn ständig über den grünen Klee gelobt und wollte nichts davon wissen, dass mit dem Mann, den er für Jane vorgesehen hatte, irgendetwas faul war.«

»Und wie standen Sie selbst zu Dan?«

»Ich war die ganze Zeit über sehr skeptisch.«

»Ja, ich verstehe – aber wie war die Stimmung, als Sie ihn getroffen haben? War sie feindselig?«

»Natürlich nicht! Man musste trotz allem ja an Jane denken, aber ich habe den Burschen nie gemocht.«

»Haben Sie denn Beweise dafür, dass er irgendwann ihre Tochter bedroht hat?«

»Nein, hätte ich die gehabt, würde er längst hinter Schloss und Riegel sitzen. Aber jetzt ist es anders gekommen. Nachdem sie zusammen gewohnt haben, hatte er jede Gelegenheit der Welt, seine schmutzigen Ideen, meinem armen, kleinen, unschuldigen Mädchen das Leben zu nehmen, auszuführen. Und am Ende ist es ihm schließlich auch gelungen.«

»Auf welche Weise äußerte sich Ihrer Meinung nach die Gefahr?«

»Er hat sie geschlagen.«

»Er hat sie geschlagen… Jane?«

»Da können Sie Gift drauf nehmen – jedes Wochenende, sobald er freitagabends einen in der Krone hatte, wurde er aggressiv und konnte sein Temperament nicht mehr zügeln.

Sie kam samstags meist zu mir, mit einem Veilchen oder einem Arm, den er ihr fast ausgekugelt hatte. Einmal hatte er ihr sogar einen Zahn ausgeschlagen.«

»Das sind schwere Vorwürfe, die Sie da machen.«

»Das weiß ich, aber nichtsdestoweniger sind sie völlig wahr.«

Joakim Hill sah sich gezwungen, an dieser Stelle zu widersprechen.

»Das stimmt aber mit den übrigen Zeugenaussagen, die wir heute aufgenommen haben, kaum überein. Wir haben im Gegenteil übereinstimmende Aussagen, die belegen, dass Jane und Dan zusammen glücklich waren. Sie haben vorgehabt zu heiraten.«

»Das glaube ich gerne!«

Joakim hörte die Wut regelrecht durch den Hörer schwappen.

»Er wollte sich bestimmt das Geld unter den Nagel reißen«, fuhr Inga fort, und jetzt konnte er sie weinen hören.

»Wie meinen Sie das – war Jane vermögend?«

Die Prüfung der Bankkonten hatte ergeben, dass die beiden äußerst sparsam gelebt hatten. Dans Gehalt war annehmbar, aber nicht berauschend. Janes studentische Einkünfte waren wie üblich. Unterhalb des Existenzminimums und sofort für Miete, Semestergebühren und Fachliteratur aufgebraucht.

»Nein, nicht bis zu dem Tag, an dem sie heiraten würde«, schniefte die Mutter auf der anderen Seite des Atlantiks. »John hatte – dumm wie er war – einen typisch amerikanischen Trust-Fund für Jane eingerichtet. Ich weiß nicht, wie das auf Schwedisch heißt. Aber es ging darum, dass sie – und damit auch ihr Zukünftiger – am Tag ihrer Heirat das ganze Geld bekäme, das John jahrein, jahraus separat in Wertpapieren angelegt hatte.«

»Wusste Dan davon?«

»Davon kann man wohl ausgehen. Jane war immer sehr unzuverlässig, wenn sie etwas für sich behalten sollte. Sie hat ihm sicher dies und jenes erzählt.«

»Ich verspreche Ihnen, dass wir diese Perspektive weiterverfolgen und sehen, zu welchem Ergebnis wir kommen«, versicherte Hill, der gleichzeitig höchst misstrauisch ihren merkwürdigen Behauptungen gegenüber war. »Gibt es denn etwas Schriftliches über diesen Fonds?«

»Ja, sicher. Ich kann es Ihnen sofort zufaxen.«

»Das wäre sehr hilfreich«, erwiderte Hill und gab die Faxnummer durch.

»Gut, dann erledige ich das gleich.«

»Obwohl…«, fügte Hill hinzu, »wenn Dan von diesem Fonds wusste – warum hätte er sie dann vor der Hochzeit umbringen sollen? Dann bekommt er nichts von dem Geld.«

»Wenn er von Sinnen war, fehlte auch jede Logik«, stellte Inga fest und seufzte erschöpft.

»Okay«, sagte Hill. »Haben Sie einen Freund vor Ort, der Ihnen helfen kann, Inga? Damit Sie nicht allein sind, wenn es Ihnen nach dieser schrecklichen Nachricht schlecht geht, meine ich.«

»Ja, doch – danke für die Fürsorge«, antwortete Inga und hustete verschämt, »ich habe hier jemanden, der sich um mich kümmert, das ist kein Problem.«

»Gut«, entgegnete Hill, »mir tut dieser traurige Vorfall unglaublich Leid, aber wir melden uns wieder, wenn wir etwas Neues haben.«

»Danke«, sagte Inga und beendete die Verbindung mit einem Leben zu Hause in Schweden, das nicht länger existierte.

Joakim kam das Telefonat äußerst eigenartig vor, aber warum das so war, konnte er sich auch nicht erklären. Natürlich kamen die Beschuldigungen gegen Dan absolut unerwartet. Aber große Differenzen in den Versionen über eine Beziehung waren in keiner Weise selten. Darauf musste man als Einsatzleiter stets gefasst sein.

Aber dass Dan Hansson Jane misshandelt haben sollte…

Andererseits – so durfte man wirklich nicht denken. Das war viel zu unprofessionell. Jeder konnte zu allem fähig sein, das sagten die Regeln. Sache der Polizei war es herauszufinden, wie und warum.

Joakim Hill legte den Hörer langsam auf die Gabel und musste zugeben, dass sie wieder von vorn anfangen konnten. Und das, obwohl er gerade beschlossen hatte, die Ermittlung gegen Dan einzustellen und sich stattdessen auf die Theorie mit dem unbekannten Eindringling zu konzentrieren.

Aber Inga Jansson-Hopegoods Schilderung hatte mit einem Mal alles verändert. Auch wenn sie keine Beweise hatte, war sie Dans zukünftige Schwiegermutter gewesen. Und wenn jemand in dieser Position mit einer derart schwerwiegenden Anschuldigung aufwartete, war das nichts, was man als Leiter der Ermittlungen einfach ignorieren konnte. Denn wenn sich herausstellen sollte, dass sie auch nur ein winziges Körnchen Wahrheit enthielt, durfte man das nicht unter den Teppich kehren. Sonst konnte man sich gleich auf eine Begegnung mit einem wütenden und zähen Komitee für interne Ermittlungen gefasst machen.

Er schob den Stuhl so schwungvoll zurück, dass er krachend gegen die Wand schlug, und verließ festen Schrittes den Raum.

»Sahlman«, rief er, als er die Teeküche betrat, »hast du nicht gesagt, dass Dan und Jane ein harmonisches Verhältnis hatten?«

»Ja, mehrere der Nachbarn haben das jedenfalls behauptet«, erwiderte Sahlman. »Dan sagt das ebenfalls, aber wir stützen uns dabei in erster Linie natürlich auf die Aussagen der Außenstehenden.«

»Ich habe gerade mit der Mutter gesprochen, mit Janes Mutter, drüben in Amerika, und sie hatte einen vollkommen anderen Eindruck. Sie hat behauptet, Dan habe Jane misshandelt und ihr gedroht. Hast du irgendwelche Anzeichen dafür, dass das so sein könnte?«

»Überhaupt nicht – das klingt völlig unglaublich.«

»Sie meint, Dan wusste, dass er an die Ausschüttung von einem Fonds kommt, den ihr Vater über Jahre hinweg angespart hatte, wenn er Jane heiraten würde, weil das Geld dann an sie ausbezahlt würde.«

»Hat sie irgendeinen Beweis dafür, dass diese Vereinbarung wirklich existiert hat?«, wollte Sahlman mit der Skepsis eines routinierten Polizeibeamten wissen.

»Sie behauptet das – sie will uns das Schriftstück sobald wie möglich zufaxen.«

Ein bleiernes Schweigen breitete sich in der Teeküche aus. Gab es überhaupt etwas Deprimierenderes als den Anlass selbst, der sie bis zum Abend hier sitzen und Beweisführung und Formalitäten durchkauen ließ – und dann die plötzliche Kursänderung, die bedeutete, wieder bei null anzufangen?

War das tatsächlich möglich?

Hatte Dan Hansson wirklich die gesammelte Erfahrung der Einheit täuschen können?

Das durchdringende Piepen des Faxgeräts, das im Nebenzimmer gerade angewählt wurde, lieferte die eindeutige, niederschmetternde Antwort.

Ja – das hatte er.

Joann Ek Sörensen hatte – einigen Dämpfern zum Trotz – der Theaterbesuch unglaublich gut getan. Ihr hatte allerdings etwas gegraust, als Laura und Hasse sie vor ihrem Haus abgesetzt hatten. Sie hatte sich so sicher und so wohl gefühlt in Gesellschaft ihrer Freunde.

Der zweite Akt hatte unglaubliche, grundlegende Meinungsumschwünge und charakterliche Veränderungen enthüllt. Es war mehr als brüllend komisch, dass derjenige, der zu Beginn des Stücks beteuert hatte, der weißeste und reinste Schwan zu sein, den die Welt je gesehen hatte, plötzlich ganz primitive Neigungen und Vorlieben an den Tag gelegt hatte. Und das darüber hinaus für das Natürlichste der Welt gehalten hatte.

Das war zum Lachen, gleichzeitig aber auch äußerst bedenklich gewesen.

Wie um Himmels willen sollte man eigentlich selbst reagieren, wenn man den unwiderstehlichsten Versuchungen ausgesetzt wurde?

Wie blütenweiß war man im Lichte der Realität tatsächlich?

Laura, Hasse und Joann hatten eine scherzhafte, aber auch leicht angestrengte Diskussion darüber auf dem Nachhauseweg im Auto geführt. Joann war sehr dankbar, dass sie gerade in ihre Straße einbogen, als Hasse verkündete, er halte das alles für vollkommenen Unsinn – dass man sich nicht so gut kannte, nachdem man lange miteinander verheiratet war, dass man nichts merkte. Nicht einmal bemerken würde, dass der andere untreu war… Völlig verrückt!

Ja, er würde in jedem Fall spüren, wenn Laura auf jemand anderen abfahren würde. So etwas wusste man einfach!

Joann bemerkte Lauras ängstlichen Blick und hielt dicht wie eine geschlossene Muschel. Aber winkte auch dankbar ihren Freunden zum Abschied, bevor sich die Unterhaltung zuspitzen konnte. Als sie den Steinplattenweg betrat, der zur Haustür führte, spürte sie, wie ihr der kalte Schweiß ausbrach. Die Vorstellung war viel anstrengender gewesen als erwartet, und sie atmete in tiefen Zügen die herbstkalte Nachtluft ein.

Der Eingang lag völlig im Dunkeln.

Komisch, dachte sie. Stimmte irgendetwas mit der Beleuchtung und dem Bewegungsmelder nicht? Vielleicht war ein Kontakt kaputt. Kent hatte darauf bestanden, die Installierung selbst vorzunehmen, und es war gut möglich, dass ihm irgendwo ein Fehler unterlaufen war.

Gleich morgen würde sie den Elektriker anrufen. Alvar würde sicher jemanden vorbeischicken, der ihr mit der Beleuchtung half, denn so konnte es auf keinen Fall bleiben.

Es war jetzt pechschwarz hier.

Die Thujen, die sie zu beiden Seiten des Eingangs gepflanzt hatten, waren stark gewachsen und warfen nun lange, unheimliche Schatten.

Kent hatte oft versprochen, sie zu entfernen oder zumindest zurechtzuschneiden, denn ursprünglich waren sie nur als Ziergewächse gedacht. Aber es war immer etwas dazwischengekommen. Und jetzt schwankten sie bedrohlich mit ihren gespenstischen, wild gewachsenen Zweigen.

Aber Joann war kein Feigling.

Sie hatte die Äste schon vorher so angsteinflößend schwanken sehen.

Sie streckte trotzig den Rücken und wühlte in der Handtasche nach ihrem Schlüsselbund. Normalerweise hatte sie ihn bequem in der Manteltasche, aber wenn sie ausging, verstaute sie ihn sicher in der Handtasche. Denn man wusste schließlich nie…

Plötzlich stieß ihr Fuß gegen etwas, das auf der Treppe lag.

Joann schrie in die Nacht hinaus.

Es war etwas Weiches.

Und dass es ihrem Tritt nachgab, jagte ihr einen Riesenschrecken ein.

Es war ein Körper.

Irgendein Körper, dessen war sie sich sicher, sowie der Fuß daran gerührt hatte.

Sie schrie erneut.

Nicht laut, es war eher ein leises, wimmerndes Jammern.

Sie blickte sich hastig nach dem Auto ihrer Freunde um, aber sie sah nur noch, wie die roten Rücklichter auf die Hauptstraße bogen und verschwanden.

Instinktiv hob sie den Fuß, und mit tiefer Abscheu versetzte sie dem Bündel auf der Treppe, das ihr den Weg in die Sicherheit versperrte, einen Tritt.

Ein kratzendes Geräusch ertönte, als das Knäuel brüsk zur Seite befördert wurde. Gefolgt von einem gequälten Schnaufen und einem flüchtenden Tapsen.

Ein Tier, das verzweifelt seinem gefährlichen Angreifer zu entkommen suchte – ein sanftmütiger, armer Igel, der nicht zu wissen schien, dass er längst sein Winterquartier hätte aufsuchen müssen. Statt in fremden, herbstlichen Gärten nach Futter zu suchen.

Lautstark protestierend machte er sich davon und verschwand unter den Rhododendronbüschen.

Joann hatte vergessen, wie man atmete.

Ihr Mund stand offen, und sie hielt schützend die Arme vor

der Brust verschränkt. Ihr Herz raste, und sie befürchtete, das Bewusstsein zu verlieren und zusammenzubrechen.

Nein, das durfte einfach nicht passieren! Denn wer sollte sie dann mitten in der Nacht hier finden und in Sicherheit bringen – der Igel?

Sie zwang sich, ruhig zu atmen, wie sie es vor ein paar Jahren im Yogakurs gelernt hatte. Dann bekam sie unter Aufbietung ihrer letzten Kräfte die Schlüssel am Boden ihrer großen Tasche zu fassen. Sie beschloss, gleich morgen eine andere Tasche zu finden, eine mit ordentlichen Fächern für die verschiedenen Dinge. Dass man immer das fand, was man suchte. Auch wenn es mitten in der Nacht war.

Aber bevor sie den Schlüssel im Schloss umdrehte, musste sie grinsen.

Sie – Joann Ek Sörensen – hatte tatsächlich einen... Igel getreten!

Herrje!

Sie, die sonst eine absolute Freundin aller Tiere und der Igel im Besonderen war. Die Pfannkuchen buk und im Garten servierte, nur weil es so gemütlich war, die kleinen, aufgeweckten Racker um sich zu haben.

Das ging dann doch zu weit – ein unschuldiges kleines Tier zu treten!

Jetzt musste sie endlich diese alberne Angst vor der Dunkelheit überwinden, die ihr der Telefonterror eingebrockt hatte. Das war ja lächerlich.

Endlich war sie im Haus, schob die Tür zu und schloss ab. Sie machte die Flurlampe an und schleuderte ihre verhasste Tasche auf die Erde.

Dass ein Abend, der so wunderbar begonnen hatte, so übel enden konnte, dachte sie bitter.

Hatte sie ihn wirklich getreten – den unschuldigen Igel?

Es schien tatsächlich so zu sein, und als ihr ihre hysterische Reaktion bewusst wurde, schämte sie sich. Schämte sich so, dass ihr ganzes Gesicht glühte. Als sie sich wieder etwas beruhigt hatte, kam sie zu dem Schluss, dass sie eigentlich keine

Schuld hatte. Das ganze überspannte Elend ging auf das Konto dieses anonymen Anrufers – der sich vermutlich an ihrer Angst und Unsicherheit ergötzte. Aber sie würde ihn auf keinen Fall gewinnen lassen!

Sie war auch weiterhin die gute, alte, starke Joann. Auch wenn er anrief, würde sie sich nicht einschüchtern lassen. Ihm lediglich herrlich wütend klar machen, was er mit seinem schmutzigen Geschlechtsorgan tun und wohin exakt er es sich anschließend stecken konnte.

Denn diesen Mist wollte Joann sich nicht länger gefallen lassen.

Es war ihm gelungen, sie fast in den Wahnsinn zu treiben – allein der Gedanke, dass sie ein unschuldiges Tier getreten hatte!

Aber jetzt hatte das ein Ende.

Sie machte jede Lampe im Haus an, deren Schalter sie in der Eile zu fassen bekam. Stieß geschlossene Türen auf und eilte an die Fenster, um die Jalousien hochzuziehen und die Gardinen aufzumachen.

Hier brauchte sich niemand mehr länger zu verstecken.

Fast zwanzig Jahre hatte sie hier ungestört gewohnt, und kein verfluchter Anrufer konnte einfach daherkommen und den Frieden stören.

Als das Haus in Licht gebadet war und die Fenster nackt und offen leuchteten, war sie endlich zufrieden.

Alles war so wie vorher, bevor die Anrufe begonnen hatten.

Aufreizend legte sie bei geöffnetem Vorhang ihr taubenblaues Galakleid ab. Nur um zu signalisieren, dass sie sich keinen Deut darum scherte, wer immer ihr zusehen mochte. Und dass sie überhaupt keine Angst mehr hatte.

Sie hatte genügend Küchenmesser, und wünschte er eine Kastration, dann würde sie ihm mehr als gerne damit behilflich sein.

Sie stellte sich provozierend breitbeinig nur mit BH und Slip frontal vor das große Salonfenster. Mit lauerndem Blick starrte sie direkt in die Dunkelheit. Das Gesicht war zu einer harten Maske gefroren, die zu erkennen gab, dass sie bereit zum Kampf war.

Dann drehte sie sich abrupt um, verließ demonstrativ den Raum und schloss die Schlafzimmertür hinter sich.

Obwohl sie noch etwas im Bett lesen wollte, schaltete sie den kleinen Fernseher ein. Er sorgte für eine effektive Geräuschkulisse, die sie aber nicht daran hinderte, sich in ihr Buch zu vertiefen.

Genau wie sie es immer getan hatte… vorher.

Jetzt war die Heimlichtuerei zu Ende. Kent würde nun wirklich alles erfahren, sobald er wieder zu Hause sein würde.

Als sie zwischen die samtenen Høie-Laken geschlüpft war und Michael Pikes Thriller aufgeschlagen hatte, vermisste sie plötzlich ihren Mann enorm.

Es war kindisch, aber sie wollte ihn auf einmal unbedingt anrufen. Das tat sie sonst an und für sich nicht. Kent hatte von Anfang an erklärt, dass er keine anhänglichen, unselbstständigen Frauen mochte. Deshalb hatte er gerade sie geheiratet. Und Joann ließ sich nicht so leicht ins Bockshorn jagen, das hatte sie in den vergangenen Jahren bewiesen. Es war tatsächlich das erste Mal während ihrer Ehe, dass sie den Wunsch verspürte, ihren Mann anzurufen, nur um seine Stimme zu hören.

Sie wurde müde.

Der Tag war anstrengend gewesen, und sie war lange nicht mehr ausgegangen. Sie wollte ihrem Kent Gute Nacht sagen. Auch wenn er einen zusätzlichen Flug gehabt hatte, müsste er inzwischen in irgendeinem Hotel sein.

Sie schaltete den Fernseher auf stumm und reckte sich nach dem Telefon.

Dann tippte sie die Nummer, war sich aber bei der letzten Ziffer nicht sicher, ob sie nicht die Null statt der Neun erwischt hatte. Sie hörte das Freizeichen, und ehe sie die Verbindung unterbrechen konnte, vernahm sie eine Frauenstimme.

»Allô! Minette.«

Sie hatte die letzte Ziffer verfehlt! Und schämte sich ebenso sehr darüber, eine arme, fremde Französin gestört zu haben, wie sie sich über den Igeltritt geschämt hatte. Sie beendete schnell die Verbindung und redete sich ein, nicht gehört zu haben, dass sich jemand gemeldet hatte.

Ihre Wangen wurden ganz warm.

Ach, wie peinlich aber auch.

Aber nun würde sie sich zusammenreißen und sich bemühen, die Ziffernfolge richtig einzugeben.

Sie öffnete mit der grünen Taste die Leitung und wollte gerade die Nummer eingeben, als sie merkte, dass die Verbindung tot war. Es kam kein Freizeichen. Hatte die Französin am anderen Ende vielleicht nicht richtig aufgelegt? Obwohl das wohl nichts an ihrer Leitung machte. Denn wenn man selbst auflegte, war die Leitung wohl wieder frei, überlegte sie und war plötzlich über die Tücken der modernen Technik verunsichert.

»Hallo?«, fauchte sie ungehalten in den Hörer.

»Joann?«

Was um alles in der…? Überschnitten sich nun zwei Anrufe und waren gleichzeitig in der Leitung? Dann hatte wohl Kent…

»Joann…«, sagte die Stimme am anderen Ende, und ihr wurde klar, dass das sicher nicht ihr Mann war. »Schämst du dich gar nicht, auf kleine unschuldige Tiere einzutreten? Der arme Igel!«

Er lachte gedämpft.

Genau so, wie er bei seinem ersten Anruf geatmet hatte; damals war es ihr so vorgekommen, als stünde er im Zimmer direkt neben ihr. Unsichtbar, aber gerade deswegen unglaublich bedrohlich. Genau wie jetzt, als er detailliert versicherte, dass er seit ihrer Rückkehr nach Hause alles beobachtet hatte. Er musste dicht in ihrer Nähe gewesen sein. Wie hätte er sonst sehen können, was sich auf der Treppe abgespielt hatte?

Sie war mucksmäuschenstill.

Ihre Kühnheit war komplett verschwunden.

Er hatte gesehen, wie sie den Igel getreten hatte!

Dann muss er auch gesehen haben…

»Übrigens… hübscher Slip, Joann. Danke, dass du ihn mir gezeigt hast.«

Er gluckste belustigt, und während sie sich vor Schreck beinahe an ihrem Speichel verschluckte, legte er auf.

Joann musste weinen. Zum ersten Mal in der ganzen Zeit.

Aber sie konnte die bitteren Tränen der ganzen Panik nicht länger zurückhalten.

Stunde um Stunde lag sie unter der Decke und schluchzte. Kissen und Laken waren durchnässt, als sie endlich frühmorgens in erschöpften, traumlosen Schlaf fiel.

Joakim Hill war ungefähr zur gleichen Zeit in seine Wohnung in der Hebsackersgatan zurückgekehrt, als Joann den Igel gepeinigt hatte.

Er war so müde, dass er wohl auch einem Igel einen Tritt verpasst hätte, hätte einer auf seiner Treppe gesessen.

Obwohl – das allerdings doch nicht.

Hill war nicht so. Gewalt war definitiv nicht sein Ding. Nur in äußersten Notfällen, wenn sein Beruf es verlangte. Und dann nicht gegen unschuldige Tiere gerichtet.

Obwohl er so müde war, dass er kaum die Haustür aufschließen konnte, war er unfassbar starrköpfig. Er wollte mit Dan Hansson ein weiteres Verhör durchführen, sobald er morgen Früh den Fall resümiert hatte.

Aber zuerst musste er schlafen.

Er wollte sich ganz eng an sie kuscheln, die Schenkel dicht an ihren herrlichen Hintern schmiegen und sie umarmen. Und sie einfach nur festhalten. Spüren, dass sie da war. Dass nicht sie es gewesen war, die heute mit durchschnittener Kehle auf einem Sofa gesessen hatte.

Das war völlig ausgeschlossen.

Sie war schließlich seine Frau. Und Mutter ihrer geliebten Tochter, der kleinen Bianca. Und außerdem wollten sie bald umziehen. Das hofften sie jedenfalls.

Nein, es war absolut inakzeptabel, dass Catharina etwas zustieß.

War es akzeptabel, dass Jane sterben musste, und noch dazu auf diese Weise, wider alle Vernunft? Nein, auf keinen Fall. Aber man war sich selbst stets der Nächste. Waren es vielleicht die Instinkte, die einen so denken ließen?

Der Lift funktionierte wie üblich.

Und niemand wartete darauf, aus dem Hinterhalt hinter Joakim herzuschleichen, als er einstieg. So wie damals, als ein Auftragskiller aus der Unterwelt den fetten Auftrag hatte, ihn umzulegen. Oder besser den verzweifelten Auftrag. Denn wenn es ihm nicht gelang, Joakim Hill zu erledigen, hätte er schlechte Karten bei seinem Auftraggeber gehabt. Und so war es dann Gott sei Dank auch abgelaufen. Der Knabe saß nun seit einer ganzen Weile schon in Kumla im Gefängnis, doch sowie er herauskam, war Hill wieder begehrte Beute.

Daran dachte er normalerweise nicht mehr, aber heute Abend war er offenbar extrem übermüdet.

Catharina schlief bestimmt schon, vermutete er.

Er steckte den Schlüssel besonders vorsichtig ins Schloss, aber zu seiner großen Verwunderung kam sie ihm im Flur schon entgegen.

»Hallo, Schatz«, sagte sie so leise wie immer, wenn Bia schlief, »bist du hungrig?«

»Nein«, antwortete er wahrheitsgemäß, »wir haben während der Überstunden Sandwichs gegessen, das war genug. Aber worauf ich allerdings Appetit habe, ist... ein richtig guter Kuss!«

Sie kicherte leicht beschämt, machte aber keine Anstalten zu entkommen. Wie zwei knutschende Teenager standen sie im Flur. Küssten sich und fühlten plötzlich, dass der Spaß ernst wurde.

Sie legte erschöpft ihren Kopf an seine Schulter.

»Können wir?«

Sie schüttelte den Kopf und lehnte die Stirn an seine Brust.

»Ich glaube nicht«, flüsterte sie. »Aber wir können ja davon träumen.«

»Gut, ich putze mir nur noch die Zähne, dann komme ich ins Bett.«

»Mmm«, antwortete sie enttäuscht und ging ins Schlafzimmer vor.

Sie war fast eingeschlafen, als er aus dem Bad kam.

Bia schlief vermutlich schon seit einigen Stunden. Und sie würde hoffentlich so lange schlafen, bis der neue Tag anbrach. Nur die ersten drei Monate waren richtig anstrengend gewesen mit Magenkneifen und nachts am Bett sitzen. Aber danach schlief sie recht ruhig. Und seit sie von der Muttermilch entwöhnt worden war, schlief sie sogar unerwartet gut. Catharina und Joakim waren sehr dankbar dafür. Sie hatten mehrere Freunde, die Jahr für Jahr kurz vor dem Zusammenbruch standen, weil sie zu wenig Schlaf hatten. Aber sie selbst waren noch gut davongekommen.

Sie hatten immer noch die Basis für eine gute Ehe. Die Möglichkeit, gemeinsam Zeit füreinander zu haben. Das brauchte man, um sich nicht auseinander zu leben. Nicht dass einer von beiden so fühlte oder dachte, aber das Risiko in der modernen Gesellschaft war sehr groß.

Die Familie war in der Praxis eine Ausnahme. In der Theorie war es umgekehrt, aber Theorie und Praxis waren wie so oft zwei völlig verschiedene Paar Schuhe.

Aber wenn man noch Zeit hatte, sich eng aneinander zu kuscheln und die Nähe des anderen zu spüren, hatte man immerhin noch eine Chance.

Er kam ganz nah. Sie war herrlich sinnlich warm, und er fühlte sich auf einmal viel wacher, viel erregter, als er gedacht hatte.

»Schläfst du, Liebling?«, sagte er viel zu laut, um noch taktvoll zu sein.

Seine leicht hinterhältige Berechnung lief darauf hinaus, dass die Lautstärke sie wecken würde, falls sie schlief, und dann wäre sie ja ohnehin wach. Und wenn sie sowieso nicht schlief, dann…

»Mmm«, murmelte sie und fuhr zärtlich mit der Hand über seine Hüfte, »nein… ich denke nach.«

»Jaa?«

Er fragte sich hoffnungsvoll, ob sie an das Gleiche dachte wie er.

»Dieses Haus in Laröd, das wir uns am Samstag angeschaut haben«, sagte sie und bremste seine Hoffnungen, »das scheidet eigentlich gleich aus.«

»Wie ... hat es dir nicht gefallen? Du hast doch gesagt, dass es ganz hübsch ist.«

»Ja, klar war es hübsch. Es war wirklich schön.«

»Und die Lage ist für uns beide günstig. Man muss nur den Strandvägen stadteinwärts fahren und ...«

»Perfekt. Einfach Spitze«, nuschelte sie und drückte ihr Hinterteil verführerisch gegen sein Becken, »aber es gibt etwas anderes, das nicht hinhaut.«

»Was denn?«, fragte er ungeduldig.

Was mochte das sein? Hatten die Dachziegel die verkehrte Farbe? Und wann konnten sie das beenden und zum Wesentlichen übergehen?, dachte er etwas irritiert.

»Es ist zu klein.«

»Zu klein?«, rief er aus und vergaß, dass Bia schlief. »Aber es ist doch viel größer als unsere Wohnung. Großes Wohnzimmer, zwei Schlafzimmer und ein Arbeitszimmer, wo auch Gäste schlafen können. Das würde doch reichen.«

»Nein«, entgegnete sie und gähnte ungeniert, »jetzt nicht mehr.«

»Was – jetzt nicht mehr?«

Es war nervtötend, so spät in der Nacht über Häuser zu diskutieren, wo er am liebsten ...

»Nicht unter dem Aspekt, dass wir bald mehr werden.«

Joakim war auf einmal hellwach.

Nicht erregt.

Und auch nicht bestürzt.

Einfach vollkommen klar und hellhörig, so wie wenn man begriff, dass alles wieder von Neuem begann. Die Geräusche der Übelkeit morgens aus dem Badezimmer. Das heimliche Kaffeetrinken beim Nachbarn, um diejenige zu schonen, die den Duft nicht länger ertragen konnte. Die

Atemübungen in der Elterngruppe… und das nächtliche Wachsitzen.

Aber auch die kleinen, fast durchscheinenden Zehen eines neugeborenen Babys. Er hatte das vermisst. Und den dunklen, unergründlichen Blick von einem neuen Individuum, das geradewegs durch einen hindurchsah und wortlos fragte: Und wer um alles in der Welt bist du?

Er lächelte etwas dümmlich, als er den Kopf aufs Kissen legte.

»Herrlich, Schatz«, versicherte er überzeugt. »Wann?«

10

Joann wollte nicht recht wach werden. Sie hatte die letzten Stunden tief geschlafen und geträumt. Sich in eine andere Wirklichkeit fortgeträumt – wo sie es gut hatte. Sie war unterwegs, fuhr Auto, Boot und traf alte Freunde wieder, die sie tatsächlich seit zwanzig Jahren nicht gesehen hatte.

Kent ging es ebenfalls gut. Er war Rettungsschwimmer am Strand auf der Insel Råå. Quallen klebten auf dem Steg und lagen am Ufer und machten ihm das Leben schwer. Er rutschte ständig darauf aus. Und er trug eine Badehose mit Pinguinen. Die Mädels lachten ihn aus, und sogar Joann lachte über ihn…

Lachte sich richtig gut gelaunt wach.

Wach in… eine furchtbare Wirklichkeit.

Plötzlich erinnerte sie sich an den vergangenen Abend und setzte sich abrupt mit einem erschrockenen Keuchen im Bett auf.

Herrje, sie hatte geschlafen!

Hatte er sich Zutritt zum Haus verschafft, während sie geschlafen hatte?

Wenn er jetzt hier drinnen war…

Eine kleine Nachtlampe spendete ausreichend Licht. Joann griff nach ihrem Morgenmantel aus dickem, weißem Frottee. Schlüpfte rasch hinein, knotete den Gürtel zu und angelte nach ihren weichen Hausschuhen. Sie glitt lautlos zu ihrem Einbauschrank. Die Tür war aus Holzlamellen, weiß gestrichen und hatte goldene Beschläge. Das war zwar hoffnungslos unmodern, aber sie hatten bei der Renovierung der Küche und dem Wohnzimmer den Vortritt gewährt. Das hier wollten sie später nachholen. Jetzt war Joann ohnehin froh über die unzeitgemäße Jalousietür. Sie war leicht und ließ sich fast geräuschlos öffnen.

Sie war in ihrer Jugend ein richtiges Ass in Brennball gewesen. Hatte sogar bei kleineren Turnieren mitgespielt.

Wenn man sich für eine Sportart begeisterte, legte man sich auch ein paar Eigenheiten zu.

Ihre bestand darin, dass sie stets ihren eigenen Brennballschläger hatte.

Sie hatte nie einen anderen benutzt – nur ihren Lieblingsschläger aus rundgeschliffenem, wärmegehärtetem Birkenholz aus Västerbotten.

Jetzt lehnte er ganz hinten in ihrem Kleiderschrank. Hinter Kleidern, Hemdblusen und langen Hosen in der Ecke. Aber sie wusste genau, wo er stand. Im Schrank roch es leicht nach Parfum und Schuhschweiß. Sie bückte sich, den Blick starr auf die Schlafzimmertür gerichtet, während sie sich mit der Hand im Dunkel des Schranks vortastete.

Sie bekam einen Schischuh zu fassen.

Sie fühlte anhand der harten Metallschnallen und der groben Schnürsenkel, dass es ein Schuh für Langlaufschi war. Sie fluchte zwischen zusammengebissenen Zähnen und suchte weiter. Er musste hier sein!

Da!

Ihre zitternden Finger umschlossen plötzlich einen altbekannten Gegenstand.

Er lag sofort vertraut in ihrer Hand.

Die Einbuchtung in dem Birkenholz, die ihr sagte, dass sie den absoluten Schwerpunkt perfekt unter Kontrolle hatte.

Kalter Schweiß hatte kleine, glänzende Tropfen auf ihrer Oberlippe gebildet. Aber sie lächelte. Jetzt entschied sie, wie der Hase lief! Sie wusste exakt, wie sie eine unglaubliche Kraft mit dem Holz erzeugen konnte.

Kam er ihr jetzt zu nahe, würde sie ihm schlicht den Schädel vom Rumpf schlagen.

Sie zog den Schläger vorsichtig hervor, erhob sich und umfasste ihn mit beiden Händen.

Komm schon, dachte sie zornig.

Sie schob behutsam mit dem Fuß die Tür auf und horchte. Sie hatte ein ausgezeichnetes Gehör, und wenn er auch nur atmete, würde sie das hören.

Aber in Wohnzimmer und Küche war es absolut still.

Totenstill.

Sie schlich an der Wand entlang, wie sie es bei den Schauspielern in so vielen B-Filmen aus Hollywood gesehen hatte. Aber das hier, das war echt – war er hier, hätte sie nur eine Chance.

Draußen war es dunkel. Kein Lichtschimmer vom Tagesanbruch.

Verdammt – sie wusste gar nicht, wie spät es war.

Vorsichtig tastete sie sich weiter, fühlte das Sofa an ihrem Oberschenkel und wusste genau, wo im Wohnzimmer sie sich befand. Sie horchte erneut, aber alles blieb still.

War er möglicherweise gar nicht hier?

Verunsichert holte sie Atem.

Das konnte gut sein. Es war sogar sehr wahrscheinlich. Wenn er eingebrochen war, während sie schlief, dann wäre sie wohl kaum noch am Leben. Dann hätte er getan, was er wollte, während sie hilflos in ihrem Bett lag!

Dummkopf!, fluchte sie über sich selbst, suchte nach dem Schalter der Sofalampe und knipste das Licht an.

Alles war so, wie sie es in der Nacht vorgefunden hatte. Ein schneller Blick bestätigte, dass niemand die Außentür, Terrassentür oder Hintertür aufgebrochen hatte. Auch die Fenster waren heil. Sie hatte die Hysterie einfach überhand nehmen lassen.

Sie machte die Arbeitslampe in der Küche an und kochte sich einen Kaffee. Die Küchenuhr zeigte 05:48. Sie konnte gar nicht so viele Stunden geschlafen haben, wie es ihr in dem wunderbaren, harmlosen Traum vorgekommen war. Aber sie war jetzt hellwach, und es würde keinen Sinn machen, sich wieder hinzulegen.

Während die Kaffeemaschine wie ein frühes Fischerboot vor Råå, das die Netze einholte, vor sich hin blubberte, zog sie vorsichtig die Gardine ein Stück zurück und linste in die Auffahrt.

Der Wind wirbelte braunes Herbstlaub vom Asphalt auf. Sonst war es vollkommen ruhig und still da draußen. Der Schein der Straßenlaterne glänzte, und sie konnte erkennen, dass es vor kurzem geregnet hatte. Vielleicht hatte ihn das vertrieben? So ein Ungeziefer vertrug sicher kein Wasser, dachte sie.

Sollte sie sich nach draußen wagen, um die Zeitung zu holen?

Ja, es war ihr Haus, ihre Auffahrt und ihre verfluchte Zeitung!

Kein Störenfried würde sie jemals daran hindern, ihr Leben zu leben. Noch immer mit ihrem Brennballschläger bewaffnet, hastete sie nach draußen an den Briefkasten, riss die Zeitung an sich und lief schnell wieder ins Haus.

Brrr, es war schaurig kalt. Keine Minusgrade, aber der Wind war eisig, und Joann ging sofort in die Küche, um sich eine wärmende Tasse Kaffee einzuschenken.

Die Schlagzeilen trugen wirklich nichts dazu bei, um sie zu beruhigen oder gar zu erfreuen.

Die Fähren drohten damit, nach der Öffnung der Brücke letzten Sommer in Malmö weitere Fahrten einzustellen. Sie benötigten mehr Geld aus den bereits sehr strapazierten Kassen der Stadt, um den Fährbetrieb auch in Zukunft über den Sund gewährleisten zu können. Und die Gemeinde zog ihre Entscheidung wie üblich in die Länge.

Die Krise in der Altenpflege wurde immer akuter. Ging das sogar so weit, dass bald nicht einmal mehr die normale Krankenbetreuung gesichert war? Nein, das war wirklich undenkbar. Das käme einem Verrat an den Bürgern gleich. Der Staat hatte durch die Steuereinnahmen mit den Bürgern ein Abkommen. Wurde dies gebrochen, war man kriminell – jedenfalls als gewöhnliche rechtliche Person. War das anders, wenn man

Mitglied der Regierung war? Galt das schwedische Gesetz dann auf andere Weise?

Sicher, es war naiv, so zu denken… aber man dachte dennoch so, um nicht die Bodenhaftung zu verlieren.

Und dann war da der Mord.

Von dem sie gestern Nachmittag schon im Radio gehört hatte. Offensichtlich hatte sich seitdem nicht viel Neues ereignet. Die Polizei war über den Tathergang noch immer sehr verschwiegen. Es gab noch keinen Verdächtigen, aber man hoffte, dass im Laufe des Tages die kriminaltechnischen Analysen etwas ergeben würden.

Es gab Fotos.

Bilder von den Technikern, die das Haus verließen. Sie kamen gerade aus einer Wohnung und gingen mit Plastikbeuteln und Taschen beladen die Treppe hinunter. Sie meinte, einen der Beamten auf dem Bild wiederzuerkennen. Er war durchschnittlich gebaut, vielleicht etwas größer als die meisten und hatte recht dunkles Haar. Oder war es aschblond? Das war schwer zu erkennen auf dem grobkörnigen Foto in der Zeitung. Hatte sie ihn schon mal irgendwo gesehen? Oder sah er jemandem ähnlich, den sie kannte?

Sie trank einen befreienden Schluck von ihrem herrlich heißen Kaffee. Die Wärme strömte durch ihre Brust, taute die Verspannungen auf und schlug die Eiseskälte in die Flucht. Alles fühlte sich auf einmal viel besser an. Sie kehrte zu dem Artikel über den Mord zurück und betrachtete erneut das Foto mit den Beamten.

Derjenige, der ihr bekannt vorkam, hatte ziemlich dunkle, sinnliche Augen. Er stand der halb offenen Tür zugewandt, als würde er sich mit jemandem unterhalten. Vor der Tür war ein Absperrband gespannt worden. Die Polizeibeamten konnten trotzdem noch vorbeigehen, aber Unbefugten war der Zutritt zum Tatort verwehrt.

Der Fotograf hatte das Bild wohl von der unteren Wohnung mit einem Teleobjektiv geschossen. Wie war er überhaupt ins Haus gekommen – hatte er jemanden bestochen?

Der Mann, der mit den Tüten und Kartons zuerst die Treppe hinunterging, wirkte optisch etwas zweidimensional. Der Schnurrbart stand auf absurde Weise seitlich ab, und sein Hintermann hatte einen übertrieben großen Stetsonhut. Aber der Beamte vor der Tür war besser getroffen worden. Vielleicht weil er besonders dicht am Tatort dran war, und das interessierte die Leser am meisten – die Wohnung, in der alles passiert war.

Sie konnte es sich auch nicht erklären, weshalb sie ein so unmittelbares Vertrauen zu dem Beamten an der Tür empfand.

Doch dann wusste sie es plötzlich!

Er ähnelte dem Schauspieler Thommy Berggren. Berggren zählte zu ihren Lieblingsschauspielern, und obwohl der Altersunterschied bedeutend war, war die Ähnlichkeit frappierend.

Sie dachte, wenn sie mit ihm sprechen könnte, dann würde alles gut werden. Ihr Blick suchte nach einem Namen in der Bildunterschrift, aber die Beamten waren anonyme Repräsentanten der Kriminalpolizei.

Sie seufzte und legte die Zeitung beiseite.

Ebenso wenig wie sie gestern dort anrufen und sich genauere Informationen über den Mordfall erbitten konnte, konnte sie heute diesen namenlosen Hübschen von dem Foto in der Zeitung zu sprechen verlangen.

Was sollten sie von ihr denken – dass sie eine Alte im Klimakterium mit pathetischer Sehnsucht war, die sich in ein Zeitungsfoto verguckt hatte?

Sie erhob sich müde und stellte die Kaffeetasse in die Spüle. Normalerweise hätte sie sie gleich in die Spülmaschine eingeräumt, die Kanne ausgespült und die Arbeitsfläche abgewischt, damit alles unbenutzt und blitzblank aussah.

Aber heute musste das warten.

Nach einer Dusche würde alles schon viel besser aussehen. Wenn es draußen erst hell war, konnte sie die Sache aus einer ganz anderen Perspektive betrachten. Aber zur Sicherheit schloss sie die Badezimmertür ab, bevor sie das heiße Wasser aufdrehte.

Während Joann die warme Dusche über ihren Körper rinnen ließ, konnte sie an nichts anderes als den Mord in der Stadt denken.

Die Arme, dachte sie.

Es hätte auch mich treffen können, dachte sie weiter.

Auch wenn sie versuchte, auf andere Gedanken zu kommen, schien es ihr da einen Zusammenhang zu geben. Das Mordopfer war ebenfalls allein gewesen, so viel war immerhin aus dem Zeitungsartikel hervorgegangen. Ihr Freund hatte sie gefunden, als er wie immer morgens von der Arbeit nach Hause gekommen war. Es hatte sich also nicht um ein zufälliges Alleinsein gehandelt. Es war vorhersehbar gewesen, so wie auch Kent nicht zu Hause war. Auch wenn die Abstände unregelmäßig waren, waren sie dennoch eindeutig vorhersehbar.

War das der springende Punkt – dieses vorhersehbare Alleinsein?

Der Gedanke war schlüssig. Würde die Polizei sich für diesen Hinweis interessieren?

Sie merkte, wie das Wasser etwas kühler wurde, und begriff, dass sich der Warmwassertank langsam leerte. Der neue Tank war kleiner als der alte. Andererseits heizte er das Wasser bedeutend schneller auf. Aber es hatte sich gelohnt, das Wasser einfach laufen zu lassen. Jetzt dachte sie viel klarer.

Sowie sie in ihre Kleider geschlüpft war und die Haare geföhnt hatte, würde sie die Polizei anrufen und diesen Beamten zu erwischen versuchen. Wollte sie das, weil er nett aussah? Ein bisschen vielleicht. Aber hauptsächlich, weil seine fotodokumentierte Anwesenheit am Tatort ihn direkt mit der Einsatzleitung in Verbindung brachte.

Sie sah auf die Uhr und stellte fest, dass sie sich endlich einmal Zeit lassen konnte. Der Bus fuhr erst in fünfundvierzig Minuten in die Stadt, es war Viertel vor sieben. War es noch zu früh, um anzurufen? Vermutlich ja.

Sie beschloss, stattdessen die Nachrichten und Bingo-Lotto auf TV 4 an dem kleinen Fernseher in der Küche anzusehen. Hier in der räumlich begrenzteren Küche fühlte sie sich sicherer als in dem weitläufigen Wohnzimmer.

Sie würde später anrufen – wenn sie im Büro war und dazu kam.

Joakim Hill war heute auch ungewöhnlich früh auf. Obwohl er es kaum geglaubt hatte, hatte er ohne Sex, aber unglaublich gut mit seiner schwangeren Frau im Arm geschlafen.

Ein zweites Kind – so was!

Er hatte das Auto genommen, weil er eventuell nach Lund fahren musste. Er hatte auf dem ganzen Weg in die Stadt gegrinst, ohne genau zu wissen, warum. Aber sein Lächeln war offenbar ansteckend gewesen. Fahrer in anderen Autos, die sonst verschlafen aus den Augen guckten und schmollten, hatten unvermittelt zurückgelächelt und freundlich von der gegenüberliegenden Fahrspur herübergenickt. Der Tag hatte also gut angefangen.

Joakim fand sogar, dass heute selbst das Präsidium munter und entgegenkommend aussah. Sonst deutete er das Gebäude als unverwüstlichen Eckturm der Gerechtigkeit. Der von seinem strategisch optimalen Platz auf dem Eckgrundstück mit seinen sechs Stockwerken aus braunrotem Backstein über die Stadt aufragte wie ein Wächter über die Einwohner und ihre Besitztümer.

Aber heute bemerkte Hill, dass diese Vision nicht ganz korrekt war.

Nicht die gesamte Fassade war aus Backstein.

Nur bis zum ersten Stock, dann wurde er von vorgefertigten Zementplatten abgelöst, die überzeugend echt aussahen. Und gerade heute belustigte ihn das. An einem anderen Tag hätte er das vielleicht als Spiegelung der politischen Realität gewertet. Die Illusion als Deckmantel – als Maskierung der viel zu knapp bemessenen Mittel, um die Sicherheit zu gewährleisten, auf die die Mitbürger ein Recht hatten.

Johansson an der Information hatte Joakim zu sich gewunken, sobald dieser durch die Panzerglastür geschritten war.

»Morgen, Hill«, hatte er ihn begrüßt, »und warum freust du dich so? Hat deine Frau wieder einen Braten im Rohr?«

»Ja.«

»Was… wirklich?«

»Ja, sieht man schon was?«

»Äh… öh, nein, das war nur so eine Redens… hrmmm«, räusperte sich Johansson angestrengt. »Nein, eigentlich wollte ich etwas ganz anderes sagen. Ich wollte nur wissen, ob du was Neues über den Mord von gestern hast. Die Presse nervt wie immer. Schon seit halb sieben.«

Johansson war eine große, inzwischen leicht ergraute würdevolle Erscheinung mit markanten Gesichtszügen. Er kümmerte sich um das meiste, von gestohlenen Reisepässen bis zu aufmüpfigen Rückfalltätern. Und nicht zuletzt um seine Kollegen. Ohne dass man ihm das sofort ansah, war er der Spaßvogel des Präsidiums. Irgendetwas beschäftigte ihn immer. Eine Wette, ein Witz oder irgendein lustiger Name für etwas oder jemanden. Manchmal für Kollegen, die sich besonders hervortaten, oder für eine Abteilung. Zum Beispiel hatte er seinerzeit das Sittendezernat in »Lasterzone« umbenannt. Egal, was es war, Hauptsache, er erntete einen Lacher oder eine andere Reaktion.

»Ich wünschte, es wäre so«, versicherte Hill. »Aber wir haben nichts Neues. Ich vermute… oder hoffe, dass die Obduktion heute etwas bringt. Aber fest steht, dass wir mit dem, was wir bisher haben, nicht nach draußen gehen können – das müssen wir wirklich so lange wie möglich unter Verschluss halten.«

Er dachte an Dan Hansson, der wahrscheinlich demnächst erneut zum Verhör geholt wurde. Dieses Mal ins Präsidium. Es half nichts, aber man musste wohl eine uniformierte Streife schicken. Ingas belastende Anschuldigungen hatten die Lage völlig verändert. Dan war in erster Linie kein hilfreicher Zeuge mehr, sondern stand unter dringendem Mordverdacht.

Aber irgendetwas sagte Hill, dass es sich nicht lohnte, allzu voreilig zu sein. Wartete man noch ein, zwei weitere Tage, bis man an die Öffentlichkeit ging, war vielleicht viel gewonnen.

»Es wäre gut, wenn wir ihnen trotzdem am Vormittag schon etwas liefern könnten«, beharrte Johansson. »Sonst schreiben sie, dass wir schwächeln.«

Hill pflichtete ihm bei. Vermutlich sahen viele das so.

»Ich rede mit Charley«, versprach er. »Es gibt schließlich immer einen Weg, die Presse zu informieren, ohne dass man so furchtbar viel sagt – irgendwie.«

Charley Nilsson kümmerte sich fast immer um solche heiklen Fälle, denn er hatte viel Erfahrung in der Zusammenarbeit mit den Medien. Er lieferte so objektive und sachliche Berichte wie möglich und war dabei äußerst glaubhaft. Die Medien vertrauten einfach dem, was Charley sagte.

»Vertrösten, ohne zu lügen, meinst du?«, sagte Johansson verschmitzt.

»So in die Richtung«, gab Hill zu.

Johansson schrieb sich ein paar Stichworte in seinen Block, und Hill wandte sich zum Gehen. Ulf Gårdeman, sein guter Freund und Kollege aus der Verkehrspolizei, kam gerade die Treppe aus der Tiefgarage hinauf. Er trug die komplette Motorradkluft der Polizei und begann vermutlich gleich seine erste Kontrollschicht. Er winkte Hill zu und hielt ihm die Lifttür auf.

Als Hill darauf zusteuerte, hatte Johansson zu Ende geschrieben und rief ihm nach: »Ach, du!«

»Ja?«

»Ist das wirklich wahr? Habt ihr bald noch einen Balg?«

Hill schmunzelte, als er neben den mit einem Overall bekleideten Gårdeman in den Fahrstuhl trat. Johansson würde mit Sicherheit, bevor der Tag zur Neige ging, mit spiellüsternen Kollegen Wetten abgeschlossen haben, ob Hill ein Mädchen oder einen Jungen bekam.

»Was war das?«, fragte Gårdeman, als sich die Stahltür schloss und der Fahrstuhl sich in Richtung dritter Stock in Bewegung setzte. »Was war im dritten Monat?«

»Ja, das ist so…«, begann Hill, während der Lift leise zischend an seinen starken Stahlseilen aufwärts glitt.

Die Gelegenheit schien nie zu kommen, bei der Joann Ek Sörensen den Anruf erledigen konnte. Das Wetter war wider Erwarten gut geworden. Am Vormittag war das Thermometer bis auf neun Plusgrade geklettert, und die Sonne lugte im Hafen gelegentlich zwischen den Wolken hervor.

Joann sah von ihrem Fenster aus, dass die Reisenden plötzlich in Trauben durch die langen Glasgänge des Fährterminals eilten. Sie hatten Bierträger, Kinderwagen und Einkaufswagen auf Rädern dabei – ja, alles, womit man auf der Rückreise Bier und Wein transportieren konnte.

Aber Helsingborg war nicht nur die Perle des Sundes, sondern auch der schöne, natürliche Weg zum Kontinent hinunter. Hier begegnete man mit allen Sinnen dem Ausland. Gerüchen, Klängen und Sprachen. Es war herrlich kontinental in den Cafés auf den Fähren, und auf dem Marktplatz im blumenduftenden Helsingør einzukaufen war so, wie in eine andere Welt einzutauchen. Ganz anders als nur über die Brücke zu rasen und noch ein paar Kilometer Teer unter den Reifen zu haben.

Aber Joann hatte keine Sekunde Zeit, um über einen gemütlichen Ausflug und ein bisschen leichtsinniges Shopping im Nachbarland Dänemark, knapp zwanzig Minuten entfernt, nachzudenken.

Die Firma, die sich weigerte, die Rechnung für die Konferenz zu zahlen, hatte nun eine Mahnung erhalten, auf die sie deutlich und aggressiv reagiert hatte. Es wurde steif und fest behauptet, dass das Hotel nicht die vereinbarten Bedingungen erfüllt hatte und damit die Rechnung nicht beglichen werden musste. Stattdessen wurde mitgeteilt, dass man in der Sache vor Gericht gehen wolle, und es wurde an den Firmenanwalt verwiesen.

Joann war gezwungen, den Chef des Hotels zu informieren, und erhielt daraufhin eine neue Aufgabe. Nämlich bei dem soeben erwähnten Anwalt anzufragen, was das Unternehmen dem Hotel eigentlich vorwarf.

»Sie können doch nicht allen Ernstes behaupten, dass das Hotel für das Wetter, das während der Konferenz geherrscht hat, verantwortlich ist?«, fuhr sie ihn resolut an, sobald sie ihn an der Strippe hatte. »Es gibt ja wohl ohnehin keinen einzigen vernünftigen Richter, der so einen Quatsch weiter als bis zur ersten Instanz gehen lässt.«

»Nein, das ist gut möglich«, antwortete der Anwalt so selbstsicher und zufrieden wie die Katze, die einen Kanarienvogel verschluckt hat. »Deshalb haben wir auch die Bananen dazugenommen.«

»Die Bananen? Welche Bananen?«

»Die mit den Nadelstichen.«

»Was zum Teufel meinen Sie denn damit?«

»Auf der Konferenz wurden Obstkörbe gereicht, nicht wahr?«

»Ja… und?«

»Mehrere der Teilnehmer sind bereit, unter Eid auszusagen, dass mit den Bananen etwas nicht gestimmt hat. Ihnen ist aufgefallen, dass einige kleine Punkte wie von einer Nadel hatten. Kleine, kaum sichtbare Stiche, die man daran erkennen konnte, dass die Schale darum herum braun geworden war und sich von dem perfekten Einstich in der Mitte deutlich abhob. Niemand hatte die Bananen angerührt. Dass sie vergiftet gewesen sind, ist vollkommen eindeutig.«

»Das kann nicht Ihr Ernst sein«, protestierte Joann und wusste nicht, ob sie lachen oder wütend werden sollte. »Wieso sollten wir unser eigenes Obst vergiften? Das ist doch lächerlich.«

»Wir haben nie gesagt, dass das Hotel es getan hat.«

»Wer soll es denn sonst gewesen sein?«

»Internationaler Terrorismus. Solche guerillaartigen Aktionen gegen Unternehmen, die international arbeiten, sind keine Seltenheit.«

»Das ist ja absoluter Wahnsinn. Selbstverständlich ist so etwas bei uns nicht vorgekommen.«

»Können Sie das beweisen?«

»Beweisen?«

»Ja – beweisen.«

»Also wirklich … die Konferenz ist über eineinhalb Monate her! Wie in Gottes Namen sollen wir beweisen, dass die Bananen, die wir serviert haben, nicht vergiftet waren? Die sind längst verdorben und entsorgt.«

»Genau. Sie haben keinen Beweis dafür, dass Sie nicht Opfer einer Terroroperation gewesen sind. Während ich hingegen sechs Zeugen habe, die bereit sind zu beschwören, dass sie das Loch der Injektionsnadel in dem Obst gesehen haben, das während der Konferenz gereicht wurde.«

»Blödsinn«, fauchte Joann, »das ist doch wohl der reinste Blödsinn!«

»Ach ja? Dann beweisen Sie das doch!«

»Aber das ist völlig unmöglich. Genauso unmöglich, wie zu beweisen, dass … ich irgendwann im August die Kullagatan entlangspaziert bin.«

»Noch unmöglicher, möchte ich sagen! Sie können immerhin im August in der Kullagatan von jemandem gesehen worden sein. Aber wer vom Hotelpersonal würde mit Fug und Recht behaupten, dass überprüft wurde, ob die Bananen Einstiche in der Schale hatten? Mit Sicherheit niemand, oder?«

Joann war so aufgebracht, dass sie den Mann, der gestern Abend angerufen hatte, ganz vergessen hatte. Jetzt drehte sich alles um diesen schamlosen Betrugsversuch.

»Sie werden von uns hören, das ist sicher«, zischte sie.

»Wir würden das begrüßen. Wir können uns sicher über eine einvernehmliche Entscheidung einig werden.«

»Pah – davon träumen Sie aber!«

Sie warf den Hörer auf die Gabel, dass es schepperte. Sie spürte, wie ihre Wangen zu glühen begannen und sie immer kurzatmiger wurde. Wie konnte man nur so dreist sein!

Aber das Positive für Joann war, dass sie über diesen frechen Versuch, das Hotel zu prellen, derart in Rage geriet, dass sie ihre eigenen Probleme schlicht vergaß. Hier wurde für Recht und Moral gekämpft!

Sie suchte und kopierte sämtliche Unterlagen, die zu diesem Vorgang existierten. Von dem von der Firma angeforderten Kostenvoranschlag über kleine informelle Notizen über Zusatzwünsche bis zum Bericht der Putzfrau über die Abschlussreinigung des Konferenzraumes. Schließlich hatte sie eine beeindruckende Mappe zusammengestellt, die alle Dokumente in dieser Sache enthielt. Die brauchten nicht zu glauben, dass es an Munition fehlte, wenn es darauf ankam. Nicht solange Joann Ek Sörensen sich um die Administrativa kümmerte!

Jetzt war sie gezwungen, den Chef zu unterrichten. Er war allerdings selbst auf einer Konferenz in Göteborg, um zu lernen, wie man den Service für den Gast optimieren konnte. Also nicht den vorhandenen Service zu erhöhen, sondern mit kleinen, einfachen Mitteln den Gästen das Gefühl zu geben, sie hätten einen weitaus größeren Service, als es tatsächlich der Fall war. Das waren äußerst interessante Gedanken. Die im Endeffekt in einer Preiserhöhung resultieren konnten. Eben gerade mit dem Hinweis auf das Wohlbefinden des Gastes durch das eingebildete höhere Serviceniveau.

Ja, das mochte zwar so sein, aber nun führte kein Weg mehr daran vorbei, dass sie den Chef über diesen lästigen Erpressungsfall informierte.

Sie reckte sich über den Schreibtisch und blätterte in ihrer Telefonliste mit internen Durchwahlnummern. Hier war die Nummer vom Elite Plaza in Göteborg. Sie tippte sie schnell ein und drehte sich zum Fenster und den viel versprechenden Sonnenstrahlen, während sie auf Antwort wartete.

Da winkte Tarzan ihr zu.

Er hing auf seiner verstellbaren Plattform und wedelte zweideutig lächelnd mit dem Fensterwischer.

Wie lange stand er schon da?

Hatte er gesehen… wie sie sich über den Tisch gebeugt hatte, um die Telefonnummer herauszusuchen? Hatte sie ihm völlig unwissend freie Sicht bis in den Himmel gewährt? Instinktiv legte sie die Hand auf ihren Hintern, um ihn vor weiteren Einblicken zu schützen.

Für den Bruchteil einer Sekunde wurde ihr plötzlich ihre betrübliche Situation zu Hause bewusst – das Beobachtetwerden durchs Fenster, der Telefonterror und der ganze Schlamassel.

Sie spürte, wie sie ganz kalte Finger und einen trockenen Mund bekam.

»Hotel Elite Plaza – hier spricht Anna«, hörte sie plötzlich jemanden am anderen Ende der Leitung sagen.

Aber sie konnte einfach nicht antworten.

»Hallo… hallo?«, hörte sie Annas mahnende Stimme aus Göteborg.

Dann machte es »klick«. Leicht irritiert, als hätte sie Anna mitten in der Gehaltsabrechnung gestört und sie verärgert. So, wie es ihr selbst oft erging.

Tarzan sah sie verwundert an. Mit offenem Mund stand sie einfach da. Er zuckte mit den Schultern, tauchte den Fensterwischer in den Plastikeimer und verteilte das Wischwasser. Mit ausholenden Bewegungen kleisterte er die Aussicht mit weißem Schaum zu.

Joann riss sich zusammen, griff nach der Mappe und lief aus dem Zimmer zur Rezeption, bevor er die Sicht wieder freigewischt hatte.

»Hej«, rief Laura, die erst nach der Mittagspause zu arbeiten angefangen hatte, »schön, dass du gestern Abend ins Theater mitgegangen bist.«

»Mmm.«

»Du«, begann Laura, nachdem sie sich versichert hatte, dass kein Dritter zuhörte, »ich hoffe, dass das, was ich gestern über den Gorilla gesagt habe, unter uns bleibt. Ja, ich weiß, was ich gesagt habe, und ich stehe auch dazu. Aber ich habe wohl trotzdem etwas übertrieben. Ich hatte ja auch Wein zum Essen getrunken – du weißt ja…«

»Ja, klar«, versicherte Joann und goss sich hinter der Rezeptionstheke eine Tasse Kaffee ein. »Das kann ich für mich behalten. Ich meine, was du bist oder nicht bist, ist schließlich deine Privatsache.«

»Mir ist klar geworden, dass ich das alles wohl etwas übertrieben habe«, lachte Laura etwas beschämt, »ich meine, ich würde mich nicht mal im Traum diesem Fenstermenschen an den Hals werfen! Herrje – wie sähe das denn aus?«

Ein älteres Ehepaar aus Deutschland gab einige Urlaubskarten für den Briefkasten ab und wollte eine Ausgabe der Zeitung *Die Welt* kaufen. Laura erläuterte in recht passablem Deutsch, dass das Hotel diese Zeitung leider nicht anbot, dass sie jedoch nur quer über die Straße in den Kiosk zu gehen brauchten. Dort fanden sie sicher, was sie suchten. Als das Paar die Drehtür passiert hatte, fuhr sie mit ihrem Bekenntnis fort.

»Nein, das war nur so zusammengesponnen, du weißt.«

»Dann bist du also nicht so interessiert, wie du gemeint hast?«

»Ich? Nein, gar nicht!«, stieß Laura hervor und wehrte theatralisch ab.

»Umso besser«, erwiderte Joann ironisch, »denn er hängt gerade vor dem Fenster.«

»Was… wo denn?«, japste Laura in einem Tonfall, der ihr gespieltes Desinteresse sofort zunichte machte. »Wo?«

»Drinnen in meinem Büro«, deutete Joann und war kein bisschen überrascht, als die Rezeptionistin Hals über Kopf ihren Arbeitsplatz verließ.

Sie seufzte, stellte die Kaffeetasse zur Seite und übernahm Lauras Posten, als ein Mann Mitte fünfzig ungeduldig auf den Tresen klopfte und einchecken wollte.

Joann hatte ursprünglich an der Rezeption angefangen und konnte ihm problemlos helfen. Auch wenn sie ihm noch nie begegnet war, wusste sie, wo er einzuordnen war. Er war einer von denen, die dienstlich unterwegs waren. Die, die Hotelzimmer so satt hatten, dass sie nichts, absolut nichts mehr beeindrucken konnte. Nicht einmal eine gut gefüllte Minibar mit dem freundlichen Hinweis des Hotels, sich zu bedienen.

Und er wusste Bescheid. Ungefragt legte er sämtliche Papiere vor, die benötigt wurden. Den Firmenausweis, die Klubmitgliedskarte und den Personalausweis. Sie überreichte ihm die Steckkarte für sein Zimmer und wünschte ihm einen angenehmen Aufenthalt. Er lächelte, ohne dass das Lächeln die Augen erreichte. Warf sich die Schutzhülle mit dem Anzug über die Schulter, nahm seine Reisetasche in die andere Hand und schlurfte zum Lift.

Er war heute sicher schon sechshundert Kilometer weit gefahren, dachte Joann.

Bestimmt würde er sich sofort aufs Bett werfen und bis halb sechs schlafen. Dann würde er sich duschen, rasieren und den schicken Anzug aus der Schutzhülle anziehen. Danach würde er das Lächeln aufsetzen, mit dem er Erfolg hatte. Das ihn wach, präsent und unwiderstehlich aussehen ließ. Anschließend war er dafür gerüstet, den Anlass seiner Reise bei einem gediegenen Essen zu treffen. Geschäfte zu diskutieren und bei einem Absacker in der Bar einen fetten Vertrag abzuschließen. Nach einem zeitigen Frühstück würde er direkt zum nächsten Schlachtfeld der Geschäftswelt fahren.

Laura war noch nicht zurückgekommen.

Joann ging in ihr Büro, um sicherheitshalber nachzusehen.

Laura saß wie angewurzelt auf Joanns Bürostuhl.

»Was ist denn?«, fragte Joann beunruhigt.

»Ich bin verloren«, seufzte Laura, »rettungslos verloren.«

»Also Gorilla?«

»Ich wäre viel lieber Schwan.«

»Dann sei doch einfach ein Schwan.«

»Dafür ist es zu spät«, seufzte Laura, »viel zu spät.«

»Ja«, bestätigte Joann mit einem Blick auf die Uhr, »... vermutlich.«

Es war sechzehn Uhr sieben. Wahrscheinlich war es wirklich zu spät, um den netten, verlässlichen Polizeibeamten von dem Foto in der Zeitung anzurufen.

Sie fragte sich, wie sein Tag wohl gewesen sein mochte.

11

Joakim hatte an diesem Tag das getan, was er sonst nicht zu tun pflegte. Dieses eine Mal hatte er gerichtsmedizinisches Territorium betreten.

Normalerweise überließ er alles, was mit der Obduktion zusammenhing, dem Pathologen und besprach die Ergebnisse lieber später.

Aber heute hatte er irgendwie gehofft, sie käme zur Sache – die rätselhafte, schweigsame Jane Hopegood.

Nicht zuletzt im Hinblick auf die unglaublichen Vorwürfe ihrer Mutter war es ein zwingendes Anliegen, ihren toten Körper zum Sprechen zu bringen und die ganze, ungeschminkte Wahrheit kundzutun.

Wenn er ihr nur ihre wortlose Anklage entlocken könnte. Vielleicht ginge das sogar? Wenn man nur eindringlich genug ihr selten schönes Gesicht musterte.

Gestern war es noch bedeutend leichter gewesen, das zu tun.

Die Gesichtsfarbe war weitaus lebendiger gewesen. Die Haut hatte mehr rosa Nuancen gehabt. Jetzt war sie erschreckend blassgrau. Das grelle Neonlicht schien unbarmherzig auf den eiskalten Obduktionstisch, auf dem sie lag.

Natürlich wollte man die Obduktion so schnell wie möglich abhaken, aber alles zu seiner Zeit. Zwei andere »Patienten« waren vorher an der Reihe.

Der aus Malmö war ein berüchtigter Drogendealer – bekannt für seinen schlechten, verlängerten Stoff – und lag im

Kühlfach über Jane. Jetzt konnte er keinen Reibach mehr auf Kosten der Abhängigen machen. Vor ein paar Tagen hatte einer seiner Kunden sich für ein missglücktes Geschäft auf eigene Rechnung gerächt und ihm mit einem Stahlrohr den Schädel eingeschlagen.

Der Täter hatte bereits gestanden, aber die formellen Beweise mussten in jedem Fall rasch gesichert werden. Damit es dem Anwalt des Täters nicht in letzter Sekunde einfiel zu behaupten, der Dealer wäre gestürzt und hätte sich dabei den Kopf eingeschlagen.

Aber die Obduktion hing dennoch in der Schwebe, denn der Angeklagte hatte plötzlich seine Aussage über den Hergang der Tat komplett revidiert. Nun hatte sich alles ganz anders abgespielt, behauptete er felsenfest.

Deshalb entschied Anna-Lena, dass der Dealer ebenso gut noch eine Weile im Kühlfach verbringen konnte – zumindest so lange, bis man wusste, welcher Geschichte man Glauben schenken konnte.

Doch danach war der Mann in den mittleren Jahren, der unerwartet in Hörby verstorben war, an der Reihe. Herzinfarkt, hatte seine Frau bereits beim Eintreffen im Krankenhaus erklärt. Kaum, hatte der Dienst habende Arzt verkündet. Das sah eher nach einer Vergiftung aus, meinte er. Jetzt lag es an dem Pathologen zu entscheiden, ob die elegante Ehefrau ein großes Erbe oder eine schwere Strafe bekommen würde. Alles hing von der Analyse des Gerichtsmediziners ab, eine Prozedur, die ihre Zeit dauerte.

Jane musste sich also in Geduld üben, bis sie an der Reihe war. Das gab Hill die Möglichkeit, zu der für ihn recht unorthodoxen Maßnahme zu greifen und dem Akt persönlich beizuwohnen.

Sonst überließ er dies mehr als gerne Bellman oder Larsson. Es gab Übereinkommen, die jeden Schritt in einem Mordfall regelten. Die Polizei trug die Hauptverantwortung, bis die Leiche entkleidet wurde. Erst wenn sie nackt war und dem Gerichtsmediziner übergeben wurde, konnten die Techniker die Kleider und andere Habseligkeiten analysieren. Und erst dann konnte der letzte Schritt – die Obduktion selbst – vorgenommen werden.

Konnte Hill diese unschöne Wirklichkeit so schlecht verkraften, oder weshalb war er nicht gern bei der Obduktion anwesend?

Er selbst wollte das nicht so sehen. Für ihn ging es vielmehr darum, den Toten so lange wie möglich als lebendiges, aktives Wesen zu bewahren. Als jemanden, der Spuren in der Zeit hinterlassen hatte. Spuren und Verhaltensweisen, die, verfolgt und analysiert, im besten Fall den ersehnten Fingerzeig dafür lieferten, was in dem Muster nicht stimmte. Was eigentlich dazu geführt hatte, dass ausgerechnet diese Person jetzt tot und kalt auf einem Dissektionstisch in der Gerichtsmedizin lag.

Hoffte er vielleicht, dass tatsächlich etwas an der naturmystischen Religion der Indianer dran war? Etwas, wodurch Jane irgendwie von der anderen Seite mit ihm kommunizieren konnte?

Er konnte diese Frage zwar nicht beantworten, aber er war hier, wenn wirklich etwas passieren sollte.

Es klackte leise, als Anna-Lena Lagerkvist aus ihrem Büro zurückkehrte und die Schwingtür aufstieß. Sie hatte ihren abschließenden Bericht über den Mann mit dem Herzinfarkt diktiert, dem sie eine höhere Priorität als dem Dealer eingeräumt hatte. Sie hatte keine weiteren, auffälligen Verkalkungen der Arterien im Herz entdeckt. Nichts, was eine plötzliche Verstopfung der Gefäße durch Blutgerinnung erklären konnte, die dann zu der Thrombose geführt und den Tod des Mannes verursacht hatte. Sie hatte keine Erklärung finden können. Nach einer Beratung mit dem Pathologen hatte man Proben aus der Leber genommen, die Reste des Giftes Convallaria majalis enthielten. Gewonnen aus einem ganz gewöhnlichen Gewächs – Maiglöckchen. Ein Herzstimulans in therapeutischer Dosis, aber eine Überdosis reichte für einen starken Infarkt.

Wenn die hübsche Pflanze in der Nähe des Grundstücks wuchs, wo das Ehepaar gewohnt hatte, konnte sich die Witwe dank Doktor Lagerkvists Bericht nach ihrem schweren Erbe gründlich umgucken.

»Hej«, sagte sie und streckte die Hand aus, bevor sie den Einweghandschuh aus hauchdünnem, latexfreiem Material anzog.

Irgendetwas kam ihm an ihr sehr bekannt vor, dachte Hill. Obwohl sie nur wenige Male miteinander zu tun gehabt hatten. Aber sie sah seiner Catharina so ähnlich. Klein, sportlich und geschmeidig, das Haar zu einer praktischen Frisur geschnitten, die ohne großen Zeitaufwand hübsch aussah – Zeit, die lieber dem Beruf gewidmet wurde. Und diese entschiedene, zielorientierte Ausstrahlung. Die besagte, dass sie sich mindestens ebenso sehr für den Menschen vor sich einsetzte wie er. Für das Mädchen auf dem Tisch, dessen Leben ungerechtfertigt früh geendet hatte.

»Hej, Anna-Lena«, erwiderte er, »tja, das ist schon traurig, dass wir uns immer unter solchen Umständen treffen, aber …«

»Das ist schließlich unser Beruf«, stellte Anna-Lena trocken fest und hob die Schultern.

Die Neonröhren waren wirklich grell. Teils um detaillierte Untersuchungen zu erleichtern, teils damit man ohne Blitz fotografieren konnte. Das Licht blendete ihn, und er blinzelte irritiert. Anna-Lena schien schon daran gewöhnt zu sein. Sowohl an das Licht als auch an das laute Rauschen der Ventilatoren. Das Ventilationsaggregat machte das Nichtvorhandensein des Geruchs über dem Obduktionstisch fast wahr. Das verursachte ein erhöhtes Unwirklichkeitsgefühl. Darüber war Hill nun beinahe froh.

Anna-Lena betrachtete Jane mit schwesterlichem Mitgefühl.

»Sie war hübsch. Außergewöhnlich schön.«

Er nickte beipflichtend.

Sie zog das Laken ein Stück weiter herunter. Joakim musste schwer schlucken, als sein Blick auf ihre Brust und Hüften fiel. Aber diese Inspektion war notwendig. Man durfte nie von dem Offensichtlichen ausgehen.

Es war kalt hier drinnen, und er war dankbar dafür.

Anna-Lena streckte sich nach ihren Arbeitsgeräten. Auf dem ordentlich sortierten Tablett lagen viele glänzende Werkzeuge. Aber sie griff geradewegs nach einem Messer aus gediegenem rostfreiem Stahl aus einem Guss.

»Das ist ein Autopsieskalpell mit echter Solinger Klinge«, erklärte sie stolz, obwohl Hill gar nicht gefragt hatte. »Die sind einfach die besten.«

Er nickte, als sie den ersten, sicheren Schnitt anlegte und Jane Hopegoods Bauchdecke öffnete.

Die Tafel, die an der Wand hing, war leer – Tabula rasa. Bisher waren noch keine Fragen geklärt, war keine offizielle Todesursache festgestellt. Aber Anna-Lena beschrieb die Tafel mit hastigen Stichwörtern, während sie den Körper nach und nach gewissenhaft untersuchte.

Der penetrante Lärm der Druckluftsäge drang in die Teeküche der Gerichtsmedizin. Er störte die kleinen Kanarienvögel der Abteilung, die ungeduldig zwischen den Stäben in ihrem Käfig hin und her hüpften.

Aber das störte Anna-Lena und Joakim wenig. Sie hatten sich endlich, am späten Nachmittag, eine Tasse Kaffee gegönnt und die Untersuchungsergebnisse diskutiert.

Die Druckluftsäge wurde also nicht für Jane Hopegood gebraucht. Stattdessen entlastete Dozent Bjerre seinen Kollegen und führte die Untersuchung an dem Drogendealer aus Malmö zu Ende. Mit dem pneumatischen Gerät hatte er die Schädeldecke geöffnet, um die Details der tödlichen Verletzung festzustellen. Nun war es erwiesen, dass es sich tatsächlich um Mord handelte. Niemand konnte nach der Diagnose des Dozenten etwas anderes behaupten, als dass es sich eindeutig um bewusst angewandte äußere Gewalt mit gezielt dosierter Kraft gehandelt hatte.

Aber das Gesetz kannte keine Unterschiede. Auch Dealer

hatten ein Recht auf Recht. Jede Quetschung, jeder Bluterguss unter der Schädeldecke wurde dokumentiert und fotografiert. Es würde ein spektakuläres Verfahren geben – auch wenn die Verteidigung trotz allem auf einem Unfall beharrte.

Janes Schädel zu öffnen war hingegen völlig unnötig. Der Fall war eindeutig klar, aber der Form halber hatte Anna-Lena die inneren Organe gewogen. Gemessen an der Körpergröße und dem Gewicht des Opfers, waren sie vollkommen normal entwickelt. Sie hatte alles auf der Tafel festgehalten und die Notizen anschließend für ihren offiziellen Bericht verwendet.

»Nein, da gibt es keinen Zweifel«, meinte Anna-Lena und schwenkte den Plastikbecher mit heißem Kaffee in ihrer Hand. »Sie ist ganz sicher an dem Schnitt am Hals gestorben. Als die Halsarterie durchtrennt wurde, hat sie vermutlich sofort das Bewusstsein verloren, und danach hat es nur noch wenige Minuten bis zu ihrem Tod gedauert.«

»Dann hat sie also nicht gelitten?«

»Tja, gelitten… Sie muss den Schnitt gespürt haben – das war natürlich ein unfassbar großer Schmerz. Aber danach ist sie wohl gleich ohnmächtig geworden. Und hat auf diese Weise… keine Schmerzen mehr gespürt, könnte man sagen.«

»Weißt du schon etwas Bestimmtes über die Waffe, nach der wir suchen?«

»Das Tatwerkzeug muss sehr scharf gewesen sein – etwa wie ein schmales Jagd- oder Fleischmesser –, denn die Schnittkanten sind sehr gerade und glatt. Nicht so fransig wie etwa bei Küchenmessern.«

Gerade und glatt – nun, alles war schließlich relativ!

»Meinst du, der Täter war eine Frau oder ein Mann?«, fragte Hill.

»Schwer zu sagen, aber ich schließe mich deiner Überlegung an. Vermutlich war es ein Mann. Man muss Kraft haben, um den Schnitt so tief und breit auszuführen. Und der Winkel deutet darauf hin, dass jemand den Schnitt ausgeführt hat, der größer ist als die Frau. Aber eigentlich kann ich nur sagen, dass es jemand gewesen ist, der gewusst hat, was er tut.«

»Wie meinst du das?«

»Der Schnitt ist so tief und so weit hinten angesetzt worden, dass der Täter offenbar sofort die Arterie durchtrennen wollte. Sonst wird der erste Schnitt oft am Kehlkopf ausgeführt, aber da stößt man ja dann auf den Knochen.«

»Ein Arzt?«

»Das will man zwar nicht gern glauben, aber… es ist möglich. Aber es kann auch jemand gewesen sein, der im Schlachthof arbeitet oder geübter Jäger ist.«

Die Atmosphäre im Raum war klaustrophobisch. Aus verständlichen Gründen gab es keine Fenster, weder im Saal noch in der Teeküche. Trotz des hellen Lichtes war die Stimmung deprimierend. Als würde sich die Wahrheit ihnen nie offenbaren.

»Habt ihr etwas an den Kleidern gefunden?«, erkundigte Anna-Lena sich und fütterte zerstreut einen der Piepmätze mit einem Butterkeks.

Hill hatte frühmorgens mit Bellman gesprochen, aber die Analyse der Kleidung hatte noch nichts Interessantes ergeben. Stattdessen hatte Robert wieder die neuen Erkenntnisse aufs Tapet gebracht, eventuell direkt auf der Haut des Opfers Spuren zu finden. Am Hals der Leiche – da, wo der Mörder seine Fingerabdrücke hinterlassen haben könnte.

»Fingerabdrücke auf der Haut sind ganz groß im Kommen«, hatte er erläutert. »Man hat Tests durchgeführt, indem man Schweinehaut mit CNA-Gas bestrahlt hat. Das Resultat konnte sich, gelinde gesagt, sehen lassen, aber an menschlichen Proben hat man die Technik bisher nicht getestet.«

Was Bellman im Fachjargon mit CNA bezeichnete, war kein amerikanischer Nachrichtensender, sondern die Abkürzung für Cyan-Acryl-Methode, bei der gewöhnlicher Hobbyleim in Boxen mit hoher Luftfeuchtigkeit erwärmt wird, bis er verdampft. Der Niederschlag, der sich beim Verdunsten bildet, bleibt an möglichen Abdrücken haften. Beweisstücke, die während dieses Vorgangs in den Boxen gelegen haben, tragen anschließend deutliche, unwiderlegbare Spuren.

Die Sache hatte allerdings einen Haken – die Methode war für Gegenstände aus Plastik, Metall und ähnliche Materialien vorgesehen. Von organischen Verbindungen war noch keine Rede gewesen. Bis vor kurzem, seit man auch in diese Richtung zu experimentieren begonnen hatte. Ein Versuch, der möglicherweise auch bei Jane angewendet werden konnte.

Hill fasste Bellmans Überlegungen für Anna-Lena zusammen, während der Kanarienvogel den Keks verschmähte und stattdessen glockenhell zu singen begann.

»Wenn man das überhaupt machen würde, dann um die Kinnpartie herum«, sagte Anna-Lena nachdenklich. »Der Mörder hat da wahrscheinlich hingefasst und den Kopf nach oben gezogen, um den Schnitt ausführen zu können.«

»Geht das denn wirklich? Das mit der Haut, meine ich«, fragte Hill schüchtern wie ein Schuljunge.

Er wusste, dass dieser Versuch sehr weit hergeholt war, aber Anna-Lena überraschte ihn. Sie hatte tatsächlich schon davon gehört, dass man auf diese Weise Spuren sichern konnte.

»Das ist unorthodox – aber es geht schon«, antwortete sie. »Ich könnte sie wieder rausholen und eine Hautpartie abtrennen. Danach können wir sie aber nicht mehr ohne weiteres den Hinterbliebenen zeigen.«

Hill nickte langsam. Er hatte noch keinen Entschluss gefasst. Es war nicht einfach, denn was war am wichtigsten? Dass sie unangetastet schön blieb – oder dass man Spuren entdeckte, die zu ihrem Mörder führen konnten?

Er beschloss, die Entscheidung noch etwas aufzuschieben, und stellte eine ganz andere Frage, während die Kanarienvögel ihre schönsten Triller pfiffen.

»Haben die Totenflecke etwas ergeben?«, fragte er und nahm noch einen Schluck Kaffee. »Ist der Körper bewegt worden oder wurde er vor dem Mord misshandelt?«

In diesem Punkt durften nämlich keine vorschnell gefassten Vermutungen angestellt werden. Für einen Laien war es ebenso schwierig, das Stadium der Totenflecke wie Rigor mortis zu deuten. Es hatte auch schon Fälle gegeben, in denen ein

Angehöriger die Leiche umgedreht hatte, bevor die Polizei eingetroffen war. Dann stimmten die Totenflecke nicht mehr und führten schlimmstenfalls dazu, dass der Täter auf freiem Fuß blieb.

Aber Anna-Lena konnte auch hier nichts Neues berichten.

»Sie deuten klar daraufhin, dass sie genau so gestorben ist, wie ihr sie gefunden habt. Und außer dem tödlichen Schnitt ist ihr keinerlei äußerliche Gewalt angetan worden.«

»Hast du Spuren von alten Blutergüssen gefunden?«, fragte Hill und dachte an Ingas Anschuldigungen.

»Wieso… alte?«

»Einige Wochen ungefähr. Wenn sie in eine leichte Grünfärbung übergehen, du weißt schon.«

»Sehr schwer zu sagen. Gerade aufgrund der beginnenden Veränderung der Hautfarbe. Aber mir ist nichts Besonderes aufgefallen.«

»Sex?«

Sie hatte so viel Geschmack, seine Frage richtig zu verstehen. Andere, die sich einen Spaß daraus machen wollten, antworteten mit: Ja, gern!

Aber Anna-Lena erklärte sachlich, dass sie keine Spermaspuren oder andere Anzeichen, die auf einen vorangegangenen Geschlechtsakt hindeuten könnten, festgestellt hatte.

Hill wusste nicht, ob er erleichtert oder verwirrt sein sollte. Wäre Sex mit im Spiel gewesen, wäre die Tat ungleich begreiflicher gewesen. Aber da das nicht der Fall war, konnte er nicht länger umhin, den leidigen Entschluss zu fassen.

Im Lichte von Inga Hopegoods Beschuldigungen ihrem ehemals zukünftigen Schwiegersohn gegenüber hatte er keine große Wahl. Konnte Dans Fingerabdruck um Janes Kinnpartie herum irgendwie isoliert werden, war der Fall so gut wie klar. Sonst stand Aussage gegen Aussage zwischen Schwiegermutter und Verlobtem. Und der Teufel wusste, wie man jemals…

Aber nein, so durfte man einfach nicht denken – niemals zu früh aufgeben!

»Gut«, beschloss er unvermittelt und stand so abrupt auf,

dass er die singenden Piepmätze in ihrem Metallkäfig fast zu Tode erschreckte, »du kannst die Hautprobe vorbereiten, dann bitte ich Bellman oder Larsson, sie mit dem Sauerstoffbehälter zu holen – okay?«

»Okay«, erwiderte Anna-Lena und nahm einen letzten Schluck von ihrem Kaffee. »Ich mache das als Erstes morgen Früh, heute ist es sowieso zu spät.«

Ungefähr um diese Zeit hatte Joann mit einem entsetzten Keuchen eingesehen, dass es schon fast zehn nach vier war. Und dass es vermutlich völlig vergebens sein würde, den Polizeibeamten jetzt noch zu erreichen.

Sie beeilte sich stattdessen, den Arbeitsvorgang zu beenden, der sie gerade beschäftigte. Der gesamte Tag war tatsächlich dafür draufgegangen, die Auseinandersetzung mit diesem biestigen Unternehmen vorzubereiten. Aber nun lag ihr endlich eine wasserdichte Zusammenstellung sämtlicher Fakten für den Chef vor, zu denen er Stellung nehmen konnte, sowie er zurückkehrte.

Laura hatte vor einer Weile geradezu verzweifelt über Bauchschmerzen geklagt und war nach Hause gegangen.

Und der Fensterputzer?, dachte Joann fast völlig unbewusst, aber ihre Reflexion war ihr selbst sofort peinlich.

Sie schüttelte ihren Verdacht ab und stellte fest, dass Lauras Kollegin Nina an der Rezeption alles im Griff hatte. Es war viel los. Viele wollten um diese Zeit schon einchecken, damit sie alles nutzen konnten, was an Essen und Entspannung geboten wurde, wenn man ohnehin schon so viel für das Zimmer zahlte.

I'm not scared of dying and I don't really care…, sang gerade der Sänger von Blood, Sweat & Tears in Joanns Radio auf Kanal »Vinyl«.

Das war ein ausgesprochen schöner, aber auch sehr fatalistischer Song. Er erinnerte sie an ihre eigene Wehrlosigkeit.

…all I ask of dying is to go naturally… oh I want to go naturally!

Ja, genau! So sollte es sein. Dass man sein Leben in Frieden leben und eines natürlichen Todes sterben konnte. Ohne dass etwas Schreckliches passierte wie Morddrohungen und ein furchtbarer, verfrühter Tod.

Plötzlich wurde ihr bewusst, dass sie zum ersten Mal so dachte – dass sie tatsächlich sterben könnte. Dass diese vermeintlich harmlosen Anrufe ausufern könnten…

Aber so durfte sie einfach nicht denken!

Sie schauderte, schaltete das Radio aus und zog ihren Mantel über. Sie hatte heute einen anderen genommen. Wieso, wusste sie auch nicht genau, aber sie hatte einen alten roten Wollmantel mit pelzbesetzter Kapuze herausgesucht. Abwechslung beflügelt, konnte man vielleicht sagen. Aber eigentlich wusste sie sehr wohl, dass sie eine Verkleidung haben wollte. Etwas, worin sie in der Menschenmenge nicht sofort wiederzuerkennen war.

»Dann gehe ich jetzt«, sagte sie zu Nina und zog ihre Bürotür zu.

Nina gab gerade etwas in den Computer ein. Sie sah kurz auf, lächelte und hob zum Abschied die Hand.

»Tschüss – dann sehen wir uns morgen«, sagte sie.

Draußen war es fast windstill, aber nasskalt. Als ob der erste Frost schon in der Luft lag. Joann zog ihre Kapuze enger um ihren Kopf und dachte, dass es doch gar keine so schlechte Idee gewesen war, das alte Ding auszugraben. Die Wolle war angenehm warm.

Sie klemmte ihre Tasche unter den Arm und warf einen raschen Blick auf die Uhr. Wenn sie sich beeilte, würde sie vielleicht den Bus um sechzehn Uhr achtundzwanzig noch erwischen. Die Aussicht, zehn Minuten früher zu Hause zu sein als erwartet, war verlockend. Sie begann in Richtung Busbahnhof zu laufen. Im Bahnhof selbst zu rennen lohnte sich nicht. Wenn ein Bus einfuhr, herrschte ein großes Gedränge, wodurch sie sich verspäten würde. Stattdessen bog sie in der Järnvägsgatan um die Ecke und kam gerade rechtzeitig, als der Fahrer den Motor anließ.

Aber sie war nicht die Einzige, die knapp dran war.

Ein älteres Paar kämpfte tapfer, um den Bus zu erreichen. Der Fahrer sah sie im Rückspiegel, nahm den Gang heraus und öffnete die Türen. So konnte auch Joann noch einsteigen. Erleichtert ging sie in den hinteren Teil des Busses durch und blieb stehen, damit das Paar sich auf zwei freie Sitze setzen konnte. Dann ging sie weiter – schließlich war das am besten, denn sie fuhr recht weit.

Der Bus setzte sich mit einem heftigen Ruck in Bewegung, aber hielt kurz darauf wieder an der Ampel Järnvägsgatan/Bergaliden. Sowie sie auf Grün gesprungen war, fuhr er den Hügel hinauf. Heute Abend war die Sicht klar. Keine beschlagenen Scheiben, wie wenn es regnete. Deshalb sah sie ihn glasklar, als er an der nächsten Haltestelle in der Warteschlange stand.

Jorge.

Er trug heute normale Kleider, wie bei der ersten Begegnung im Bus, und keinen eleganten Anzug wie im Theater gestern Abend.

Sie wusste nicht, warum, aber sie machte sich unter ihrer Kapuze klein und tat, als suchte sie etwas in ihrer Tasche.

Als sie nach vorn schielte, bemerkte sie, dass er einen Sitzplatz in der Nähe des älteren Paares gefunden hatte. Aber er begann keine Unterhaltung mit ihnen, sondern las in einer Zeitung, die er in der Tasche hatte.

Warum redete er nicht mit ihnen?

War er speziell daran interessiert gewesen, mit ihr Kontakt zu knüpfen? Falls dem so war, fragte sie sich, weshalb. Heute Abend war er merkwürdig wortkarg. Sagte zu niemandem ein Wort, musterte nicht einmal die anderen Fahrgäste.

Heute Abend hatte sie auch keine Lust, mit jemandem zu reden. Aber er würde ja ohnehin vor ihr aussteigen, dachte Joann erleichtert.

Der Bus zirkelte um den Stadtkern mit seinen großen, mächtigen Steinhäusern herum. Setzte seine Fahrt in Richtung modernerer Mietshäuser mit verputzten Fünfzigerjahrefassaden und Balkonen mit pastellfarbenem Wellblech fort.

Am Ende dieser Häuserzeile würde Jorge nun aussteigen.

Aber das tat er nicht. Er blieb sitzen und studierte stur seine Zeitung.

Joann fühlte Panik in sich aufsteigen. Wie sollte sie jetzt aussteigen, ohne von ihm gesehen zu werden?

Er saß außerdem nahe am Ausstieg. Ein kurzer Blick auf die Aussteigenden würde genügen, und er würde sie wiedererkennen. Obwohl – wovor hatte sie überhaupt solche Angst? Etwa vor der Offenbarung, dass sie auch ein Gorilla war?

Sie musste zugeben, dass er gestern Abend wirklich schick gewesen war. Sie genierte sich fast…

Plötzlich war es, als umklammerte eine eiskalte Hand ihr Herz.

Was war, wenn… er es war?

Der sie immer anrief.

Ihre Haltestelle war die nächste. Wo war der nächste Halteknopf? Sie reckte sich so vorsichtig wie möglich danach, um nicht aufzufallen. Aber alle anderen waren in ihren Gedanken versunken. Auch Jorge. Der Bus verlangsamte die Fahrt, der Fahrer setzte den Blinker und fuhr in die Haltebucht.

Joann war nicht die Einzige, die aussteigen wollte. Dieser Göte Mendelsson, der bei der Geburtstagsfeier in ihrer Küche zudringlich geworden war, stand schon auf der Treppe. Sie schlich sich geradezu bis an die hintere Tür, während sie zu Jorge hinüberschielte. Er war immer noch in seine Zeitung vertieft.

Göte hatte sie nicht bemerkt und sprang vor ihr auf den Gehweg. Sie setzte den rechten Fuß auf die Treppe, war jedoch so unkonzentriert, dass sie stolperte. Sie schrie erschrocken auf, bekam aber eine Stange zu fassen und gewann ihr Gleichgewicht wieder.

Aber da war es schon zu spät.

Jorge hob bei ihrem Ausruf schnell den Blick und erkannte sie sofort wieder.

»Joann – hej, Joann!«, rief er, und sie sah im Augenwinkel, dass er sich erhob.

Blitzschnell wandte sie sich ab, tat, als würde sie ihn nicht sehen und stürzte aus dem Bus. Sie begann zu rennen. Ihre Absätze hämmerten auf den Asphalt, sodass sie nicht hörte, ob er sie verfolgte. Aber sie wagte auch nicht, stehen zu bleiben, um sich umzusehen. Sie lief weiter und hatte Göte rasch eingeholt, der mit im Takt schlenkernder Aktentasche in der Hand von dannen hastete. Er hörte ihre trommelnden Schritte und wandte sich verwundert um.

Jemand, der rannte – hier, in dieser ruhigen, kleinen Straße?

»Göte – warte, Göte!«, rief sie, holte ihn endlich ein und hakte sich vertraulich bei ihm unter.

»Joann?«, sagte er ungläubig.

Sie redete mit ihm – sie, die gottgleich Erhörte aus der Nummer dreiundzwanzig. Wann war er eingeschlafen, und in welcher seltsamen Scheinwelt war er plötzlich aufgewacht?

»Ah, wie schön dich zu sehen, Göte!«, plapperte sie übertrieben drauflos.

Joann drückte sich richtig dicht an ihn und lehnte den Kopf an seine Schulter. Sie meinte, ein Stück weiter hinter sich Schritte zu hören, war sich jedoch nicht ganz sicher. Wenn er ihr wirklich folgte, begriff er spätestens jetzt! Begriff, dass sie längst nicht so allein war, wie er vielleicht dachte.

»Hast du es sehr eilig?«, schwatzte sie munter weiter. »Oder hättest du Zeit für einen kleinen Drink bei mir zu Hause? Dann können wir uns ein bisschen unterhalten. Es ist ja nicht oft, dass sich die Gelegenheit dazu bietet.«

»Was…?«, begann er.

Aber dann wurde auch ihm klar, was offensichtlich war. Was auch immer sie gerade für ein Spiel trieb, er wollte nicht derjenige sein, der ihren Bluff torpedierte. Im Gegenteil beschloss er, sofort mitzuspielen. Warum sollte er es sich nicht zugestehen, gespannt darauf zu sein, was diese geheimnisvolle Frau in ihrer Garderobe versteckt hatte?

Der Annäherungsversuch auf ihrem Geburtstag lag mittlerweile ein paar Jahre zurück. Er war nicht sehr gelungen gewesen, aber er hatte auch gründlich einen in der Krone gehabt.

Vielleicht hatte sie ihn deshalb mit einem gezwungenen Lachen abgewiesen?

Aber nun tat sich ihm eine zweite Chance auf.

Er sehnte sich nicht allzu sehr heim zu seiner sauertöpfischen, invaliden Schatulle von Frau. Nein, er wollte diese Gelegenheit um keinen Preis versäumen und teilhaben an dem, was Joann Ek Sörensen im Sinn hatte.

Hatte er Glück, war sie richtig ausgehungert. Er wusste schließlich, dass ihr Mann oft mehrere Wochen am Stück auf Reisen war, und jetzt war es lange her, seit er ihn zuletzt gesehen hatte.

»Ja – sicher, das wäre doch nett. Wirklich gern«, antwortete er und legte ungeniert den Arm um ihre Schultern. »Natürlich haben wir uns viel… zu erzählen.«

12

Joakim Hill kam wie gewohnt spätabends nach Hause. Nachdem er die Gerichtsmedizin verlassen hatte, hatte er sich kraftlos und richtig niedergeschlagen gefühlt. Deshalb hatte er einen Abstecher über Rolles Schnellimbiss gemacht, um sich eine Stärkung für die Heimfahrt mitzunehmen. Rolles war jetzt in einem anderen Gebäude untergebracht, neben Lunds Ridhus, aber die Atmosphäre war noch immer exakt die gleiche.

Herzlich und gastfreundlich jedem gegenüber. Auch wenn Joakim und Catharina besonders gut mit den Wirtsleuten befreundet waren – weil sie ihre Hochzeit in dem Imbiss gefeiert hatten –, fand jeder es dort gemütlich.

Es war ein gutes Gefühl, dass es etwas gab, das sich nicht veränderte in der sonst so beunruhigend schnelllebigen Welt.

Inger und Roland waren heute lange geblieben und wollten gerade gehen, als Hill durch die Tür trat.

Es roch köstlich, und er entschied, dass er doch etwas ganz anderes brauchte als einen großen Kaffee und ein Marzipanschiffchen, das er ursprünglich im Auto essen wollte.

»Ja, so was, Joakim!«, rief Inger, die gerade die letzten Vorräte in den Kühlschrank einräumte, bevor sie ging.

»Lange nicht gesehen – wie geht es dir? Wie geht es Catharina und der Kleinen?«

»Hallo, gut, ja, danke«, lachte Hill. »Wie geht es euch denn?«

Roland wartete bereits ungeduldig an der Hintertür auf seine Frau. Aber als er sah, dass Hill es war, der sie aufhielt, winkte er fröhlich.

»Alles bestens!«, sprudelte es aus Inger heraus. »Ich muss jetzt. Wir beliefern eine Konferenz oben in der Technischen mit vierzig Hamburgern. Aber Pernilla kümmert sich um dich. Tschüss, mach's gut – wir sehen uns!«

Dann war sie schneller als der Schall verschwunden, sprang ins Auto und fuhr in einer Staubwolke mit der eiligen Lieferung davon.

Pernilla kam gerade an den Tresen.

»Hej«, sagte sie, »womit kann ich dir heute dienen?«

»Kannst du mir mit einem Mordfall helfen?«, fragte Hill scherzend.

»Leider nein, aber einen Hotdog mit Püree kann ich immer machen.«

Er sah sie durchdringend an. Das war nicht die gute, alte Pernilla. Die sonst frech geantwortet hätte: Klar – und wie viel springt dabei für mich raus? Und lerne ich dabei auch viele hübsche Polizisten kennen?

»Das ist genau das Richtige«, gab er zurück, »und ein Ramlösa Zitrus, bitte.«

Sie legte das Würstchen auf den Grill und griff nach einer Pappschale. Ohne zu fragen, legte sie ein paar Salatblätter an die Seite, denn sie wusste, dass er das mochte. Der Imbiss war rasch fertig, sie bediente ihn so routiniert wie immer. Aber trotzdem etwas langsamer, beinahe abwesend. Ganz anders als die burschikose Pernilla, die er kannte. Die sich einen Sport daraus machte, ihr loses Mundwerk zu pflegen, während sie gleichzeitig Hamburger mit Zwiebeln grillte und Cola-Flaschen öffnete.

Er hielt ihr einen Schein hin, als sie seine Bestellung warm dampfend auf den Tresen stellte. Als sie ihm sein Wechselgeld reichte, reckte sie sich zu Joakim herüber und sagte fast flüsternd: »Joakim, ich muss dir das einfach erzählen – ich bekomme ein Kind!«

Das erklärte alles.

Der verträumte Blick, die ruhigen, entspannten Bewegungen und dieser schimmernde Glanz, der ihre Person umgab.

Er freute sich für sie – sehr sogar.

Und für sich, denn plötzlich wurde er wieder an das Wesentliche im Leben erinnert.

»Ich gratuliere!«, sagte er und drückte vertraulich ihren Arm. »Weißt du was – ich auch!«

Danach war seine Laune bedeutend besser geworden. Und es war die richtige Entscheidung gewesen, auf dem Rückweg etwas zu essen. Der Hotdog mit Kartoffelpüree hatte seine Batterien wieder aufgeladen. Als er die Stadt erreicht hatte, war er schnell noch ins Präsidium gefahren. Vielleicht hatte er gehofft, dass ein unbekannter Zeuge angerufen und den entscheidenden Hinweis für das ganze elendige Puzzle geliefert hatte.

Dass man vielleicht, nur vielleicht, noch darum herumkam, Janes schönes Gesicht zu verunstalten. Aber nichts dergleichen war geschehen.

Allerdings hatte er Ulf Gårdeman in der Tiefgarage getroffen. Die meisten Kollegen gingen durch die Garage, die somit zum Zentrum für informelle Kommunikation wurde, sowohl was das Dienstliche als auch das Private betraf.

Gårdeman war mit verschiedenen Aufgaben betraut. Er arbeitete daran, die kriminellen Motorradrockerbanden des Distrikts zu infiltrieren. Es glaubte zwar niemand mehr, dass er ein Mitglied aus irgendeinem Nachbarklub war, denn mittlerweile wusste jeder, wer dieser schlagfertige Polizist war. Aber trotzdem war es nicht leicht, sich gegen ihn zur Wehr zu setzen, denn seine wirklich gefährliche Waffe war sein Mundwerk.

Gårdeman hatte nämlich schon immer reden können. Seine Mutter hatte versichert, dass er schon als Kleinkind die Gabe gehabt hat, sich aus seinem Laufstall herauszuschwätzen. Und obwohl er sich jetzt auf der richtigen Seite der Gitterstäbe befand, konnte er immer noch die meisten überreden. Er hatte einen angeborenen Sinn für logische Schlussfolgerungen. Das beeindruckte fast jeden, sogar die Cowboys in Lederwesten auf dem Rockerhof in Lönnarp.

Sie hörten zu – und vor allem: Sie widersprachen.

Gårdeman hatte beispielsweise herausgefunden, dass der gemeinsame Bekannte Jonas D kürzlich in Lönnarp vorbeigeschaut hatte. Jonas D – der Milchbart, der Hill einst an die Oststaatenmafia verraten hatte. Hill konnte immer noch die Narbe über der Augenbraue spüren, die dabei aufgeplatzt war. Wenn es ein Unwetter gab, pochte sie, und dann konnte er auch wieder diesen Knoblauchgestank riechen, der aus Bernards Mund zusammen mit den Drohungen geströmt war, die schnell in Misshandlung übergegangen waren.

Jonas war in die USA geflohen, um sich »weiterzubilden«, und war nun wieder da als neuer Auftragskiller im Dienste des Gangsterchefs Niki the Nose.

Aber Niki, der gegenwärtig in Karlskrona einsaß, hatte Streit mit dem Terminator, dem Boss der Motorradrocker in Lönnarp. Die Fehde begründete sich auf einem nicht ausgeführten Auftrag, dessen Gegenstand Joakim Hills Leben war. Ein Auftrag, der dem früheren Auftragsmörder Toni Tong einen langen Aufenthalt in Kumla eingebracht hatte.

Was wollte nun Nikis neuer Adjutant Jonas D mit dem Erzfeind Terminator ausbaldowern?

Wenn das jemand herausfinden konnte, dann Gårdeman – er musste nur munter drauflosreden.

Höchst interessante Entwicklung, gelinde gesagt.

Wann hatte er Jonas D zuletzt gesehen? Vor zwei, drei Jahren? War das wirklich schon so lange her? Anscheinend ja.

Die Zeit rennt einem wirklich davon, bemerkte Hill.

»Wann ist bei den Rockern wieder Krieg angesagt, glaubst du?«, fragte er.

»Ja, du… wenn ich eine Kristallkugel hätte!«, meinte Gårdeman und schloss sein Dienstmotorrad ab. »Wie geht's denn in dem neuen Mordfall voran? Das Mädel, du weißt ja.«

»Ich komme gerade aus Lund, aber die Obduktion hat nicht so viel ergeben. Jetzt können wir noch auf ein paar unorthodoxe Methoden zurückgreifen, die Bellman ausprobieren will. Mal sehen.«

»Und sonst?«, fragte Gårdeman und öffnete das Tor zum Innenhof. »Zu Hause alles in Ordnung?«

»Absolut – und bei dir?«

Das war nur so dahingesagt. Beinahe rhetorisch. Aber als Hill nicht das erwartete: »Jaja, klar«, hörte, sah er seinen Kollegen überrascht an. Er bemerkte eine Miene, die er nicht recht zu deuten wusste – und die ihm gar nicht gefiel. Sie signalisierte, dass mit seinem Freund nicht alles so war, wie es sein sollte.

»Was?«, fragte er und hielt inne. »Stimmt etwas nicht?«

»Du …«, hob Gårdeman an, überlegte es sich jedoch anders, zuckte mit den Schultern und verstummte.

»Ja, was denn?«

»Ach, das spielt sowieso keine Rolle.«

»Natürlich tut es das – wo drückt der Schuh?«

Gårdeman sah aus, als lastete ein riesiger Mühlstein auf seinen Schultern, aber schließlich fasste er sich ein Herz.

»Weißt du noch – ja klar weißt du das noch –, ich meine, als Svenningsson und ich diesen verdammten Tong mit einer Pizza erledigt haben?«

Hill nickte. Klar wie Kloßbrühe waren ihm die endlosen Sekunden gegenwärtig, in denen Tong eigentlich aus seinem Hirn Pizza machen wollte.

»Da hab ich mich in sie verguckt«, sagte Gårdeman.

Das Bekenntnis schlug ein wie eine Bombe. Hätte er gesagt, dass er den Schreibtisch des Polizeichefs mit Senf eingeschmiert hätte, hätte Hill vermutlich verständnisvoll gegrinst. Ebenso wenn er gestanden hätte, mit dem Dienstplan geschummelt zu haben, um einen Abstecher nach Helsingør zu machen, um Bier zu kaufen. Aber das hier kam wie aus heiterem Himmel.

Außer rückblickend, natürlich. Hill konnte die Bilder vor sich sehen. Wie Gårdeman und Birgitta Svenningsson in letzter Zeit auf Festen zusammen gesessen und über private Scherze gelacht hatten. Wie er ihr stets helfend beigesprungen war, wenn sie mit den Bereitschaftsschichten Schwierigkeiten gehabt hatte. Wie er Berichte geschrieben und allgemein die Lage im Blick gehabt hatte.

Alle hatten gefunden, dass es einem älteren Kollegen hoch anzurechnen war, wenn er sich als Mentor für einen jüngeren einsetzte. Aber jetzt gab es für all das eine ganz andere Erklärung.

»Herrje«, sagte Hill gedehnt. »Habt ihr eine Affäre?«

Gårdeman schüttelte den Kopf.

»Nein, nein – nichts dergleichen. Ich glaube, ehrlich gesagt, auch gar nicht, dass sie davon was gemerkt hat. Sie denkt einfach nur, dass ich nett, kollegial und generell freundlich bin. Aber ich kann mir Birgitta eben nicht aus dem Kopf schlagen.«

Hill machte einen Schritt auf die Wand zu, als ein Streifenwagen durch das offene Tor einfuhr. Er und Gårdeman grüßten den Kollegen hinter dem Steuer, der in die Garage bog.

»Nein, Mist«, erklärte Gårdeman mutlos, »ich denke sogar immer mehr an sie – fast so, als wäre ich besessen von ihr oder so was.«

Hill konnte sich den selbstsicheren und raubeinigen Gårdeman nur schwer als Besessenen vorstellen. Aber wenn er selbst es so sah…

»Und außerdem scheint Lena langsam etwas zu ahnen«, fuhr er fort. »Sie hat sich in letzter Zeit so weit von mir entfernt und kommt immer mit solchen Andeutungen daher, wenn du verstehst, was ich meine. ›Hattest du heute einen schönen Arbeitstag?‹, und: ›Wie geht es diesem Mädel, Birgitta heißt sie doch?‹ Du weißt.«

Aber Hill wusste nicht so recht. Und hoffte inständig, dass er auch nie über solche Dinge in Kenntnis gesetzt werden würde. Dass sich keine Versuchung wie diese jemals zwischen ihn und Catharina stellen würde.

»Und um mich verrückt zu machen, hat sie angefangen, sich für einen anderen zu interessieren.«

»Lena?«

»Nein, Birgitta. Sie hat angefangen, mit Patrik Sandlund Mittag zu machen und solche Sachen.«

»Und?«

»Tja, was soll ich davon halten?«

»Hast du da irgendein Monopol, oder wie?«

»Nein, natürlich habe ich keine Vorrechte. Ich habe überhaupt kein Recht. Aber das ist nicht… so leicht.«

Hill war immer noch ganz perplex. Fassungslos darüber, dass er nicht die leiseste Ahnung gehabt hatte. Und ein bisschen ärgerlich darüber, dass sein Freund und Kollege nichts einsehen wollte. Patrik und Birgitta waren fast gleich alt, und zwischen ihr und Ulf klaffte ein Abgrund von fast zwanzig Jahren. Es war also nicht weiter verwunderlich, dass sie einen jüngeren Mann bevorzugte. Vielmehr war es seltsam, dass sie mit dem alten Kameraden so lange zusammengehockt war. So dachte Hill, obwohl dieser alte Kamerad sein bester Freund war.

Es war ganz normal, dass sie Patriks Gesellschaft suchte.

»Und wie soll das deiner Meinung nach weitergehen?«, war seine unausweichliche Frage.

Gårdeman zuckte erneut mit den Schultern. Als ob ihm sein berühmtes Redetalent plötzlich abhanden gekommen war.

»Willst du dich scheiden lassen?«

»Ich weiß es nicht. Ich weiß nur, dass ich Angst habe«, gab der sonst so hartgesottene Polizist unumwunden zu. »Ich habe Angst, Lena und das Leben, das wir zusammen haben, zu verlieren. Denn das ist – auch wenn das komisch klingen mag – verdammt gut. Aber ich habe auch Angst, dieses unerklärliche Gefühl zu verlieren, das ich für Birgitta empfinde. Dieses Gefühl von… tja, was auch immer – Abenteuer.«

»Willst du ein Bier trinken gehen und darüber reden?«

»Nein, – nein danke. Ich komme mir sowieso schon belämmert vor, hier herumzustehen und dir von diesen Belanglosigkeiten zu erzählen.«

»Okay«, erwiderte Hill und klopfte seinem Freund kameradschaftlich auf die Schulter, »wenn du doch das Bedürfnis verspürst, weißt du ja, wo ich zu erreichen bin.«

Gårdeman nickte, schlug den Kragen seiner wetterfesten

Motorradjacke hoch und steuerte auf die Einfahrt zu. Er würde zu Fuß nach Hause gehen.

Hill nahm das Auto und hoffte, dass die kühle Abendluft Gårdeman zu einem klaren Kopf verhelfen würde. Ihm stand offensichtlich eine schwierige Entscheidung bevor.

Hill selbst fuhr glücklicherweise heim zu seiner Idylle. Es gab nichts – außer das Verliebtsein selbst –, das sich auf das Zusammensein so positiv auswirkte wie die Vorfreude auf ein ganz neues Leben.

Der Song klang Joann immer noch in den Ohren. *I'm not scared of dying and I don't really care…*

Schlussendlich hätte sie lieber die Drohungen des anonymen Anrufers ertragen, als Göte eine einzige Sekunde länger im Haus zu haben.

Er hatte ihre Einladung natürlich für dieses und jenes auszunutzen versucht. Aber sie hatte nur eine Absicht verfolgt. Wer auch immer sie durch das Wohnzimmerfenster beobachtete, sollte sehen, dass sie weiß Gott einen Mann im Haus hatte.

Aber Göte wollte nicht nur im Haus der Mann sein. Und sie hatte hinter seinem Rücken die Augen verdreht und gedacht, dass tatsächlich stille Wasser besonders…

Er hatte unzählige Ideen, wie sie sich den Abend vertreiben konnten. Und es waren Vorschläge darunter, die problemlos die Nachbarn im gesamten Viertel schockiert hätten, wenn sie ihnen zu Ohren gekommen wären. Er hatte von so vielem geträumt, stellte sich heraus. So vieles, was im völligen Widerspruch zu seinen stets korrekten Anzügen und lächerlich langweiligen Aktentaschen stand.

Aber konnte man ihm daraus einen Vorwurf machen? Vielleicht – vielleicht auch nicht. Er führte scheinbar ein sehr tristes Leben.

Aber er hatte viel Zeit für seine Fantasien. Die beschrieb er nun ausführlich bei einem Glas Sherry. Erläuterte bedenkenlos, dass er im Stillen schon immer gewusst hatte, dass ihre

Zurückweisung an jenem Abend ein Zugeständnis an die Anstandsregeln gewesen war. Und jetzt, in der eindeutigen Gewissheit bezüglich ihrer einander entsprechenden Sehnsüchte, gestand er alles, was er sich vorstellen konnte, gemeinsam mit Joann auszuprobieren.

Er malte geduldig seine verschiedenen Traumstellungen aus. Stellungen, die sie sich nicht im Entferntesten denken konnte. Und Methoden, die sowohl raffiniert als auch an der Grenze zum Perversen waren. Ihre direkte Einladung heute Abend verleitete ihn zu der Annahme, dass sie mehr als seine willige Gefährtin sein wollte.

Hilfe!

Aber sie verfolgte, wie gesagt, ein ganz anderes Ziel. Ich weiß, dass du allein bist, hatte die Stimme gesagt. Und nachdem er offensichtlich nicht nur anrief, sondern sie auch beobachtete, würde er jetzt auch etwas zu sehen bekommen. Also holte Joann den Sherry und schenkte Göte nach.

»Nein, wirklich«, tat sie so als ob und warf einen prüfenden Blick auf die Straße, »das klingt ja in der Tat… richtig aufregend. Ich muss einfach mehr davon hören.«

Sie setzte sich neben ihn auf das Sofa. Er hatte sämtliche Hemmschwellen abgelegt und strich mit seiner schwitzigen Hand über ihren Oberschenkel. Sie war froh, dass sie eine Strumpfhose trug – bis jetzt jedenfalls noch.

»Ich stelle mir vor, dass du auf einem hohen Stuhl sitzt und…«, plapperte er amüsiert weiter.

Aber Joann beachtete ihn nicht.

Sie bemerkte den schwachen Schatten eines Autos, das langsam auf der anderen Straßenseite vorbeiglitt. Vor ihrem Haus erloschen die Scheinwerfer. Wer auch immer das sein mochte, er hatte das Auto auf dem Fußweg abgestellt. Jorge war ja im Bus gewesen. Hätte er wirklich so schnell sein Auto holen können? Hatte er überhaupt eines? Na ja, nichts war schließlich unmöglich.

Sie schluckte trocken.

Wenn er es war, war das ihre große Chance.

So abrupt, dass Göte fast einen Herzinfarkt bekam, schlang sie die Arme um ihn und setzte sich aufreizend rittlings auf seinen Schoß. Sie küsste ihn hemmungslos mitten auf den Mund. Er holte geschockt Luft und erstarrte.

Zu reden war eine Sache … aber das!

Sie merkte, dass seine Arme sich schließlich aus ihrer Verkrampfung lösten und seine Hände sie festhalten wollten. Aber sie war mit einem provozierenden Lachen schon wieder aufgesprungen.

»Oh, là là«, kicherte sie ausweichend, »ich glaube, ich muss mich erst mal … ein bisschen frisch machen gehen, wenn du verstehst.«

Schwungvoll griff sie im Gehen nach der Sherryflasche und drehte sich ein paar Mal auf dem Wohnzimmerteppich um ihre eigene Achse, als würde sie auf einer Bühne eine Tanzeinlage geben.

Für den Mann auf dem Sofa … oder?

»Natürlich, klar«, grinste Göte und erhob sich.

Er hatte trotz allem recht breite Schultern. Das war gut, dachte Joann, die sich den Anblick von außen vorzustellen versuchte. Es würde beeindruckend und hoffentlich auch alarmierend für diesen Abschaum draußen im Auto aussehen!

Götes Hose war ihm auf dem weichen Sofa über die Hüften gerutscht. Mit resolutem Griff am Gürtel zog er sie wieder hoch und schob sich um den Sofatisch herum.

Wo zum Teufel mochte das Schlafzimmer sein? Es war das Beste, wenn er sich in der Zwischenzeit schon mal vorbereitete.

Das Auto vor dem Fenster sprang plötzlich wieder an. Auch das Abblendlicht wurde eingeschaltet. Ohne zu blinken, bog der Fahrer auf die Straße.

Joann bemerkte das gerade noch, als sie aus dem Zimmer eilte.

Gut!

Ihr Signal war offenbar angekommen.

Vielleicht, vielleicht, vielleicht… würde sie von jetzt an nichts mehr von ihm hören?

Sie schlüpfte schnell ins Badezimmer, schloss sorgfältig ab und drehte in der Dusche das Wasser großzügig auf. Sie nahm einen großen Schluck von dem trockenen Sherry. Noch einen. Dann setzte sie sich auf die Klobrille und versuchte sich zu beruhigen.

Zähne putzen!

Sie drückte extra viel Zahnpasta aus der Tube auf die elektrische Zahnbürste und ließ sie in ihrem Mund kreisen. Vom hintersten Backenzahn bis zu den Schneidezähnen.

Puh! Wie um alles in der Welt konnte sie nur?

Dieses Ekel von scheinheiligem Nachbarn küssen! Davon hatte sie einen widerlichen Geschmack im Mund. Aber nach ein paar Minuten Zähneputzen hatte sie das schlimmste Übelkeitsgefühl beseitigen können.

Sie stand auf, holte tief Luft und drückte unverdrossen den Brustkorb heraus. Jetzt würde sie Göte bitten zu gehen. Nein, nicht bitten – befehlen! Sie musterte starr ihr Spiegelbild, schöpfte Mut und öffnete die Badezimmertür.

Im Schlafzimmer brannte Licht, sodass sie annahm, er hatte selbst den Weg dorthin gefunden. Alles andere würde er auch selbst finden müssen, dachte sie giftig und riss die Tür auf.

Göte hatte schon seine Hose ausgezogen.

Schuhe und Socken lagen auf dem Schlafzimmerteppich verstreut, aber die Hose hatte er ordentlich gefaltet und über die Armlehne eines Stuhls gehängt. Er hatte die Krawatte gelöst und zog sich gerade sein Hemd über den Kopf.

Es landete auf der Hose. Göte musste gehört haben, wie sie ins Zimmer trat. Mit einem albernen Lächeln auf den Lippen wandte er sich um. Er sah mit seiner erwartungsvollen Erektion in der mit Hunden gemusterten Shorts pathetisch aus.

»Was? Hast du dich nicht ausgezogen?«, fragte er verständnislos.

»Nein, wirklich nicht. Wieso hast du dich denn ausgezogen?«

Sie hatte die klare Oberhand.

Er stand heiß und bereit in seinen Unterhosen im Zimmer, während sie komplett bekleidet in der Tür stand und ihn missbilligend mit einer strengen Falte zwischen den Brauen fixierte.

»Aber… du wolltest doch!«

»Wollte… was denn?«

»Du weißt schon… bumsen!«

Er sprach in fast flehendem Tonfall, aber sie genoss es, ihm den Gnadenstoß zu versetzen.

»Habe ich das gesagt?«, fragte sie mit eiskalter Stimme.

»Nein, aber… ich wusste doch genau, was du meintest!«

»Man sollte nicht zu viel glauben, Göte. Dann kann man leicht in peinliche Situationen kommen.«

Das hatte ihm die Sprache verschlagen. Er wurde blass, ihm klappte die Kinnlade herunter, und die Erektion war sofort geschrumpft.

War das ein Missverständnis? Hatte er…? Nein, verdammt, er hatte ihre Signale nicht so komplett missdeuten können. Sie waren genauso eindeutig gewesen wie das grellgrüne Licht in den neuen Ampeln, das man schon aus zehn Kilometern Entfernung sah.

»Du machst Witze!«

»Wenn hier irgendwas ein Witz ist, dann du«, gab sie schroff zurück und machte auf dem Absatz kehrt.

»Warte, warte… du hast Angst, oder? So ist das! Du hast da drinnen im Bad Manschetten gekriegt, und jetzt traust du dich nicht mehr. Sieh mich an und sag, dass du dich nicht an mich herangemacht hast auf dem Sofa«, provozierte er ungeschickt.

Langsam drehte sie sich um.

Ihre Augen funkelten. Ohne dass er etwas dagegen unternehme konnte, ertönte ihr Gelächter. Ein helles, vernichtend höhnisches Lachen.

»Nein, also wirklich«, kicherte sie und trocknete sich die Lachtränen aus den Augenwinkeln. »Diese Schranktür dort, Göte – mach die bitte mal auf.«

Ohne zu begreifen, gehorchte er.
Die Tür glitt auf.
An der Innenseite war ein Spiegel angebracht.
Er starrte sich an. Die alberne Unterhose mit Schlitz, der Schwimmring, gegen den er längst etwas hatte unternehmen wollen. Das Haar, das in den letzten Jahren auffällig grauer geworden war und sich bedeutend gelichtet hatte.
»Ist dir das Antwort genug?«, fragte sie.
Das Lachen war verstummt, aber hallte noch immer erniedrigend nach. Panik ergriff von Göte Besitz.
Wortlos schloss er die Tür.
»Also, Göte – jetzt zieh dich wieder an«, kam sie mit mitleidigem Tonfall zum Ende. »Es ist Zeit für dich zu gehen. Deine Frau fragt sich bestimmt auch schon, wo du bleibst, oder?«
Das war eine Feststellung und Drohung in einem. Und dieses Mal gab es kein Missverständnis.
Ohne den Blick von ihr zu wenden, als wäre sie plötzlich zu einer lebensgefährlichen Giftspinne mutiert, raffte er seine Kleider an sich. Bekam auf unerklärliche Weise sowohl Hemd, Hose als auch Schuhe zu fassen. Die Socken stopfte er in die Hosentasche. Er wollte nur noch von hier verschwinden. Und nie wieder zurückkehren.
War sie denn völlig von Sinnen?
Trotz allem war sie es gewesen, die…
Ach, Schwamm drüber.
Er wusste genauso sicher wie sie, dass er aus reiner Selbstachtung nie auch nur ein einziges Wort über diesen erniedrigenden Vorfall verlauten lassen würde.
Aber sie konnte jetzt nur noch davon träumen, dass er sie in Zukunft grüßte, dieses vermaledeite Weibsstück! Und sie konnte mit ihren Listen für das Straßenfest im Juli, für das Großreinemachen, für den Wohltätigkeitsbasar ankommen, sooft sie wollte.
Er würde ihr niemals wieder die Tür öffnen, das war so sicher wie das Amen in der Kirche!
Keinen Augenblick lang ahnte er seine unfreiwillige Rolle

in ihrem verzweifelten Schauspiel. Ein desperater Versuch, jemanden in die Flucht zu schlagen, der weitaus gefährlicher war als er. Ebenso unwissend, wie er gekommen war, verließ Göte den Ort seiner totalen Niederlage.

Er fand allein nach draußen, und sie hörte, wie die Tür hinter ihm ins Schloss fiel, dass das Geschirr in den Küchenschränken klirrte. Natürlich war ihr klar, dass sie einen Fehler gemacht hatte. Aber der Zweck heiligt bekanntlich die Mittel. Er war der Einzige gewesen, der für die Rolle in dem kleinen Lustspiel für den Zuschauer da draußen in der Dunkelheit infrage gekommen war. Der absolut Einzige, von dem sie wusste, dass er nie an ihrer Rolle als blütenweißer Schwan rütteln würde.

Sie kam sich selbstverständlich ausgesprochen schäbig vor, diesen armen Tropf aus der Nachbarschaft einer solchen Schmach ausgesetzt zu haben. Aber es war einfach unvermeidbar gewesen. Außerdem hatte er ja regelrecht selbst darum gebeten, nicht wahr? Mit dem Gegrabsche in der Küche und all dem. Heute hatte sie es ihm eben wieder heimgezahlt.

Und sie fühlte sich viel befreiter. Nach dieser kleinen Vorstellung hatte er keinen Grund mehr anzurufen – er, der Unbekannte da draußen. Das wäre nur vergebliche Liebesmüh. Denn sie war heute Abend eindeutig nicht allein gewesen.

… all I ask of dying is to go naturally…

Der Song von Blood, Sweat & Tears kam ihr wieder in den Sinn.

Genau so sollte es sein. Jetzt brauchte sie keine Angst mehr vor Überfällen oder anderem Terror zu haben. Nachts nicht mehr nach verdächtigen Autos Ausschau halten. Jetzt würde sie wieder ein ruhiges, vorhersehbares Leben führen. Und erst dann sterben, wenn der natürliche Tod vor der Tür stand.

… is to go naturally!

13

Verdammt noch mal...! Wieso musste ihr plötzlich so etwas Dummes einfallen? Er war gestern Abend beinahe wahnsinnig geworden.

Sie hatten es so schön miteinander gehabt.

Waren sich richtig näher gekommen, fand er.

Und dann musste sie so etwas Provozierendes, bodenlos Erniedrigendes tun.

Er konnte kaum atmen. Als läge ein quälender Druck auf seiner Brust. Er merkte, dass er seine Aggression abbauen musste. Die Scham und die Demütigung, der er durch sie ausgesetzt gewesen war.

Wer war überhaupt dieser Kerl? Der, der ganz unerwartet an ihrer Seite aufgetaucht war und mit dem sie bei zurückgezogenen Gardinen vor dem Wohnzimmerfenster herumgeknutscht hatte?

Verflucht noch eins!

Er hätte auch einfach gleichgültig die Achseln zucken können. Sich sagen können, c'est la vie, und nicht mehr an sie denken. Es gab auch noch andere. Viele andere. Die allein waren.

Obwohl – wie war es eigentlich so weit gekommen? Es gab Momente, in denen er sich diese Frage stellte.

Wie war er von den Anrufen dazu gekommen, noch einen Schritt weiter zu gehen?

Er hatte nicht geplant, diese Indianerin aus dem Weg zu räumen. Er hatte ihr nur nahe sein wollen. Vielleicht um ihr und sich selbst zu beweisen, dass er es war, der die Macht hatte. Dass ihn nichts aufhalten konnte – wenn er wirklich wollte.

Aber es war noch etwas anderes. Er wusste, ehrlich gesagt, nicht genau was, aber er hätte das viel zu bescheiden gefunden. Irgendwie unspektakulär und unbefriedigend, wenn er sich nur bedankt hätte und seiner Wege gegangen wäre.

Er hatte es sich in den Kopf gesetzt, dass die Begegnung auch für sie einen bleibenden Eindruck hinterlassen sollte.

Vielleicht würde sie in ihrem ganzen Leben nichts erleben, was so ausgesucht spannend war wie diese Erfahrung. Sie hatte sich schließlich ganz unvorbereitet unter der Kontrolle eines anderen Menschen befunden. Alles Vorhersehbare und Langweilige war außer Kraft gesetzt.

Das verlieh dem Leben eine ganz andere Perspektive.

Und er wollte, dass sie das nie vergaß.

Das Messer hatte er bei sich gehabt, weil er es immer brauchen konnte. Besonders in seinem Beruf. Wo er nie genau wusste, wann er Klebebänder und Verpackungen aufschlitzen musste, um Gepäck zu verstauen – oder um sich zu verteidigen.

Aber jetzt war es zum Gehilfen für das ganz Große geworden, das das Abenteuer besiegeln sollte.

Denn das würde das Letzte sein, was sie jemals erlebte.

Alles war so rasend schnell gegangen, nachdem er sich entschlossen hatte.

Sie hatte vermutlich erst in dem letzten Sekundenbruchteil begriffen, unmittelbar bevor er den Schnitt ausgeführt hatte.

Er hatte sogar kurz geglaubt, selbst mit ihr in die Ewigkeit hinüberzugleiten.

Aber jetzt spürte er, dass das nicht das Ende gewesen war.

Es war erst der Anfang.

Der Anfang einer ganz neuen Lust. Die Sehnsucht, die Einzigartigkeit wieder aufleben zu lassen, die er zusammen mit Jane empfunden hatte, als sie in die ewigen Jagdgründe einging – so leicht und so einfach.

Er hatte auch jetzt das Bedürfnis nach diesem Gefühl. Wie

ein Trieb, der seine Ohnmacht stillte, um sich für den Dämpfer zu rächen, den sie ihm heute Abend verpasst hatte.

Obwohl… sie war ja nicht länger allein.

Wer, wer… wer?

Wer war an einem Abend wie diesem eigentlich allein?

Das Fitnessmädel – diese durchtrainierte Braut, die mehr wie ein Junge aussah? Wie hieß sie gleich wieder, Tina? Nalle? Auch egal, er wusste, wo sie wohnte, das genügte.

Aber ihr würde er noch eine Lektion erteilen. Sie, dieses dumme Stück, würde dann einsehen, dass das, was sie heute Abend getan hatte, einer anderen das Leben kosten würde.

Und genau erfahren würde, auf welche Weise er das genießen würde.

Das Auto kam an jenem Abend nicht mehr zurück – aber das Telefon klingelte. Es war Kent, der in Madrid ein paar Minuten Zeit hatte. Er würde morgen nach Hause kommen, erklärte er, und Joann musste mit aller Macht an sich halten, um nicht vor Freude zu jubeln.

Ursprünglich hatte er noch einen Atlantikflug übernehmen sollen, aber da ohnehin am Flughafen in Toronto gestreikt wurde, wurde der Flug komplett eingestellt.

»Kannst du mich in Sturup abholen?«, fragte er.

Jemand redete im Hintergrund, und seine letzten Worte gingen unter. Aber sie wusste schon Bescheid. Er landete fast immer in Sturup. Gelegentlich kam er auch in Kopenhagen an. Aber von dort aus war es viel einfacher für ihn, sich in den Zug zu setzen und entweder über die Brücke oder via Helsingør zu fahren.

»Klar!«, antwortete sie wie aus der Pistole geschossen. »Wann?«

»Fünfzehn Uhr zwanzig.«

»Ja, das geht. Ich kann mir freinehmen.«

Wieder sprach jemand im Hintergrund.

»Bist du in Begleitung?«, fragte sie.

»Was? Nein, wieso?«

»Es hat sich nur so angehört.«

»Nein, ich sitze in einem Café im Flughafen. Da sitzen auch andere Leute, weißt du.«

Natürlich wusste sie, wie das war.

Auf den Flugplätzen herrschte immer großer Trubel, und wenn Kent in einem der Cafés saß, die vom Flugpersonal besucht wurden, waren sicher auch viele seiner Kollegen dort. Und die hatten sich immer viel zu erzählen, über verspätete Flüge, Passagiere, die sich beschwert, und Fluglotsen, die schlampig gearbeitet hatten.

»Okay«, sagte er, während es in der Leitung knackte. »Dann muss ich jetzt aufbrechen. Wenn wir uns heute Abend nicht mehr hören, sehen wir uns morgen. Gute Nacht und schlaf gut.«

»Gute Nacht – Küsschen!«

Sie wusste auch nicht genau, weshalb sie das noch gesagt hatte. Sie waren noch nie besonders betulich am Telefon zueinander gewesen, auch nicht als sie frisch verliebt waren. Aber jetzt war die Erleichterung so groß zu wissen, dass er morgen schon zu Hause sein würde. Vielleicht konnte er eine Woche oder sogar zwei bleiben.

Vermutlich war das reines Wunschdenken. Es waren nie besonders viele Tage am Stück. Aber wie auch immer, jetzt würde Joann sich noch eine Stulle schmieren und anschließend ins Bett gehen und versuchen zu schlafen.

Plötzlich fiel ihr wieder ein, dass Göte im Schlafzimmer gewesen war. Aber er war doch wohl nicht im Bett gewesen? Sicherheitshalber machte sie die Zimmertür auf, um nachzusehen. Der Bettüberwurf war unberührt und faltenfrei. Sie meinte jedoch, seinen Geruch zu riechen. Sie musste lüften. Gründlich sein niederes Ansinnen und seine liederlichen Fantasien auslüften.

Sie fixierte das Fenster mit dem Fensterhaken. Es war klamm und richtig kalt draußen. Aber der Wind kam von West, sodass die Luft herrlich salzig war, die durch die Ritzen drang. Joann holte ein paar Mal tief und befreiend Luft, bevor sie sich ihr Brot machen ging.

Der Hüttenkäse war zwar alle, aber sie hatte noch fettarme Leberpastete und eingelegte Gurken. Das war genau richtig, dann brauchte sie keine Margarine. Morgen würde sie ein richtiges Festmahl zubereiten, denn hungern konnte sie besser dann, wenn Kent wieder unterwegs war.

Es war schon komisch, dachte sie und schmunzelte vor sich hin. Die Männer wollten dünne Frauen haben, aber gleichzeitig fanden sie Mädels mit riesigem Appetit unglaublich sexy!

Wie sollte man das jemals unter einen Hut bringen?

Sie selbst hatte das Problem gelöst, indem sie sich äußerst frugal ernährte, wenn er nicht zu Hause war. Aber umso üppiger auftischte, wenn er da war. Und als würden ihre gierigen Bissen ihren Appetit auf Sex reflektieren, hatte er auf ein ordentliches Rinderfilet oder frisch gekochten Hummer immer Lust.

Sie summte einen romantischen Song, während sie die kalorienreduzierten Lebensmittel wieder in den Kühlschrank stellte. Jetzt musste sie sich zwar mit der mageren Pastete auf Weißbrot begnügen, aber morgen Abend würde sie etwas ganz außergewöhnlich Kulinarisches zaubern und…

Ein Knall katapultierte sie unsanft in die Wirklichkeit zurück.

Das Fenster!

Ihr Herz stand augenblicklich still.

Wie lange hatte sie eigentlich hier gestanden und vom Essen geträumt?

Und das offene Fenster im Schlafzimmer vergessen?

Sie horchte gespannt, aber es tat sich nichts mehr.

Sie konnte entweder direkt zur Haustür hinauslaufen, um rechtzeitig die Straße zu erreichen, bevor er…

Oder sie konnte hier bleiben und der Sache auf den Grund gehen.

Traute sie sich das?

Es wäre viel schlimmer, wenn sie etwas so Übereiltes tat, wie blind zu fliehen, und die Nachbarn mitbekamen, wie schreckhaft sie war. Es war nicht schwer, dass in einem kleinen Wohnviertel wie diesem Gerüchte über ein schwaches Nervenkostüm die Runde machten. Das sah man ja an dem Gerede über Götes Frau, obwohl man nichts Genaues wusste.

Ja, Göte!

Wenn er so etwas erführe, ging sie davon aus, dass er kein Blatt vor den Mund nehmen würde. Er würde mit Genuss Öl ins Feuer gießen. Würde sich für den Vorfall des gestrigen Abends rächen, ohne sich selbst dabei bloßzustellen. Nein, sie hatte keine Wahl – sie musste da hinein.

»Verflixt noch mal!«, fluchte er und brach den Verbindungsaufbau auf seinem Handy ab. Das Fitnessgirl war offenbar nicht zu Hause. Er hatte mehrmals angerufen und die Wohnung von außen beobachtet. Vielleicht war sie verreist?

Aber er dachte nicht daran, nur deswegen seine Pläne auf Eis zu legen. Es fragte sich nur, wer…?

Ein ganz anderer Gedanke oder eher ein Bild tauchte vor seinem inneren Auge auf. Das Bild von einem ganz anderen Typ Mädchen, jünger und… unschuldiger.

So vorsichtig, als lägen Glassplitter auf dem Küchenboden verstreut, schlich Joann sich in den Flur. Sie hörte noch immer kein einziges Geräusch. Die Schlafzimmertür war angelehnt, und es war stockfinster im Zimmer. Sie machte stets das Licht aus, wenn sie lüftete. Sonst gab es immer irgendwelche Nachtfalter, die noch nicht begriffen hatten, dass das Leben zu Ende war, und verzweifelt nach Licht und Wärme suchten.

Kalter Schweiß perlte auf ihrer Stirn.

Wenn er nun tatsächlich da drinnen war – was sollte sie dann tun?

Den kompakten Schläger aus wärmegehärteter Västerbottenbirke hatte sie wieder ganz hinten im Schrank verstaut – im Schlafzimmer.

Die Statue.

Diese unbeschreiblich hässliche Benin-Figur aus Bronze von

der afrikanischen Goldküste, die Kent so gut gefiel. Sie stand in einem Fach im Bücherregal vor dem Schlafzimmer.

Sie hatte die Figur noch nie gemocht.

Es war eine Frau, die ein bedrohliches Gesicht schnitt und ihre üppigen Hängebrüste einladend präsentierte.

Die Figur war schwer und lag solide in ihrer schweißnassen Hand.

Mit dem Fuß schob sie die Tür vorsichtig fast völlig lautlos ein Stück weiter auf und wartete.

Mucksmäuschenstill.

Ihre linke Hand glitt langsam am Türrahmen entlang. Bis zum Lichtschalter für die Deckenlampe. Mit der rechten Hand hielt sie die afrikanische Statue umklammert. Sie hatte viel Kraft in den Armen, das wusste sie.

Wenn er da drinnen war, würde sie schwungvoll und ohne Zögern mit der Waffe ausholen. Traf sie seinen Kopf, würde der Schlag verheerende Auswirkungen haben, aber sie scherte sich nicht um die Konsequenzen.

Wenn er nur nicht vor ihr…

Sie dachte den destruktiven Gedanken nicht zu Ende.

Stattdessen fand ihr Zeigefinger den Lichtschalter.

Sie betätigte ihn, und das ganze Zimmer wurde in das grelle Licht von drei Sechzigwattbirnen der Deckenlampe getaucht.

Es war leer.

Gut gelüftet, an der Grenze zu ausgekühlt, von dem stürmischer werdenden Nachtwind draußen, aber vollkommen leer.

Eine Böe hatte scheinbar die Gardine erfasst, die sich in einem alten Liliengewächs verfangen hatte, das Joann in Großmutters alten Topf gepflanzt hatte. Die Pflanze hatte ohnehin schon Schlagseite gehabt, und der Topf war einfach zu klein. Die Gardine hatte schon genügt, um ihn aus dem Gleichgewicht zu bringen und umzustoßen.

Das einzig Unangenehme hier drinnen war also die Blumenerde, die sich über den hellen Schlafzimmerteppich verteilt hatte.

Aber sei's drum, den konnte man ja waschen.

Joann zog rasch das Fenster zu, schloss sorgfältig die beiden Fensterknäufe und ließ das Rouleau herunter.

Sie wusste nicht, ob sie lachen oder weinen sollte. Es kam ihr alles so ungeheuer idiotisch vor. Dass etwas so Alltägliches wie ein umgestürzter Blumentopf ihr solche Angst einjagen konnte.

Herrje, es würde lange dauern, bis sie darüber hinwegkam. Wirklich lange!

Sie stellte die hässliche Benin-Statuette in das Regal zurück und ging in die Küche. Sie hasste die Figur zwar immer noch, aber es war ein gutes Gefühl gewesen, sie als schwere Waffe in der Hand zu halten.

Das Brot lag noch auf dem Brett.

Joann war nicht mehr hungrig, nahm aber trotzdem einen Bissen. Das war besser, als wenn sie in ein paar Stunden ausgehungert aufwachte und mitten in der Nacht eine Essorgie veranstaltete.

Sie überlegte, ob sie sich noch um den Blumentopf kümmern oder ihn bis morgen liegen lassen sollte. Vermutlich Letzteres. Gerade als sie sich entschlossen hatte, klingelte das Telefon. Sie war plötzlich unglaublich müde und dachte, wie gut es war, dass Kent noch eine Gelegenheit hatte anzurufen. Sie würde ihm erzählen, was passiert war, nur weil sie das Schlafzimmer hatte lüften wollen. Und dann würde sie sich sofort ins Bett legen.

»Hej, Schatz«, sagte sie, sowie sie abgenommen hatte, »ich muss dir kurz erzählen, was…«

»Ich weiß, dass du nicht allein bist, Joann«, begann die gedämpfte Stimme.

Die Stimme, die sie mittlerweile hasste.

Die sie nicht in Ruhe ließ.

»Und du weißt, dass ich es mag, wenn du allein bist«, fuhr die Stimme fort.

Jetzt war sie nicht mehr sonderlich gedämpft. Eher deutlich missgestimmt, ungeduldig und bedrohlicher als bisher, und das bei zunehmender Lautstärke.

»Ich mag das, wenn es nur wir zwei sind, verstehst du. Aber du hast mich wirklich enttäuscht, Joann. Enttäuscht, frustriert und verärgert.«

Sie wusste, dass sie die Verbindung unterbrechen sollte.

Ihn einfach aus der Leitung werfen, genauso rücksichtslos, wie sie ihm gerade noch mit der Bronzestatuette eins überziehen wollte – wenn er tatsächlich im Schlafzimmer gestanden wäre.

Aber Joann war ebenso starr wie die Statue. Die Finger gehorchten ihr nicht, und er konnte in aller Ruhe seinen letzten Trumpf ausspielen.

»Ich will, dass du weißt, dass alles deine Schuld ist«, erklärte er feindselig. »Ich muss meine große Enttäuschung von heute Abend unbedingt wettmachen. Aber du trägst die Verantwortung dafür, Joann! Deshalb werde ich dir genau erzählen, was ich vorhabe…«

Joakim Hill hatte endlich einmal in aller Ruhe essen können. Allerdings hatte er das allein tun müssen. Bia war zwar zu Hause, aber sie schlief schon, als er heimkam.

Catharina war in Hut und Mantel gewesen, als sie ihm die Wohnungstür geöffnet hatte.

»Hej, Liebling«, hatte sie ihn begrüßt und hastig auf den Mund geküsst. »Im Kühlschrank steht Schweinekotelett mit Kartoffelbrei.«

Und so war es auch. Wenn die Frauen wussten, dass sie schwanger waren, machte ein ganz anderer Ton die Musik. Dann wurden sie mütterlich, fürsorglich und beschützend. Die aufreizende, kecke Sinnlichkeit, die sie überhaupt erst schwanger gemacht hatte, war plötzlich wie weggeblasen.

»Ich muss in die Klinik und für Vera Santesson eine Schicht übernehmen. Sie hat Grippe, und sonst kann niemand einspringen.«

Genau. Es war seiner Catharina deutlich anzumerken, dass sie wieder so weit war. Da gewannen die Fürsorglichkeitsgefühle die Oberhand, und er wunderte sich überhaupt nicht mehr. Sicher gab es jede Menge fitte, energische junge Ärzte, auf die keine Rücksicht wegen einer Schwangerschaft genommen werden musste und die einspringen konnten. Aber sie hatte sicher darauf bestanden. Regelrecht darum gebeten, sich opfern zu können. Die Hormone funktionierten eben auf diese Weise.

Und er liebte sie, wie sie war.

Als er nun ihr Verhalten etwas objektiver betrachtete, grinste er. Gewisse manische Aspekte meldeten sich nämlich wie auf Bestellung. Außerdem hütete er sich davor, irgendwelche Kommentare abzugeben. Das war ebenso lebensgefährlich, wie Knallkörper in ein Pulverfass zu werfen, so viel wusste er inzwischen.

Aber es war schon merkwürdig, dass sich diese Frauen immer so einbringen mussten. Als ob sonst niemand auf der Welt außer ihnen den Job erledigen konnte. Wenn sie sich nicht opferten, tat sich ganz einfach gar nichts. Sie hatte doch wohl noch Kollegen, zum Teufel! Die konnten doch auch mal einspringen, wenn es brannte.

Na ja, er war zufrieden, und sie war es auch.

Und sie hatte richtig gestrahlt vor lauter Östrogenfreude.

Übernahm sie die Schicht nur, um ihre Schwangerschaft vorzuzeigen? Schwer zu sagen.

»Okay, Honey«, hatte er geantwortet und seine Jacke auf den Bügel gehängt, den sie gerade frei gemacht hatte. »Aber übernimm dich bitte nicht. Denk auch an dich und an das Kind.«

»Dem Kind geht's prächtig. Es mag die Abwechslung und findet es gerade lustig, wenn auch mal was los ist.«

Er bezweifelte, dass sie die Bedürfnisse des Babys beschrieben hatte. Vielmehr ging er davon aus, dass es sich dabei um ihre eigenen handelte.

Es wurde still in der Wohnung, nachdem sie gegangen war. In Strümpfen schlich er zum Kinderzimmer und lugte durch den Türspalt. Bias schwere Atemzüge deuteten darauf hin, dass sie herrlich unschuldig und tief schlief. Oftmals kamen ihm andere Gedanken in den Sinn, wenn er sie so behütet atmen hörte. Bilder von Kindern rund um den Erdball, für die jede Nacht ein einziges Zittern und Fürchten war in der Angst, zu tief zu schlafen und den Bombenangriff zu überhören.

Er wusste, dass es unzählig viele Kinder gab, denen es nicht vergönnt war, wirklich Kind zu sein, und er war dankbar, dass Bia keines davon war.

Sie hatte das Privileg, unter einer schönen, sauberen Decke mit Disneyfiguren zu schlafen. Sie war satt, hatte einen warmen Pyjama an und drückte ihr Kuscheltier Nallepadda eng an sich. Und sollte sie wider Erwarten aufwachen, dann nicht vor Angst oder Hunger. Sondern vermutlich entweder weil sie zahnte oder weil sie mal musste.

Also schloss er die Tür genauso behutsam, wie er sie geöffnet hatte, und ging in die Küche. Catharina hatte von Fleisch und Kartoffelbrei gesprochen. Und die Mikrowelle konnte er ohne weiteres bedienen.

Als er sich im Fernsehsofa mit einem randvoll gefüllten Teller mit dem guten Essen von Catharina niedergelassen hatte, spürte er, wie allmählich Ruhe einkehrte. Er brauchte das.

Eine schwachsinnige Seifenoper lief gerade, und er starrte auf den Bildschirm, ohne irgendetwas zu kapieren. Er verfolgte aus verständlichen Gründen keine einzige der Fernsehserien, die auf sämtlichen Kanälen endlos zu laufen schienen. Dafür hatte er keine Zeit. Aber jetzt nutzte er die Bilder zur Entspannung. Er hatte den Ton ausgestellt und sah nur die Lippenbewegungen und Gesten.

Er schmunzelte.

So konnte man selbst bestimmen, was die Protagonisten sagten.

In dem Moment klingelte das Telefon, und er befürchtete irritiert, dass seine Entspannungssession in der Sofaecke gerade ihr jähes Ende gefunden hatte.

»Grüß dich, Lasse hier«, sagte eine Männerstimme, die ihm zwar bekannt vorkam, die er aber auf Anhieb nirgends einordnen konnte.

»Ah – hej«, antwortete Joakim unsicher.

»Also, das war so«, erläuterte dieser Lasse, den Joakim ehrlicherweise nicht wirklich kannte, »als ich nach Hause gekommen bin, wollte meine Frau waschen, und da habe ich meine Hose ausgezogen.«

Joakim war plötzlich aus reiner Berufserfahrung auf der Hut.

War das ein Verrückter?

»Ja«, erwiderte er gedehnt.

»Und da habe ich dann die Quittung in der Tasche gefunden.«

Hill atmete erleichtert auf. Jetzt gab es nur noch ein Problem, abgesehen von der unbekannten Identität des Anrufers.

»Welche Quittung meinst du denn?«

»Die, die Calle mir in die Hosentasche gestopft hat.«

»Calle – welcher Calle?«

»Manngren, Calle Manngren, der gestern den Eingang bewacht hat, als wir das Mädel geholt haben.«

Jetzt begriff Hill. Das musste dieser Ambulanzbursche sein, Lasse. Ja, genau – denn ein anderer Lasse war gestern nicht am Tatort gewesen. Es war eine ungeheure Erleichterung, sich ein Gesicht zu der Stimme vorstellen zu können. Und zu wissen, dass es sich nicht um einen verrückten Anrufer handelte, denn das wäre an einem friedlichen Abend wie diesem zu viel gewesen.

»Okay, Manngren«, konstatierte Hill und hatte auch eine vage Vorstellung von Calle Manngren an der Eingangstür. »Ja, sprich weiter.«

»Ja, also«, fuhr Lasse fort, »ich dachte, das war einer von meinen Fahrtenbelegen, der mir aus der Jacke gerutscht war, oder so was. Das hat wohl auch Calle gedacht, denn ich habe ihn gebeten, mir den Zettel einfach in die Tasche zu stecken. Wir mussten ja die Trage balancieren, und ich hatte keine Hand frei.«

Joakim Hill hörte zu – und er spürte das Gefühl, dieses kribbelnde Gefühl im Bauch, das sich meldet, wenn etwas vollkommen Unerwartetes passiert. Als gäbe es ein schreckliches Unwetter, oder als würde jemand ernsthaft krank. Das war wichtig. Er wusste auch nicht, weshalb er so reagierte, es war einfach so. Er spitzte die Ohren.

»Na ja, jedenfalls«, nahm der Sanitäter den Faden wieder auf, »als ich jetzt draufgeschaut habe, habe ich festgestellt, dass die Quittung gar nicht mir gehört. Es ist ein Beleg von einer Taxifahrt, keine Ambulanzfahrt. Es kann auch von einem Bestattungswagen sein, aber ich habe im letzten Jahr keine solche Fahrt gemacht.«

»Also ist das eine ganz normale Taxiquittung?«

»Sieht ganz danach aus.«

»Und wo kommt diese Quittung ins Bild?«

»Die flog so rum.«

»Flog so rum – wo?«

»Unten im Eingang von dem Wohnhaus mit dem Mord gestern.«

Das Gefühl hatte ihn nicht getäuscht. Endlich eine Spur, auch wenn es nur eine ganz schwache war. Zerbrechlich und unsicher, aber immerhin!

»Gut, und weiter?«

»Es war so windig, dass wir beide dachten, der Zettel wäre aus meiner Tasche gefallen. Aber das ist völlig ausgeschlossen. Als ich also die Hose ausgezogen hatte und die Taschen durchsuchte – denn sonst werden die ja ganz verrückt, wenn man das nicht macht, bevor man die Sachen in die Waschmaschine stopft, du weißt schon…«

Hill wusste und wartete ungeduldig auf die Fortsetzung.

»…ja, dann habe ich sofort im Präsidium angerufen. Habe nach Manngren gefragt, und er war noch da. Ich habe ihm erzählt, was ich gefunden habe, und er hat mir deine Nummer gegeben und gesagt, ich soll dich sofort anrufen.«

»Ganz recht«, beeilte Hill sich zu antworten, »die Frage ist nur die, was mit dem Beleg passiert ist, seit du ihn aus der Tasche gefischt hast.«

»Manngren war zufrieden mit mir«, erläuterte Lasse nicht

ohne Stolz in der Stimme. »Sobald ich gemerkt hatte, dass der Zettel nicht mir gehörte, sondern vielleicht vom Tatort stammte, habe ich ihn in einen Plastikbeutel gelegt. Den habe ich mit einer Klammer verschlossen und meiner Frau und den Kindern gesagt, die Finger davon zu lassen. Sonst würden sie es mit der Polizei zu tun bekommen. Das hat gewirkt, kann ich dir sagen.«

»Gut. Kannst du den Beutel mit ins Präsidium nehmen? Dann treffen wir uns dort.«

»Meinst du jetzt gleich?«, wunderte Lasse sich und spürte, wie die Spannung stieg.

»Ja, wenn das geht, wäre ich dir sehr dankbar.«

»Ja, klar!«, entschied Lasse ohne Zögern.

»In Ordnung«, murmelte Hill und rechnete. »Sagen wir… in einer Viertelstunde vor dem Präsidium?«

»Klar… allerdings, es gibt da noch ein Problem.«

Ich wusste es, ich wusste es, dachte Hill, beherrschte sich aber.

»Und was ist das für ein Problem?«

»Diese Quittung ist nicht mehr ganz.«

»Wie, nicht mehr ganz?«

»Sieht so aus, als hätte jemand versucht, sie zu zerreißen, und sie danach erst in die Hosentasche gesteckt. Taxifahrer machen das manchmal. Wenn mal nichts los ist, sortieren sie ihre alten Belege aus. Dann klopft plötzlich jemand an der Scheibe und will irgendwo hingefahren werden, und dann stecken sie den Zettel schnell in die Hosentasche und geben Gas.«

»Was fehlt denn von der Quittung?«

»Firma, Telefonnummer und das alles. Aber die Bestellungsnummer ist fast noch ganz zu sehen.«

Fast noch ganz…?

Das würde also kein Sonntagsspaziergang werden. Aber immerhin eine Spur – die erste bisher.

»Und außerdem…«, hörte er Lasse hinzufügen.

»Ja?«

»... kann man die Strecke noch sehen. Da steht von der Fågelsångsgatan bis zum Verkehrsknotenpunkt, glaube ich zumindest.«

Joakim Hill beendete das Gespräch und wünschte, alle Mitbürger hätten die gleiche gewissenhafte Einstellung bezüglich der Zusammenarbeit mit der Polizei.

Und – dass er einen Babysitter hätte!

Er musste eine Lösung finden. Er wurde im Präsidium gebraucht. Außer ihm konnte sich niemand darum kümmern, er musste das einfach selbst erledigen...

Mit einem beschämten Lächeln sah er ein, dass sie letztendlich doch nicht so verschieden waren – er und Catharina. Oder – Männer und Frauen im Allgemeinen. Es hing von der Persönlichkeit ab. Manche kümmerten sich eben, andere nicht.

Aber in erster Linie musste er sich jetzt um das Nachbarmädchen kümmern. Das meistens bereit war, für einen Hunderter eine Weile den Fernseher und Bia zu bewachen.

Schließlich konnte man die Kleine nicht allein zu Hause lassen.

14

Das Ehepaar Ohlsson hatte hingegen ohne jegliche Bedenken seinen kleinen Sprössling – seine kleine liebe, arglose vierzehnjährige Stina – allein gelassen, so wie sie es taten, seit sie elf war.

Die Eltern gingen gern ins Restaurant und zum Tanzen. Sie tanzten sogar richtig gut. Früher hatten sie auf nationaler Ebene Standard getanzt und sogar eine Bronzemedaille gewonnen.

Aber das alles war lange her. Denn als sie geglaubt hatten, dass ihre Ehe kinderlos bliebe, hatte sich plötzlich Stina angekündigt. Als die Kleine dann da war, hatten sie so manche Aktivität vernachlässigen müssen. Aber sobald sie fast erwachsen war, also ab elf ungefähr, hatten sie beschlossen, wieder ihrem alten Lebensstil zu frönen.

Eine Weile war es zwar spannend gewesen, Eltern zu spielen, aber dieses ewige Windelwechseln, nachts wach sein und ständig zu Hause sein zu müssen, war auf die Dauer doch sehr ermüdend.

Deshalb hatten sie ihr altes, romantisches und aufreibendes Leben wieder aufgenommen, sowie Stina mit dem Telefon umgehen konnte.

Wenn etwas war, konnte sie anrufen. Der Empfang war zwar bisweilen ziemlich miserabel in den Restaurants und Tanzlokalen. Aber das war den Eltern gerade recht, denn so wurden sie nicht gestört.

Und außerdem – was sollte schon passieren? Sie schlossen

ja die Tür ab, wenn sie gingen. Solange Stina nicht so dumm war und jemandem aufmachte, gab es keinen Grund zur Beunruhigung.

Mittlerweile tanzten die Eltern hauptsächlich, weil sie Spaß daran hatten. Und wegen des Vergnügens, Gleichgesinnte zu treffen und nicht mehr an Probleme in der Schule, Zahnklammern und Rapmusik denken zu müssen.

Sie waren also viel zu beschäftigt gewesen, um zu merken, dass ihre fast unerwünschte kleine Stina tatsächlich erwachsen wurde. Dass sie die Aufmerksamkeit auf sich lenkte. Die Frage war nur, ob sie sich selbst dessen überhaupt bewusst war. Aber es war unbestritten, dass sie sich rasch entwickelt hatte. Und dass die Männer gern einen zweiten Blick auf ihre langen hübschen Beine und ihren unschuldig lockenden Lolitastil warfen.

Der Mann, der nun in seinem Auto vor dem Haus wartete, hatte bereits vor gut zwei Monaten damit begonnen, Stina zu beobachten.

Ja, sie war zweifelsohne eines seiner besten »Fundstücke«.

Und heute Abend seine leichteste Beute.

Er hatte die Eltern bereits gegen sieben wegfahren sehen. Die Mutter trug etwas Langes, Tüllartiges in Helllila mit Seidenborte am Saum. Hochhackige, sexy Schuhe. Der Vater trug glänzende schwarze Lackschuhe und Smokinghosen mit exakter Bügelfalte. Es stand demnach eindeutig fest, dass sie erst spätabends zurückkämen.

Eigentlich hatte er nicht geplant, dass sie diejenige welche werden würde.

Er hätte einer etwas Älteren – wie dieser Nalle oder wie sie hieß – den Vorzug gegeben. Jemandem, mit dem er erst noch ein bisschen reden konnte, bevor…

Denn das war es, was er vor allem wollte. Wollte sie kennen lernen, ein wenig Licht in ihre Einsamkeit bringen.

Aber das Fitnessgirl war nicht zu Hause gewesen, und das Schicksal hatte die Sache entschieden.

Noch bevor der dunkelgraue Volvo der Eltern um die Kurve gefahren war, zog das Mädel da drinnen die Vorhänge zu.

Alle.

Dann sah er, wie sie die Steh- und Hängelampen anmachte. Fast wie ein beschützendes Ritual.

Rechnete sie damit, dass er sie anrief?

Das hatte er bisher nur dreimal getan. Bei solchen Gelegenheiten, als er sicher gewesen war, dass sie allein war. Sie war so herrlich unschuldig und willensschwach gewesen. Offensichtlich vollkommen zu Tode erschrocken. Ganz im Gegensatz zu den anderen, die ja erwachsene Frauen waren. Das Mädel hatte noch dieses wunderbar Gefügige, das Wort eines Erwachsenen hatte bei Stina noch Gewicht.

Er kicherte da draußen in der Dunkelheit.

Dass diese Meinung die Wirklichkeit spiegelte, bezweifelten die meisten Eltern. Jedenfalls wenn es ihre eigenen, widerspenstigen Bälger betraf. Aber bei diesem kleinen Mädchen war es so. Sie war scheinbar eher altmodisch erzogen worden.

Wie sie wohl heißen mag, überlegte er. Er hatte keine Ahnung, denn das hatte er noch nicht herausfinden können. Lediglich die Namen der Eltern standen im Telefonbuch.

Ich werde dich Julia nennen!, entschied er für sich, öffnete die Autotür und stieg vorsichtig aus.

Julia.

Ja, das passte perfekt.

Er hatte noch nie die Rückseite des Hauses inspiziert. Aber jetzt musste er der Sache dringend auf den Grund gehen.

Wenn er sie anrief… konnte er ihr vielleicht eine richtige, gelungene Überraschung bereiten.

Ihr den Schock ihres Lebens verpassen.

Stina zappte nicht gern zwischen den Kanälen hin und her. Man wusste nie genau, in welcher unheimlichen Szene man gerade landete. Es kam fast nur noch Gewalt, Blut und Mord im Fernsehen.

Einmal war sie direkt in eine Mordszene hineingeraten.

Ein Mann hatte das Messer tief in den Bauch einer Frau gestoßen, herumgedreht und sie bis zum Brustkorb aufgeschlitzt. Die Gedärme waren herausgequollen, und Blut war aus ihrem Mund gesprudelt.

Das war einfach schrecklich gewesen!

Und trotzdem war sie nicht fähig gewesen, auszuschalten oder das Programm zu wechseln, denn sie war wie hypnotisiert gewesen. Wie war das nur möglich… wie konnte ein Mensch eigentlich etwas so Fürchterliches mit einem anderen Menschen tun?

Danach hatte sie mehrere Nächte lang nicht schlafen können. Sie hatte immer noch die weit aufgerissenen Augen der Frau und ihren verständnislosen Blick, als ihr das Blut aus dem Mund geflossen war, vor sich gesehen.

Irgendwo im Innern wusste Stina zwar, dass das alles nur gespielt war. Dass das Blut nicht echt war und dass die Gedärme aus Kunststoff oder etwas Ähnlichem waren. Aber trotzdem war alles so ekelhaft gewesen!

Bisweilen fragte sie sich, ob das auch in der Wirklichkeit so eklig war.

Sah es tatsächlich so aus?

Wenn jemand ermordet wurde?

Nein, eigentlich wollte sie das gar nicht wissen. Sie wollte überhaupt nicht an solche Sachen denken.

Deshalb schaltete sie schnell durch die Programme, um eine harmlose, nette Sendung zu finden. Eine, die sie in ihrer Einsamkeit nicht ängstigte. Vielleicht etwas mit Liebe und Romantik. Denn das mochte sie. Sie war nicht sicher, ob ihr das mit dem ganzen Sex gefiel, aber sich zu küssen und zu umarmen sah ganz schön aus.

Sie wusste, dass sie in der Hinsicht etwas hinterher war. Die meisten anderen aus ihrer Klasse waren schon mit dem einen oder anderen zusammen gewesen. Lotta hatte bestimmt schon alle Jungen aus der Klasse gehabt. Wenn man dem Glauben schenken durfte, was sie selbst behauptete.

Ob sie… es wohl schon getan hatte?

Halt – war das ein grüner Kittel im fünften Programm? Das war gut, denn in den Arztserien knutschten und schmusten die Leute in den Medikamententrakten und so. Aber viel weiter gingen sie nie. Dann gab es immer einen Patienten, der Hilfe brauchte oder so. Da konnte zwar auch Blut fließen, aber nicht so…

Das Telefon klingelte völlig unvermittelt und erschreckte sie fast zu Tode.

Sie lief zum Apparat und erinnerte sich wieder.

Erinnerte sich an ihn, den Anrufer.

Wenn er es war? Hilfe… was sollte sie dann tun?

Sie starrte auf das kleine Display, und nach dem vierten Klingeln wurde die Nummer angezeigt.

Das war Mamas Mobilnummer.

Stina nahm rasch das Gespräch an, damit ihre Mutter nicht aufgab und wieder auflegte. Das würde morgen nur eine endlose Diskussion geben, weshalb sie nicht abgenommen hatte.

»Ha… hallo?«, sagte Stina, plötzlich zittrig vor lauter Angst, sie hätte sich bei der Nummer verlesen.

Aber das hatte sie nicht. Es war ihre Mutter. Die mit ärgerlicher Stimme fragte, ob sie eventuell ihren einen Ohrring im Badezimmer hatte liegen lassen. Den schönen mit dem Amethyst und den Zirkoniasteinen drum herum. Könnte Stina so lieb und nett sein und nachgucken gehen?

Stina wünschte, ihre Mutter würde immer so lieb und freundlich mit ihr sprechen. Nicht nur dann, wenn man etwas für sie erledigen sollte.

»Sicher… einen Augenblick nur«, antwortete Stina schnell und eilte ins Badezimmer. Ihre Mutter hatte vor der verlängerten Waschbeckenkonsole aus Plastik in Marmoroptik gestanden und sich hübsch gemacht.

Wimperntusche aufgelegt. Eine, die verlängerte, verdoppelte und verzauberte – Stina begriff nicht ganz, wie das funktionierte. Puder aufgelegt und das Haar mit Spray fixiert. Den Schmuck machte sie immer zuletzt um, um das Bild zu vervollständigen. Da hätte sie auch einen Ohrring vergessen können. Aber das war nicht sehr wahrscheinlich. Dann wäre das Bild im Spiegel nicht so vollendet gewesen, wie sie es stets anstrebte.

Stina knipste alle Lampen an, um auch in den hintersten Winkel unter den Schranktüren gucken zu können.

Sie war sich die ganze Zeit über bewusst, dass ihre Mutter wartete. Vermutlich ungeduldig mit ihren langen, rot glänzenden Fingernägeln auf eine harte Oberfläche im Tanzpalast trommelte. Stina wusste nur, dass das Lokal im Ängelholmsvägen lag, nicht weit von dem Tropenhaus entfernt.

Stina mochte das Tropenhaus. Ihr gefielen die lieben und neugierigen Lemuren dort. Sie waren weich und kuschelig, aber, wie gesagt, ihre Mama mochte lieber harte Sachen. Wie diese Ohrringe, Fingerringe und Gott weiß was noch alles.

Hier gab es keinen vergessenen alten Ohrring.

Stina lief zum Telefon zurück.

»Nein, leider nicht, Mama«, sagte sie aufrichtig enttäuscht, »da lag er nicht.«

»Verdammt noch mal«, fluchte ihre sonst so vornehme Mutter in den Hörer. »Ja, dann habe ich ihn wohl irgendwo verloren – typisch! Was machst du denn gerade?«

»Ich gucke ein bisschen fern.«

»Aber, kleiner Hase, meinst du nicht auch, dass es jetzt Bettzeit ist? Du musst doch morgen in die Schule.«

»Doch, doch – ich gehe gleich rauf«, versicherte Stina.

Hätte die Mama nicht auch irgendetwas sagen können, was keine Ermahnung gewesen wäre? Etwa wie es ihr ging, wie es beim Tanzen war oder wann sie nach Hause kommen wollten.

»Ja, dann tschüss, Kleine. Schlaf gut!«

»Tschüss«, sagte Stina tonlos, obwohl sie hörte, dass ihre Mutter die Verbindung schon unterbrochen hatte.

»Dann tschüss – schlaf gut!«, fauchte sie höhnisch in das tote Telefon.

Sie hätte sich so gut gefühlt, wenn sich ihre Mutter wenigstens erkundigt hätte, wie es ihr ginge – und nicht nur an ihren dummen alten Ohrring gedacht hätte!

Wenn sich ihre Eltern nur… etwas mehr kümmern könnten.

Aber darüber konnte sie sich jetzt nicht den Kopf zerbrechen. Ihre Mutter hatte Recht. Es war Zeit, mit dem Zappen aufzuhören und ins Bett zu gehen.

Wie gut, dass sie sich am Telefon gemeldet hatte. Sonst müsste sie morgen erklären, warum nicht. Weil sie sich Sorgen darüber machte, dass ein Kerl bei ihr anrief, wenn ihre Eltern nicht zu Hause waren. Sie mochte ihre Eltern, das tat sie wirklich. Aber sie machten aus der kleinsten Mücke einen Elefanten. Sie hätten einen Riesenaufstand veranstaltet.

Nein, das wäre viel zu peinlich. So war es besser. Dass sie nichts wussten.

Sie ließ das Licht an. Mama und Papa mochten es lieber, wenn das Haus erleuchtet war, wenn sie nach Hause kamen. Mit schlurfenden, müden Schritten ging sie die mit Teppich ausgekleidete Treppe hinauf und träumte fast schon.

Morgen hatte sie Französisch. Und der Französischlehrer war einfach unbeschreiblich süß! Ihr war natürlich klar, dass alle Mädels aus der Klasse für Frances schwärmten. Seine Stunden arteten manchmal zu reinen Kicherorgien aus, doch er zwang sich mühsam, keine Notiz davon zu nehmen.

Stina kicherte nie mit. Sie fand das kindisch. Sie nahm das nämlich richtig ernst. In ihren heimlichen Fantasien waren sie beide zusammen – sie und Frances. Und er konnte sehr gut küssen. Genauso gut wie jeder beliebige Arzt aus einer amerikanischen TV-Serie.

Stina merkte schon am oberen Treppenabsatz, dass in ihrem Zimmer schöne frische Luft war. Sie hatte das Fenster einen Spalt geöffnet, allerdings den Sicherheitshaken vorgelegt. Frische Luft war gesund. Man schlief viel besser und hatte so herrliche Träume, wenn das Gehirn viel Sauerstoff bekam.

Wenn man schon keine Jungs im Zimmer haben durfte, dann wenigstens frische Luft!, dachte Stina und musste kichern.

Ihr Zimmer war hell, romantisch und so eingerichtet, wie es ihr gefiel. Sie hatte auch einen Fernseher mit Videorekorder. Dann konnte sie sich vor dem Schlafen noch etwas Schönes ansehen – *c/o Segermyhr* zum Beispiel. Sie wusste zwar nicht genau, wieso, aber seit kurzem fand sie diesen Johan Ulveson ziemlich nett.

Ja, den auch.

Sie konnte sich das zwar nicht richtig erklären, denn er war definitiv kein gut aussehender Machotyp wie Frances. Aber er hatte etwas Besonderes... etwas schelmisch Jungenhaftes, wenn er lächelte, dass man dabei die Zähne sah.

Deshalb hatte sie sich die komplette Serie auf VHS gekauft. Sie wünschte sich auch eine DVD zu Weihnachten, aber bis dahin musste sie sich mit den Kassetten zufrieden geben. Das war auch in Ordnung. Ulveson war auch auf Zelluloid total niedlich.

Und wenn sie jemanden bei sich im Zimmer haben dürfte, dann diesen Johan Ulveson.

Da war sie sich so gut wie sicher. Frances war zwar süß, aber machte ihr auch ein bisschen Angst. Er war so sehr Mann. Tja, nein – das konnte sie einfach nicht erklären.

Jedenfalls war es jetzt richtig gemütlich, in das kuschelige Bett zu kriechen und bei der harmlosen Comedy-Serie einzudösen. Die unernsten Streitereien und das eingespielte Lachen waren beruhigend. Und sie hatte trotz ihres Alleinseins Gesellschaft.

Aber sie würde noch lange nicht richtig einschlafen.

Denn erst wenn sie Mama und Papa nach Hause kommen hörte, wurde sie wirklich ruhig. Dann schlief sie fast sofort ein. Sie kamen eigentlich nie zu ihr ins Zimmer. Sie dachten bestimmt, dass sie schon lange in ihrer geheimen Kleinmädchenwelt schlief.

Das aufwändig ausgestattete Mädchenzimmer war tatsächlich ihre Freistatt im Leben.

Wenn sie immer aufräumte und darauf achtete, dass alles ordentlich war, kümmerten sich weder Mutter noch Vater darum, was sie in ihrem Zimmer anstellte. Hier war alles genau so, wie sie es selbst wollte.

Abgesehen von heute Abend.

Denn es stand ein Mann an der Balkontür.

Und es war keinesfalls Johan Ulveson.

»Hej, Julia«, sagte er mit schaurig-sanfter Stimme, »ich dachte mir schon, dass du allein bist.«

Dan Hansson sah völlig verstört aus. Joakim Hill vermutete, dass er kein Auge zugetan hatte seit dem Mord an Jane. Joakim selbst hatte wie ein Stein geschlafen, fast sieben Stunden. Seit er Lasse vor dem Präsidium getroffen und den Beutel mit der Quittung entgegengenommen hatte, schien sich das Blatt gewendet zu haben.

Das war der erste physische Beweis dafür.

Zuerst musste der Beleg natürlich in die Analyse. Larsson und Bellman wollten ein paar Basisuntersuchungen durchführen. Fotografieren, Aufzeichnungen machen und mit der Analyse beginnen. Aber ob sich tatsächlich Fingerabdrücke isolieren ließen, musste sich zeigen. Vielleicht war die Methode mit den Leimdämpfen nicht ausreichend. Dann galt es abzuwägen, ob man die Quittung gleich an das SKL, das staatliche kriminaltechnische Labor, schickte. Ohne das Risiko einzugehen, eventuelle Spuren durch eine unzulängliche Analysemethode zu zerstören.

Aber Hill hatte trotz allem damit begonnen, Lasse die Fingerabdrücke abzunehmen. Sodass man sie bei der Untersuchung gleich ausschließen konnte. Manngren hatte seine auch auf dem Zettel hinterlassen – oder hatte er Handschuhe getragen? Doch Hill befürchtete, dass er nicht so viel Glück haben würde. Die meisten Streifenbeamten arbeiteten ohne Handschuhe. Außer wenn es sich um Arbeit direkt am Tatort handelte.

Die Untersuchung des Tatorts war ein einziges Dickicht. Zugewuchert, stachelig und um Längen undurchdringlicher, als ein Außenstehender vermuten konnte.

Aber es gab auch dafür Methoden.

Methoden in der Handhabe des Beweismaterials. Und Methoden, das nahezu Unanalysierbare zu analysieren.

Außerdem gab es Methoden im Umgang mit dem, was noch nicht analysiert worden war und offiziellen Status genoss, um es noch etwas bedeckt zu halten. So gesehen war es gut, dass Hill gerade zu diesem Zeitpunkt Dan zum Verhör bitten konnte. Jetzt war der Bursche nicht in der Form, dass er bei ohne Vorwarnung hingeworfenen Fakten um den heißen Brei herumreden konnte.

Das Verhör war als Aufklärungsverhör klassifiziert worden. Doch die folgende Befragung würde als bedeutend schwerwiegender eingeordnet werden.

Sie hatte die Registrierungsnummer K 983320-02 erhalten. Eine Nummer, die Hill sich am besten gleich merkte. Jetzt begann eine hektische Phase, das wusste jeder erfahrene Kriminaler. Jetzt befand man sich kurz vor einem Wendepunkt, an dem man Lügen von Wahrheiten und Geplänkel von Mord trennen konnte.

Wie gewohnt war die Befragung aufgezeichnet worden, und als Hill meinte, es sei Zeit für eine Pause, spielten sie bei einem Becher Kaffee das Band ab. Joakim hatte das Verhör geleitet. Seine Stimme klang etwas tonlos aus dem Lautsprecher. Sowohl der Bass als auch der Diskant waren in den äußeren Tonlagen beschnitten worden, sodass die etwas hohlen Klangfarben des Mittelregisters am stärksten herauszuhören waren.

»... ein Aufklärungsverhör mit Dan Hansson, Donnerstag, den 28. Oktober, wegen des Mordes an ...«

Hill handelte routiniert die Formalitäten ab und nannte sämtliche Anwesende sowie den Ort der Befragung.

»... sowie Kriminalkommissar Knut Sahlman als Verhörzeugen. Das Verhör kann beginnen.«

Er sah, wie Dan trocken schluckte, als sei das Anhören der Aufnahme ein weiterer Test. Ein zweites, wortloses Verhör. Und er hatte vielleicht sogar Recht. Es war relativ wahrscheinlich, dass seine sichtbaren Reaktionen angesichts dessen, was er bereits ausgesagt hatte, das Bild, das die Beamten von ihm selbst und seinen Aussagen hatten, beeinflussen würden.

Er nahm einen großen Schluck von dem schwarzen, warmen Kaffee, den Sahlman geholt hatte, und hörte mindestens ebenso aufmerksam dem merkwürdigen Erlebnis seiner eigenen Aussagen in einem kriminalistischen Zusammenhang zu wie die Kommissare.

»…aus dem Telefongespräch von Dienstag, dem 26. Oktober, neunzehn Uhr Ortszeit, vierzehn Uhr in Montana, mit der Mutter der Ermordeten, Inga Jansson-Hopegood, geht hervor, dass das Verhältnis zwischen der ermordeten Jane Hopegood und ihrem Verlobten Dan Hansson nicht ausschließlich harmonisch gewesen ist. Was hast du selbst dazu zu sagen, Dan?«

»Ich… ich verstehe nicht, was sie damit meint. Hat sie nicht gesagt, inwiefern sie fand, dass zwischen Jane und mir nicht alles bestens gewesen ist?«

»Wir würden gern deine eigene Version hören, Dan.«

»Aber ich habe doch gesagt, dass alles gut lief – wieso hätten wir sonst vorgehabt zu heiraten, glauben Sie?«

»Also bleibst du bei deiner Aussage von Dienstagvormittag?«

»Was habe ich denn da gesagt?«, fragte Dan plötzlich misstrauisch. »Gibt es davon ein schriftliches Protokoll?«

»Wir haben die Reinschrift von Sahlmans Notizen – ist doch so, oder, Knut?«

»Ja, genau, da hast du ausgesagt, dass eure Beziehung harmonisch war.«

»Ja, also – das war sie auch. Ich verstehe das hier wirklich nicht.«

»Hat es zwischen euch keinerlei Missstimmungen gegeben?«

Dan machte eine lange Pause. Man hörte den Motor des Kassettenrekorders rauschen, bis er die Frage beantwortete.

»Das Einzige, woran ich mich erinnere, ist, dass wir…«

Stille, bevor Hill vorsichtig mahnte.

»Ja?«

»…ja, dass wir uns über die Farbe der Küchenschranktüren gestritten haben.«

»Wie gestritten?«

»Ja, Sie wissen schon, wie das so ist! Jane wollte sie lila mit gelber Umrandung streichen. Mir gefielen sie so, wie sie waren. Das ist ja wohl kein Verbrechen.«

»Wie äußerte sich der Streit?«, hakte Hill nach.

»Streit… ich würde das eigentlich gar nicht als Streit bezeichnen.«

»Als was würdest du es dann bezeichnen?«

»Als Meinungsverschiedenheit! Absolut nichts weiter als ein normales Gekabbel um Kleinigkeiten.«

»War dabei Gewalt im Spiel?«

»Nein, also wirklich! Hat Inga das behauptet? Ist es das, worum es in dieser seltsamen Unterhaltung geht?«

»War Gewalt im Spiel?«

»Sehen Sie mich an! Sehe ich wie jemand aus, der auf Mädels losgeht, oder was?«

»Dan, danach kann man nicht urteilen. Leider, denn das würde unsere Arbeit sehr erleichtern.«

»Was hat sie denn überhaupt über mich gesagt?«

»Was glaubst du selbst, dass sie gesagt hat?«

»Dass ich Jane geschlagen habe?«

»Hast du das?«

Hill wollte diese Frage nicht stellen, sah sich jedoch gezwungen.

Dans Stimme schlug in unkontrolliertes Falsett um.

»Hören Sie doch auf! Das wäre das absolut Letzte, was ich jemals…«

Ein verzweifeltes Schniefen unterbrach das Falsett. Alles wurde nun in der Reprise über den Lautsprecher abgespielt. Das zu hören beschämte Dan. Und es beschämte die beiden Beamten. Aber sie versuchten, sich nichts anmerken zu lassen. Das hier war Bluffpoker, so einfach war das. Derjenige, der sich nicht von seinen Gefühlen übermannen ließ und dem Druck standhielt, gewann. Und der Gewinner konnte alles abräumen – so war das nun mal.

»Inga behauptet steif und fest, dass du das gemacht hast.«

»Sie lügt!«

»Sie hat gesagt, dass…«

»Wenn sie das sagt, lügt sie.«

»…das schon lange so ging. Und dass sie die ganze Zeit Angst um das Leben ihrer Tochter hatte.«

»Was soll das denn? Das ist doch Wahnsinn! Kann man einfach so irgendwelche Leute beschuldigen, ohne die geringste Spur eines Beweises?«

»Trinkst du, Dan?«

»Was?«

Der Umschwung kam abrupt. Genau wie geplant.

»Magst du alkoholhaltige Getränke?«

»Ja… doch, wieso?«

»Wenn du trinkst, was trinkst du dann?«

»Was hat das denn mit der Sache zu tun?«

»Bitte beantworte einfach nur die Frage.«

»Okay. Wenn, dann Wein. Nichts Hartes, aber manchmal Rotwein.«

»Bei besonderen Gelegenheiten?«

»Na ja, wenn die Woche zu Ende ist. Wenn man seine Arbeit erledigt hat und sich etwas Entspannung gönnen kann, denke ich.«

»Samstag? Oder Freitag oder…?«

»Ja, Freitagabend zum Beispiel. Wieso denn?«

Eins zu null für Inga Hopegood im Anklageballett.

»Viel?«

»Ein paar Gläser, zwei vielleicht.«

»Du trinkst normalerweise also nicht mehr als zwei Gläser? Nicht so viel, dass du betrunken bist oder in die Richtung?«

»Ha! Jetzt kapier ich – Sie glauben, ich habe mir einen hinter die Binde gekippt und Jane misshandelt? So ist es doch?«

»Wir glauben gar nichts, Dan. Aber wir müssen nachfragen.«

»Ich habe doch gesagt, dass ich Jane niemals Schaden zugefügt habe, und dabei bleibe ich auch. Wieso hätte ich das auch um alles in der Welt tun sollen?«

»Hast du gewusst, dass Jane einen großen Geldbetrag bekommen sollte, wenn sie heiratete?«

Noch eine Kehrtwendung, professionell ausgeführt.

»Was? Was erzählen Sie da für Lügen?«

»Ich lüge nicht«, versicherte Hill. »Lügst du?«

»Geld? Woher sollte sie das denn verdammt noch mal kriegen? Ihre Mutter hat's weiß Gott nicht besonders dicke. Es ist sogar vorgekommen, dass sie sich von uns Geld geliehen hat.«

Hill notierte dieses »uns«. Es war ein kleines, einfaches Wort, das darauf verwies, dass Dan seine Beziehung mit Jane als etwas Gediegenes, in die Zukunft Weisendes ansah. Ausgleich zum eins zu eins im Glaubwürdigkeitsmatch zwischen Dan Hansson und seiner nicht länger zukünftigen Schwiegermutter.

»... und für das Geld, das sie von ihrem Vater geerbt hat«, fuhr Dan auf dem Tonband fort, »hat sie die Betten und das neue Sofa gekauft. Das war alles.«

Es knisterte auf der Aufnahme, als Hill das Fax von Inga Jansson-Hopegood zeigte. Das von Janes amerikanischem Trust-Fund. Joakim bat den Verhörzeugen zu notieren, dass er das Dokument dem Verhörten reichte.

»Hast du dieses Dokument schon mal gesehen?«, fragte er.

»Nein, nicht dass ich wüsste. Was ist das?«

»Das ist Janes Geschenkfonds. Ihr Vater hat ihn abgeschlossen, als sie klein war, unter der Bedingung, dass er an dem Tag aufgelöst und ausbezahlt würde, an dem sie heiratete.«

Dan verstummte. Nicht ertappt, nicht aus Berechnung. Sondern vielmehr nachdenklich. Aber plötzlich ergriff er wieder das Wort.

»Ich glaube nicht, dass Jane davon gewusst hat«, sagte er.

»Du meinst, ihr war das alles überhaupt nicht bekannt?«

»Ja, das glaube ich.«

»Warum das?«

»Denn wenn sie gewusst hätte, dass sie Geld bekäme, hätten wir schon längst geheiratet. Sie hat sich oft beklagt, dass ihre Einkünfte nicht gereicht haben, und hätte gerne irgendwie unser Einkommen aufgebessert, damit wir hätten heiraten können.«

»Okay«, erklang Hills Stimme, »ich schlage vor, dass wir noch einmal das Tonband anhören, um festzustellen, ob du noch Ergänzungen hast. Wir machen jetzt eine kleine Pause, es ist jetzt … zehn Uhr dreizehn.«

Klick.

Während der Pause wurde nicht sehr viel gesprochen. Das Gesagte musste sich erst einmal setzen, und vielleicht ergaben sich neue, ergänzende Fragen.

»Tja, sollen wir weitermachen?«, erkundigte Hill sich und setzte sich wieder hinter den Schreibtisch.

»Von mir aus gern«, meinte Dan. »Dauert das noch lange? Ich werde langsam richtig müde.«

»Ich hoffe, wir haben es bald hinter uns.«

Hill bedeutete Sahlman, auf »Aufnahme« zu drücken. Das Klicken war kaum hörbar, und Hill musste fragen.

»Ist der Rekorder wieder an?«

»Ja«, bestätigte Sahlman.

»Okay, es ist jetzt zehn Uhr fünfundzwanzig, und wir fahren mit dem Verhör fort. Dan, darf ich mit der Frage beginnen, ob du in letzter Zeit Taxi gefahren bist?«

»Taxi? Nein, nicht dass ich mich erinnere.«

»Du bist in der letzten Woche nicht von der Fågelsångsgatan zum Verkehrsknotenpunkt gefahren?«

»Nein, warum wollen Sie das wissen?«

»Kennst du jemanden, der das gemacht hat? Ein Kumpel von euch, der euch zu Hause besucht hat, vielleicht?«

»Bei uns war schon länger keiner mehr zu Besuch. Jane ging es ja nicht so gut in letzter Zeit wegen dieser verfluchten Anrufe. Wäre es nicht besser, wenn Sie sich darauf konzentrierten, statt sich mit solchen Nebensächlichkeiten aufzuhalten?«

Hill merkte, dass der Bursche nicht mehr viel aushalten würde. Aber nach einer Kleinigkeit wollte er sich trotzdem noch erkundigen.

»Gut, dann die allerletzte Frage – für heute.«

»Ohh…«

»Abgesehen davon, dass es Jane wegen der anonymen Anrufe schlecht ging, hat ihr sonst irgendetwas gefehlt? Physisch oder psychisch. Fällt dir dazu etwas ein? Hatte sie irgendwelche besonderen Merkmale oder Narben oder Ähnliches?«

Dan war allem Anschein nach todmüde, aber er dachte genau nach, bevor er die Frage des Kommissars beantwortete.

»Nein, nicht dass ich wüsste. Sie war einfach perfekt, Jane. Ich kann das nicht besser beschreiben. Ihr fehlte nichts – aber sie fehlt mir.«

»Was soll das heißen, sie fehlt dir?«

»Nein, das hat mein alter Großvater nur immer so gesagt. Wenn er irgendwas richtig schlimm vermisst hat…«

Hill schwieg einen Augenblick.

Er wollte es nie erleben, dass ihm Catharina oder Bia – oder das neue, unbekannte kleine Leben – fehlten.

»Es ist jetzt zehn Uhr zweiunddreißig, und wir beenden für heute das Verhör«, entschied er und sah, dass Dan sich bereits erhoben hatte, als Sahlman das Tonbandgerät ausschaltete.

»Kann ich gehen, oder…«, fragte der junge Mann beinahe trotzig.

»Ja, danke für die Zusammenarbeit«, erwiderte Hill. »Sahlman bringt dich runter, wir melden uns dann.«

Sie verzichteten auf alle weiteren Höflichkeitsfloskeln, und plötzlich war Joakim Hill allein im Zimmer. Und er war nicht sehr viel schlauer aus dieser Befragung geworden. Es stand immer noch Aussage gegen Aussage.

Er hörte die Tür zum Treppenhaus ins Schloss fallen und Sahlmans raschen Junggesellenschritt den Korridor entlangkommen. Er setzte sich mit einem tiefen Seufzer in den kanariengelben Besuchersessel und sah fast genauso missgestimmt aus wie sein Kollege.

»Okay«, sagte er, »was glaubst du?«

»Ich weiß nicht recht«, antwortete Hill. »Er schien ehrlich überrascht zu sein bezüglich dieser Versicherung.«

»Allerdings, das kann man auch sein. Aber leider heißt das nicht, dass er nicht Janes Mörder ist. Er kann sie ja aus anderen Gründen umgebracht haben.«

»Gestern wolltest du das nicht glauben.«

»Nein, ich sage auch nicht, dass ich es jetzt glaube«, sagte Sahlman. »Ich prüfe bloß Hypothesen.«

Sonst mochte Hill wilde, unorthodoxe Theorien. Es gab nicht viel, das so nützlich für die Ermittlungen war, wie jede vorgefasste Meinung und jede Spur zu drehen und zu wenden. Aber jetzt missfiel ihm das. Es gab ja nicht mal konkrete Beweise, anhand deren man die Theorien testen konnte. Somit stifteten sie nur Verwirrung. Wie man sie auch anzuwenden versuchte, man musste immer wieder bei null anfangen.

Keine Anhaltspunkte – keine Ahnung.

Das bedeutete, dass man mit heruntergelassenen Hosen und überraschter Miene erwischt wurde, wenn die Presse ihre Blitzlichter niederregnen ließ.

»Nein, verdammt«, sagte Hill und griff nach dem Telefonhörer.

»Was hast du vor?«

»Ich will nur von Anna-Lena Lagerkvist in Lund etwas wissen. Etwas über Janes Leiche, was die Glaubwürdigkeit in die eine oder andere Richtung lenken kann.«

»112, was ist passiert?«

Die Telefonistin in der Notrufzentrale hätte auch eine Stimme vom Band sein können. Sie war irritierend ruhig, nahezu schläfrig, was im kompletten Gegensatz zu den Umständen desjenigen stand, der anrief. Aber die Anrufzeit um elf Uhr zweiundvierzig wurde automatisch registriert.

»Es ist unser kleines Mädchen... sie... sie...«

»Ist sie bei Bewusstsein?«

»Es ist...«

Das Schluchzen verstummte, aber die Telefonistin ließ sich Zeit. Alles musste korrekt und der Reihe nach ablaufen. Das war wichtig sowohl für den Anrufer als auch für den Betroffenen.

»Versuchen Sie, ruhig zu bleiben, und erzählen Sie, was passiert ist. Hat sie sich wehgetan?«

»Nein, nein, nein.«

»Okay, hat sie hohes Fieber?«

»Nein!«

»Können Sie versuchen zu beschreiben, was passiert ist? Wenn wir das nicht wissen, wissen wir auch nicht, welche Hilfe wir schicken müssen, um Ihrer kleinen Tochter zu helfen.«

»Das kann ich nicht.«

»Verzeihung, ich habe Sie nicht verstanden.«

Die Stimme der Anruferin war so leise, dass die Telefonistin kaum ein schwaches Flüstern hören konnte.

»Sie können ihr nicht helfen.«

»Was fehlt ihr denn?«, fragte die Vermittlerin, die allmählich gründlich irritiert war.

»Sie ist tot.«

»Tot? Was ist denn passiert? Ist sie hingefallen?«

»Nein, sie lag in ihrem Bett.«

»Ja?«

Die Telefonistin machte sich Notizen. Wollte unter keinen Umständen einen Rüffel dafür kassieren, dass ihr in einem Fall wie diesem etwas Wesentliches entging.

»Das war, als die Schule angerufen hat.«
»Sie liegt im Bett, sagten Sie?«
»Ja.«
»Sind Sie ganz sicher, dass sie wirklich tot ist?«
»Ja.«
»Kein Zweifel?«
»Nein, überall ist Blut.«

Die Telefonistin schluckte schwer. Sie arbeitete seit fast einem Jahr in der Notrufzentrale und hatte zahllose Anrufe entgegengenommen. Es war alles darunter von geschwollenen Mandeln, entlaufenen Katzen und Alten, die gestürzt waren und sich den Oberschenkelhals gebrochen hatten, bis hin zu blutigen Auseinandersetzungen in der Kneipe.

Aber so etwas hatte sie bisher noch nicht gehört. Sie zwang sich, das Bild von einem unbekannten kleinen Mädchen, das tot, vielleicht ermordet in seinem Bett lag, auszublenden.

Aber das war nicht so einfach. Denn ihr wurde anhand der summarischen Beschreibung klar, dass die Bettwäsche keineswegs mehr so weiß und schön war wie in einem Mädchenzimmer üblich.

Sie hatte selbst eine Tochter, die zwölf war.

Sie überlegte eine Zehntelsekunde, wie alt dieses arme Mädchen wohl werden durfte?

»Die Adresse?«, fragte sie knapp.
»Duvögatan 5, das ist…«
»Oben bei Eskilsminne, oder?«
»Ja.«
»Wir schicken sofort die Polizei und den Notarzt.«
»Danke.«
»Eins noch, Ihr Name?«
»Marianne Ohlsson, ich bin… ihre Mutter.«

15

In Lund goss es in Strömen, aber in Helsingborg schien noch die Sonne. Das Tief aus Südost war schon am frühen Vormittag über die Küste von Österlen hinweggezogen. Jetzt hatte es die Bischofsstadt erreicht und hielt seine alles andere als hell segnende Hand über Mensch und Tier.

Es hatte sogar ein kurzes Gewitter gegeben, hatte Anna-Lena erzählt. Blitze hatten die grauen Türme des Doms erhellt, als hätte der Teufel selbst Gottvater zum Duell gefordert.

Joakim Hill war dankbar, dass das Unwetter sich Zeit ließ, aber auch er wusste, dass es Helsingborg sicher schon am Nachmittag heimsuchen würde. Jetzt wartete er geduldig am Telefon, während sie etwas nachsehen gegangen war.

Inzwischen konnte er es jedenfalls genießen, dass seine Fenster zur richtigen Seite zeigten. Im Januar dieses Jahres hatte die Bezirksleitung endlich die lang ersehnte Renovierung der Dienstzimmer bewilligt.

»Typisch«, hatten mehrere sich auf den Fluren beschwert. »Gerade jetzt, wo auf Landesebene beschlossen worden ist, ein ganz neues Präsidium zu bauen, fangen die an zu renovieren. Das hätten wir vor zehn Jahren gebraucht! Wäre es nicht besser gewesen, das Geld in die Verbrechensbekämpfung zu stecken?«

Aber Joakim Hill zählte eindeutig zu den Gewinnern.

Endlich hatte er ein Büro beziehen können, das nach Westen ging. Das hatte er sich schon gewünscht, als er in der Perle des Sundes seinen Dienst antrat.

Hier hatte er eine weite Sicht über den wunderbaren Sund. Vom Norden, wo das Meer sich öffnete, bis in den Süden, auf die Inseln Veen, Råå und die lang gestreckten Strände von Rydebäck und Fortuna.

Und diesen Ausblick genoss Hill jetzt in vollen Zügen, während er auf die Rückmeldung der Pathologin wartete.

An einem sonnigen Tag wie diesem scherzte das schimmernde Licht keck mit dem Auge und verwirrte mit Täuschungen die Sinne.

Sicher konnte Schloss Kronborg nicht in der Luft schweben. Auch die Fähren nicht und definitiv nicht Kopenhagen, das vor den Hügeln in Glumslöv manchmal mitten im Nirgendwo über dem Horizont zu hängen und zu vibrieren schien.

Das waren natürlich reine Sinnestäuschungen. Aber es war bisweilen schön, sich einzubilden, dass sie Teil einer magischen Wirklichkeit waren.

Apropos Sinnestäuschung.

Catharina hatte sich heute Morgen erst erkundigt, ob ihre zukünftigen Hauspläne Luftschlösser bleiben würden. Er hatte ihr versichert, dass sie in Bälde weitersuchen wollten. Sobald er einen Anhaltspunkt im Mord an Jane Hopegood gefunden hatte. Der Fall ließ ihm einfach keine Ruhe. Er wünschte verzweifelt – wie so oft –, er hätte eine Fernbedienung im Leben. Dann könnte er die Zeit zurückspulen und Verbrechen verhindern, bevor sie begangen werden konnten. Denn wie anders würden die Dinge verlaufen, wenn man diese zweite Chance bekam?

Jane hätte ihr Studium abschließen, sich einen guten Job suchen und mit Dan viele hübsche Kinder haben können. Vorausgesetzt, Dan war nicht der Schuldige…

»Hallo, Joakim?«

»Ja, ich bin noch dran«, bestätigte er.

»Ich habe nachgeguckt«, teilte Anna-Lena ihm mit, »und es war alles in Ordnung. Alle sind heil und keiner fehlt.«

»Sieh mal einer an«, erwiderte Hill und seufzte erleichtert.

Die Mitteilung war eine richtige Erlösung. Trotz allem hatte er das Gespür dafür nicht verloren, die Menschen richtig einzuschätzen. Die Ausbildung war notwendig, Erfahrung ein großes Plus. Aber – auch wenn es bisher noch keinem einzigen Psychologieprofessor im gesamten Universum gelungen war zu erklären, wie oder weshalb – in seinem Beruf war es vollkommen unentbehrlich, dass der Instinkt funktionierte.

Deshalb war er in gewisser Hinsicht unglaublich erleichtert. Auch wenn Anna-Lenas Bescheid andere Probleme aufwarf. Nämlich ganz neue Fragen im Fall Hopegood/Hansson.

»Danke fürs Nachsehen«, sagte er, »wie ist es sonst?«

»Ich habe gerade den Schnitt gemacht. Bellman war da und ist mit dem Sauerstoffbehälter wieder weg, vor einer Dreiviertelstunde ungefähr. In maximal vier Stunden müsste er in Linköping sein. Vorausgesetzt, dass die Verkehrspolizei in Östergötland ihn nicht rauswinkt. Denn er wird sich unter diesen Umständen wohl kaum an das Tempolimit halten.«

»Nein, das geht bestimmt alles glatt. Blaulicht wäre vielleicht etwas übertrieben, aber ich kann Bescheid geben, dass er kommt. Ich werde mit dem SKL reden, damit alles vorbereitet ist, wenn er dort eintrifft.«

Sie hatten darüber bereits gestern Abend diskutiert. Natürlich konnten sie auch selbst versuchen, einen Abdruck von der Haut herauszufiltern. Aber es konnte eben immer etwas schief gehen. Und das SKL in Linköping verfügte über die modernste Ausrüstung.

»Okay, schönen Tag noch!«, wünschte Anna-Lena.

»Danke, dir auch.«

Joakim Hill brauchte wirklich einen guten Tag. Mit etwas Glück würde man heute binnen kurzer Zeit eine eindeutige Beweisspur isolieren. Wenn das SKL einen Abdruck auf Jane Hopegoods Kinn- und Halspartie, die im Eiltempo unterwegs war, sicherstellen konnte, konnte man direkte Schlussfolgerungen zu übrigen Spuren anstellen.

Die Taxiquittung war ein wichtiges Indiz. Bellman hatte sie

bei sich, aber Larsson hatte schon frühmorgens einen fragmentarischen Fingerabdruck sichern können. Er schien dem auf der Zeitung zu entsprechen, und bestenfalls konnte er mit dem Ergebnis vom SKL in Zusammenhang gebracht werden. Susanna Avehed befasste sich augenblicklich damit, weitere Informationen über den Beleg und das Taxiunternehmen zu sammeln. Das gab Hill etwas Zeit, um seine Aufzeichnungen durchzugehen, aber er merkte, dass er einen Muntermacher brauchte.

Er wollte gerade in die Teeküche huschen und sich einen Schluck Kaffee mopsen, als das Telefon klingelte.

»Grüß dich, Joakim, hier ist Morgan – Morgan Johannesson.«

»Hallo«, entgegnete Hill und sah sofort den jungen Pathologen mit liberalem Image vor sich. »Wie geht's, was kann ich für dich tun?«

»Du kannst herkommen.«

»Her – wohin denn?«

»In die – Augenblick mal – Duvögatan 5.«

»Wo zum Henker ist das denn?«

»Oben bei Eskilsminne.«

»Gut, worum geht es?«

»Genau dasselbe wie beim letzten Mal. Ich bin auf einen Notruf hingefahren. Und sowie ich gesehen habe, was da los ist, sind mir die Parallelen aufgefallen. Du musst einfach kommen und dir das selbst ansehen. Wenn das nicht mit dem Mord an dem Mädel vor ein paar Tagen zusammenhängt, dann fresse ich einen Besen.«

Joakim Hill war wenige Minuten später bereits unterwegs in die Duvögatan.

Flugkapitän Kent Sörensen hatte sich verspätet. Wie immer, konnte man wohl sagen. Oder besser gesagt: Sein Flieger aus Frankfurt am Main nach Sturup, Skåne, war über fünfunddreißig Minuten verspätet.

Joann Ek Sörensen ging auf dem stummen Gummiboden vor der Ankunftshalle auf und ab.

Die Ausstellung mit den Insekten der Welt, in Glaswürfeln an die Wände montiert, hatte sie ungefähr dreizehnmal studiert – allein an diesem Nachmittag. Hochgerechnet auf das ganze Jahr, war die Anzahl der Male, die sie von den blau schimmernden Flügeln des Colorado-Käfers beeindruckt gewesen war, völlig überwältigend.

Aber heute hatte die Ausstellung sie komplett fasziniert. Sie hatte sich ohne Schwierigkeiten selbst identifizieren können. Die Gefangene – die Festgenagelte und Beobachtete. So wie sie auf der Herfahrt ein schwer verletztes Krähenjunges auf dem Rasen hatte sitzen sehen. Die Katze, die damit gespielt hatte, lauerte ein Stück entfernt. Sie ruhte sich aus, leckte sich umständlich die Pfote, die gerade das erste Mal zugeschlagen hatte. Alles, um die endgültige Attacke vorzubereiten – die, die tödlich sein würde.

Das Vogeljunge war einem ebenso unsanften Schicksal überlassen wie sie selbst.

Doch jetzt brauchte sie nicht länger das Opfer von jemandem zu sein.

Nicht wenn Kent endlich wieder da war.

Die Nacht war nach dem Anruf so fürchterlich gewesen, dass sie nur ein paar wenige Stunden frühmorgens hatte schlafen können. Sie hatte kaum gewagt, einen Blick in die Zeitung zu werfen. Wenn all das Schreckliche, das sie hatte anhören müssen, wahr war?

Aber darüber hatte zum Glück keine Silbe im Morgenblatt gestanden. Die Schlagzeilen handelten von dem Parkproblem in Norra Hamnen und der Krise in der Krankenpflege. Ganz normal. Auch im Radio keine Sensationsberichte. Nur Göran Persson, der auf Rundreise gewesen war und sich mit seinem milden Lächeln nun in den Kreisen der High Society bewegte.

Joann hatte in der Nacht überlegt, die Polizei anzurufen, aber das Problem war nach wie vor das gleiche. Sie hatte nicht die geringste Ahnung, wer der Anrufer war.

Dass es dieser Jorge nicht sein konnte, war ihr inzwischen

eindeutig klar. Denn das Gespräch hatte so lange gedauert, dass sie sogar den kleinsten Akzent ausschließen konnte. Es war reines, klares Schwedisch – Schonisch, um genau zu sein. Auch wenn es nicht ganz so breit war, war es dennoch unverwechselbar.

Sie wusste auch nicht, wo der verrückte Anrufer sich aufhielt oder wen er umbringen wollte. Wenn es nicht ohnehin alles nur Gerede gewesen war.

Sie hatte sich um die Gehaltsabrechnungen gekümmert, war aber kurz nach der Mittagspause Richtung Sturup aufgebrochen. Sie war viel zu früh am Flugplatz angekommen und hatte sich in dem Gewimmel der Reisenden befreiend sicher gefühlt.

Normalerweise war sie über eine Verspätung wie diese von Frankfurt maßlos verärgert, versuchte am Schalter von SAS den Grund dafür zu erfahren und konnte sich einen genervten Kommentar über Schlamperei und Inkompetenz nicht verkneifen.

Aber heute wartete sie ganz ruhig.

Sie wusste, wenn er mit dem Mantel über dem Arm und dem Pilotenkoffer in der Hand durch die Schwingtür trat, war sie gerettet.

Sie würde wieder einen Mann im Haus haben. Und niemand, der von der Straße durch die Fenster zu spionieren versuchte, würde anders können, als mit dem Schwanz zwischen den Beinen das Weite zu suchen.

Sie warf einen Blick auf den Bildschirm, der die landenden und startenden Flüge anzeigte.

Flug SK-1798 aus Frankfurt würde endlich landen, in genau acht Minuten.

Mit schnellen Schritten eilte sie den Mittelgang Richtung Inlandabflüge entlang. Am Bistro und am Café vorbei und allem, was den ungeduldig wartenden Reisenden zur Zerstreuung diente, damit sie nicht an eventuelle Verspätungen dachten. Sie steuerte zielstrebig auf die Aussichtsplattform zu. Stürmte das letzte Stück Treppe regelrecht hinauf. Hier hatte sie freie Sicht auf die Landebahn und konnte Kents Flugzeug einfliegen sehen. Es war Jahre her, sie konnte sich nicht mehr erinnern, wie lange, seit sie die Landung hatte sehen wollen.

Aber an diesem Tag war er so heiß ersehnt, dass sie nicht an sich halten konnte. Es war, als dürstete sie zum ersten Mal seit langem regelrecht nach ihm. Es fühlte sich tatsächlich ein bisschen so an wie am Anfang. Als sie noch frisch verliebt gewesen waren.

Die Treppe zur Aussichtsplattform war stumpf und dunkel. Sie hatte es eilig und stolperte beinahe, aber konnte sich in letzter Sekunde am Geländer festhalten und wieder aufrichten.

Es zog kalt in dem Raum, doch das machte ihr nichts aus. Sie würde gerne hier stehen und frösteln, wenn sie nur sehen konnte, wie er durch die Wolkenschicht brach, und seinen Weg auf schwedischen Boden verfolgen konnte.

Wie viel Uhr war es – war es schon zu spät?

Sie warf einen Blick auf die große Uhr, sobald sie oben war. Das Flugzeug würde in zwei Minuten landen.

Sie seufzte erleichtert, presste eine Hand an die Brust und versuchte, ihr wild klopfendes Herz zu beruhigen. Sie merkte, dass sie nicht allein war. Eine Mutter mit Kind stand ein Stück entfernt.

»Guck mal, Sanna!«, rief die Mutter plötzlich und gestikulierte Richtung Himmel. »Da kommt Opas Flugzeug – schau, da!«

Das kleine Mädchen konnte dem hektischen Deuten der Mutter unmöglich folgen und verpasste Opas Landung komplett. Wenn man mit der Landung das Einfliegen und Aufsetzen meinte. Aber plötzlich erspähte sie das glänzende Fluggefährt, das sämtliche Bremsen gezogen hatte, um anhalten zu können, bevor die Landebahn endete. Das Flugzeug raste an dem Fenster vorbei.

»Daaaa!«, schrie Klein Sanna gellend. »Da ist Opa!«

Die Tatsache, dass Opa nur einer von hundertfünfzig Passagieren eines Personenflugzeugs war, das von Joanns Mann geflogen wurde, bedeutete nicht das Geringste. Weder für die Tochter noch für die Enkelin.

Das hier war Opas Flugzeug.

Joann lächelte. Denn ihr Mann war endlich gelandet, und das war alles, was für sie zählte.

Sie sah wie die MD-767-Maschine von SAS am Ende der Bahn mit großzügigem Spielraum weich stoppte. Das Flugzeug glitzerte wie ein großer Metalladler, als es sich unvermittelt wieder in Bewegung setzte und auf kleinstmöglichem Radius wendete.

Sobald es um hundertachtzig Grad zum Landungswinkel gedreht stand, nahm es seine Fahrt langsam wieder auf. Es glitt an sämtlichen Anschlüssen zur Inlandshalle vorbei, bog um die Ausbauten und steuerte langsam auf eine der Gangways der Auslandshalle zu.

Joann hatte dieses Schauspiel mindestens tausendmal verfolgt.

Aber nie war es unterhaltsamer, spannender und exakter ausgeführt gewesen. Sie war regelrecht gerührt, ihr wurde richtig warm ums Herz bei Kents offensichtlicher Geschicklichkeit. Sie vergaß sich fast ganz und hörte plötzlich, wie die Tür der Aussichtsplattform ins Schloss fiel.

Sanna und ihre Mutter waren bereits von dannen geeilt, um Opa in der Ankunftshalle zu begrüßen.

Joann erwachte aus ihren bewundernden Träumen.

Wenn sie rechtzeitig zurück sein wollte, bevor das Kabinenpersonal herauskam, war es das Beste, wenn sie es nun genauso eilig hatte wie vorhin.

Sie vermied es, auf der Treppe zu stolpern, und hatte Sanna und ihre Mutter rasch eingeholt. Die Absätze hämmerten auf den Bodenbelag aus Gummi. Ihr energischer Schritt auf die Auslandsankunftshalle zu verursachte ein störendes, regelmäßiges Geklapper, das ihr zahlreiche ungehaltene Blicke einbrachte.

Aber das ließ sie kalt.

Gleich… gleich!

Gertrud Tersén war eine der Ersten, die durch die Schwingtür kamen. Die schlanke, langbeinige und völlig hoffnungslose Gertrud. Viele hatten sich gefragt, ob Joann nicht eifersüchtig auf die elegante Stewardess war, die recht häufig die gleiche Route flog wie ihr Mann.

»Eifersüchtig – auf Gertrud? Du machst Witze«, hatte Joann solche Bemerkungen stets abgewehrt. »Sie sieht zwar aus wie ein Fotomodell, aber ihr Hirn und ihre Psyche sind die einer alten Putzfrau.«

Es war tatsächlich so, dass Gertrud mehrmals wegen Banalitäten mit Kollegen aneinander geraten war. Sie hatte kleinkarierte Ansichten über dieses und jenes und hatte sich sogar eine Verwarnung eingebrockt, vom Dienst suspendiert zu werden.

Aber heute wirkte sie recht ausgeglichen. Als sei der Flug ungewöhnlich ruhig und unkompliziert verlaufen. Sie lächelte Joann grüßend zu, blieb jedoch nicht stehen, sondern rauschte weiter Richtung Ausgang.

Hinter Gertrud kamen zwei äußerst gestresste Geschäftsmänner. Joann hörte, dass sie deutsch sprachen.

»Sehr irritierend, dass man nicht telefonieren durfte…«, ereiferten sie sich gegenseitig.

Joan nahm an, dass sie sich über das Verbot, Mobiltelefone zu benutzen, ärgerten. Würde ein anderer Interessent aufgrund der lächerlichen Rücksichtnahme auf die Verkehrssicherheit möglicherweise vor ihnen ein lukratives Geschäft abschließen?

Doch dann gingen die Türen wieder auf.

Und wie in Zeitlupe sah sie Kent und seinen Kollegen David den Gang entlangkommen, die Mäntel über dem Arm und die Rollenkoffer im Schlepptau.

Genau so, wie es sein sollte.

Sie war sonst wirklich nicht so, aber heute konnte sie einfach nicht an sich halten. Sie lief Kent entgegen, um ihn zu begrüßen. Er war völlig überrumpelt, als sie die Arme um seinen Hals schlang, konnte seinen Koffer nicht rechtzeitig bremsen, sodass er gegen ihre Füße rollte, als sie sich in seine Arme warf.

»Hej, Schatz… oh, Schatz«, plapperte sie wie ein Teenager auf einer Party mit dem ersten Freund drauflos, »willkommen zu Hause, ich hab dich ja so vermisst!«

Er lachte, allerdings etwas gezwungen.

Das Ganze war wirklich ein bisschen peinlich.

Er und David waren alte Kollegen. Sie kannten sich fast genauso lange, wie er mit Joann verheiratet war. Und beide erwarteten ohne Frage ein etwas gesitteteres Benehmen von ihren Ehefrauen. Himmel, das mit der Fliegerei, Abschied und Heimkehr war für sie genauso normal, wie wenn die Männer anderer Frauen den Müll runterbrachten!

»Ja, ist ja gut«, sagte er, lachte und versuchte, sie mit der freien Hand leicht von sich wegzuschieben, »schön dich zu sehen, Liebes. Aber übertreibst du nicht ein bisschen?«

Sie beruhigte sich, kicherte ebenso geniert wie er und entdeckte endlich David direkt hinter Kent.

»Oh, hallo, David«, grüßte sie und trocknete sich verstohlen eine Träne aus dem Augenwinkel, »wie geht's?«

»Gut«, versicherte David offenbar unbefangen, »danke, gut.«

»Sollen wir dich mitnehmen?«, bot Kent an.

David und Gun wohnten in Malmö, aber das war kein nennenswerter Umweg. Nicht wenn man ohnehin schon zusammen die vergangene Woche kreuz und quer durch die Weltgeschichte geflogen war.

»Danke für das Angebot, aber Gun holt mich ab. Sie wartet bestimmt draußen auf dem Parkplatz.«

Natürlich. Das war ein deutlich angemesseneres Verhalten für eine Pilotenehefrau. Sowohl Joann als auch Kent begriffen, was er meinte. Sie verabschiedeten sich rasch voneinander, während Joann und Kent zu ihrem Auto gingen, das direkt vor dem Ausgang in der Haltezone geparkt stand.

Unter dem Scheibenwischer klemmte ein weißer Zettel. Kent riss ihn an sich und warf Joann einen strafenden Seitenblick zu.

»Tut mir Leid«, log sie und zuckte mit den Schultern. »Ich

bin in letzter Minute gekommen und habe es nicht mehr bis auf den Parkplatz geschafft.«

Er las den Strafzettel etwas genauer und sah, dass er vor über achtzig Minuten ausgestellt worden war. Aber er sagte nichts. Das war nicht wichtig. Es gab andere Dinge, die von weitaus größerer Bedeutung waren.

»Auf nach Hause«, sagte er und hielt die Hand auf, um die Schlüssel entgegenzunehmen.

Sie überließ sie ihm mehr als gern. Schwäne machten das. Schwäne vertrauten ihren Ehepartnern. Laura tat ihr Leid, und sie verdrängte jeden Gedanken, den sie jemals an Jorge verschwendet hatte.

Daran hatte Joakim Hill schon lange nicht mehr gedacht. Aber an diesem Abend gab es nur einen Ausweg für ihn.

Catharina, Bia und natürlich das Ungeborene waren unterwegs zu einer Kindergartenfreundin von Bia, die ihren Geburtstag von Respekt einflößenden drei Jahren feierte!

Joakim war froh und betrübt gleichzeitig, als sie gingen.

Froh, weil er somit gezwungen wurde, die Erlebnisse des Tages Revue passieren zu lassen.

Betrübt, weil Leben im Haus stets düstere Grübeleien verscheuchte und ihn auf andere Gedanken brachte. Zum Beispiel, wo um alles in der Welt Nallepadda abgeblieben war. Nallepadda war ein lustiges kleines Plüschtier, das Joakim für Bianca geschossen hatte, als sie erst zwei Monate alt war und die Eltern mit ihr zum ersten Mal zum Tivoli gegangen waren.

Wieso das Kuscheltier so hieß, hatte er vergessen. Vielleicht weil es eine grüne Mutation war, die so aussah wie die Kreuzung eines unter Magenschmerzen leidenden Bären und einer Schildkröte.

Wie auch immer, seitdem war das Tier jedenfalls der ständige Bettgenosse seiner Tochter. Ohne den sie unter keinen Umständen schlafen konnte, um dessen Verbleib sie sich jedoch tagsüber nicht im Geringsten scherte. Abends konnte sie ihn überall versteckt haben. Unter dem Sofa, in einem finsteren Schrank oder einmal sogar im Kühlschrank.

Catharina hatte den schwer unterkühlten Mitstreiter herausgenommen und Bia vorwurfsvoll gefragt, was Nallepadda ausgerechnet im Kühlschrank zu suchen hatte.

»Alleadda am Nopo«, hatte ihr Sprössling rundheraus erklärt.

Selbstverständlich. Nallepadda war am Nordpol! Der Weihnachtsmann war ja dort, warum also nicht auch ihr zweiter Favorit im Leben?

Aber heute Abend würde es keine wilde Jagd nach dem Kuscheltier geben.

Denn es saß vollkommen sichtbar in der Sofaecke und starrte mit seiner leicht tragikomischen Miene geradeaus. Hill sah, wie die Glasaugen im Licht der Flurlampe glänzten.

Er war ins Schlafzimmer unterwegs, wo die große begehbare Kleiderkammer war. Ein Raum, den er vermissen würde, selbst wenn sie ein Haus mit bedeutend mehr Zimmern als in dieser Wohnung beziehen würden.

Die Kleiderkammer schirmte ab.

Bot einen nützlichen, therapeutischen Raum für die Analyse heikler Probleme. Eine Eigenschaft, die seiner Meinung nach kaum eine andere architektonische Konstruktion erfüllte. Ein Ort der Entspannung und unbewussten Auseinandersetzung mit den wirklichen Problemen.

Und dann war dort der Zug aufgebaut.

Das Interesse für Modelleisenbahnen war einem Missverständnis entsprungen. Entstanden aus der Annahme Joakims, Catharina würde einen Jungen austragen. Einen Sohn, der das erdenklich Schönste bekommen sollte – ein Eisenbahnset.

Und das relativ preiswerte Anfängerset, mit dem das Laster begann, hatte, wie geplant, sehr bald nach umfassenden Ergänzungen verlangt. Genau wie das beschlagene Verkäufergespann Vater und Sohn im Spielzeuggeschäft so geschickt vorhergesehen hatte, als es Hill auf den gefährlichen Geschmack gebracht hatte.

Und obwohl der Sohn eine Tochter geworden war, Sara Bianca Hill, war das Interesse für Modelleisenbahnen exponentiell gestiegen.

Mit der jüngsten Investition, dem digitalen Märklin-System, konnten sogar mehrere Züge gleichzeitig gesteuert werden. Das hatte allerdings auch so viel gekostet, dass er sich beinahe schämte. Das Zugfahren war jedoch viel spannender geworden – für alle. Denn weder Catharina noch Bia ließen sich zweimal bitten, sich mit den Zügen in den Kampf zu werfen.

Es war hingegen selten, dass er wie jetzt allein fahren konnte. Und er hatte zum Glück auch nicht allzu häufig dieses verzweifelte Einsamkeitsbedürfnis.

Er öffnete die Tür und knipste das Licht mit dem Schalter direkt links neben dem Türrahmen an.

Es roch leicht abgestanden, staubig und sauerstoffarm da drinnen.

Genau wie auf Tante Karins Dachboden in Kalmar, als er noch ein Kind gewesen war. Er hatte seine Tante geliebt. Nicht nur, weil sie die Einzige war, die noch übrig gewesen war – sie hatte sich um ihn gekümmert, nachdem seine Eltern bei einem tragischen Verkehrsunfall ums Leben gekommen waren –, sondern vielmehr als den Menschen, der sie gewesen war. Er erinnerte sich an kein anderes Leben als an das mit ihr. Er hatte einfach die Geborgenheit geliebt, die sie stets ausgestrahlt hatte. Die Erinnerungen an ihre beschützende Umarmung waren ihm immer noch gegenwärtig. So wie die Gerüche und Empfindungen aus seiner Kinderwelt für immer ein Teil von ihm waren.

Vielleicht lag es an dem Geruch, dass er sich hier so gut entspannen konnte wie sonst selten. Eine Zuversicht, frei und ohne Risiko Vermutungen anzustellen. Als wachte Tante Karin immer noch über ihm.

Aber das tat sie leider nicht. Sie war vor ein paar Jahren gestorben. Herrje, das war fast schon fünf Jahre her. Und trotzdem spürte er ihre Geborgenheit durch Gerüche und andere periphere Sinneseindrücke.

Er zog einen kleinen lackierten Holzschemel zu sich heran und setzte sich an das Steuerpult für die Züge.

Das Märklin-Set war inzwischen weitaus umfangreicher und größer geworden, als er zunächst geahnt hatte. Die liebevoll aufgebaute Modelleisenbahn war zu einem wichtigen Zentrum geworden. Eine Beschäftigung, die eine derart intensive Konzentration verlangte, dass die Synapsen alte Knoten lösen und in neue Gedankenbahnen lenken konnten.

Heute musste er einfach wieder fahren. Wie sollte er sich sonst ein Bild von den schrecklichen Dingen machen, die heute passiert waren? Verstehen, wie um Himmels willen jemand einem Kind etwas dermaßen Widerliches antun konnte?

Das war eine Frage der Achtung vor den Rechten anderer.

Und der Täter hatte ohne Zweifel das Recht des Mädchens missachtet, aufwachsen zu können. So wie Janes sämtliche Zukunftspläne vor wenigen Tagen zunichte gemacht worden waren, waren auch Stinas zerstört. Durch einen weiteren tiefen Schnitt in den Hals. Professionell ausgeführt, um ein Leben effektiv auszulöschen, das gerade erst begonnen hatte.

Heute wählte Hill die stilvolle Hochgeschwindigkeitslok DB 401 ICE und die herrliche, grün angemalte 3756 »Krokodil«. Sie sollten Post- und Personenwagen beziehungsweise Holz- und Güterwaggons ziehen.

Die zweispurigen Schienen waren auch erweitert worden. Die einfache Achterform, mit der er einst begonnen hatte, hatte sich zu einem weitaus komplizierteren Netz aus Tunnels, Überbauten und Doppelkreuzungen gemausert. Es war wie das Leben selbst – es wurde immer schwieriger, wenn man eigentlich hoffte, dass es einfacher wurde.

Marianne und Tage Ohlsson hatten eindeutig versucht, ihr Leben zu vereinfachen. Meinten vielleicht, sie hätten sich in den schwierigen Jahren tapfer geschlagen, in denen die Eltern aus rein moralischen Gründen ihrem Kind zur Seite stehen mussten. Aber insgeheim hatten sie ständig die Freiheit der goldenen Tage zurückgesehnt, die die Schwangerschaft ihnen genommen hatte.

Alles war nämlich so einfach, wenn man auf dem Tanzparkett dahinschwebte.

In dem festen Glauben, dass ihre Tochter nun groß genug war, um sie mit gutem Gewissen allein in einem bequemen Heim in der faszinierenden Gesellschaft der Fernsehmedien zurücklassen zu können.

Die Vorstellung, dass in den eigenen vier Wänden etwas passieren konnte, war ihnen vollkommen fremd. Das konnte nämlich diese wunderbare Einfachheit erschüttern.

Aber der Schock, nachdem das Unvorstellbare tatsächlich eingetroffen war, hatte sie doppelt getroffen. Sie waren nicht nur ihres einzigen Kindes beraubt worden, sondern auch der bequemen Einstellung, sich nichts vorwerfen zu müssen.

Seit dem Eintreffen der Polizei und des Krisenbetreuungspersonals war es ganz offensichtlich, dass es sich hier um eine zweifache Tragödie handelte.

»Sie … sie ist hier … drinnen«, stammelte Tage Ohlsson und deutete ohne den geringsten Ansatz zu folgen auf Stinas Zimmer.

Auf dem Hof schlug erneut eine Autotür zu, und die Haustür gewährte einem weiteren Fremden Zutritt in ihre perfekte Welt.

Es war Morgan Johannesson.

Er hatte die Eltern flüchtig gegrüßt und festgestellt, dass sie ihn vermutlich kaum registrierten. Sie standen offenbar unter einem schweren Schock, und sowie er sich mit den Polizeibeamten kurzgeschlossen hatte, würde er sich um sie kümmern. Wahrscheinlich brauchten sie ein intravenöses Beruhigungsmittel.

Assistent Kenneth Abrahamsson hatte Johannesson angerufen, sobald feststand, dass sowohl Notarzt als auch Ambulanz nichts mehr tun konnten.

Jetzt stand er auf dem Treppenabsatz und sperrte mit verbissener Miene den Tatort mit blauweißem Band ab.

Er und Birgitta Svenningsson, die den Alarm entgegengenommen hatte, sperrten zuerst das Zimmer ab und richteten anschließend einen sicheren Arbeitsplatz im Flur ein.

Es war vollkommen klar, dass der Täter sich über den Balkon Zutritt zum Haus verschafft und eindeutig kein weiteres Zimmer betreten hatte.

Auf dem hell lasierten, beinahe unschuldig weißen Laminatboden waren nämlich deutliche Fußspuren zu sehen. Reste von dem frisch gemähten Rasen hinter dem Haus. Direkt unterhalb des Balkons. Außerdem war es gestern Abend feucht gewesen, mit weißem Raureif, sodass die schwere Erde überall wertvolle Indizien hinterlassen hatte.

Abrahamsson und Svenningsson zogen sich vorsichtig aus dem Zimmer zurück und warteten auf Larsson. Er sicherte nun alle Spuren, die es zu sichern galt. Jede weitere Person am Tatort würde sie lediglich zerstören.

»Was haben wir denn da drinnen?«, fragte Johannesson und nahm seine Tasche von einer Hand in die andere.

»Ein kleines Mädchen«, gab Abrahamsson düster zurück, »ein Kind. Ich begreife das nicht.«

Er brauchte nichts zu erklären. Johannesson wusste genau, wie er sich fühlte. Birgitta Svenningsson kam gerade aus dem Wohnzimmer, wo sie begonnen hatte, die Eltern zu befragen.

»Das Mädchen war gestern Abend allein zu Hause«, berichtete sie. »Die Eltern selbst waren tanzen. Das tun sie regelmäßig, behaupten sie. Aber gegen halb zehn habe sie mit ihr telefoniert, sagt die Mutter.«

»Und wann sind sie nach Hause gekommen?«

»Kurz nach halb eins heute Nacht.«

»Und?«

»Sie sind sofort ins Bett gegangen.«

»Aber ich verstehe das nicht«, erkundigte Johannesson sich sichtlich irritiert, »wann ist denn der Notruf eingegangen?«

»Die Zentrale hat ihn gegen elf Uhr vierzig registriert.«

»Dann ist das jetzt am Vormittag passiert, oder wie?«

»Das wissen wir nicht. Die Mutter ist wie immer morgens

zur Arbeit gegangen, aber der Vater hatte zu Hause zu tun. Er wollte irgendetwas mit der Buchhaltung überprüfen.«

»Und wann haben sie entdeckt, was passiert ist?«

»Der Schulrektor hat angerufen. Das Mädel – Stina heißt sie – war offenbar eine Musterschülerin. Hat fast nie gefehlt. Als sie nicht aufgetaucht ist und zur zweiten Stunde immer noch nicht da war, hat die Schule beschlossen anzurufen.«

»Und?«

»Der Vater war ganz überrascht und hat bei ihren Freundinnen angerufen. Aber da war um die Zeit natürlich kaum jemand zu Hause. Eine Mutter, die er dann erreichen konnte, hat den revolutionären Vorschlag gemacht, er solle in ihrem Zimmer nachsehen. So war das dann.«

Johannesson starrte zuerst Svenningsson und dann Abrahamsson an und ließ seinen Blick wieder zurückwandern.

»Du meinst, sie haben gar nicht erst nachgeschaut, ob sie heute Morgen zu Hause war oder ob sie sich auf den Weg zur Schule gemacht hat?«, brüllte er fast.

Svenningsson hob die Schultern.

Es war schließlich nicht ihre Schuld. Sie war nur diejenige, die die Aussagen notiert hatte.

»Jeeesus!«

Larsson reichte seinen Technikerkoffer durch die Tür, Abrahamsson nahm ihn wortlos entgegen und stellte ihn in den Arbeitsbereich im Flur.

»Mach nur einen Final Overview«, sagte Larsson und hielt auf der Türschwelle inne.

»Final Overview« bezeichnete den wehmütigen Augenblick, in dem der Techniker seinen Einsatz am Tatort für beendet erklärte und sich einen abschließenden Blick gönnte, bevor er dem Pathologen das Feld überließ. Eine Art mentales Foto mit dieser inneren Kamera, die viel tiefer als nur bis an die Oberfläche drang. Die bis in Zusammenhänge, Gefühle und Befindlichkeiten hineinreichte. Und wenn der Blick gut trainiert und der Techniker in Bestform ist, Anomalien erkennt, die mehr verraten, als das Auge sieht.

Aber in diesem Fall war das bereits geschehen.

Und er war sogar ziemlich zufrieden. Die Spuren auf dem Parkett waren gesichert worden, außerdem hatte man eine Haarsträhne gefunden, deren Analyse sicher nicht uninteressant war. Sogar Larsson zog sofort die Parallelen zu dem Mord vor wenigen Tagen.

»Ja«, verkündete er schließlich und strich sich tröstend über den Schnurrbart, »ich denke, du kannst jetzt übernehmen, Johannesson. Hoffentlich können wir später noch einen Gegencheck machen. Informierst du Hill noch?«

»Ja, das mache ich, sobald ich hier fertig bin.«

Das helle, fast engelsgleiche Mädchenzimmer zu betreten war so, wie eine Andachtsstätte zu besuchen. Hier herrschte Geistlichkeit und Dekor. Die gesamte Einrichtung war hell und strahlte Ruhe aus, aber das sakrale Moment entstand durch die junge Tote auf dem Bett. Sie war engelsgleich, und er hoffte, obwohl er nicht gläubig war, dass sie jetzt tatsächlich ein Engel war.

Johannesson benötigte rund fünf Minuten, um die vorläufige Untersuchung vorzunehmen und alles zu notieren, was mit dem Totenschein zu tun hatte. Aber er blieb weitere drei, einfach um noch kurz zu verweilen.

»Wie um alles in der Welt ist das nur möglich?«, fragte er an Birgitta gewandt, während er das Schloss des Arztkoffers zuschnappen ließ und die Treppe hinunterging. »Wann, hast du gesagt, ist der Notruf eingegangen?«

»Gegen zwanzig vor zwölf«, wiederholte Svenningsson und warf einen nervösen Blick Richtung Wohnzimmer, wo die Eltern noch immer saßen.

»Glaubst du, das waren … sie?«, flüsterte Abrahamsson und beugte sich vor.

»Es ist immer unglaublich schwer, den exakten Zeitpunkt des Todes festzustellen. Da hängt so vieles dran. Aber wenn ich raten soll – also rein hypothetisch, wir müssen das Obduktionsergebnis erst abwarten –, dann ist sie gestern Abend schon gestorben. Irgendwann zwischen zehn und elf.«

Abrahamsson griff sich an die Stirn. Johannesson sah, wie eine Vene beunruhigend zu pochen begann, und wusste, dass Abrahamsson furchtbar wütend wurde.

»Und so wie ich das sehe, waren die Eltern nachweislich bei einem Tanzwettbewerb, oder?«, schloss Johannesson an Svenningsson gewandt.

»Genau. Das haben uns bereits die Wettbewerbsleitung und gute Freunde bestätigt.«

»Wie kann man nur?«, wunderte Abrahamsson sich. »Wie kann einem das eigene Kind dermaßen egal sein, dass man sich nicht mal darum kümmert, ob es zu Hause ist oder nicht?«

Er schüttelte den Kopf, machte eine ausholende Armbewegung und folgte dem Doktor ins Erdgeschoss. Sie trennten sich mit einem höflichen Kopfnicken, und der Doktor hatte bereits sein Mobiltelefon gezückt, als er aus dem Haus trat. Er rief Joakim Hill an, wandte jedoch der Straße den Rücken, um den wartenden Journalisten kein gefundenes Paparazzi-Fressen zu liefern.

Abrahamsson trat ins Wohnzimmer und musterte skeptisch den Mann und die Frau, die wie versteinert auf dem groß geblümten Chintzsofa saßen.

»Der medizinischen Diagnose zufolge ist Ihre Tochter zwischen zehn und elf gestern Abend verstorben. Sie haben mit ihr telefoniert, sagten Sie?«

Die Mutter nickte hilflos, während Tränen ihre Wangen hinabliefen.

»Worüber haben Sie gesprochen, hat sie etwas Bestimmtes gesagt, was für das, was dann passiert ist, wichtig sein könnte?«

»Nein«, brachte die Mutter schließlich heraus. »Wir haben über… über meinen Ohrring geredet.«

»Ihren Ohrring?«

»Ja, ich hatte ihn verloren und habe sie gebeten, sicherheitshalber im Bad nachzusehen. Man will sich ja nicht unnütz ärgern, dass man etwas Wertvolles verloren hat, wenn es dann doch zu Hause liegt.«

»Und, lag es da?«

Sie schüttelte den Kopf und schniefte.

»Was sollen wir denn jetzt machen?«, schluchzte ihr Mann ebenso verzweifelt. »Wie sollen wir jetzt weiterleben ohne unser kleines Mädchen?«

Abrahamsson fiel es schwer, ihnen diese Vorstellung abzukaufen. Eltern, die ihrem einzigen Kind weder Gute Nacht noch Guten Morgen wünschten? Er hatte den schweren Verdacht, dass sie hauptsächlich über sich selbst weinten.

»Machen Sie doch genau so weiter wie bisher – tun Sie so, als ob«, kam es ihm unwillkürlich über die Lippen.

So tun, als wäre sie noch in ihrem Zimmer, so tun, als wäre sie noch da, ohne im Weg zu sein – ohne zu stören, ohne dass sie sich kümmern müssen, dachte er.

Er wusste, dass er den Spieß umgedreht hatte, aber gleichzeitig war das vielleicht gerade nötig, damit sie darüber hinwegkamen. Hin zu dem Leben, das sie hätten leben sollen.

»Wie bitte?«, fragte der Vater, und es war offensichtlich, dass er nicht zugehört hatte.

Abrahamsson spürte einen Stich der Reue. Natürlich brauchte der Mann sich nicht zu rechtfertigen. Es war seine Tochter, die tot in ihrem Zimmer lag, nicht Abrahamssons. Und was immer versäumt worden war, wie auch immer sie miteinander gelebt hatten, die Strafe war unbeschreiblich grausam.

»Nichts«, wehrte er ab, »mein Kollege hat gesagt, Sie sind heute Nacht spät nach Hause gekommen. Wann war das?«

Das kinderlose Ehepaar beantwortete seine Frage mit derselben Zeitangabe, die es auch Svenningsson gegenüber gemacht hatte. Das beruhigte Abrahamsson ein wenig, aber er war dennoch gezwungen, die unausweichliche Frage zu stellen.

»Wenn Sie nicht nach Ihrer Tochter gesehen haben, als sie nach Hause gekommen sind, warum haben Sie das dann nicht wenigstens am Morgen gemacht?«

»Wir dachten, sie ist schon losgegangen«, gestand die Mutter.

»Losgegangen? So früh?«

»Das kam manchmal vor. Dass sie in der Schule frühstückte. Es gibt einen Service für die Kinder, die nicht zu Hause essen. Sie bekommen ein Frühstück und gehen dann direkt zum Unterricht.«

Plötzlich wurde Abrahamsson die eigentliche Tragödie klar. Die Tochter hatte ihre Eltern nie gekannt und die Eltern ebenso wenig sie. Ihnen daraus einen Vorwurf zu machen war sinnlos. Aber die Katastrophe war dennoch Fakt.

Er hörte, wie zwei Autos ungefähr gleichzeitig vor dem Haus hielten.

Eines war der Leichenwagen.

Das andere war Joakim Hills. Er wurde von Assistent Anders Petrén begleitet.

»Johannesson hat angerufen«, erklärte er.

»Ja, er hat gesagt, dass das hier genauso aussieht wie der Fall vor ein paar Tagen«, berichtete Abrahamsson, »deshalb ist es wohl das Beste, wenn du mal reinschaust, bevor sie sie mitnehmen.«

Das hatte Hill getan. Widerwillig, aber von Berufs wegen gezwungen. Er hatte den Fall Jane schon schlimm gefunden, aber das hier hatte alles übertroffen.

Sobald Stina Ohlssons Leiche vom Bett entfernt worden war, hatte er Abrahamsson und Petrén geholfen, die Bettwäsche zu durchsuchen, die Matratze zu wenden und einen Blick unter das Bett geworfen. Larsson nahm sich die Schreibtischschubladen und den Nachttisch vor. Alles wurde bis in den kleinsten Winkel untersucht, sogar der Kleiderschrank.

Aber nichts ergab einen Hinweis auf den Mörder.

»Wie ist er hereingekommen?«, fragte Hill.

»Wir sind fast sicher, dass er über den Balkon gekommen ist«, gab Abrahamsson zurück. »Die Tür hat einen Sicherheitsriegel, sodass man lüften kann, ohne dass sie von außen aufgemacht werden kann. Aber er war von innen entriegelt worden.«

Er zeigte auf einen Metallriegel, der mit dem Schloss verbunden war.

»Du meinst, sie hat ihn freiwillig reingelassen?«

»Es sieht ganz danach aus, ja.«

»Kennt er sie«, schlussfolgerte Larsson und reckte sich, »kriegen wir ihn – aber wenn es irgendein Verrückter ist, haben wir nicht die geringste Chance.«

Joakim Hill wusste, dass er Recht hatte.

Deswegen musste er heute Abend Modelleisenbahn fahren. Musste etwas so Unwirkliches tun, um über diesen Wahnsinn hinwegzukommen.

Die Schienen so zu koppeln, dass die beiden wertvollen Loks unvermeidlich bei Höchstgeschwindigkeit zusammenstießen, war völlig schwachsinnig.

Aber genau das hatte er getan.

Um sich gleichsam selbst herauszufordern. Würde es ihm gelingen, eine erlösende Idee zu haben, bevor sie hinten bei dem Kohlenlager ineinander krachten? Er hatte mit sich selbst gewettet. Eine Lösung finden oder zwei gute Lokomotiven verlieren.

Er startete beide gleichzeitig mit dem neuen digitalen Steuersystem und hörte, wie sie beschleunigten – jede aus ihrer Richtung.

Denk Hill – denk!

Man hatte selbstverständlich die Eltern gefragt, ob in letzter Zeit etwas Außergewöhnliches vorgekommen war. Aber dazu konnten sie nichts sagen. Hatte die Tochter merkwürdige Anrufe erhalten? Sie hatten keine Ahnung. Sie hatte zumindest nichts darüber verlauten lassen. Nein – wozu sollte das auch gut sein?

Die DB 401 umrundete die erste Kurve, bevor er die Problematik in Gedanken hatte formulieren können. Wo hatte sich Dan Hansson zwischen zehn und elf Uhr gestern Abend aufgehalten? Hatte er ein Alibi, schied er in beiden Fällen als Mörder eindeutig aus. Nicht wahr? Wenn nicht…

Die Räder des »Krokodils« kreischten, als die Lok die S-Kurve vor dem Bergtunnel nahm und auf der geraden Strecke erneut beschleunigte. Es blieb noch eine knappe Minute. Dann war die Kollision Fakt.

Er wusste nicht, ob er das neue System verfluchen oder segnen sollte, das es ermöglichte, mehrere Loks gleichzeitig zu steuern. Theoretisch unendlich viele. Aber praktisch war es unglaublich schwierig, mehr als zwei gleichzeitig zu lenken.

Taten einige der Beteiligten das Gleiche?

Befassten sich mit mehr als einer Handlungsebene parallel? Gab es mehrere Motive, mehrere treibende Kräfte als bisher angenommen?

Inga Jansson hatte offenbar gelogen.

Warum hatte sie gelogen, wenn nicht um von etwas abzulenken, das auf einer ganz anderen Ebene geschah?

Die Fragen rasten ebenso schnell durch Hills Kopf wie die Lokomotiven samt angehängten Wagen, die auf ihrer wahnsinnigen Strecke Richtung Tod aufeinander zusausten.

Auf Punkt Z, an dem sie mit unfassbarer Kraft miteinander zusammenstießen.

Was hatte Janes Mutter zu verbergen?

Das Einzige, was sie und den vermeintlichen Schwiegersohn miteinander verband, war… denk, denk, denk!

Nur noch wenige Augenblicke.

Die Lebensversicherung!

Joakim Hill zog in letzter Sekunde die Bremsen.

Die beiden ausgesprochen exakt nachgebauten Loks hielten, neigten sich ein wenig nach hinten und standen dann still, Stoßdämpfer an Stoßdämpfer, mitten auf der Schienenstrecke.

Genau!

Der Trust-Fund war der gemeinsame Nenner.

Morgen Früh würde er als Erstes Kontakt zu einem Kollegen aufnehmen, egal, zu wem, in Liberal in Kansas, wo John die Versicherung abgeschlossen hatte.

Außerdem musste er Susanna wegen der Quittung sprechen.

Auf einmal war er sehr, beinahe unheimlich sicher, dass sie bisher in der völlig falschen Richtung nach dem Mörder gefahndet hatten, der bereits zwei junge Frauen ums Leben gebracht hatte.

16

Er ärgerte sich maßlos über sich selbst. Konnte nicht begreifen, wie es so weit hatte kommen können.

Er wollte lediglich diesen Telefonkontakt haben, weiter nichts.

Aber dann hatte er diesen verführerischen Spalt in Janes Haustür gesehen, der ihm sagte, dass ihn nichts mehr aufhalten konnte. Nichts konnte ihn an dem rein physischen Kontakt hindern.

Es war nur so… dass er ihn nicht so genutzt hatte wie ursprünglich geplant.

Nicht im Geringsten.

Hätte man ihn gefragt, hätte er sicher geantwortet, dass er nur einen Besuch geplant hatte, ohne dass die Gegenseite ahnte, dass er überhaupt da gewesen war. Vielleicht hatte die Betroffene ihn nur beiläufig registriert und gedacht: Das war aber ein netter Mann. Mehr als das hatte er nie vorgehabt.

Aber es war anders gekommen.

Er konnte nicht genau erklären, weshalb, aber als er schon zu weit gegangen war, um sich mit einer nichts sagenden Höflichkeit zu entschuldigen und wieder zu verschwinden, war alles vollkommen aus dem Ruder gelaufen.

Aber auch anschließend hatte er diese Sehnsucht, dieses teuflisch irritierende Bedürfnis verspürt, das unglaubliche Gefühl wieder zu erleben.

Das Gefühl, dass er es war, der über Leben und Tod entschied. Und er wusste, dass er ständig mehr brauchte.

Irgendwann war er kurz davor gewesen, die Wahrheit zu erkennen. Die ihm ständig entgleitende Antwort auf die Frage: Warum und wie?

Er war so nah gewesen. Als die Kleine ihm gestern die ganze verdammte Zeit lang direkt in die Augen gestarrt hatte. Nicht zusammengeklappt und in Ohnmacht gefallen war wie diese Indianer-Jane.

Nein, nicht die Kleine. Sie war die ganze Zeit dabei gewesen.

Es war fast wie ein Schäferstündchen gewesen.

Das war es wirklich!

Kann man überhaupt einander noch näher kommen, als den Tod gemeinsam zu erleben?

Er hatte Mädels gehabt, die gejammert, sich beklagt und gekeucht hatten: Ich sterbe, ich glaube, ich sterbe!

Verflucht noch mal!

Das war nur pathetisches Geschwätz gewesen. Doch gestern Abend war es anders gewesen. Sie hatte zwar keinen Ton gesagt. Aber er hatte den Schnitt ausgeführt und ihren Blick erwidert, bis ihrer in das leere Nichts hinübergeglitten war. Und er konnte schwören, dass sie da bereits die Grenze überschritten hatte.

Und das war wirklich keine Schauspielerei gewesen.

Was immer sie empfunden haben mochte, es war die ganze Zeit echt gewesen! Das hatte er ihrem Blick angesehen.

Er war rasch von Schmerz zu Schrecken übergegangen, zu einer bodenlosen Verzweiflung.

Da muss sie begriffen haben. Kapiert, dass er kaum irgendein Ritter in weißer Rüstung war oder ein Romeo oder ein verfluchter Brad Pitt – er war die Ewigkeit selbst.

Und auf einmal hatte er den Anflug eines Lächelns entdeckt.

Er hatte viel darüber nachgedacht, ob er sich verguckt hatte oder nicht. Ob es wirklich so gewesen war. Aber nun wusste er mit Sicherheit, dass das kurze Zucken im Mundwinkel einen fast zufriedenen Schimmer in ihren Augen gespiegelt hatte, kurz bevor alles vor ihr erlosch. Sie hatte es gewusst. In dem Augenblick hatte sie mehr gewusst als irgendjemand sonst.

Und er selbst war sich wie ein bloßgestellter Idiot vorgekommen. Einer, der den Witz zwar verstanden hatte, aber nur halb.

Er musste einfach eine zweite Chance bekommen.

Heute war ein neuer Tag, und er wusste, dass er den Arbeitstag überstehen musste, ohne dass das Großartige, was passiert war, seine Tätigkeit beeinflusste.

Aber er dürstete.

Sehnte sich nach dem Abend, an dem er wieder auf die Jagd gehen konnte.

Das Schlimmste war, dass er nicht genau wusste, wen er als Nächstes…

Nenne?

Ja.

Joakim Hill war an diesem Morgen besonders früh im Präsidium eingetroffen und hatte sich zuallererst eine wirklich knifflige Frage stellen müssen. Wen zum Henker kannte er, der nicht so weit entfernt von Liberal in Kansas wohnte?

Er blätterte in seinem persönlichen Adressenregister im Computer und hatte just »USA« als Suchwort eingegeben, als Detective Inspector Burt Schnellmans Adresse auf dem Bildschirm erschien.

Burt Schnellman – ein unkomplizierter, netter Mann, den er auf einer Kriminalkonferenz in Kopenhagen vor ein paar Jahren kennen gelernt hatte. Er versah in Hayes seinen Dienst – eine Stadt nicht allzu weit von Liberal entfernt. Vielleicht konnte er ihm in der Sache mit dem Trust-Fund helfen.

Aufgrund der Zeitverschiebung war Burt allerdings erst gegen zwölf Uhr vormittags schwedischer Zeit im Büro zu erreichen.

Joakim wählte die Nummer aus seinem Register. Wie vermutet, meldete sich eine Stimme vom Band. Die aus Sicherheitsgründen keinen Namen, aber die Telefonnummer nannte, unter der man eine Nachricht hinterlassen konnte.

Die Nummer stimmte mit der überein, die Hill im Computer gespeichert hatte. Also bat er Burt, ihn schnellstmöglich zurückzurufen. Er teilte ihm außerdem mit, dass er die dazugehörigen Unterlagen an die Nummer, unter der die Polizeistation in Hayes registriert war, faxen würde.

Als Nächstes war Dan Hansson an der Reihe.

Natürlich ging es nur um eine einzige Frage. Aber Hill wollte gern Dans Gesicht sehen, wenn er diese Frage stellte.

Sahlman war schon startklar. Er musste nach Höganäs, um sich einen Einbruch anzusehen. Vermutlich einer dieser Fälle, die nie aufgeklärt werden würden.

Joakim Hill fuhr mit seinem Kollegen zu der Wohnung, in der Jane Hopegood gelebt hatte und ihrem endgültigen Schicksal zum Opfer gefallen war. Unterwegs unterhielten sie sich kaum, sondern klärten nur einige Formalitäten.

»Und wie kommst du dann wieder zurück?«, wollte Sahlman wissen.

»Das findet sich schon«, erwiderte Hill.

»Hätte er nicht auch ins Präsidium kommen können?«

»Doch, aber es könnte wichtig sein, ihn in seiner gewohnten Umgebung anzutreffen, und zwar in einer unvorbereiteten Situation.«

»Weißt du, ob er zu Hause ist?«

»Nein, das macht die Überraschung ja gerade aus.«

»Eigentlich solltest du das nicht im Alleingang machen.«

»Gut, du kannst gern mit raufkommen. Es dauert sicher nicht lange.«

»Okay.«

Dan Hansson wurde wirklich im Bett überrascht. Beinahe buchstäblich. Sie mussten mehrmals klingeln, bis er die Tür aufmachte. Er war kaum wiederzuerkennen. Die Bartstoppeln waren das eine, aber am schlimmsten waren die Augen. Sie waren völlig verweint und geschwollen. Der Bursche war fast aschfahl im Gesicht. Er trug Unterhosen und einen Morgenmantel. Das sprach dafür, dass er direkt aus dem Bett kam, aber offensichtlich hatte er nicht geschlafen – und zwar eine ganze Weile nicht.

»Aha«, war sein einziger Kommentar, als er die Tür öffnete.

»Können wir reinkommen und eine Frage stellen?«, erkundigte sich Hill.

»Ja, selbstverständlich«, lachte Dan höhnisch und machte eine übertrieben gönnerhafte Geste, »kommen Sie nur herein! Dann kann ich gleich gestehen, dass ich die ganzen Psychomorde begangen habe. Jeden einzelnen! Außerdem habe ich auch Olof Palme erschossen.«

»Ich weiß, wie du dich fühlst«, sagte Hill.

Sofort spürte er Sahlmans Ellbogen in den Rippen. Das war völlig unangebracht. Fast schon unprofessionell. Aber bei Hill wusste man nie so genau, woran man war. Vielleicht führte er etwas Bestimmtes im Schilde.

»Sehr witzig!«, zischte Dan. »Wie zum Teufel können Sie überhaupt ahnen, wie das ist, nicht nur seine Freundin zu verlieren, sondern auch noch des Mordes an ihr beschuldigt zu werden? Sie haben keinen blassen Schimmer – also hören Sie auf damit!«

»In Ordnung.«

»Worum geht es diesmal? Hat die Alte behauptet, ich hätte mich auch an ihr vergriffen? Oder dass ich ihren pathetischen Indianerklimbim geklaut hätte? Sie hatte massenweise von dem Zeug, das John ihr geschenkt hat.«

»Nein, das nicht.«

Dan blickte misstrauisch vom einen zum anderen.

»Was?«

»Wo warst du gestern Abend zwischen zehn und elf?«

»Wie?«

»Beantworte einfach nur die Frage«, entgegnete Hill. »Wo warst du, und gibt es dafür Zeugen?«

»Zeugen!«, lachte Dan leise, und Hill begriff, dass der Knabe nur mit professioneller Hilfe einen Ausweg aus seiner Situation finden konnte.

»Wie konnte es um Himmels willen so weit kommen?«, fuhr Dan mit einem schrägen Grinsen fort. »Kaum ist man unterwegs und behebt Stromversorgungsfehler und kümmert sich um die Wartung des Netzes, damit niemand in die Verlegenheit kommt, ohne Licht pinkeln zu müssen, braucht man plötzlich Zeugen, um dieses natürliche Bedürfnis zu verrichten!«

»Ich glaube kaum, dass du zwischen zehn und elf uriniert hast, oder?«

»Natürlich nicht.«

Hill hoffte verzweifelt, dass Dan nicht: »Ich war allein zu Hause«, antworten würde.

Aber das tat er auch nicht.

»Ich… ich war mit Helén zusammen«, gab er zu. »Nein, nein – es ist nicht so, wie Sie denken. Sie ist eine ganz normale Freundin. Nett, sie hat mir zugehört, und wir haben ein bisschen Wein getrunken… mehr war da nicht.«

»Wird Helén das bestätigen?«

»Klar, es gibt keinen Grund, warum sie das nicht tun sollte.«

»Dann bin ich ja erleichtert«, bemerkte Hill und wandte sich zum Gehen.

»Wie – das war alles?«

»Ja, das war alles.«

»Aber…«

»Aber es war wichtig«, sagte Hill, bevor er die Tür schloss. »Das bedeutet, dass du dir keine Gedanken mehr um die Zeugen zu machen brauchst. Du stehst nicht mehr auf der Verdächtigenliste. Ich weiß, dass ich das nie richtig nachvollziehen kann – aber du wirst noch lange damit zu kämpfen haben. Aber nicht mehr unter Verdacht zu stehen ist doch trotz der Hölle, die du durchmachen musst, etwas Positives, oder?«

»Warum bin ich denn nicht mehr verdächtig?«

»Zum einen, weil ich einen Zusammenstoß mit meinen Eisenbahnen vermeiden konnte, zum anderen, weil die Gerichtsmedizin festgestellt hat, dass Jane kein Zahn fehlt. Und außerdem, weil es wieder passiert ist. Mehr kann ich nicht sagen. Wir haben einen Serientäter in der Stadt.«

»Wann war das?«

»Zum Glück just in dem Moment, als du bei Helén gewesen bist, um zu pinkeln.«

Es war so wunderbar wie ein Mittsommernachtstraum mitten im ungemütlichen Herbst, Kent wieder zu Hause zu haben. Joann hatte zu seiner Ehre ein halbes Dutzend Austern von Roy's als Vorspeise, anschließend Fleischspieße und hausgemachtes Erdbeersorbet aufgetischt.

Sie waren völlig ungestört gewesen. Aber leider war er schon eingeschlafen, als sie aus dem Bad zurückkam.

Er war schließlich auch so offensichtlich müde gewesen, aber er fühlte sich wohl.

Und sie war zufrieden, weil er wieder bei ihr war.

So zufrieden, dass sie wie ein Stein an seiner Seite geschlafen hatte. Ohne einen Gedanken daran zu verschwenden, dass schon bald wieder ein neuer Flug auf ihn wartete. Und er in beängstigend kurzer Zeit wieder verschwinden würde.

Plötzlich war ihr die Außenbeleuchtung wieder eingefallen, die nicht funktionierte. Aber jetzt, wo er zu Hause war, hatte das Zeit. All das verschob sie in die Zukunft. Jetzt genoss sie es grenzenlos, seine sichere Nähe zu spüren.

Sie war zur Arbeit gefahren, bevor er aufgewacht war. Hatte für ihn die Frühstücksbrötchen mit einer Serviette abgedeckt und den Kaffee warm gestellt.

Als sie nach Hause kam, schlief er. Jetzt in ihrem herrlichen Sessel, die Tageszeitung auf dem Schoß. Sie hatte sie noch nicht gelesen. Weder heute Morgen noch im Büro. Es war vollkommen chaotisch gewesen. Ihr Chef war unerwartet einen Tag früher aus Göteborg zurückgekehrt und hatte umfassend über den Fall mit den Giftbananen informiert werden wollen. Sie hatte unter Hochdruck gearbeitet. Aber dank der Dokumentation, die sie schon vorbereitet hatte, konnte sie sich etwas Zeit stehlen und früher Schluss machen.

Kent durfte mehr als gerne den Sessel haben. Sie freute sich richtig, dass er es sich so bequem gemacht hatte. Es war kurz vor vier. Sie setzte sich aufs Sofa und machte den Fernseher an. Kent wachte abrupt von der Musik auf MTV auf.

»Hallo... hej«, sagte er schlaftrunken. »Wann bist du wiedergekommen?«

»Gerade eben.«

Er schaltete rasch um. Auf dem ersten Programm gab es Nachrichten.

»Ich mache uns einen Espresso«, schlug Joann vor, und er nickte dankbar.

Die Maschine führte ihre Arbeit unter derartigem Lärmen und Zischen aus, dass sie nichts von den Meldungen verstand. Nicht bis sie zwei klitzekleine Tassen mit dem dampfenden, heißen, starken Kaffee hereintrug.

»... wurde von ihren Eltern gestern gegen Mittag gefunden. Das ist der zweite Mord in Helsingborg innerhalb weniger Tage. Die Polizei ist aus ermittlungstechnischen Gründen noch immer sehr schweigsam, was die Details betrifft. Stina Ohlsson wurde nur vierzehn Jahre alt.«

Das Gehirn ist ein seltsamer Apparat. Joann hatte die Tassen auf den Sofatisch gestellt, bevor sie die Information verarbeitet hatte. Dann schlug sie die Hände vor den Mund und starrte das Bild auf dem Fernsehschirm an.

Ein kleines, schüchternes Mädchen mit schulterlangem, aschblondem Haar und großen, unschuldigen Augen.

Er hatte es tatsächlich getan!

Und diesmal war es ein kleines Kind – dieser verfluchte, verdammte Idiot!

Das Telefon klingelte, als Kent sich zu wundern begann, und sie fuhr erschrocken in die Höhe.

Es klingelte drei Mal, aber sie blieb wie versteinert stehen, obwohl der Hörer nur wenige Schritte entfernt lag.

»Das Telefon«, sagte Kent und blickte sie fragend an. »Willst du nicht rangehen?«

Das Telefon hatte wieder diese unheimliche Transformation durchlebt – von designter Hartplastikform in ein attackierendes Ungeheuer.

»Was ist denn los mit dir, Joann«, wollte Kent besorgt wissen, »warum nimmst du nicht ab?«

Da brach alles über sie herein. Keine Sekunde länger konnte sie jetzt noch diese coole Maske des unverwundbaren Mädels tragen, das mit jeder Situation zurechtkam!

Ein herzzerreißender Schrei drang aus ihrer Kehle, und sie warf sich in Kents Arme, während die Signale ins Leere hallten. Plötzlich verstummten sie, und man hörte nur noch ihr ersticktes Schluchzen an seiner beigen Strickjacke.

»Ja, ist ja gut«, sagte er und strich ihr beruhigend über den Kopf. »Was ist denn los? Erzähl mir einfach alles.«

Dann sprudelte alles aus ihr heraus. Ohne sich zurückzunehmen, erzählte sie von den Schreckensnächten, in denen er angerufen hatte. Davon, dass sie überzeugt war, dass er sie durch das Fenster beobachtet hatte, und sogar wie sie den armen Göte ausgenutzt hatte, um den Anschein zu erwecken, dass sie nicht allein zu Hause war.

Wie erschüttert sie war, als sie nun von dem Mord an dem jungen Mädchen gehört hatte, aber nicht zur Polizei hatte gehen wollen, weil sie kaum etwas wusste. Und wie sie außerdem ihn nicht hatte beunruhigen wollen – mit Rücksicht auf den verantwortungsvollen Job, den er hatte und der absolute, hundertprozentige Konzentration verlangte.

Wie sie eigentlich auch jetzt all das nicht hatte erzählen wollen, aber nun war es dennoch so gekommen und… was sollte sie um Himmels willen jetzt tun?

»Warum hast du den Mord mit den anonymen Anrufen in Verbindung gebracht?«

Sie schluchzte erneut, sowie sie an die Anrufe dachte, aber zwang sich, sämtliche grausame Details zu berichten, die der Mann beschrieben hatte. Dinge, die er jemand anderem antun wollte, weil sie ihn verärgert hatte. Dinge, die er offensichtlich einem vollkommen wehrlosen, armen Mädchen angetan hatte.

Kent hatte normalerweise ein eher aufbrausendes Temperament. Für ihn war das Privatleben ein zu schützendes Heiligtum, und sie hatte erwartet, dass er sich aufregen würde, wenn er das hörte.

Oder dass er zumindest eine genauere Erklärung dafür, wie alles vonstatten gegangen war, verlangte. Aber er blieb ungewöhnlich ruhig. Beinahe kühl und zielgerichtet erkannte er, was zu tun war.

»Auf jeden Fall gehst du zur Polizei und erzählst ihnen alles! Ich rufe dort sofort an und fahre dich dann hin – wenn ihnen das passt. Aber es ist bestimmt sehr wichtig für sie, mit dir schnellstmöglich Kontakt aufzunehmen in diesem Fall. Du hast ja selbst gehört, dass die Ermittlungen auf Hochtouren laufen.«

»Ja, das mache ich, wenn du meinst, dass das richtig ist.«

»Absolut!«

Kent griff nach dem Telefon und wählte die Nummer der Polizei.

Er wurde direkt zu Susanna durchgestellt, die ihn bat dranzubleiben, nachdem sie sich notiert hatte, worum es ging. Kurz darauf meldete sich ein Mann, der sich als Kriminalkommissar Joakim Hill vorstellte.

Kent erläuterte kurz, was passiert war, und reichte seiner Frau den Hörer.

Als der Kommissar Joanns Bericht angehört hatte, stand außer Zweifel, dass er das Gesagte äußerst ernst nahm. Er würde sofort selbst vorbeikommen oder jemanden schicken, der mit Frau Ek Sörensen ein vorläufiges Verhör durchführte. Da er nicht mit Sicherheit sagen konnte, wer vorbeikommen würde, machte er die Notwendigkeit deutlich, dass sie nach der Dienstmarke fragen sollten.

»So, mein Schatz«, sagte Kent, ließ sich neben Joann auf das Sofa fallen und legte den Arm um sie. »Jetzt wird alles gut, du wirst schon sehen.«

Wie schön, ihn so nah bei sich zu haben.

Das war die Geborgenheit. Aber auch dieses alte, bei dem

Alltagsstress fast vergessene Gefühl, zusammenzugehören und zusammenzuhalten, welche Gefahren auch immer drohten.

Er drückte sie besonders fest an sich. Joann war froh, dass sie sich endlich alles von der Seele hatte reden können.

Alles – außer die Sache mit Jorge. Aber was gab es da eigentlich zu sagen? Es war ja gar nichts passiert. Und er hatte sie auch nicht mit anonymen Anrufen belästigt.

Sie hatte sich zwar zu ihm hingezogen gefühlt, im Theater. Aber sie war Gott sei Dank immer noch Schwan. Und sie war sehr froh darüber, besonders jetzt, wo sie Kent wieder so nahe gekommen war.

Es kam nicht nur ein Polizeibeamter, es kamen zwei – und einer von ihnen war Joakim Hill selbst. Er zeigte seinen Ausweis und stellte seinen Begleiter als Kriminaltechniker Larsson vor.

Sie hätten sich jedoch gar nicht auszuweisen brauchen. Joann erkannte beide von dem Foto aus der Zeitung nach dem Mord an dem ersten Mädchen wieder.

Larsson hatte ein Tonbandgerät dabei. Joann und Kent hatten zwar schon größere Modelle gesehen, aber die Hauptsache war, dass es die Stimmen in maximal möglicher Qualität aufzeichnete, damit es im Nachhinein keine Unklarheiten darüber gab, was eigentlich gesagt worden war.

Nachdem der Kommissar die Situation geschildert und sämtliche Anwesende genannt hatte, konnte die Befragung beginnen. Joann musste detailliert erläutern, was während der vergangenen Wochen in ihrem Haus vor sich gegangen war. Hill hakte mit Fragen bezüglich des Anrufs nach, den sie gestern Abend bekommen hatte, eine knappe Stunde bevor Stina laut den Berechnungen ermordet worden war.

»Er hat also bei Ihnen angerufen und ganz genau beschrieben, was er mit dem Mädchen anstellen wollte?«, fragte Hill.

»Na ja, nicht ganz«, korrigierte ihn Joann, »er hat nicht gesagt, wen er umbringen wollte, nur dass und wann.«

»Hatten Sie das Gefühl, dass er da bereits wusste, wen er töten wollte?«

»Merkwürdigerweise schon, glaube ich.«

»Können Sie erklären, warum?«

»Ist das wichtig?«, erkundigte sich Kent.

»Das ist gut möglich, wenn wir den Täter fassen können«, antwortete der Kommissar. »Es ist einfacher, jetzt, in diesem Stadium, solche Fragen zu stellen. Wenn sich die Gefühle und Erinnerungen noch nicht so miteinander vermischt haben, dass man seine Eindrücke in einem mehr oder weniger unbewusst getrübten Licht sieht.«

»In Ordnung«, sagte Kent.

Joann hatte sich offenbar gesammelt, denn als sie weitersprach, war ihre Stimme vollkommen klar und deutlich.

»Es hatte den Anschein, als würde er auf eine Art inneren Fernsehbildschirm starren, als er all das beschrieb. Deshalb hatte ich den Eindruck, dass er an eine ganz bestimmte Person dachte. Er hat gesagt, dass sie jung war. Meine Güte, aber doch nicht so jung!«

»Noch etwas anderes Ungewöhnliches?«

»Dass sie aschblonde, halblange Haare und einen noch ganz unschuldigen Blick hatte. Genau… genau wie auf dem Foto in den Nachrichten.«

»Hat er Sie ebenfalls während der Telefonate bedroht?«

»Nicht direkt bedroht, aber er hat mich wissen lassen, dass er über alles Bescheid wusste, was ich tat, und dass er zu mir ins Haus kommen konnte, wann immer er wollte.«

»Haben Sie ihn jemals gesehen?«

»Nein, nie – nicht dass ich wüsste jedenfalls.«

»Sie haben keine Idee, warum er gerade Sie ausgewählt hat? Denken Sie an spezielle Gelegenheiten, bei denen Sie regelmäßig andere Menschen treffen.«

Joann schüttelte den Kopf, und Hill forderte sie auf, mündlich zu antworten.

»Nein… doch, vielleicht, wenn ich beim Training bin.«

»Gehen Sie ins Fitnessstudio?«

»Ja, das ist am einfachsten für mich.«

»In welches?«

»SunSpa – hinten am Ringstorp. Da gibt es beides, Spa und Fitness.«

»Gut, ist Ihnen aufgefallen, dass Sie jemand beim Training beobachtet?«

»Nein, aber ich bin auch nicht sehr regelmäßig dort. Nur ab und zu.«

»Haben Sie dort jemals Stina Ohlsson gesehen?«

»Das ermordete Mädchen meinen Sie?«

»Ja.«

»Nein, nie. Wenn ich da war, waren nie Kinder dort.«

»Haben Sie das andere Opfer – Jane Hopegood – dort gesehen?«

»Nein.«

»In Ordnung. Haben Sie eine Ahnung, warum er Sie angerufen und Ihnen davon erzählt hat?«

»Er war verärgert über mich. Hat angerufen, um sich zu rächen und mich zu quälen.«

»Weshalb? Wissen Sie das?«

»Er war davon überzeugt, dass ich… dass ich einen Mann im Haus hatte.«

»Hatten Sie das denn?«

»Nein! Ja… doch, aber das war nur ein Nachbar, der kurz vorbeigeschaut hat. Ich habe ihn hereingebeten, damit es so aussah, als wäre ich nicht allein zu Hause. Das war nicht…«

Man hörte, wie sie auf ihrem Stuhl hin und her rutschte, und konnte förmlich sehen, wie sie ihrem Mann auf dem Sofa einen Blick zuwarf.

»…was Sie vielleicht denken.«

»Können Sie uns den Namen des Nachbarn nennen?«

»Nur ungern«, stammelte Joann. »Er hat nichts damit zu tun. Er weiß überhaupt nicht, warum ich ihn reingebeten habe, und außerdem hat er eine nervenschwache und behinderte Frau. Sie würde sich viel zu sehr aufregen, wenn… die Polizei bei ihr klingeln würde.«

»Ich verstehe. Nur noch eine Frage, haben Sie heute Nacht die Polizei gerufen, als das passiert ist?«

»Nein, ich… ich hatte Angst und kam mir lächerlich vor. Ich wusste nicht, ob er es ernst meinte oder ob er nur Spaß gemacht hat, um mich zu quälen. Wenn ich gewusst hätte…«

»Andererseits«, warf ihr Mann ein, »was hätte die Polizei schon tun können?«

»Ja, da haben Sie Recht«, gab Hill zu, »wir hätten trotz allem nichts verhindern können. Die Zeit dafür war viel zu kurz.«

Es entstand eine kurze Pause, in der man hörte, wie der Kommissar in seinen handschriftlichen Notizen blätterte, die er parallel machte.

»Gut«, sagte er schließlich. »Möchten Sie noch irgendetwas hinzufügen, bevor wir aufhören?«

»Nein, ich denke nicht.«

Die Aufnahme wurde beendet, und Hill und Larsson bedankten sich. Sie hatten nun genügend Informationen erhalten, um sie mit jenen im Präsidium zusammenzubringen. Sowie den Angehörigen in den beiden Mordfällen weitere Fragen zu stellen.

»Ja, vielen Dank«, sagte Hill im Hinausgehen, »ich melde mich, sobald wir etwas Konkretes haben. Ich werde sofort bei der Staatsanwaltschaft die Einsicht in die Telefongesprächslisten sowie die Abhörung der Telefone beantragen.«

»Auf dem Display erscheint aber nur, dass es sich um eine geheime Nummer handelt«, erklärte Joann.

»Wenn wir die Erlaubnis erhalten, erledigen unsere Techniker das. Aber ohne Okay von der Staatsanwaltschaft können wir leider nichts machen.«

»Kommt da jemand vorbei, um etwas zu installieren?«

»Alles wird zentral von der Telefongesellschaft aus gesteuert, aber wir melden uns. Wir sind jedenfalls sehr beruhigt, dass Sie jetzt nicht mehr allein zu Hause sind und Ihr Mann wieder da ist.«

»Ich bin nur noch morgen zu Hause«, warf Kent mit lauter Stimme ein, als der Kommissar ihm bereits den Rücken gewandt hatte.

Hill bedeutete mit einer Geste, dass er verstanden hatte,

und eilte auf sein Auto zu. Es hatte zu regnen begonnen, und Larsson wartete schon mit laufendem Motor.

»Was?«, rief Joann völlig überrumpelt aus.

Aber Kent schien sie nicht gehört zu haben. Während er umständlich die Tür abschloss, sah sie ihn verständnislos an.

»Was meinst du damit«, fragte sie schließlich, »dass du nur noch bis morgen zu Hause bist? Solltest du nicht bis zum Wochenende freihaben?«

»Wieso, habe ich das nicht gesagt?«, wunderte Kent sich zerstreut. »Julian – Julian Bragg, du weißt, der, der für KLM fliegt. Seine Tochter heiratet. Ich fürchte, ich konnte einfach nicht anders. Er hat mich gebeten, einen Fünftagesflug nach Brasilien und Thailand zu übernehmen. Kann doch ganz lustig sein, mal zu sehen, wie es bei KLM so ist, oder nicht? Gutes Essen und viel besser bezahlt, habe ich zumindest gehört.«

»Ja, aber«, erwiderte Joann vorsichtig, »was ist denn dann mit mir? Du lässt mich einfach hier – allein mit diesem Verrückten da draußen, oder wie?«

»Ich finde, du kannst mitkommen.«

»Mitkommen – meinst du das wirklich?«, rief sie aus.

Er hatte sie noch nie gebeten, ihn auf einem regulären Flug zu begleiten. Wenn sie einen Urlaub planten, dann schon. Aber nie in all den Jahren hatte er vorgeschlagen, dass sie ihn auf einem Arbeitsflug begleitete. Er hatte stets betont, das sei nicht gut für die Zusammenarbeit mit dem Kabinenpersonal, wenn die Ehepartner die Konzentration während des Fluges störten.

Aber jetzt endlich hatte sie Vorrang vor seinen Prinzipien.

Wie sie ihn dafür liebte!

Sie schlang ihre Arme um seinen Hals und überschüttete ihn mit beinahe lächerlich ergebenen Küssen.

Auf einmal waren die dunklen Wolken von Freude vertrieben worden. Es schien, als würde sie noch einen Bonus für die wundervollen Ferien im Sommer bekommen – Brasilien und Thailand, wow!

»Ja, mein Schatz – ja.«

Das war eine Situation, die sich kein Polizeirevier der Welt wünschte. Ein Massenmörder auf freiem Fuß. Einer, der weder aus begreiflichen Gründen mordete noch seine Opfer aus rationalen Überlegungen auswählte.

Gewalt, die an Gangs geknüpft war, konnte man noch nachvollziehen, aber ein freiberuflicher Serientäter jagte nicht nur den Mitbürgern, sondern auch der Polizei kalte Schauer den Rücken hinunter.

Innerhalb einer spezifischen Gang oder eines gewissen Bekanntenkreises, wenn man so wollte, waren die Rahmen normalerweise relativ fest gesteckt und die Beziehungen untereinander verhältnismäßig eindeutig definiert.

A wusste meist um Bs Verbindung mit C, Cs Verbindung mit D und E, woraus man schließen konnte, dass B D ausgebootet hatte.

Umständlich?

Keine Spur – im Verhältnis dazu, wie es sich verhielt, wenn ein Serientäter auf der Tagesordnung stand.

Da gab es überhaupt keine Verbindungen, außer vielleicht in der kranken Vorstellung des Mörders. Was er oder sie als enge oder wichtige Verbindungen betrachtete, war nach außen hin nie sichtbar. Und vor allem hatte der dafür vorgesehene Teil in der Konstellation der Relationen nicht die leiseste Ahnung von seiner Rolle. Was häufig gerade deswegen den Mörder zu seiner Tat provozierte, weil er sich abgewiesen fühlte.

Nein, das zu erklären war unmöglich. Es war von vorne bis hinten krankhaft und verbreitete schnell Panik. Und Hysterie war wirklich das Letzte, was man sich wünschte. Eine gefühlsmäßig besetzte Angst der Gesellschaft, die leicht auf andere latente Wahnsinnige übersprang, war gar nicht gut.

Joakim Hill beschloss, die Gruppe so bald wie möglich zu einer Lagebesprechung zusammenzutrommeln.

Als er sein Büro betrat, klingelte das Telefon.

Es war Burt Schnellman, der nicht nur Hills Nachricht erhalten hatte, sondern auch sofort das von ihm gefaxte Dokument untersucht hatte.

Bei der Security Bank in Liberal war man zwar sehr hilfreich gewesen, aber auch etwas verwundert. Warum war nur die erste Seite vorhanden? Drei weitere Seiten mit den Sonderbedingungen fehlten. Schnellman hatte herausgefunden, dass diese Bedingungen nicht nur aus den ursprünglichen Punkten bestanden, sondern auch die Neuerungen gemäß später verabschiedeter Gesetze enthielten.

Als Hill die Paragrafen hörte, glühte er vor Zorn.

Er dankte Detective Inspector Schnellman und versprach, ihn auf ein richtig großes Starkbier einzuladen, wenn sie sich das nächste Mal trafen.

Dann rief er erneut in den USA an.

In Montana, Great Falls.

Inga Jansson-Hopegood meldete sich selbst.

Sie klang sehr erwartungsvoll, als sie hörte, dass Kommissar Hill am Apparat war.

»Haben Sie ihn schon festgenommen?«, fragte sie rundheraus.

»Nein«, antwortete Hill so eiskalt, dass sie schon anhand seines Tonfalls Verdacht schöpfen musste. »Warum sollten wir das?«

»Ja, mein Gott, dieser Fonds ist doch mehr als ein Motiv!«

»Doch, das ist er wohl.«

»Wo liegt dann das Problem?«

»Der Zahn ist das Problem.«

»Der Zahn? Was ist denn das für ein Blödsinn, den Sie da reden?«

»Sie haben wirklich verdammt Glück, dass der gesamte Atlantik zwischen Ihnen und Helsingborg liegt. Sonst wären Sie verdammt nah dran, des Mordes an Ihrer eigenen Tochter verdächtigt zu werden.«

»Was… was zum Teufel sagen Sie da?«

»Hören Sie mal zu«, fauchte Hill, »heute war ein stressiger Tag, ich habe übelste Kopfschmerzen und bin überhaupt nicht in der Laune herumzualbern. Besonders nicht mit jemandem, der die Tochter wohl doch nicht auf dem Gewissen hat, aber versucht hat, sich an ihrem tragischen Tod gesundzustoßen.«

»Das ist ja unerhört!«

»Nein, unerhört ist es, wenn jemand versucht, einen Unschuldigen eines Mordes anzuklagen, den er überhaupt nicht begangen hat. Sie haben Ihre Beschuldigung der groben Körperverletzung damit begründet, dass er ihr einen Zahn ausgeschlagen hat – aber Jane fehlte nicht ein einziger.«

»Ich verstehe wirklich nicht…«

»Aber ich verstehe, und das reicht!«, zischte Joakim Hill. »Sie haben die ganze Zeit mit übler Nachrede operiert.«

»Warum hätte ich das um alles in der Welt tun sollen?«

Inga protestierte zwar, aber Hill merkte, dass sie sich durchschaut und ertappt vorkam.

»Weil er das Geld auch dann bekommen hätte, wenn sie nicht verheiratet gewesen wären. Das Gesetz der gemeinsamen Haushaltsführung ist nichts Neues mehr, auch in den USA. Aber wenn er des Mordes an der Begünstigten für schuldig befunden werden würde, dann würde der gesamte Fonds dem nächsten Angehörigen zufallen. Das wären in dem Fall Sie, Inga Hopegood. Der Fonds ist also ein wirklich gutes Motiv – besonders für Sie.«

Inga war abrupt verstummt, und Hill wollte nur noch eines hinzufügen.

»Und das Allerschlimmste ist, dass Sie die Ermittlungen in Janes Mordfall ernsthaft behindert haben. Erst gestern wurde ein vierzehnjähriges Mädchen gefunden – ermordet von demselben Täter. Vielleicht hätten wir das verhindern können, wenn Sie nicht versucht hätten, uns in die Irre zu führen, vielleicht aber auch nicht. Aber Sie können ja noch darüber nachdenken – oft und lange!«

Dann legte er einfach auf, erhob sich und ging in den Konferenzraum, wo sich die anderen bereits versammelt hatten.

Es war kein Wunder, dass Joakim Hill Kopfschmerzen hatte, und er war nicht der Einzige. Eine Schachtel Aspirin machte die Runde. Es lag Gewitter in der Luft. Das mochte komisch erscheinen, war aber nichts Ungewöhnliches im Übergang zwischen Herbst- und Winterklima.

Zumindest half Joanns Aussage ihnen weiter.

»Jedenfalls wissen wir, dass er Schwede ist«, stellte Larsson fest, als er seine Kopie des Verhörs überflog, »genauer gesagt, aus Skåne.«

Immerhin etwas – wenn das nun in Stockholm, Göteborg oder in Umeå passiert wäre.

Dort gab es sicher nicht sehr viele, die mit Diphthongen und kehligen R-Lauten um sich warfen. Aber hier musste man nach der Nadel im Heuhaufen suchen.

»Und möglicherweise besteht auch eine Verbindung zum Fitnessstudio«, fügte Joakim hinzu und blätterte in seinem Ausdruck. »Ich habe Dan gefragt, der bestätigt hat, dass Jane auch dort trainiert hat, bevor das mit den Anrufen begonnen hat. Dann hat sie dort aufgehört, aber er wusste nicht genau, ob das mit irgendetwas im Fitnessstudio zu tun hatte.«

»Und was ist mit dem kleinen Mädchen, Stina?«

»Ich habe auch mit Stinas Mutter gesprochen«, sagte Hill und suchte in seinen Unterlagen, »und als sie darüber nachdachte, fiel ihr ein, dass ihre Tochter eine Art Geschenkgutschein von einer Freundin bekommen hat. Ein Geburtstagsgeschenk mit der Absicht, Stina auf andere Gedanken zu bringen. Soweit die Mutter wusste, war Stina widerwillig gegangen, hatte aber schon nach dem zweiten Mal erklärt, dass sie nicht mehr gehen wollte.«

»Hatte sie eine Erklärung dafür?«, wollte Larsson wissen.

»Sie hat etwas herumgedruckst und gemeint, dass die Leute sie angestarrt hätten.«

Hill hatte das Gefühl, als spielte das Schicksal Katz und Maus mit ihm.

»Welches Fitnessstudio war das denn?«, fragte Susanna und hoffte im Stillen, dass es nicht ihres war.

»Das wussten sie auch nicht.«

»Nein, das war ja wohl auch zu erwarten gewesen.«

»Aber ich habe den Namen der Freundin, die ihr den Gutschein geschenkt hat. Komisch, dass sie sich daran noch erinnert haben, aber so ist das manchmal.«

Plötzlich wurde die Tür eilig aufgerissen. Die stellvertretende Polizeichefin Christel Bremer versuchte mit ungeduldigem Zerren, ihre große Aktentasche, sich selbst und einen dicken Stapel mit Dokumenten gleichzeitig durch die Tür zu quetschen.

Das Resultat war absehbar – sie blieb stecken.

Aber mehrere Kollegen eilten ihr zur Hilfe. Wer wollte bei ihr nicht gut angeschrieben sein? Sie war Single und sah wirklich nicht schlecht aus. Aber das Wichtigste von allem – sie hing mit ihren Lippen an Runstens beeinflussbaren Ohren. Sowohl bildlich als auch buchstäblich gesehen.

Was einst in bitterem Kampf um den Posten des Polizeichefs begonnen hatte, hatte im Bett geendet. Jeder wusste das, aber niemand sprach offen darüber. Solange das niemand tat, waren alle zufrieden. Runsten selbst war meist auf Reisen unterwegs und begrüßte es, dass seine heimliche Geliebte die Papierarbeit erledigte. Die Beamten aller Abteilungen waren froh, dass sie sich um die Formalitäten kümmerte. Das bedeutete, dass sie ihre Arbeit so gestalten konnten, wie es am besten war.

»Entschuldigung, ich habe mich bei der Seelsorge verspätet«, erklärte sie außer Atem und ließ sich von Larsson die Unterlagen abnehmen, sodass sie sich nur noch um ihre Tasche kümmern musste.

Sie war offenbar den ganzen Weg gelaufen, schleppte sich dankbar zu einem freien Stuhl und ließ sich erschöpft darauf fallen. Das war Gott sei Dank das Letzte, was sie heute zu tun gedachte.

»Ich würde mich hier gern beteiligen und ein kurzes Briefing bekommen«, sagte sie. »Aber nur, wenn das zeitlich passt.«

Das war ein ganz anderer Ton als der, den sie angeschlagen hatte, als sie als Krankheitsvertretung hergekommen war. Direkt nach einem hektischen Verwaltungsdistrikt im südöstlichen Stockholm hatte sie vielleicht gedacht, dass eine Vertretung in dem kleinen Helsingborg der reinste Urlaub werden würde. Doch das Schicksal hatte es so gewollt, dass gerade in dieser Zeit so viel passiert war, wie seit Jahr und Tag nicht mehr. Aber Christel lernte schnell und begriff bald, dass man die hartnäckigen Skåne-Polizisten am besten nicht gegen den Strich bürstete.

Das Resultat hatte nicht auf sich warten lassen. Sie hatte wertvolle Einblicke in die Polizeiarbeit erhalten, und die gegenseitige Freundschaft war gewachsen. Nicht nur dem charmanten Chef gegenüber. Alle hatten dem fachpolitischen Equilibrismus applaudiert, mit dem der Polizeichef dem Revier einen Sonderposten für den Vizepolizeichef verschafft hatte. Einen Posten, der wie für Christel geschaffen war.

Alles war in Butter, und nun wollte man das Vizeoberhaupt informieren.

»Also ein Serientäter?«, stellte sie fest, sobald Hill ihr die Details auseinander gesetzt hatte.

»Scheint so, ja.«

»Hat jemand vielleicht eine Kopfschmerztablette?«, fragte sie und fasste sich an die Stirn.

Wie auch immer die Entwicklung fortschritt, die Journaille würde bald Lunte riechen. Selbst wenn man versuchte, sich komplett bedeckt zu halten. Dank ihres Jagdhundinstinkts überwand sie alle Hindernisse. Innerhalb kurzer Zeit würde das ganze Pack an ihrer Tür stehen und sie mit Fragen bombardieren.

»Hier«, rief Sahlman und warf ihr die Tablettenschachtel zu. Sie nahm die letzte. Larsson goss ihr ein Glas Wasser ein, und die kleine Tablette sprudelte wie ein Gewitter in dem sonst recht stillen Raum.

»Und das SKL hat auch noch nichts?«, fragte sie mit schwacher Hoffnung.

»Nein«, gab Hill wahrheitsgemäß zurück, »sie haben zwar ein paar Sachen in Arbeit, aber noch nichts Konkretes.«

»Und schlimmstenfalls sind nicht mal die Fingerabdrücke

registriert, wenn es ihnen gelingt, sie zu isolieren und zu binden, stimmt's?«

»Ja, wenn wir Pech haben, nicht.«

Sie stürzte das Wasser hinunter, noch bevor die Tablette sich ganz aufgelöst hatte, und schnitt eine Grimasse. Die Tablette konnte zwar nicht sofort wirken, aber sowie sie sie geschluckt hatte, ergriff die rabiate Entschlossenheit erneut von Christel Bremer Besitz.

»Dieser Joann Ek Sörensen muss sofort Polizeischutz zugewiesen werden«, ordnete sie an, »jedenfalls bis wir den Täter haben.«

»Sehe ich auch so«, pflichtete Hill ihr bei und gab Petrén ein Zeichen, eine zivile Streife zu schicken.

»Soll das komplett undercover laufen?«, erkundigte Sahlman sich.

»Ja, ich denke schon. Wenn man weiß, dass man beschattet wird, hilft das auch nicht weiter, sondern stellt eher noch einen Faktor der Beunruhigung dar. Etwas, das schlimmstenfalls dazu führt, dass die Nichtsahnenden unsere Leute enttarnen.«

»Was man nicht weiß, macht einen nicht heiß.«

»Wir haben außerdem bei der Staatsanwaltschaft einen Antrag auf Abhörung der Telefone gestellt«, erläuterte Hill an Christel Bremer gewandt. »Aber wir haben noch keine Antwort erhalten.«

»Ach so – noch nicht? Und wenn ich versuche, da etwas Dampf zu machen?«, entgegnete Christel und stand hastig auf.

Die stellvertretende Polizeichefin zupfte ihren Rock gerade und zog ihre Jacke zurecht. Sie lächelte siegessicher, kampfeslustig und verschlagen. Dann drückte sie überlegen die Schultern zurück und marschierte auf ihren klappernden hohen Absätzen davon.

Sie hat hübsche Beine, dachten die Männer – wo sie wohl ihre Schuhe kauft, überlegte Susanna.

Die meisten hätten alles gegeben, um in der Jackentasche

der stellvertretenden Polizeichefin Mäuschen sein zu können und die Zusammenkunft der famosen Christel Bremer mit dem armen Staatsanwalt, der den Antrag so achtlos verschmissen hatte, mitzuerleben.

»Gut, liebe Leute«, sagte Hill, »nun müssen wir klären, ob alle in dasselbe Fitnessstudio gegangen sind. Joann war also im SunSpa in Ringstorp, und laut Dan war Jane auch dort. Joann konnte sich nicht erinnern, ob sie Jane da begegnet ist. Aber sie konnten auch zu verschiedenen Zeiten dort gewesen sein.«

»Ich gehe ins Aktiverum«, meldete Susanna sich. »Zuerst habe ich zu SunSpa tendiert, aber dann dachte ich, dass ich abwechslungsreichere Übungen und größere Räumlichkeiten brauche als die dortigen.«

Sie war unglaublich erleichtert darüber, dass sie sich nicht in der Gefahrenzone befand. Froh, dass sie noch mal davongekommen war.

»Dann müssen wir eben«, sammelte Hill sich mit einem müden Huster, »herausfinden, wo Stina hingegangen ist.«

»Ich überprüfe das«, bot Susanna mit unverwüstlicher Energie an. »Wenn ihr mir den Namen gebt, kann ich sofort anfangen zu suchen.«

Joakim riss ein Blatt aus dem Block auf dem Tisch. Kritzelte rasch einen Namen darauf und reichte Susanna das Papier. Viel mehr konnten sie jetzt nicht tun. Nicht bis Christel mit der Bewilligung auf dem Silbertablett zurückkam.

Hills Kopf dröhnte beunruhigend.

Das waren die Kopfschmerzen.

Aber das Aspirin hatte schon vor einer ganzen Weile zu wirken begonnen.

Nein, er hörte das Geräusch der Sekunden – tickende Sekunden, die davonrasten, ohne dass er das Geringste dagegen unternehmen konnte.

Sekunden, die entscheidend sein konnten in ihrem Bestreben, einen weiteren Mord zu verhindern.

17

Bellman rief in den folgenden wertvollen Sekunden aus Linköping an. Er hatte gute und schlechte Nachrichten. Das SKL hatte seit gestern Nachmittag dem Fall allererste Priorität eingeräumt und mit einigen der besten Techniker Überstunden geschoben.

Man hatte mit der Probe hin und her getüftelt, aber zunächst nicht einmal mit der CNA-Gasmethode ein brauchbares Ergebnis erhalten. Es gab zwar einen Abdruck an der vermuteten Stelle, aber er war zu fragmentarisch.

Zum ersten Mal schwand bei Bellman jede Hoffnung.

Cheftechniker Edelgren hatte das Problem gelöst, indem er beschlossen hatte, einen gewagten Versuch durchzuführen.

Aus dem isolierten Fragment hatte er genügend Material gesichert, um einen DNA-Test machen zu können. Mit etwas Glück konnten Reste von Epithelzellen gewonnen werden.

»Davon abgesehen, kommen wir offenbar nicht weiter mit Cyan-Acryl, daher schlage ich vor, dass wir einfach das, was wir haben, mit Basic Yellow verstärken und mit UV-Licht drübergehen.«

Das UV-Licht hatte ihnen ein strahlendes Ergebnis beschert, wie Bellman das gewitzt formulierte.

Es hatte die schwachen Partien verstärkt, sodass sich ein kompletter Abdruck deutlich abhob. Der mit den Spuren übereinstimmte, die man bereits auf der Zeitung und der Taxiquittung gefunden hatte.

Das war die gute Nachricht.

»Das Dumme ist, dass der Abdruck und die DNA auf keine Daten aus dem Register passen«, sagte er bedauernd. »Aber können wir den Kerl schnappen, ist der Fall wasserdicht.«

Das war, als würde man einen stabilen Käfig für einen Tiger zimmern, der schon entkommen war. Aber gut, es war immerhin besser als nichts. Und vielleicht brachte die Beschattung der Ek Sörensens ja etwas. Bisher war nichts Ungewöhnliches in der Umgebung ihres idyllischen Hauses vorgefallen, aber die Sicherheitsabteilung der Telefongesellschaft war damit befasst, eingehende und ausgehende Gespräche zu registrieren.

Die Sekunden tickten weiter. Und für einen kurzen Moment wusste Joakim Hill nicht genau, in welche Richtung er nun weiter ermitteln sollte, aber das wusste offensichtlich Susanna Avehed.

Joakim hörte ihre Schritte mindestens ebenso durchdringend den Korridor entlangklappern wie die der stellvertretenden Polizeichefin. Die Schritte kamen direkt auf seine Tür zu. Mit einer fast komischen Flinkheit setzte er die Lesebrille ab und versuchte, sie verzweifelt unter einem Papierstapel auf dem Schreibtisch zu verstecken.

»O nein…«, sagte er, als er sich so ungeschickt anstellte, dass sowohl Brille als auch Papierstapel vom Tisch flogen.

Darunter auch die Bewilligung zum Abhören, mit der Christel Bremer nach nur zehn Minuten beim Staatsanwalt zurückgekommen war. Der hatte das Dokument sofort mit einem 24-8-Code für vorläufige Verhöre versehen. Und sich aufrichtig dafür entschuldigt, dass das so lange gedauert hatte.

Die Brille zu verstecken gelang nicht besonders gut, aber Susanna scherte sich kein bisschen darum, was die Lesehilfe über den Kommissar verriet. Sie schien völlig mit ihren eigenen Sachen beschäftigt zu sein.

»Jetzt hör dir das an…«, keuchte sie aufgeregt.

Nach verschiedenen ergebnislosen Nachforschungen bezüglich der Fahrtennummer hatte sie endlich eine positive Rückmeldung von einem örtlichen Taxiunternehmen erhalten, was die Quittung betraf, berichtete sie.

Durch reines Ausschlussverfahren war man zu dem Ergebnis gekommen, dass diese Nummer mit hoher Wahrscheinlichkeit zu ihrem Unternehmen gehörte. Zwar fehlten einige in der Serie, aber vor ein paar Wochen hatten sie eine Fahrtenbestellung mit den übrigen Ziffern gehabt, und das für genau die angegebene Strecke.

Susanna hatte also einen Namen für Hill – Alf Svensson.

Nein, das war kein Witz.

Und es war auch nicht der alte, schlitzohrige Parteivorsitzende der Christdemokraten.

Sondern Alf I. – für Ingvar – Svensson.

Ein ganz gewöhnlicher Helsingborger, der Taxi fuhr.

Tja, wie gewöhnlich er wirklich war, würde sich noch herausstellen.

Susanna hatte dem Mädchen von dem Taxiunternehmen natürlich nicht erzählt, warum sie das wissen wollte. Nur dass man dem betreffenden Burschen gern ein paar Fragen stellen wollte. Aber Susanna bat sie dennoch, kein Wort darüber zu verlieren. Das konnte die laufenden Ermittlungen behindern, hatte sie erklärt.

Hill hatte seine verhasste Lesebrille nun komplett vergessen. Sie existierte nicht mehr, denn nun sollte ihn sein Spürsinn auf der weiteren Jagd lenken.

Doch Susanna war noch nicht fertig.

»Außerdem hat Stinas Freundin bestätigt, dass Stina auch ins SunSpa gegangen ist. Und obwohl du nichts davon gesagt hast, habe ich dort angerufen. Ich habe mich ganz gut mit dem Mädel an der Rezeption unterhalten können. So gut, dass sie mir ein kleines Geheimnis anvertraut hat.«

»Was denn?«

Hill liebte Susanna. Ihr wunderbares Lächeln und ihre gute Laune hatten ihn seinerzeit allmählich in die Gemeinschaft des Reviers gelotst. Aber manchmal konnte sie ihn auch unglaublich irritieren. Wenn sie einfach nur dastand und vor lauter Stolz über ihre Heldentat anschwoll.

»Was?!«, fauchte er fast.

»Ein Alf I. Svensson steht in der Kundenkartei.«

»Hervorragend, Susanna – fantastisch! Hat sie sonst noch etwas gesagt?«

»Er war gelegentlich dort, um – wie er es ausdrückte – an seiner Muskulatur zu feilen.«

»Dann ist es also ein kräftiger Typ?«

»Normal groß und recht durchtrainiert, meinte sie. Und – er fährt Taxi.«

»Das muss unser Mann sein!«

Hill konnte es kaum fassen, dass das Blatt sich so schnell gewendet hatte. Doch dann fiel ihm ein großes Aber ein.

»Von einem Mann in der Nähe wird er natürlich abgeschreckt«, stellte er fest. »Wenn Joann also nicht an der Reihe ist – wer dann?«

Er konnte den Gedanken nicht ertragen, dass das nächste Opfer wieder ein Kind sein könnte, vielleicht sogar noch jünger als Stina.

»Hast du auch die Adresse?«, fragte er ungeduldig.

»Ja – Grindgårdsgatan 13 b, oben in Elineberg.«

Der Staatsanwalt musste dieses Mal bestimmt nicht bemüht werden. Das war ein klassischer Fall für ein Gefahr-im-Verzug-Eingreifen.

»Wir fahren sofort los. Mit dem Typen zu reden wird sicher interessant.«

Hill verständigte Sahlman, der sofort eine Streife organisieren wollte, überprüfte instinktiv, ob die SIG Sauer an ihrem Platz war, und schlüpfte in seine Jacke.

Er hoffte, dem Staatsanwalt anschließend einen wirklich technisch wasserdichten Fall präsentieren zu können. Obwohl das kein Fall war, den jemand vermurksen wollte. Nicht einmal der dafür zuständige Staatsanwalt Tor Stenlund, vorausgesetzt, er würde sich damit befassen.

Hill und Stenlund waren kaum das, was man als kompatibel bezeichnen konnte. Nicht seit Stenlund vor ein paar Jahren sein Äußerstes getan hatte, um Hill aufgrund reiner Formalitäten dranzukriegen.

Aber selbst wenn Joakim Hill nicht mit diesem Fall betraut wäre, würde er nicht versuchen, den Ermittlern Steine in den Weg zu legen – nicht wenn es darum ging, einem Serienmörder das Handwerk zu legen.

Nun galt es, alles zu geben und keine Zeit mehr zu verschwenden.

Sahlman hatte einen Streifenwagen bereitstellen lassen, der im Hof wartete. Keiner konnte vorhersehen, was passieren würde, wenn sich die Tür in der Grindgårdsgatan 13 b öffnete.

Es konnte einem alles gegenüberstehen, von einem überrumpelten Verdächtigen bis zu der Mündung einer äußerst tödlichen Handelswaffe.

Und in solchen Fällen war es nicht ratsam, allein zu sein.

Nenne Samuelsson hatte normalerweise nichts dagegen, allein zu sein – das war sie auch häufig.

Aber jetzt, wo es draußen bald dunkel wurde, fand sie das etwas unbehaglich, denn sie war erst heute von ihrer Urlaubswoche auf Lanzarote zurückgekehrt. Nach all der Sonne und dem Nachtleben draußen auf den Straßen fühlte sie sich immer einsam, wenn sie wieder in den Alltag eintauchte.

Außerdem konnte sie sofort auf ihrem Display sehen, dass dieser Idiot offenbar wie ein Verrückter versucht hatte, sie seit gestern Abend anzurufen. Wenn sie nicht abnahm, rief er in exakt viertelstündlichen Intervallen an. Das war schon vorgekommen – oft. Sie fand das lästig, dass er alle fünfzehn Minuten anrief, dieser verfluchte Spinner. Nicht weil er ihr Angst machte, sondern weil es extrem störte.

Nenne fuhr Lkw im Südhafen, sie konnte also mehr, als nur auf sich selbst aufpassen.

Anfangs hatte sie das beinahe unterhaltsam gefunden. Sie hatte sogar angefangen, ihm Widerworte zu geben. Aber nach den ersten schrägen Anrufen war ihr klar geworden, dass das der Mühe nicht wert war. Er hörte ohnehin nicht zu. Für ihn war es am wichtigsten, das zu sagen, was er sich vorgenommen hatte. Er war fast wie eine Aufnahme vom Band. Nicht ganz, denn er konnte sowohl einzelne Wörter als auch Formulierungen variieren. Aber der Sinn blieb der gleiche.

»Du bist hilflos in deiner Einsamkeit, aber ich werde dich erlösen – ob du willst oder nicht.«

Aber das jagte Nenne nicht die geringste Angst ein. Wenn er kam, würde er sein blaues Wunder erleben. Laster zu fahren war ein harter Job. Man brauchte ein zusätzliches Krafttraining, damit Rücken und Schultern nicht zu sehr unter der Beanspruchung litten. Und weil es ihr im Fitnessstudio so gut gefiel, hatte sie aus ihrem Zusatztraining ein angenehmes Hobby gemacht.

Am liebsten mochte sie das Schwergewichtheben. Sie konnte wetten, dass der Anrufer keine vierzig Kilo Eisen an jedem Ende der Stange schaffte!

Sie hatte also nun wirklich keine Angst.

Aber sie war ernsthaft verärgert darüber, dass er sie zu jeder beliebigen Zeit störte.

Nie, wenn sie eine Freundin zu Besuch hatte, aber sowie sie sich entspannen oder ins Bett gehen wollte. Als würde er das irgendwie wissen.

Doch wie sollte er das eigentlich?

Ach, Schwamm drüber. Es war ohnehin eine Weile her, seit er das letzte Mal angerufen hatte. Vielleicht hatte er mehrere Gesprächspartner, die er anrief.

Außerdem konnte sie auch den Stecker aus der Wand ziehen. Wenn sie ohnehin nicht abnahm, würde er die Lust verlieren und aufgeben.

Das Telefondisplay zeigte zwar die Nummern der Anrufer an, aber das war auch nicht besonders hilfreich, denn er hatte eine Geheimnummer. Immerhin konnte sie, wenn sie von der Arbeit kam, sehen, wer sie sonst zu erreichen versucht hatte. Eine Gesundheitsfirma aus Dalarna rief beispielsweise öfter an, um ihr die neueste Zusatzkost für Bodybuilder anzubieten.

Nie Hautcremes oder andere Pflegeprodukte, denn Nenne war definitiv keine so genannte Schönheit. Sie war zwar weder dick noch hässlich, aber sie hatte schwere Knochen und eher strenge Züge, sodass sie sich mit den Produkten zufrieden geben musste, die dem Muskelaufbau dienten.

Und ihr Vater rief an – hin und wieder mal.

Hans Emanuel Samuelsson.

Er rief tatsächlich manchmal an. Wenn seine Frau nicht zu Hause war und sich mit ihm darüber stritt. Sie – oder seine beiden Kinder aus zweiter Ehe. Sie mochten seine älteste Tochter überhaupt nicht, die aus der kurzen Ehe mit einer Bedienung aus einer Kneipe außerhalb von Malmö hervorgegangen war. Während er selbst, Hans Emanuel, alle erdenklichen Qualen litt, weil er seine Erstgeborene vernachlässigte. Anne Marie – meist Nenne genannt.

Sie war also, wie gesagt, allein, aber alles andere als hilflos.

Und wenn dieser verrückte Anrufer vorbeikam, würde er sich eine fangen, die sich gewaschen hatte, so einfach war das.

Hatte sie möglicherweise ihr Selbstbewusstsein ihrem Vater zu verdanken?

Er hatte in ihrer Kindheit nicht besonders viel für sie getan, aber die tiefen Wunden, die seine Zurückweisung in ihrer Seele hinterlassen hatten, hatten sie auch hart und gefühllos den meisten Dingen gegenüber gemacht. Eine Eigenschaft, die sehr nützlich war, wenn man sich in der Männerwelt behaupten wollte – ohne Sexappeal.

Das Telefon klingelte.

Nenne zuckte zusammen. Das passierte manchmal, wenn man seinen Gedanken nachhing. Man glitt in eine andere Welt, und wenn die Wirklichkeit sich so dramatisch in Erinnerung rief, erschrak man fast zu Tode. Jedenfalls für diese kurze Viertelsekunde, in der sich der Puls überschlug.

Herrje!

Ärgerlich war sie schon vorher gewesen, aber als sie hörte,

dass er es war – dieses Ekel –, wurde sie erst recht wütend. Wer konnte das nur sein? Es war niemand, dessen Stimme sie kannte. Wie er sich ausgerechnet auf sie eingeschossen hatte, war ihr ein Rätsel.

»Hör zu, du ekelhafter Spinner«, zischte sie, ohne zu zögern, »ich habe dir das schon mal gesagt, und am besten…«

»Weiter, weiter«, lachte er, und sie bekam unfreiwillig eine Gänsehaut.

Nicht weil sie plötzlich Angst hatte, sondern weil in dieser bedrohlichen Stimme ein neuer Unterton mitschwang. Ein berechnenderer. Eine kühle Annäherung. Etwas, das eine ernsthafte Konfrontation provozierte.

»Du lachst! Findest du das etwa lustig?«

»Ja, allerdings.«

»Ich kann dir versichern, dass ich nicht im Geringsten Angst vor dir habe.«

»Nein, gerade das gefällt mir ja so gut.«

»Wenn du es wagst, mir zu nahe zu kommen, dann verpasse ich dir eine Abreibung, die du dein Lebtag nicht vergessen wirst.«

»Das hoffe ich.«

»Hoffe?«

Er war wirklich nicht ganz bei Trost, dieser Typ, so einfach war das.

»Ja, die anderen waren ziemlich langweilig.«

»Die anderen?«

»Mmm.«

Auf einmal zog sich ihr Magen zusammen. Was zum Teufel meinte er mit »die anderen«?

»Jetzt hast du was, worüber du nachdenken kannst, wie? Also… wir sehen uns.«

Klick.

Als die Polizei in der Grindgårdsgatan in Elineberg eintraf, stellte sich heraus, dass Alf Ingvar Svensson nicht zu Hause war. Nicht nur Hill, sondern die gesamte Einheit, die sich physisch und mental auf eine Begegnung eingestellt hatte, empfand das als eine überflüssige Enttäuschung.

Sie hatten geklopft und mehrmals an der Wohnungstür geklingelt, jedoch ohne Erfolg.

Plötzlich hörten sie ein Geräusch – jemand kam die Treppe herauf. Instinktiv versuchten alle, sich hinter der einzigen Säule auf dem Treppenabsatz zu verstecken.

»Mist…«, flüsterten Sahlman und Petrén, als sie feststellten, dass sie sich nirgends verbergen konnten. Dann huschten sie schnell und leise treppauf in das nächste Stockwerk und warfen sich in Deckung. Alle gingen in die Hocke und versuchten, nicht zu atmen.

Die Schritte kamen näher.

Es könnte der Verdächtige sein.

Der Betroffene pfiff arglos, als er die letzten Stufen zu seinem Stockwerk erklomm, die Schlüssel an seinem kolossalen Schlüsselbund rasselten im Takt dazu.

Plötzlich verstummte das Pfeifen abrupt.

Joakim Hill hatte seine SIG Sauer gezückt, als er den Mann auf der Treppe überraschte.

»Was zum…?«, stieß er hervor.

»Polizei!«, erklärte Hill mit korrekter Formalität.

War das wirklich Alf Svensson?

Der Mann starrte verständnislos auf die kompromisslos zielende Pistole.

Hill hatte die Intuition heute auf seiner Seite, und er senkte seine Waffe sofort wieder. Patrik Sandlund stand direkt hinter ihm. Sahlman ging langsam die Treppe wieder herunter, hielt seine Dienstwaffe jedoch immer noch im Anschlag.

»Alf Ingvar Svensson?«, fragte Hill sicherheitshalber, obwohl er fast überzeugt war, dass sie den Falschen vor sich hatten.

»Alf?«, gab der Mann zurück und hielt seinen Schlüsselbund ebenso fest umklammert wie die Beamten ihre Waffen. »Nein, bei aller Liebe – das hoffe ich wirklich nicht! Nicht dieser Katzenwürger!«

Der Mann war offensichtlich ein Mitbürger in seinen besten Jahren, schon leicht ergraut, mit einem Schnurrbart, der zu seinen gut gelaunten Augen passte.

»Wissen Sie, ob er zu Hause ist?«, erkundigte Sahlman sich.

»Keine Ahnung. Ich habe ihn seit zwei Wochen nicht mehr gesehen, da wollte ich fast schon selbst mal nachsehen.«

Dann fiel dem Mann plötzlich ein, dass er vielleicht schon zu viel verraten hatte, und er wünschte, er könnte das Gesagte wieder zurücknehmen.

»Sie sind doch wohl nicht wegen der Sache mit den Katzen hier, oder?«, wollte er fast schuldbewusst wissen. »Denn in dem Fall habe ich nichts gesagt – der Bursche kann einem ja leidtun.«

»Und… wer sind Sie?«, fragte Hill.

»Ich? Ich bin hier der Hausmeister – Sten Bengtsson, Hausmeister für den ganzen Block hier.«

»Und was haben Sie da von… Katzen geredet?«

»Puh, gut, dass nicht die Katzen für die Probleme verantwortlich sind«, stellte Hausmeister Bengtsson erleichtert fest. »Wir haben ja alle so unsere Ecken und Kanten, und ich fand, dass das nicht direkt kriminell war.«

»Was?«

»Na ja, vor ein paar Monaten hat es hier plötzlich vor lauter Sommerkatzen nur so gewimmelt – Sie wissen schon, solche, die die Leute sich anschaffen, damit sie während der Sommerferien damit spielen können, und die danach hier herumlaufen und alles durcheinander bringen. Die haben überall hingepisst und hingeschissen und haben nachts im Gebüsch miaut. Ja, ich kenne Alf ja schon lange. Also haben wir uns über das Problem unterhalten, und er hat angeboten, die Dinger einzufangen.«

»Und das hat er dann auch getan?«

»Klar – ich habe allerdings gedacht, dass wir die armen Viecher dann ins Tierheim bringen oder so was.«

»Und was hat er gedacht?«

Hill blickte vom Hausmeister zu Sahlman auf der untersten Treppenstufe und wieder zurück.

»Er hatte alles schon allein organisiert«, klärte Bengtsson sie auf.

»Wie das?«

»Er hat ihnen allesamt die Kehle durchgeschnitten.«

Hill hätte darauf vorbereitet gewesen sein müssen. Aber wie kann man sich auf eine Begegnung mit dem Bösen schlechthin vorbereiten? Man kann sich einbilden, dass das geht, aber es funktioniert einfach nicht. Das war zweifellos ihr Mann. Und wenn er nicht zu Hause war, lief er draußen noch frei herum – bereit, wieder zu töten.

»Ist er generell gewalttätig?«, wollte Sahlman wissen.

»Nein, nein – nein! Nicht so, aber seit er letzten Frühling ernsthaft zu trainieren angefangen hat, ist er etwas seltsam. Aber vielleicht wird man einfach so? Vielleicht ändert sich der Blutdruck oder so?«

Susanna Avehed trainierte, und sie war nicht seltsam. Nur energischer und viel besser gelaunt als vorher. Patrik trainierte, und Svenningsson machte wohl auch Krafttraining. Aber deswegen töteten sie noch lange keine Katzen… oder gar Menschen.

Irgendwas stimmte da nicht, und wenn die Zeit schon knapp war, als sie hier eingetroffen waren, konnten sie spätestens jetzt das durchdringende Martinshorn heulen hören. Für Formalitäten war jetzt wirklich keine Zeit mehr.

»Könnten Sie jetzt in die Wohnung hineingehen?«, versuchte Hill sein Glück und ging aufs Ganze.

»Tja«, versuchte der Hausmeister sich selbst zu überzeugen, »man will schließlich sichergehen, dass kein Unglück geschehen ist.«

»Ganz genau«, stammelte Hill. »Und es war auch richtig von Ihnen, uns Ihre Bedenken mitzuteilen. Wenn Sie aufschließen, helfen wir Ihnen nachzusehen. Wie groß ist die Wohnung?«

»Zwei Zimmer, Küche, Bad, eine normale Zweizimmerwohnung.«

Sten Bengtsson war mehr als willig auf den Vorschlag eingegangen. Es war wirklich kein angenehmer Gedanke gewesen, allein reinzugehen und vielleicht… ja, wenn man das genau wüsste, was man dort vorfinden würde. Aber er sah sich schlicht gezwungen.

Diese unvorhergesehene Aufgabe nun auf die Polizei schieben zu können kam wie gerufen.

Und diese Gelegenheit, eventuelle Beweise sicherzustellen, musste ein Geschenk Gottes sein, dachten sowohl Hill als auch Sahlman.

Aber es durfte nicht lange dauern. In jedem Fall nur so lange, dass man die Aktion dem Staatsanwalt gegenüber noch rechtfertigen konnte. Er würde der Polizei sicher vorwerfen, dass sie die Wohnung betreten hatten. Aber wenn sie sich auf den Hausmeister beriefen, könnten sie auf begründete Sorge um die Sicherheit des Mieters verweisen. Allerdings nur für die wenigen Minuten, die sie benötigten, um festzustellen, dass er sich nicht in der Wohnung aufhielt, weder verletzt noch in einer anderen Notlage.

Bengtsson drehte den Schlüssel im Schloss und öffnete die Tür.

»Du nimmst das Bad«, befahl Hill rasch, an Petrén gewandt.

Petrén war wirklich gut mit Badezimmern. Er merkte, ob auf der Bürste eines Rothaarigen ein blondes Haar saß. Ob ein Zahnloser Zahnseide hatte. Oder ob es bei einem Schluderer übertrieben aufgeräumt und geputzt war. In solchen Fällen begann man nach Blutspuren im Abfluss zu suchen.

»Wenn du das Schlafzimmer übernimmst, Joakim, dann nehme ich mir die Küche vor«, schlug Sahlman vor.

»Gut«, erwiderte Hill und erteilte Sahlman den letzten Auftrag. »Das Wohnzimmer?«

»Japp!«

Alles ging unglaublich schnell. Von einer regelrechten Durchsuchung konnte zwar keine Rede sein, aber wenn der Verdacht aufkeimte, dann lief alles unter Hausfriedensbruch. Und dann würden sie ihn nie drankriegen können – nicht einmal für Katzenmord.

Aber alles, was sie jetzt fanden, konnte ihnen für die Ermittlung von ungeheurem Nutzen sein. Also galt es, diese knapp bemessene Zeit, die die fast spontane Anzeige des Hausmeisters ihnen geschenkt hatte, optimal auszunutzen. Und alles mental zu registrieren, was die kleinste potenzielle Bedeutung für die bevorstehende Aufklärung der Mordfälle haben könnte.

Ebenso konzentriert, wie die Nachteule nach der Wühlmaus späht, die im Gras raschelt, inspizierten sie nun die Wohnung, in der mit größter Wahrscheinlichkeit ein eiskalter Mörder wohnte.

Nach nur drei bis vier Minuten standen sie wieder auf der Türschwelle. Und erstatteten einem verwunderten Sten Bengtsson Bericht.

»Alles ruhig«, versicherte Hill. »Er hat sogar sein Bett gemacht und das schmutzige Geschirr abgewaschen. Vielleicht ist er verreist? Wissen Sie, ob er Angehörige oder gute Freunde hat, die er besuchen könnte?«

»Nein. Alf fährt normalerweise nie weg. Auch im Urlaub nicht. Er findet, er macht ohnehin schon nichts anderes außer fahren, wenn er arbeitet – er fährt Taxi, wissen Sie –, und da will er einfach nur zu Hause sein und den Urlaub verfaulenzen.«

»In Ordnung, danke«, sagte Hill und folgte seinen Kollegen, die schon auf dem Weg treppabwärts waren. Er nahm zwei Stufen auf einmal und hörte, wie der Hausmeister ordentlich die Tür abschloss.

»He, Sie – Hill war das, oder?«, rief Bengtsson, gerade als die Beamten zur Tür hinaustraten. »Weshalb suchen Sie eigentlich nach ihm?«

»Parkknöllchen«, gab Hill schnell zurück. »Er hat massenweise unbezahlte Strafzettel.«

»Herrje«, murmelte Bengtsson beinahe unhörbar, während er vor seinem inneren Auge ein weiteres Mal sämtliche

Dienstwaffen gezückt sah. »Und dann sagen alle immer, dass die Polizei nichts gegen die Kleinkriminalität unternimmt!«

Sahlman hatte das Auto angelassen und wollte so schnell wie möglich losfahren. Er spürte förmlich den ungläubigen Blick des Hausmeisters auf der Stoßstange.

Was hatte der Hausmeister nun vor – den Verdächtigen fassen und Alarm schlagen?

Oder im Präsidium anrufen, um sich zu erkundigen, ob es tatsächlich in Ordnung war, wenn die Polizei so verfuhr? Das konnte schlafende Hunde wecken, was schlimmstenfalls just im falschen Moment jemanden misstrauisch machte.

»Gut«, sagte Hill, noch bevor sie sich angeschnallt hatten, »was hat uns das nun gebracht?«

Draußen war es jetzt dunkel, und vom Sund wehte ein kalter Wind herauf. Hill merkte, dass er einen Bärenhunger hatte, aber das war auch kein Wunder. Seit der Kaffeepause um elf hatte er lediglich ein Aspirin geschluckt. Das war jetzt jedoch völlig unwichtig.

»Ich habe keine Ahnung, ob das von Bedeutung ist«, meinte Sahlman und bog rechts auf die Lagmansgatan, »aber der Bursche hatte so einen großen Messerblock auf der Spüle stehen. Kein einheitlicher Satz oder so, aber eine Kerbe war leer.«

»Und ich…«, begann Petrén, wurde jedoch sofort durch das penetrante Klingeln von Hills Mobiltelefon unterbrochen.

Das Klingeln störte Sahlman, der sich gerade noch auf die Autobahn Richtung Stadt drängen wollte. Drängen war wohl eher das richtige Wort für ein dänisches Wohnmobil, das sich mit der Absicht, Richtung Fährterminal abzubiegen, hartnäckig weigerte, in die äußere Spur überzuwechseln. Sahlman fluchte, trat das Gaspedal durch und schlüpfte gerade noch auf die Autobahn, bevor die Auffahrtspur endete.

»Ja?«, meldete sich Hill.

»Joakim, du kommst am besten so schnell wie möglich wieder ins Präsidium zurück«, erklärte Susanna aufgeregt. »Hier ist einiges passiert.«

»Schon geschehen, Susanna. Wir fahren gerade auf den Kreisel und sind in ein paar Minuten da. Worum geht's denn?«

»Sein nächstes Opfer hat gerade angerufen!«

»Was sagst du da?«

Im Auto war es auf einmal unnatürlich still. Alle spitzten genauso angestrengt die Ohren wie Hill, obwohl sie eigentlich gar nichts hören konnten.

»Auch das noch!«, entfuhr es Joakim, und er schlug sich mit der Hand an die Schläfe. »Das ist doch nicht zu fassen. Wenn das so weitergeht, erwischen wir ihn bald, und noch dazu auf frischer Tat!«

Er gab Susanna ein paar rasche Anweisungen und bat sie, einen Verstärkungstrupp zusammenzustellen und die Kollegen von der laufenden Ermittlung zu einer Konferenz einzuberufen.

»Was?«, fragte Sahlman und konnte gerade noch rechtzeitig vor der roten Ampel an der Kreuzung Malmöleden und Furutorpsgatan bremsen. »Was ist denn eigentlich los?«

»Der Kerl hat angerufen.«

»Im Präsidium?«

»Nein, sein nächstes Opfer.«

»Das ist ja unglaublich. Wie war das möglich?«

»Susanna hat mit dem Mädel gesprochen. Sie war eine Woche lang verreist gewesen, aber eine Bemerkung hat sie stutzig gemacht, und sie hat nachgeforscht, ob in den letzten Tagen etwas Ungewöhnliches passiert sei. Als ihr klar war, dass er seine Drohungen wahr gemacht hatte, hat sie völlig durchgedreht. Zuerst wollte sie ihn zu sich nach Hause kommen lassen und dann seine Eier an der Decke festnageln, wie sie es ausgedrückt hat.«

»Ha – cooles Mädel!«

»Sie fährt Laster im Südhafen – und macht in ihrer Freizeit Gewichtheben«, erläuterte Hill. »Aber dann ist ihr aufgegangen, dass sie des Mordes angeklagt werden würde, wenn sie ihn auf dem Gewissen hätte. Also hat sie messerscharf geschlossen, dass der beste Weg, sich zu rächen und gleichzeitig der Gesellschaft einen guten Dienst zu erweisen, der ist, uns zu helfen.«

»Uns zu helfen?«, unterbrach Petrén.

»Ja, sie hat sich als Lockvogel angeboten.«

Es wurde grün, und Sahlman fuhr mit aufheulendem Motor im zweiten Gang an. Es war nicht mehr weit, bis er rechts auf den Hof des Präsidiums biegen musste. Ein Manöver, das nur den Polizeibeamten erlaubt war. Deshalb wollte Sahlman größtmöglichen Abstand zwischen sich und den nachfolgenden Autos schaffen. Um nicht zu riskieren, dass ihm irgendein Nichtsahnender am Heck klebte.

Joakim Hill wandte sich wieder an Petrén, der von seinem Handy unterbrochen worden war.

»Was wolltest du sagen, Anders?«, fragte er und warf einen ängstlichen Blick auf die Seitenmauer der Einfahrt.

Er wollte Christel Bremer nur ungern erklären, wie das kam, dass der Lack auf der ganzen rechten Seite des fast nagelneuen Zivilwagens, eines Saab 93, abgeschabt war.

»Ich habe Tabletten gesehen, mit ziemlicher Sicherheit Prolongatum, und außerdem mehrere Schachteln Ipren im Badezimmerschrank.«

Joakim Hill wandte schneller den Kopf, als Sahlman um die Kurve bog, und starrte Petrén an.

Das Problem war plötzlich bedeutend größer als ein Lackschaden.

18

Joann Ek Sörensen war schon lange nicht mehr so glücklich gewesen. Und nicht nur deswegen, weil die anonymen Anrufe von diesem Verrückten aufgehört hatten. Sondern auch weil sie und Kent sich näher als jemals zuvor gekommen waren.

Bisher hatten sie zwar auch eine sehr harmonische Ehe geführt, aber wenn man seit fast zwanzig Jahren verheiratet war, war das Besondere irgendwie verblasst. Die Geborgenheit der Gewohnheit war wichtiger geworden.

Aber jetzt war er ganz Ohr. Wollte mehr über das Theaterstück, das sie gesehen hatte, und alles über die anonymen Anrufe wissen. Sie hatte ausführlich berichtet, aber Jorge hatte sie mit keinem Wort erwähnt. Den Mann, der so offensichtlich an ihr interessiert war. Und sie wusste beim besten Willen nicht, warum sie nichts erzählte.

Kent war unglaublich aufmerksam gewesen. Hatte nach dem Essen abgeräumt, Kaffee serviert und sie besonders fest und lange im Arm gehalten. Allein dass er von sich aus vorgeschlagen hatte, sie solle ihn auf seiner nächsten Reise begleiten. Sie war überglücklich.

Freizunehmen war kein Problem für sie. Joann hatte viele Überstunden. Sie hatte mit Nina und Laura eine rasche Übergabe gemacht, damit sie sich um das Dringendste kümmern konnten. Joann hatte ihnen den wahren Grund ihrer Abwesenheit verschwiegen – warum sollte sie Salz in die Wunde streuen? Die Armen würden vielleicht niemals nach Brasilien kommen.

Die Auseinandersetzung mit der Firma wegen der Giftbananen war erst in einigen Wochen aktuell, sodass ein paar freie Tage jetzt genau das Richtige waren.

Sie freute sich unbeschreiblich darauf.

Und morgen würden sie fliegen.

Würden allen Gefahren und allen Belanglosigkeiten davonfliegen und die frische Luft unter den starken Metallflügeln spüren.

Sie begann eifrig zu packen.

Und war genauso erwartungsvoll wie ein Interrailstudent vor dem ersten richtig spannenden Abenteuer.

Sie packte für das rhythmische Brasilien und das heiße Thailand.

Ein weißes Kleid mit Volant und der blaugrüne Bikini, der fast zu sexy für den Strand war. Stoff war am wenigsten von allem vorhanden! Ein String, der die Stoffdreiecke spannte, war die Hauptsache. Zum Glück war sie gelegentlich ins Fitnessstudio gegangen!

Sie machte ein paar Freudensprünge in dem hell erleuchteten Schlafzimmer. Drehte sich wie ein kleines Mädchen, das zu seinem ersten Schulball geht, um die eigene Achse.

Ohne zu ahnen, dass ihre kleine Privatvorstellung erneut registriert wurde. Diesmal jedoch von den Beamten in der Zivilstreife, die professionell ein Stück weiter die Straße hinunter parkten.

Alles ging ganz leicht – und schnell. Das war immer so, wenn man sich auf etwas freute.

Ehe sie sichs versah, war ihr Koffer gepackt.

Kent verfolgte ein Fußballspiel auf TV3. Sie betrachtete ihn verstohlen, wie er in dem Sessel saß und wie gebannt das Geschehen auf dem Fernsehbildschirm fixierte.

Wie ein kleines Kind war er noch immer fasziniert von dem Anblick einer Horde Männer, die durch die Gegend liefen und auf einen armen unschuldigen Lederball eintraten.

Sie lächelte liebevoll. Er hatte Zeit und Raum komplett vergessen.

Da kam ihr eine Idee.
Dieses eine Mal würde sie auch seinen Koffer packen.
Sonst tat er das immer selbst. Sie hatte noch so viel Kleinkram zu erledigen. Und er war in der Hinsicht ein beispielhaft selbstständiger Ehemann, der sich um seine Sachen selbst kümmerte.
Aber wenn sie das heute machte, blieb es ihm erspart.
Und er konnte sich vor dem langen Flug noch etwas länger erholen.
Die Pilotenuniformen waren wie gewohnt in tadellosem Zustand. Sie sorgte stets dafür, dass sie, sowie es nötig war, in die chemische Reinigung kamen. Nun legte sie die Reserveuniform in Kents praktischen Rollenkoffer.
Die, die er morgen tragen würde, hängte sie zum Lüften nach draußen auf die Schlafzimmerveranda. Man konnte immer etwas Rauch auslüften und ein paar Fussel abbürsten. Aber es war ein Jammer, dass dabei auch Kents Duft verschwand. Sie mochte ihn und grub ihr Gesicht in den Jackettstoff. Er hatte nie Herrenduft aus der Flasche gebraucht – ihr war sein eigener immer der liebste gewesen.
Sie tat einen tiefen Atemzug von den Pheromonen ihres Mannes.
Da merkte sie, dass in der Innentasche etwas raschelte.
Kent achtete stets darauf, alle Belege an ihren Platz zu legen, nämlich in die Schublade für Quittungen im Schreibsekretär. Für die Steuererklärung sorgfältig nach Datum geordnet.
Aber hier hatte er anscheinend etwas vergessen.
Sie steckte die Hand in die Tasche und holte den Zettel heraus.
Es war eine Rechnung aus der Flughafenbar »El Niño« in Madrid.
Sie warf einen flüchtigen Blick darauf. Weißwein, zwei Gläser, und zwei Portionen Zarzuela. Joann wusste, dass Kent diesen wunderbaren Eintopf aus Fischen und Meeresfrüchten liebte – aber zwei Portionen? Na ja, manchmal lud er einen

Kollegen ein. Sie hatten hinterher auch Kaffee getrunken, stellte sie fest.

Sie erwartete nicht, dort etwas zu finden, aber aus unerfindlichen Gründen drehte sie die Rechnung um.

Sie erkannte Kents Handschrift sofort wieder. Er hatte eine Flugnummer notiert, LH 1194, außerdem »FaM«, was für Frankfurt am Main stand – und daneben einen Namen.

Minette.

Minette? Joann war keine Kollegin von Kent mit diesem Namen bekannt. Andererseits kannte sie bei weitem nicht das ganze Personal.

Sie zuckte mit den Schultern und schob den Beleg – zur weiteren Beförderung – in ihre Hosentasche.

Dann strich sie das Uniformjackett glatt und hängte es über die Hose auf den Bügel.

Unvermittelt brach die Zivilstreife auf. Sie hatte die Anweisung erhalten, die Observierung von Joann Ek Sörensen abzubrechen und sofort in die Gutegatan zu fahren.

Aber davon merkte Joann nichts.

Sie war ganz von ihren eigenen Plänen eingenommen. Wie sehr sie sich auf all das freute – wie ein kleines Kind auf Weihnachten.

Trotz allem war da dieses… ach, es war doch nichts.

Susanna Avehed hatte wie immer äußerst effektiv gearbeitet. Im Konferenzraum war es recht voll. Aber das hing vermutlich damit zusammen, dass der Verstärkungstrupp anwesend war. Außerdem war der Raum nicht besonders groß, denn sonst versammelte sich dort nur der Kern der ermittelnden Beamten.

Doch nun hatte jeder die Aufgabe, einen Mörder zu stoppen.

Spannung lag in der Luft.

Außerdem war plötzlich der reinste Dominoeffekt eingetreten.

Alle hatten das gleiche starke Gefühl wie Joakim Hill, dass

man endlich in die Zone vorgestoßen war, in der alles ins Rollen kam. Nichts konnte die Ermittlungen nun noch länger aufhalten, und Niederlagen waren ausgeschlossen.

Allein der Gedanke, dass noch ein weiterer Mensch sterben konnte, war tabu.

»Wir wissen, wer er ist – aber nicht, wo er sich aufhält«, erklärte Hill. »Außerdem versucht er beim nächsten Mal bestimmt nicht, Joann Ek Sörensen aufzulauern.«

»Nein, wir haben die Zivilstreife vor ihrem Haus wieder abgezogen«, ergänzte Sahlman.

»Ja, die Kollegen werden an anderer Stelle gebraucht. Denn wir wissen recht genau, wo er das nächste Mal zuschlagen will. Sein vermeintliches Opfer hat selbst angerufen und sich als Lockvogel zur Verfügung gestellt. Sie heißt Nenne Samuelsson und wohnt in der Gutegatan 17 im zweiten Stock.«

»Wissen wir auch, wann?«, fragte Svenningsson.

Sie hatte sich noch in letzter Sekunde zu der Gruppe gesellt, denn sie war schon auf dem Heimweg, als Johansson sie am Ausgang aufgehalten hatte. Er hatte Susanna an der Strippe gehabt, und ihm war sofort klar gewesen, dass Svenningsson sich dem Verstärkungstrupp anschließen sollte.

Obwohl sie sich wie verrückt hatte beeilen müssen, hatte sie es auf wundersame Weise geschafft, ihren Lippenstift nachzubessern – ihr einziges Zugeständnis an die geschlechtsspezifischen Normen. Bisweilen waren die Lippen knallrot, manchmal kühn orangerosa, und an manchen Tagen schimmerten sie in einem schulmädchenhaften Pinkton – je nach der Tagesstimmung.

Heute glänzte ihr Mund ernst und dunkelrot.

Dem Anlass angemessen und vor allen Dingen völlig unwiderstehlich für Ulf Gårdeman. Er hörte wohl, was Hill sagte, aber mit seinem Blick hing er an Svenningsson.

Svenningsson, die gerade eben noch so vertraulich mit Patrik Sandlund geflüstert hatte.

Was um alles in der Welt hatten die beiden so Wichtiges zu bereden?, dachte Gårdeman störrisch.

Joakim bemerkte die verzweifelte Miene seines Kollegen und guten Freundes. Was er sah, gefiel ihm nicht, aber das musste warten.

Zuerst musste der Täter gefasst werden.

»Nein«, beantwortete Svenningsson seine Frage, »aber ihre Wohnung steht unter permanenter Beobachtung. Wir haben mit etwas Glück auch Zutritt zur Nachbarwohnung. Johansson arbeitet daran. Nenne Samuelsson wird von einem Mann aus unserem Verstärkungstrupp angerufen, sowie etwas passiert. Offensichtlich war es ein großer Fehler von ihm, dass er sich sie ausgesucht hat.«

Es klopfte forsch an der Tür, und Johansson trat ein.

Er hatte schriftliche Anweisungen an die gesamte Einheit dabei und außerdem eine Neuigkeit.

»Gerade hat eine Frau aus der Gutegatan 17 angerufen«, berichtete er. »Sie hat gesagt, dass sich im Laufe des Tages ein Mann als Polizist ausgegeben hat, um sie nach dem Code für die Haustür zu fragen. Er hat ihr eine vermutlich gefälschte Dienstmarke gezeigt. Aber der Frau war das nicht geheuer, und sie hat den Mann an den Hausmeister verwiesen. Danach hat sie den Vorfall den Eigentümern gemeldet.«

»Also«, schloss Hill und stand auf, »das ist zwar ein verschlagener Typ, aber er macht Patzer. Schwächen, die darauf verweisen, wie verwirrt er ist. Und was Petrén heute in seiner Wohnung gesehen hat, lässt darauf schließen, dass er Anabolika einnimmt – genauer gesagt Prolongatum in Kombination mit Schmerztabletten.«

»Ungefähr wie der Bursche, der auf der Strøget in Kopenhagen Amok gelaufen ist?«, sagte Patrik. »Der, der die Leute mit einer Machete umgemäht hat.«

»Ganz genau, da kann sich also jeder selbst ausmalen, was uns bevorsteht«, bemerkte Hill und schob demonstrativ seinen Stuhl an den Verhandlungstisch. »Okay, dann fangen wir an. Und… seid ja vorsichtig da draußen!«

Der Hausmeister der Gutegatan 17 war nur widerwillig bereit gewesen, den Beamten über die Feuerleiter hinter dem Haus Zutritt zum Gebäude zu gewähren. Sie war normalerweise sorgfältig verschlossen um diese Zeit. Als wären die Kellerräume hinter den Mauern mit den Abfalltüten und dem Sperrmüll, der darauf wartete, entsorgt zu werden, die Schätze von Fort Knox.

Außerdem war er heute schon genügend belästigt worden.

Der Hauseigentümer hat ihn bedrängt, die Codes der Haustüren des gesamten Blocks zu ändern.

Das war beileibe kein Vergnügen.

Nur weil so ein Frauenzimmer sich einbildete, dass der, der nach dem Code gefragt hatte, irgendwie verdächtig gewesen war. Das kam schon mal vor. Wenn jemand Besuch bekam. Oder wenn jemand seinen Schlüssel vergessen hatte und sich nicht mehr an die Zahlenkombination erinnerte. Deswegen brauchte man nicht gleich so hysterisch zu werden. Aber es führte kein Weg darum herum – schließlich war sogar von einer falschen Polizeidienstmarke die Rede gewesen.

Quatsch mit Soße!

Das reinste Seemannsgarn, das die Alte sich da zusammengesponnen hatte. Was glaubte sie eigentlich, wo sie lebte – in New York? Das hier war verdammt noch mal ein ganz gewöhnliches Mietshaus mit drei Stockwerken aus Backstein im ruhigen, kleinen Helsingborg!

Solche Sachen passierten hier nicht.

Als ob das noch nicht genug gewesen war, hatte der Eigentümer ihn ein zweites Mal gestört. Mitten in den Nachrichten hatte er ihn angewiesen, dass er runter und den Hintereingang für einen Pulk Bullen aufsperren sollte. Also hatte er treppab schlurfen und Gewehr bei Fuß stehen müssen.

Ja, Herrgott noch mal!

Aber Anweisung vom Chef war Anweisung vom Chef. Allerdings verpasste er jetzt die aktuellste Meldung über diesen Mädchenmord drüben bei Eskilsminne – verflixt noch mal.

Aber er hatte pflichtbewusst seine Arbeit erledigt und die Tür aufgemacht, sobald das verabredete Zeichen gegeben worden war.

Er dachte, dass ein oder zwei Beamte vor ihm stehen würden.

Aber der Menschenstrom riss nicht ab, nachdem das Schloss zurückgeschnappt war und er die robuste Stahltür geöffnet hatte. Er zählte ungefähr zehn, wovon mindestens die Hälfte die komplette Kampfmontur trug, und einige hatten sogar ihre MP5 im Anschlag.

Was war das denn – ein Scherz?

Aber keiner der Beamten schien zum Scherzen aufgelegt. Sie wirkten alle sehr entschlossen. Eine Frau war auch darunter. Gar nicht übel. Aber ihre Lippen waren ein schmaler dunkelroter Strich, und er war plötzlich unglaublich erleichtert, dass sie nicht hinter ihm her war.

Der Bursche, der zuletzt reinkam, war immerhin so höflich, sich zu bedanken.

»Vielen Dank«, sagte er im Vorbeigehen, »schließen Sie bitte wieder sorgfältig hinter uns ab.«

Er sah einem Schauspieler, den er aus dem Fernsehen kannte, unglaublich ähnlich, aber er kam nicht auf den Namen. Jedenfalls folgte er den anderen treppaufwärts.

Der Hausmeister hatte erstaunlich wenig Lärm auf der Wendeltreppe gehört, aber die Ersten mussten bereits zwischen dem zweiten und dritten Stock sein. Er schüttelte den Kopf, ging in sein Büro zurück und setzte sich wieder vor den Fernseher. Das Wetter sollte morgen zumindest gut werden laut Vorhersage.

Der Verstärkungstrupp ging bis in den dritten Stock hinauf, öffnete so leise wie möglich die Tür zur Feuerleiter und gruppierte sich um den Treppenabsatz herum.

Joakim Hill, Birgitta Svenningsson und Sahlman waren im zweiten Stock geblieben.

Das Paar, das die Wohnung gegenüber von Nenne Samuelsson bewohnte, musste die ganze Zeit durch den Spion geguckt haben. Denn sie machten die Tür auf, sowie die Tür zur Nottreppe aufschwang.

Sie ließen die seltenen Gäste eintreten und schlossen ihre Wohnungstür hastig wieder.

Sahlman und Hill schoben einen Küchenstuhl vor die Tür und spähten abwechselnd durch den Spion. Svenningsson setzte sich auf die Kante eines Hockers im Flur und nahm Funkgerät und Mobiltelefon aus der Tasche.

Gårdeman konnte über das Funkgerät Kontakt aufnehmen.

Nur eine Person konnte über das Mobiltelefon kommunizieren.

Nenne Samuelsson.

Das hatten sie bereits getestet. Sie hatten die Verbindung mit ihr gehalten, bis der Hausmeister sie ins Haus gelassen hatte. Sie brauchte also nur eines zu tun, wenn Alf I. Svensson tatsächlich auftauchte. Sie musste nur die Verbindungsaufbautaste ihres eigenen Handys zweimal drücken. Dann ging bei Svenningsson der Anruf ein.

Die Einheit ging in erster Linie davon aus, dass er entweder den Lift oder die Treppe benutzen würde. Er war offensichtlich kein schlechter Fassadenkletterer, diese bittere Erfahrung hatte Stina bereits gemacht. Es war auch nicht gesagt, dass er vorher anrief. Aber welchen Modus Operandi er auch wählte, sie waren bereit.

Gårdeman saß mit einigen Kollegen auf der anderen Straßenseite im Wagen der Zivilstreife. Wenn jemand, der im Geringsten verdächtig wirkte, das Haus betrat, würde er das der Verstärkung über Funk mitteilen.

Der Täter hatte nicht die geringste Chance, auch diese Bühne lachend zu verlassen.

Es war zwanzig Uhr zweiunddreißig.

Sie mussten warten.

Auf einen Mörder.

Joann hatte darauf gewartet, dass das Spiel endete. Doch ihr war es gar nicht bewusst, dass sie gewartet hatte. Aber dieser

Name ließ ihr keine Ruhe. Er kam ihr bekannt vor, aber sie konnte ihn nirgends einordnen.

Sie hatte Kent nicht stören wollen, doch als sie nun hörte, dass der Sportreporter das Ende des Spiels kommentierte und darauf hinwies, dass man sich nicht zu weit vom Fernsehsofa entfernen sollte, weil nach der Werbung ein weiteres Spiel gesendet wurde, packte sie die Gelegenheit beim Schopf.

Sie hatte zwei Espressi gemacht und reichte ihm seine Tasse, während sie sich in das Sofa neben dem Sessel sinken ließ.

»Kent, kann ich dich etwas fragen?«

»Mmm.«

»Kenne ich eine Frau, die Minette heißt?«

Er hatte einen Schluck Kaffee genommen, der sofort in die Luftröhre geriet. Er hustete verärgert, rettete die Situation jedoch und blickte Joann fragend an.

»Oh, der ist aber heiß. Minette? Wieso – warum fragst du?«

»Ach, das war nur so ein Gedanke. Der Name kam mir irgendwie bekannt vor.«

»Was meinst du mit ›irgendwie bekannt‹?«

»Ich habe mich um das Reisegepäck gekümmert und in deinem Uniformjackett eine Rechnung gefunden.«

»Was hast du gefunden?«

»Ich habe das Jackett gelüftet, und in der Innentasche war eine Quittung. Auf der Rückseite stand eine Flugnummer und der Name Minette. Er kam mir so bekannt vor. Ist das eine Kollegin von dir? Kenne ich sie?«

Er sah sie ungläubig an, aber ihr ahnungsloser Blick ließ ihn erleichtert aufatmen.

»Ach so, das! Eine Freundin von Julians Tochter sollte mit dem Flug kommen. Ich habe ihn für Julian aufgeschrieben.«

»Dann hast du Julian auch zum Mittagessen eingeladen?«

»Was… ja, genau.«

Sie musterte ihn nachdenklich. Julian Bragg und Kent waren eigentlich nie so gute Kumpel gewesen. Aber das musste Kent selbst wissen, fand sie und dachte nicht mehr daran.

»Denkst du, wir müssen der Polizei mitteilen, dass wir verreisen?«, fragte sie.

»Das habe ich ihnen doch gesagt, als sie gegangen sind.«

»Du hast gesagt, dass du fährst, aber nicht, dass ich auch mitkomme.«

»Gut, aber jetzt ist es sowieso zu spät dafür. Wir rufen sie morgen vor unserem Anschlussflug an. In Ordnung?«

Joann nickte beruhigt. Sie würde heute früh ins Bett gehen, damit sie morgen richtig ausgeruht und erholt war.

»Kommst du auch ins Bett?«, fragte sie.

»Später«, gab er zurück, »ich will das Spiel, das jetzt gesendet wird, noch sehen. Du weißt ja, wie das ist. Unterwegs schaffe ich es nie, die Spiele zu sehen.«

Sie küsste ihn sanft auf die Wange und ging sich ihr Nachthemd anziehen. Das schwarze mit dem geschnürten Dekolletee, das er so gern mochte. Die Uhr auf dem Nachttisch zeigte 21:23.

»Gårdeman hier – kommen!«

Der Funkruf kam völlig unerwartet. Und gerade dann, als es so langweilig geworden war, dass die Aufmerksamkeit unweigerlich nachgelassen hatte.

Das arme Paar, das in der Wohnung gegenüber von Nenne wohnte, hatte sein Bestes getan, um der Polizei zu helfen.

Die Frau hatte Kaffee gekocht, damit sie munter blieben, der Mann hatte das Fenster geöffnet, damit die Luft nicht zu stickig wurde. Immerhin trugen die Beamten ihre komplette Uniform.

Sonst hatten sie schweigend nebeneinander gesessen, um nicht zu stören. Sie hatten ihre getigerte Katze auf dem Schoß, damit sie ihren Besuchern nicht vor den Füßen herumlief.

Das musste eine wirklich liebe Katze sein, dachte Sahlman. Sie lag ganz still da und schnurrte, während Frauchen und Herrchen sie abwechselnd streichelten.

Später, wenn alles vorbei war, konnten die Eheleute ihren Freunden und Bekannten erzählen, wie spannend alles gewesen war und was sie getan hatten, um der Polizei zu helfen.

Aber jetzt passierte nichts besonders Aufregendes.

Es war schlicht todlangweilig, und sie fragten sich, ob das, was sie aus den Fernsehserien kannten, reine Übertreibung war.

Aber da knisterte das Funkgerät der Beamtin, und sie hörten den Ruf.

»Gårdeman hier – kommen!«

»Svenningsson hier – kommen!«

Joakim registrierte die peinliche Pause. Aber das bedeutete für die anderen lediglich, dass Gårdeman kurz abgelenkt war. Hill war anscheinend der Einzige, der Bescheid wusste – außer Svenningsson selbst.

»Gerade gehen drei Leute rein – zwei Männer und eine Frau. Ich weiß zwar nicht weshalb, aber irgendwas stimmt mit denen nicht – kommen.«

»Wieso nicht – kommen.«

»Ich habe das Gefühl, dass einer der Männer sich nur an das Paar drangehängt hat. Er wirkte äußerst hilfsbereit und zuvorkommend, während die anderen beiden eher zurückhaltend und fast abweisend wirkten – kommen.«

»Okay, wir sind bereit – Ende.«

Und dann war sie wieder da.

Die Pause war kaum spürbar, aber für Hill deutlicher als ein Kanonenschuss.

»Ende.«

Klick.

»Ihr habt's gehört, oder?«, hauchte Svenningsson atemlos.

»Gut«, bestätigte Hill und blickte angestrengt durch den Türspion.

Er hörte kaum Geräusche. Zum ersten Mal wünschte er, die Treppenhäuser in Mietshäusern wären hellhöriger. Wenn er sich jetzt nur an den Geräuschen orientieren könnte!

Er musste wohl oder übel seinen Detektivinstinkt gebrauchen. Wenn es ihr Mann war, der sich dem Paar aufgedrängt hatte, um ins Haus zu kommen, würde er sich so schnell wie möglich wieder loseisen.

Wenn die beiden den Fahrstuhl nahmen, würde er vermutlich die Treppen hochlaufen. Und wenn sie im ersten Stock wohnten oder selbst die Treppe nahmen, würde er sich für den Lift entscheiden.

Hill musste glücklicherweise nicht feststellen, was in diesem Fall zutraf.

Er hoffte lediglich, dass sie nicht mit ihm zusammen die Treppe bis in den zweiten Stock raufkamen. Das Risiko war in dem Fall groß, dass Alf I. Svensson die Gefahr bewusst wurde, die verlässliche Augenzeugen darstellten. Und sich schlimmstenfalls gezwungen sah, mehr Leben als zunächst geplant zu beenden.

Auf dem Treppenabsatz da draußen tat sich nichts.

Aber Hill hörte etwas.

Musik.

Heavy Metal mit dröhnenden Bässen.

Er war nicht sicher, meinte aber, dass die Musik aus Nennes Wohnung herüberschallte.

Das irritierte ihn.

Was dachte sich das Mädel dabei? War ihr der Ernst der Lage nicht bewusst? Sie würde Aug in Aug dem Tod gegenüberstehen, sobald der Kerl ihre Wohnung betrat.

So war das jedenfalls abgesprochen.

Sie hatte es selbst vorgeschlagen. Dass er in ihre Wohnung eindringen und ihr drohen sollte, sie umzubringen. Wenn sie sich ernsthaft bedroht fühlte, würde sie die grüne Taste auf ihrem Handy zweimal drücken. Dann konnte er auf frischer Tat ertappt werden.

Aber bei dem Lärm, den sie veranstaltete, war der Kerl schon vollkommen abgeschreckt, wenn er sich der Wohnung näherte.

Plötzlich sah Hill einen Schatten im Treppenhaus.

Er war sich nicht sicher, aber es schien, als wäre jemand ein Stück weiter unten stehen geblieben.

Er gab Sahlman ein Zeichen, der sich lautlos neben ihn stellte und durch den Spion blickte. Er ließ sich Zeit, doch schließlich machte er Hill wieder Platz und flüsterte: »Ich glaube, diese fürchterliche Musik vertreibt ihn gleich wieder.«

»Exakt«, flüsterte Hill zurück.

Dann war er wie gebannt von dem, was sich im Treppenhaus abspielte.

»Er kommt!«, sagte er gedämpft. »Aber was macht er da? Er… telefoniert mit seinem Handy.«

Nun sah er den Mann klar und deutlich durch den Spion.

Er sah wie jeder beliebige Durchschnittsbürger aus. Wie der Kassierer im Supermarkt oder der Mann hinter dem Bankschalter oder die Bedienung bei McDonald's. Er hatte ein rundes Gesicht, sah beinahe nett aus. War um die dreißig, mittelgroß und hatte dunkelblondes, dichtes Haar. War nicht wirklich schlank, hatte aber den Bauchansatz unter Kontrolle. Er ging schließlich ins Fitnessstudio, das wussten sie zumindest.

Doch etwas anderes war keinesfalls so, wie es sein sollte.

Er war vor Nennes Tür stehen geblieben und telefonierte noch immer.

Und er lachte.

Lachte, als könnte er nicht nur die Zukunft vorhersehen, sondern sie auch kontrollieren.

Er hatte etwas Allmächtiges an sich.

Der Gedanke war theatralisch, aber Hill konnte ihn nicht unterdrücken. Er hatte den wilden Blick des Mannes so nah vor sich, als wäre er selbst ein Voyeur – ein Spanner mit zweifelhaften Absichten.

Hill wurde von dem unwiderstehlichen Verlangen gepackt, einfach die Tür aufzureißen und mit der SIG Sauer zwischen seine Augen zu zielen.

Aber dann wäre vielleicht alles umsonst gewesen.

Jane.

Stina.

Beide wären in dem Fall vergebens gestorben.

Und das wollte er unter keinen Umständen. Er musste

Nenne vertrauen. Denn nun war er fest davon überzeugt, dass Alf gerade mit ihr telefonierte. Dieser suggestive, provokante Gesichtsausdruck ließ ihn das annehmen.

Jetzt!

Joakim Hill hob die Hand, um die Kollegen zu verständigen. Svenningsson erhob sich so geschmeidig wie ein Ozelot auf der Jagd. Sie stand direkt neben Hill und Sahlman, und Hill hätte schwören können, dass sie sogar den Atem anhielt.

Die Tür gegenüber ging auf.

Hill konnte das Mädel, das öffnete, nicht genau sehen – ihr Besucher stand im Weg.

Er sah nur an den Umrissen, dass es eine Frau sein musste. Mindestens genauso durchtrainiert wie der Mann, der über ihre Schwelle trat.

Alf drängte sich in den Flur, und die Tür schloss sich sofort wieder.

Und trotzdem waren ihnen die Hände gebunden.

Sie mussten auf Nennes Anruf warten – das war so abgemacht.

Aber das verdammte Signal kam nicht!

Hill bemerkte, dass Sahlman der Schweiß auf der Stirn perlte. Wenigstens war er selbst nicht der Einzige, der unter Druck stand, dachte Hill und musterte Svenningsson. Sie starrte das Mobiltelefon in ihrer Hand an. Als wollte sie es dazu zwingen, dass es klingelte.

Aber es war still – vollkommen totenstill.

Nur die beharrlichen Bässe der Heavy-Metal-Band, die aus Nenne Samuelssons CD-Spieler tönten, waren zu hören.

Wer würde sich zuerst melden – Nachbarn, die sich beschwerten, oder Nenne?

Svenningsson sah auf und begegnete Joakims Blick. Sie schüttelte den Kopf. Aber Vereinbarung war Vereinbarung. Und Nenne war sich ihrer Sache so sicher gewesen. War es möglich, dass sie sich überschätzt hatte und ihn nicht in Schach halten konnte?

Warum um Himmels willen rief sie nicht an – fast fünf Minuten waren schon vergangen!

Kent hatte sich noch nicht schlafen gelegt, aber das machte nichts. Joann lag in ihrem sexy Nachthemd im Bett und malte sich aus, wie fantastisch die Reise werden würde.

Dachte an all die wunderbaren Orte, die sie gemeinsam besuchen, und das gute Essen, das sie genießen würden.

Sie waren sogar schon einmal in Thailand gewesen.

Sie hatten wundervolle Tage und Nächte in Bangkok verbracht. Sie hatten sich wie frisch verliebte Teenager gefühlt, und dieses eine Mal hatte sie gespürt, dass sie wichtiger gewesen war als jeder planmäßige SAS-Abflug.

Sie hatte nicht wieder nach Hause fliegen wollen.

Und in dieser lustlosen Stimmung war sie Julian Bragg zum ersten Mal begegnet. Er war mit einer KLM-Maschine auf dem Weg nach Hongkong zwischengelandet, und sie hatten in einem kleinen Restaurant in der Nähe des Flughafens gemeinsam zu Mittag gegessen.

Julian wollte keinen Fisch.

Fisch war die Spezialität des Lokals, und er hatte die Wirtsleute beinahe beleidigt, indem er auf Schweinefilet mit scharfer Kokossauce bestanden hatte.

Julian verabscheute Fisch.

Und trotzdem hatte Kent behauptet, dass er mit ihm Zarzuela gegessen hatte – ein Fischgericht.

Warum hatte er gelogen?

Sie hörte plötzlich, wie er den Fernseher ausschaltete – dieses unverwechselbare, singende Geräusch.

Dann hörte sie ihn in die Küche gehen und in den Schränken herumkramen. Joann wurde ärgerlich. Kent war in jeder Hinsicht in Ordnung, aber er begriff nicht, dass die Küche, wenn sie aufgeräumt war, auch so bleiben sollte. Er liebte es, spätnachts über den Kühlschrank und die Speisekammer herzufallen. Krümel und schmutziges Geschirr waren kein schöner Anblick am nächsten Morgen. Brachte er jetzt wieder alles durcheinander, wo sie für morgen alles hergerichtet hatte?

Unvermittelt ging in der Küche das Licht aus, und sie hörte nicht, wohin Kent ging.

Sie schlüpfte rasch aus dem Bett, warf sich ihren dünnen Morgenmantel über und dachte, es sei am besten, wenn sie nachsah, womit er sich die Zeit vertrieb. Er sollte lieber gleich ins Bett gehen, wo sie so früh aufstehen mussten.

Sie ging vorsichtig die Treppe hinunter und horchte, wo er sein mochte. Da hörte sie, dass er telefonierte.

Mit wem zum Teufel redete er um diese Zeit noch?

»Mais oui, c'est...«, hörte sie ihn sagen. Dann wurde er offenbar von jemandem am anderen Ende der Leitung unterbrochen.

Joann schlich weiter bis auf den Parkettboden und sah ihn mitten im Wohnzimmer stehen. Er versuchte, so leise wie möglich zu sprechen, und hielt das Telefon dicht an seinen Mund gedrückt. Als würde er sich regelrecht durch das Gespräch küssen.

Er redete französisch – aber mit wem?

Plötzlich, wie aus heiterem Himmel, hörte sie das Echo eines anderen Telefonats auf Französisch.

»Allô! Minette.«

Minette.

Daher erinnerte sie sich an den Namen. Es war ebenso wenig der Name der Freundin von Julian Braggs Tochter, wie die Rechnung aus Madrid zu Kent und Julian gehörte.

Zu Kent schon, aber zu wem noch?

»Oui, bien sûr, ma chérie – je t'aime... je t'aime!«

Joann sah sich gezwungen zu fragen, obwohl sie die Antwort eigentlich schon wusste.

»Kent«, begann sie mit merkwürdig sanfter Stimme, die ihn so sehr erschreckte, dass er zusammenzuckte, »wer ist eigentlich diese Minette? Ich habe dich vor einer Weile angerufen, aber eine Frau hat sich gemeldet... ich dachte natürlich, ich hätte mich verwählt.«

Er fixierte sie, als käme sie von einem anderen Stern.

Dann lächelte er – wie ein wagemutiger Schuljunge, der mit der Hand in der Bonbondose erwischt worden war.

Weitere drei Minuten verstrichen, aber nur die verfluchte Rockmusik drang aus Nennes Wohnung.

Alle kannten sicher die Redensart »die Wände hochgehen«, aber Hill würde das bald tatsächlich tun.

Das Mobiltelefon gab keinen Laut von sich. Alle außer Sahlman, der den Spion mit Beschlag belegt hatte, starrten wie hypnotisiert auf das kleine Nokia in Svenningssons Schoß.

Aber es blieb stumm.

Dann fasste Hill einen Entschluss.

»Nein«, sagte er, »das können wir nicht länger aussitzen. Egal, was sie uns versichert hat – es kann alles Mögliche passiert sein. Sie ist vielleicht in eine Lage geraten, in der sie sich nicht verteidigen oder uns anrufen kann.«

»Was willst du tun?«, fragte Sahlman nervös.

Die Tür gegenüber war immer noch fest verschlossen.

Wie eine Grabkammer verriegelt.

Hill sah auf die Uhr. 22:13.

»Wir gehen rein!«

Hill gab endlich den ersehnten Befehl, und kein einziger Beamter zögerte.

Wie Svenningsson sich in Bewegung gesetzt hatte, wusste niemand genau. Schnell wie der Blitz war sie plötzlich aufgesprungen und zur Tür gelaufen.

Sahlman öffnete und trat ins Treppenhaus. Svenningsson glitt lautlos in den dritten Stock hinauf und gab den dort wartenden Kollegen wortlos ein Zeichen. Fast ebenso lautlos folgten sie ihr treppab und verteilten sich an der Wand im zweiten Stock.

Das hatte nicht länger als ein paar kurze Sekunden gedauert, aber die Vorstellung davon, was sie möglicherweise in der Wohnung erwartete, hatte sich ihnen eingeprägt.

Die Frau konnte bereits tot sein. Sie konnte schwer verletzt sein – es konnte wieder eines der vielen Male sein, dass sie eine Wohnung betraten und alles voller Blut war. Und das Schlimmste – der Täter konnte über den Balkon geflohen sein.

Hill hielt den Generalschlüssel in der Hand. Er steckte ihn ins Schloss, drehte ihn um und stieß die Tür auf.

Mit der SIG Sauer in beiden Händen auf Brusthöhe hechtete er in die Wohnung.

Er hörte die Verstärkung hinter sich und wusste, dass neun Waffen schussbereit waren.

Dann hielt er abrupt inne und starrte.

»Was, verdammt…?«

Sahlman, Hill direkt auf den Fersen, war völlig verwirrt. Was zum Henker meinte Hill damit? Das Licht im Treppenhaus war sehr hell gewesen, und als sie jetzt in das Halbdunkel der Wohnung drängten, war alles fast schwarz.

Aber dann gewöhnten die Augen sich daran, und Sahlman erkannte, was auch Hill sah.

Im Flur war eine große stabile Halterung an der Wand angebracht. Gusseisen mit schweren Haken. Montiert mit den dicksten, robustesten Expanderschrauben, die im Handel erhältlich waren. Eindeutig gedacht, um Gewichte zu halten.

Was in diesem Augenblick bewiesen wurde.

An einem Hakenpaar hing Alf Ingvar Svensson.

Er blutete aus Mund und Nase. Ein Auge war zugeschwollen.

Und sein Gesicht war schmerzverzerrt. Der Schmerz schien direkt von seinem Schritt auszugehen. Er krümmte sich verzweifelt und versuchte, seine Familienplanung zu schützen. Aber das war nicht so einfach, wenn man wie ein Stück Fleisch am Haken aufgehängt war. Er jammerte erbärmlich.

Nenne Samuelsson stand in defensiver Pose neben der Wohnzimmertür. Sie trug Trainingskleidung, ein breites Stirnband, das effektiv die Haare zurückhielt, und breite Handgelenkschützer.

»Hoppla«, entfuhr es Hill und Sahlman beinahe gleichzeitig.

»Was bist du denn – ein weiblicher Rambo, oder was?«, wunderte sich Hill.

»Selbstverteidigung«, erklärte Nenne und zeigte auf das scharfe orientalische Kampfmesser, das auf dem Parkett im Wohnzimmer lag. »Er hat versucht, mir die Kehle mit dem Ding durchzuschneiden, ich hatte also keine andere Wahl.«

Hill gab Petrén ein Zeichen, der ein Paar Latexhandschuhe überzog und die Waffe vorsichtig aufhob. Sie war schwer, ein gutes halbes Kilo. Die Schneide war unglaublich scharf, und der Griff hatte die Form eines Schlagrings. Außerdem hatte das Messer eine Kerbe, damit das Blut ablaufen konnte.

Es würde zahlreiche kriminaltechnische Tests durchlaufen. Und wenn er es noch so sorgfältig gesäubert hatte – sie würden schon dafür sorgen, dass sie das fanden, wonach sie suchten. Wenn sie es dafür in die kleinsten Teile zerlegen mussten, würden sie die erforderlichen Blut- und DNA-Spuren schon finden. Denn niemand bezweifelte, dass es sich um die Mordwaffe handelte, die sowohl Jane Hopegood als auch Stina Ohlsson auf dem Gewissen hatte.

»Warum hast du nicht angerufen?«, fragte Svenningsson sichtlich aufgebracht Nenne mit gehetzter Stimme.

»Das Telefon war zu weit weg«, gab sie ruhig zurück.

So beherrscht, dass Svenningsson der Unterkiefer herunterklappte.

»Wir hatten doch vereinbart, dass…«, begann sie, verstummte aber, als der Groschen gefallen war.

Nenne Samuelsson war wirklich kein kleines, süßes, flauschiges Küken.

Sie hatte das alles von Anfang an geplant. Hatte angeboten, der Polizei zu helfen, damit ihr hinterher nichts vorgeworfen werden konnte. Aber gleichzeitig wollte sie natürlich ihr Stück vom Kuchen. Sie wollte sich die Gelegenheit nicht entgehen lassen, dem Kerl, der nicht nur sie terrorisiert, sondern bereits zwei andere ermordet hatte, eine Lektion zu erteilen, die sich gründlich gewaschen hatte.

Und obwohl sie versprochen hatte, das Telefon in der Hand

zu behalten, lag es jetzt weit weg auf dem Sofatisch. Nenne hatte nie vorgehabt, von ihrem Rettungsanker Gebrauch zu machen – sie brauchte einfach keinen.

Aber sie hatte dadurch freie Hand, den Idioten, der jetzt so hilflos an ihren Haken hing, in die Schranken zu weisen.

Der Tritt, den sie ihm in seine Juwelen versetzt hatte, kurz bevor die Tür aufgeflogen war, war ein richtiger Coup de Grâce gewesen.

Auch wenn dieser Abschaum in ein paar Jahren wieder frei herumlaufen würde – und so musste man realistischerweise kalkulieren –, würde er es sich mehr als zweimal überlegen, bevor er so etwas wieder machte.

Sie war stolz – und bereute nichts!

Birgitta Svenningsson blickte in Nenne Samuelssons stahlblaue Augen und erkannte die Wahrheit. Sie lächelte und nickte anerkennend.

Einer der Kollegen aus dem Verstärkungstrupp half Sahlman, Alf I. Svensson von den Haken zu lösen. Seine Lederjacke hatte natürlich deutlichen Schaden von der Aufhängung davongetragen – aber wen kümmerte das?

Der Kerl sank auf dem Boden in sich zusammen, hielt sich den Schritt und rollte auf dem Flurteppich hin und her.

»Okay, okay«, dachte Sahlman leicht geniert, »natürlich tut das weh, aber bei allem Respekt – auch das hatte ein Maß!«

Sahlman hatte Handschellen in der Tasche seines Mohairmantels, aber den hatte er in der Nachbarwohnung hängen lassen.

»Behalte den Clown hier mal im Auge«, sagte er zu dem Kollegen, der ihm geholfen hatte, Alf I. Svensson von den Haken abzunehmen – das Elend, das immer noch in den höchsten Tönen jammerte.

Das Paar in der Wohnung gegenüber hatte offenbar die Observation durch den Spion übernommen, denn die Tür ging auf, sowie Sahlman darauf zusteuerte.

»Danke«, sagte er, »ich will nur meinen Mantel holen, den habe ich wohl auf die…«

Ein lautes Scheppern ließ alle zusammenfahren. Ein Schuss löste sich, ein völlig unverwechselbares Geräusch für jeden Beamten, dicht gefolgt von einem dumpfen Schlag, als prallte jemand gegen eine Wand.

Die Tür gegenüber wurde so heftig aufgerissen, dass sie an die Außenwand schlug und wieder zurückprallte. Alf I. Svensson hastete mit großen, verzweifelten Schritten Richtung Treppenabsatz.

Sahlman sah alles wie in Zeitlupe.

Hob instinktiv die Pistole und zielte aus dem nachbarlichen Flur auf den Flüchtenden.

Er drückte ab, und der folgende Knall war ohrenbetäubend.

Die Hülse flog ein gutes Stück weit und blieb auf dem Küchenfußboden liegen.

Aber die Kugel verfehlte ihr Ziel.

Stattdessen saß sie tief in der Wand über Alf I. Svensson – der der Länge nach im Treppenhaus am Boden lag und nach Luft schnappte.

Die getigerte Katze der hilfreichen Nachbarn hatte dankbar die Gelegenheit genutzt und war aus der Tür geschlüpft, sowie sie für Sahlman geöffnet worden war. Sie wollte unter diesen seltsamen Umständen auf keinen Fall länger als absolut nötig in der Wohnung bleiben. Herrchen und Frauchen hatten ihr Bestes getan, damit sie nicht unruhig wurde, aber jeder Blinde begriff, dass hier etwas Unbehagliches im Gange war.

Die Katze hatte also die Flucht ergriffen, sobald die Tür aufgegangen war. Und war durch Frauchens Beine hindurch aus der Wohnung gesprungen, dem Mörder geradewegs vor die Füße.

Die arme Katze hatte einen ordentlichen Tritt von Alfs Schuhkappe an ihr Hinterbein abbekommen. Aber das würde mit etwas Schonung bald wieder genesen.

Alf Ingvar Svensson war es bedeutend schlechter ergangen. Er hielt seine Flucht schon für so gut wie gelungen. Einen Beamten in Kampfmontur hatte die immer noch dröhnende Heavy-Metal-Musik irritiert. Er hatte eine Zehntelsekunde lang unwirsch zur Seite geblickt, um seinem Missfallen Ausdruck zu verleihen.

Alf war blitzschnell gewesen.

Mit einem perfekt platzierten Haken, besonders wirkungsvoll durch die Steroide, die in seinen Adern tobten, hatte er den Polizisten zu Boden gestreckt. Ein Warnschuss hatte sich aus der SIG Sauer gelöst und war in den Deckenputz gedrungen. Alf war schon auf den Füßen und verpasste dem Beamten einen Haken, der diesen bewusstlos gegen die Wand taumeln ließ.

Dann hatte er freie Bahn.

Die Tür war angelehnt gewesen, und er hatte sie aufgestoßen. Sie war voller Wucht zurückgeschwungen und hätte ihn beinahe umgeworfen. Aber er hatte sie gekonnt abgewehrt und war in nächster Sekunde in die Freiheit gerannt.

Was dann passiert war, entzog sich seiner Kenntnis.

Plötzlich hatte sich ein weiches, unförmiges und wütend knurrendes Etwas zwischen seinen Füßen verfangen.

Es wand, krümmte und drehte sich, sodass er keine Chance hatte. Seine Füße verhedderten sich ineinander, er verlor das Gleichgewicht und fiel der Länge nach hin, als das erschrockene Miauen der Katze von einem weiteren Schuss übertönt wurde.

Bevor der Schmerz nachgelassen hatte, war die gesamte Einheit schon über ihm.

Seine Arme wurden ihm unsanft auf den Rücken gedreht, und die Handschellenverschlüsse schnappten mit lautem metallischem Klicken zu.

Alf konnte das nicht begreifen. Was war falsch gelaufen, und wie hatten sich die Götter so vollkommen von ihm abwenden können? Waren sie unzufrieden, weil er nicht das aufgedonnerte Weibsstück aus dem Wohnviertel mit den Einfamilienhäusern genommen hatte – hatten sie ihn deswegen so gestraft?

Sowohl Petrén als auch Sahlman sahen für die Strafe einen ganz anderen Grund.

Sobald Alf Svensson mit dem Polizeibus ins Präsidium gebracht worden war, um verhört zu werden, machte Sahlman seiner offensichtlichen Schlussfolgerung Luft.

»Wenn das nicht die Rache sämtlicher geköpfter Katzen war, dann weiß ich mir auch keinen Rat mehr. Wäre die Katze in dem Moment nicht nach draußen gelaufen, dann…«

»…dann hättest du ihm selbst nachrennen müssen«, ergänzte Hill.

Kent Sörensen sah ein, dass das Spiel aus war. Es war sinnlos, so zu tun, als ob – oder noch länger die Wahrheit zu leugnen.

»Setz dich, Joann«, forderte er sie auf und deutete auf das Sofa, »ich muss dir etwas sehr Wichtiges sagen.«

Wie in Trance tat sie, wie ihr geheißen. Aber in ihrem Innern warnte sie eine Stimme. Nein, nein – so sollte das nicht sein. Das war ganz falsch!

»Die letzten Tage haben deutlich gezeigt, dass du mich als deinen blütenweißen, verlässlichen Schwan siehst – aber ich muss dir erklären, wie sich das tatsächlich verhält. Ich stehe hier als jemand ganz anderer vor dir – als der Gorilla, der ich in Wirklichkeit bin.«

Sie starrte ihn ungläubig an, und ein merkwürdig gurgelnder Laut kam über ihre Lippen.

»Ja, es tut mir Leid«, fuhr er fort, »aber so ist das nun mal. Ich treffe Minette seit einem Jahr, und davor hatte ich eine andere in Mailand.«

Sie saß wie versteinert da, während Teile dessen, was vor wenigen Minuten noch ihr Leben gewesen war, umgestürzt und in ganz neuen Konstellationen zusammengesetzt wurden.

»Mir reicht es nicht, ein Schwan zu sein, der durch die Welt schwimmt«, gestand er ohne Umschweife, »und von dem erwartet wird, nur von dem kleinen Ententeich zu Hause zu träumen.«

Sie schwieg noch immer, aber er fuhr unverdrossen fort.

»In den ersten Jahren ist das vielleicht so gewesen, aber

schon bald ist mir aufgegangen, was man alles haben kann, wenn man nur die Hand danach ausstreckt.«

»M… meinst du, das, was wir hatten«, entgegnete sie mit plötzlicher Kälte, »ist völlig öde und wertlos gewesen?«

»Tja, wertlos vielleicht nicht – aber in den letzten Jahren schon ziemlich öde.«

»Wie kannst du so was sagen!«, protestierte sie. »Ich habe mich immer danach gesehnt, dass du nach Hause kommst. Dich zu überraschen versucht mit den Dingen, die du magst. Auf alle möglichen Arten!«

»Ja, ich weiß. Aber genau darin liegt das Problem. Wenn man sich anstrengen muss, um den anderen zu begeistern, dann ist gerade das das Problem. Nicht dass man nicht gut genug isst oder nicht ausreichend sexy Unterwäsche zu sehen bekommt – verstehst du?«

Aber sie begriff überhaupt nichts.

Wollte auch gar nichts begreifen.

Was er sagte, war einfach unerhört.

Da beschlich sie auf einmal die Ahnung, wie sich das anfühlte. Wie Göte sich neulich abends gefühlt haben musste. Zuerst zu glauben, dem anderen etwas zu bedeuten, und dann einfach aus der schwindelnden Höhe fallen gelassen zu werden und direkt auf Beton aufzuprallen.

Sie schämte sich.

Über sich selbst und das, was sie Göte angetan hatte.

Wenn Kent nur endlich den Mund hielt, damit sie die Gelegenheit bekam, auf ihre innere Stimme zu hören.

Aber er plapperte nur über seine Freiheit, sein berauschendes Leben mit jemandem, mit dem es keinerlei Beziehungsprobleme gab. Erzählte, was diese Minette geben konnte und zu nehmen gewillt war.

Joann schwirrte der Kopf, und ihr Pulsschlag hämmerte so heftig an ihrer Schläfe, dass sie vorübergehend befürchtete, eine Hirnblutung zu erleiden.

»Wie schön«, sagte sie plötzlich und setzte sich kämpferisch kerzengerade auf. »Dann kannst du auch gleich internationaler Doppelspion werden. In jedem Land ein anderes Leben führen mit zahllosen familiären Bindungen. Dann können wir einen Bestseller über dein Leben schreiben und werden Multimillionäre.«

Er musterte sie und lachte auf.

»Gott sei Dank siehst du das so«, schmunzelte er. »Das macht alles viel einfacher, wenn du akzeptierst, dass ich ein Gorilla bin.«

»Das habe ich eigentlich schon geschnallt, als du die Kopfkissen mit Kokosnüssen aufgepeppt hast«, scherzte sie trocken.

»Haha«, lachte er erleichtert, aber als er ihre Miene sah, begriff er, dass er selbst verhöhnt wurde.

»Du hast nichts von alledem ernst gemeint, was du gesagt hast, oder?«

»Wie kannst du so blöd sein und so etwas glauben?«

»Was macht es für einen Sinn, das, was schon verloren ist, nicht loslassen zu wollen? Das schafft nur Trauer und Schmerz.«

»Trauer und Schmerz«, äffte sie ihn nach. »Wenn du wüsstest, wie groß die Verzweiflung ist, die hinter meinen Späßen steckt, würde dein selbstzufriedenes Grinsen zu Eis gefrieren.«

»Was willst du?«, fauchte er. »Entscheide dich, verflucht noch mal!«

»Ich will Schwan bleiben.«

»Und…?«

»Ich verlange, dass du an meiner Seite bleibst.«

Er stand so abrupt auf, dass er eine kleine Schale, die auf dem Tisch stand, umwarf.

»Hast du denn nicht begriffen? Ich liebe Minette.«

»Ich will nie wieder was von dieser Minette hören. Ich verlange, dass du aufhörst, dich wie ein liebeskranker Idiot aufzuführen. Brich jeglichen Kontakt zu ihr ab, sonst sorge ich dafür, dass du diese Ehe ohne ein Hemd am Leib verlässt – verstanden?«

Jetzt war er endlich still.

Und ihre innere Stimme lobte sie für ihre Standhaftigkeit. Es galt alles oder nichts. Und an einem solchen Scheideweg wie diesem entschieden sich erfahrungsgemäß solche überflüssigen Geschichten wie die mit Minette endgültig. In diesem Licht besehen, waren so viele dann doch nicht bereit, alles zu opfern, was sie bisher aufgebaut hatten.

Kent ging im Wohnzimmer auf und ab. Beobachtete sie aus dem Augenwinkel und merkte, dass sie unerschütterlich war. Er kannte diesen Gesichtsausdruck. Mit ihm hatte er zwanzig Jahre lang gelebt, und er wusste exakt, was er bedeutete. Dass sie keinen Millimeter nachgeben würde.

Also gut.

Schweigend verließ er den Raum.

Sie hörte, dass er wieder in der Küche war.

Den Wasserhahn aufdrehte.

Sie merkte, dass sie auch durstig war.

Unbeschreiblich durstig.

»Bringst du mir auch ein Glas…«, begann sie.

Dann spürte sie den eiskalten Stahl an ihrem Hals. Schräg von hinten, sodass die Klinge etwa einen halben Dezimeter unterhalb des Kieferknochens lag. Er war lautlos hinter sie geschlichen, während das Wasser aus der Leitung lief.

Sie hatte nicht die geringste Möglichkeit, sich zu rühren.

Die Messerklinge schnitt in ihre Haut. Es musste eines der Filetiermesser sein, die sie vor kurzem hatte schleifen lassen. Damit man problemlos den feinsten Fisch filetieren konnte. Sie hatte dem Schleifer selbst aufgetragen, es besonders scharf zu schleifen.

Vielleicht hatte es ihre Haut schon angeritzt?

»Kent«, flüsterte sie, obwohl es eher wie ein Zischen klang, »was machst du da?«

»Danke«, erwiderte er und küsste ihren Kopf, ohne den Druck mit dem Messer zu verringern.

»W… was meinst du damit?«

Er lachte zufrieden glucksend, dass sie es mit der Angst bekam. Zuletzt hatte er so gelacht, als der Schneepflug das Wendeplatzschild umgefahren hatte, das dann in die Windschutzscheibe des Autos ihrer Nachbarn gekracht war.

»Ich meine, danke, dass du mir alles so unglaublich einfach machst«, erklärte Kent. »Sowohl die Polizei als auch die Nachbarn sind ja fest davon überzeugt, dass wir ein Schwanenpaar sind. Niemand hat den geringsten Anlass, Unstimmigkeiten in der Ehe zu vermuten. Außerdem hast du selbst den anonymen Anrufer angezeigt, sodass jeder glauben wird, dass auch du so unglücklich diesem Serienmörder zum Opfer gefallen bist.«

»Aber wir wollten doch zusammen verreisen?«, hauchte sie mit tränenerstickter Stimme.

»Dass du mitkommst, war nur ein Vorwand, um mir mehr Bedenkzeit zu verschaffen.«

»Du kannst haben, was du willst«, flüsterte sie verzweifelt. »Es wird mir nichts ausmachen, wenn du mit anderen zusammen bist. Versprochen, wenn du nur…«

»Wenn ich ehrlich sein soll«, unterbrach er sie, »hatte ich schon vor, dich zu töten, bevor du die Rechnung gefunden hast. Früher oder später wärest du eine große Last für mich geworden. Das war ganz offensichtlich. Die Sache mit dem Verrückten hat einfach die perfekte Gelegenheit geliefert.«

»Ich tue, was du willst…«, schniefte sie.

Sie wimmerte genauso hilflos wie vermutlich Jane Hopegood und Stina Ohlsson. Aber er beruhigte sie mit einem leisen Lachen.

»Du brauchst überhaupt keine Angst zu haben«, versicherte er ihr. »Ich werde keinerlei Unannehmlichkeiten wegen dieser Sache haben. Jeder wird diesen Idioten beschuldigen. Wenn ich morgen Abend in Bangkok eintreffe, werde ich die Polizei anrufen und sagen, dass ich schon am Abend hatte fliegen müssen. Aber dass ich mir Sorgen mache, weil du nicht ans Telefon gehst. Wenn sie ihn dann irgendwann schnappen – vorausgesetzt, das gelingt ihnen überhaupt –, bist du nichts als ein weiteres seiner Opfer.«

»Kent… bitte«, flehte sie, obwohl sie schon spürte, wie die scharfe Klinge in ihre Haut eindrang.

»Leider, Joann, was für ein Pech…«, bedauerte Kent und setzte mit aller Kraft zu dem tödlichen Schnitt an, »…dass du heute Abend allein zu Hause warst.«

Epilog

Jorge, der gemütliche Mann aus Bosnien, konnte es sich selbst auch nicht richtig erklären, warum er angefangen hatte, Spaziergänge bis vor ihr Haus zu unternehmen.

Manchmal war es früh, manchmal wurde es spät. Wobei er sich wirklich bemüht hatte, nie stehen zu bleiben und direkt durch ihre Fenster zu spähen. Das hätte zu verdächtig nach einem Voyeur ausgesehen. Aber da er ohnehin am Haus vorbeischlenderte, hatte er doch einen Extrablick hinübergeworfen.

Irgendwie mochte er diese Joann.

Obwohl sie sich nie ausführlicher begegnet waren, hätte er nicht das Geringste dagegen, sie näher kennen zu lernen. Eines Tages vielleicht...?

Es schien nämlich ganz so, als lebte sie allein.

Deshalb war es wie ein böses Erwachen gewesen, als er diesen schlanken, eleganten Flugkapitän frühmorgens aus dem Haus kommen und mit einem Taxi wegfahren hatte sehen.

Dann hatte sie also jemanden?

Verdammt!

Aber vielleicht, ganz vielleicht würde er sie zufällig wieder treffen. Im Bus, in der Stadt oder... wieder im Theater?

Wie auch immer, obwohl er unfassbar enttäuscht war, hoffte er trotzdem – während er die Straße hinaufhastete, um den Bus an der Hauptstraße noch zu erwischen –, sie wiederzusehen.

Das würde er ganz bestimmt.

Allerdings absolut nicht so, wie er sich das vorgestellt hatte.

Er würde ihr Foto unter den reißerischen Schlagzeilen der Zeitungen sehen.

Das Furchtbare lesen, das ihr zugestoßen war.

Und er würde sich erinnern.

An den Flugkapitän, der Joanns Haus früh an diesem Morgen verlassen hatte – über zwölf Stunden später, als Kent der Polizei gegenüber angeben würde.

Joakim Hill war ausgesprochen dankbar dafür, dass Alf Ingvar Svensson ohne viel Federlesens gestanden hatte. Die Beweislage war natürlich eindeutig, aber durch das Geständnis war sie außerdem noch wasserdicht.

Soll heißen, so wasserdicht wie möglich.

Gegenwärtig schien es nämlich bedeutend sicherer, alles dem Zufall zu überlassen statt dem schwedischen Rechtssystem, wo durch unerwartete Wendungen plötzlich alles Spitz auf Knopf stehen konnte.

Aber kam Zeit, kam Rat.

Hauptsache, man hatte den todbringenden Wahnsinnigen von der Straße holen können. Die Presse war bis zum Abend auch in Schach gehalten worden, damit die vorläufigen Befragungen nicht beeinträchtigt wurden.

Alf war erst im Laufe des Nachmittags vernehmungsfähig gewesen. Die Nachwirkungen der Steroide und der Tat des vorhergegangenen Abends hatten ihre deutlichen Spuren hinterlassen.

Er machte bisweilen einen verwirrten Eindruck, war jedoch damit einverstanden, die Fragen der Beamten zu beantworten. Erzählte bereitwillig, dass er eigentlich nie genau gesehen hatte, was die Frauen machten. Aber er hatte ein unglaublich gutes Gehör. Und schloss daher oft anhand der Hintergrundgeräusche auf korrekte Vorstellungen von dem, was sie taten.

»Das jagte ihnen eine derartige Angst ein, dass sie sich einbildeten, ich würde direkt in ihre geheime Welt blicken«, gluckste er belustigt.

»Aber Stina – wie haben Sie sich zu ihr Zutritt verschafft?«, fragte Hill. »Schließlich war der Sicherheitsriegel eingerastet.«

»Die arme Kleine – sie war es gewohnt zu gehorchen. Ich habe ihr befohlen zu öffnen, andernfalls wäre ich böse geworden. Also – hat sie aufgemacht.«

Er lachte selbstzufrieden, und Hill verließ für einige Sekunden den Raum, damit sich sein beunruhigend hoher Blutdruck wieder etwas senken konnte.

Doch obwohl das Verhör nicht viel ergab – außer dass der Mann unglaublich zufrieden mit seinem Handwerk war –, war genau genommen mehr auch gar nicht nötig.

Die Beweise waren, wie gesagt, eindeutig genug. Fingerabdrücke, DNA, Fußspuren und das Haar auf dem Boden in Stinas Zimmer – all das stand in direkter Verbindung mit seiner Person. Und dass er fast wie ein geschickter Chirurg gearbeitet hatte, lag an seiner gründlichen Übung an den Katzen.

Jetzt war Alf ein typischer Fall für die Gerichtspsychologen.

Joakim Hill verließ gegen halb fünf das Präsidium in Begleitung von Ulf Gårdeman. Es war schon relativ dunkel, aber Hill war seit langem nicht mehr so früh nach Hause gegangen.

Er brauchte dringend Ruhe. Außerdem wollte er gründlich die Immobilienanzeigen durchgehen. Irgendwo musste es doch ein Haus geben, das ihnen gefiel!

»Morgen versuche ich noch mal, Joann Ek Sörensen zu erreichen«, erklärte er. »Ich habe es heute schon versucht, sie aber nicht erwischt. Sie hatte heute den ganzen Tag frei, wie mir ihre Kollegin mitgeteilt hat.«

Susanna hatte ebenfalls versucht, sie anzurufen. Doch dann war Hill wieder eingefallen, dass ihr Mann heute abreiste. Sie hatte ihn vielleicht zum Flughafen gebracht und anschließend einen Ausflug nach Österlen gemacht.

Wie auch immer, sie brauchte sich ja jetzt keine Sorgen mehr zu machen. Der anonyme Anrufer war unschädlich gemacht worden. Aber morgen mussten sie auf jeden Fall mit Joann sprechen.

Hill knöpfte seine Jacke bis zum Hals zu. Bald war Allerheiligen. Da musste er ohnehin etwas Wärmeres aus dem Schrank holen. Andererseits hieß das auch, dass der nächste Frühling wieder nahte. Hill war und blieb eben ein unverbesserlicher Optimist.

Gårdeman wirkte hingegen etwas niedergeschlagen. Aber er hatte einen Entschluss gefasst. Den Hill bereits gestern aus dem Funkkontakt hatte heraushören können.

Kommen – Ende.

»Ich habe mich jetzt entschieden«, verkündete Ulf im nächsten Atemzug. »Ich will Schwan sein.«

»W… was hast du gesagt?«

»Ach, das war nur Spaß«, grinste Gårdeman, »aus einem Stück, das Lena vor kurzem im Theater gesehen hat. Sie hat mir davon erzählt, wir haben uns ausgesprochen, und jetzt will ich das, was zu Schaden gekommen ist, wieder kitten. Ich will kein Gorilla sein, sondern Schwan!«

Hill warf seinem Freund einen verwunderten Blick zu, aber Gårdeman zuckte nur mit den Schultern und öffnete das Garagentor.

»Hast du das Auto heute?«, fragte er und wechselte das Thema.

»Nein, ich gehe zu Fuß«, antwortete Hill. »Gehen wir ein Stück zusammen, oder willst du noch einkaufen?«

Das Supermarktschild von OJ leuchtete einladend von gegenüber, aber Gårdeman lehnte ab.

»Nein«, gab er zurück, »ich glaube, ich werde Lena heute Abend zum Essen ausführen.«

Hill nickte zufrieden, und die beiden Freunde trotteten nebeneinander die Carl Krooksgatan hinauf.

Jonas D starrte den beiden Beamten hinterher. Sein Auto stand auf dem Parkplatz vor OJ im Leerlauf. Es war lange – äußerst lange – her, seit er sie gesehen hatte. Damals war er ein kleiner Handlanger gewesen, der alles Mögliche für jenen Boss, der gerade am besten bezahlte, erledigt hatte.

Doch jetzt war alles anders.

Jetzt bestimmte er selbst seinen Preis.

Deshalb war er es auch, der den äußerst lukrativen Auftrag für ein Polizistenleben hatte.

Er musterte sie eingehend, während sie, vertraulich miteinander plaudernd, den Bürgersteig auf der anderen Straßenseite entlanggingen.

Plötzlich ließ er das Auto vom Parkplatz gleiten, fuhr langsam im ersten Gang und spürte seine schwere Beretta P 92 mit sicherem Griff in seiner rechten Hand ruhen…

Nachwort und Dank

Die Drohung ist eine fiktionale Geschichte, eventuelle Ähnlichkeiten mit realen Personen oder Geschehnissen sind rein zufälliger Natur.

Allerdings haben mir viele Menschen dabei geholfen, dem Buch eine realistische Prägung zu verleihen, und großzügig ihre Zeit und Erfahrung mit mir geteilt.

Großer Dank gebührt Kriminaltechniker Lars Henriksson, Helsingborg, für Inspiration, Unterstützung und Einblicke in kriminaltechnische Methoden und Fragestellungen. Sowie weiteren Kollegen des Helsingborger Polizeipräsidiums, Mitarbeitern des Öresund-Kraftwerks und von Telia und vielen anderen, die mich an ihrem unschätzbaren Wissen und ihrer Erfahrung haben teilhaben lassen.

Großen Dank ebenfalls an Karin Johannesson, die allein zu Hause war und mir eine inspirierende Geschichte erzählt hat.

Dank außerdem an Oberarzt Urban Bengnér von der Helsingborger Klinik, der mir mit medizinischem Wissen und Rat geholfen hat.

Dank an Christina und Jürgen Kock für das Korrekturlesen der deutschen Passagen in der Originalausgabe.

Dank an Göran Söderström von der Förenings Sparbanken für Hilfe bei Bankfragen.

Und wieder einmal Dank an meine unheimlich geduldige Familie!